AVIADOR

EOIN COLFER

AVIADOR

Tradução de
ALVES CALADO

galera
RECORD
Rio de Janeiro | 2009

CIP-BRASIL. CATALOGAÇÃO-NA-FONTE
SINDICATO NACIONAL DOS EDITORES DE LIVROS, RJ

Colfer, Eoin
C658a Aviador / Eoin Colfer; tradução Alves Calado.
– Rio de Janeiro: Galera Record, 2009.

Tradução de: Airman
ISBN 978-85-01-08270-1

1. Literatura irlandesa. I. Alves-Calado, Ivanir, 1953-. II. Título.

CDD: 813
09-2913 CDU: 821.111(73)-3

Título original em inglês:
AIRMAN

Direitos exclusivos de publicação em língua portuguesa somente para o Brasil adquiridos pela
EDITORA RECORD LTDA.
Rua Argentina 171 – Rio de Janeiro, RJ – 20921-380 – Tel.: 2585-2000
que se reserva a propriedade literária desta tradução

Impresso no Brasil

ISBN 978-85-01-08270-1

PEDIDOS PELO REEMBOLSO POSTAL
Caixa Postal 23.052
Rio de Janeiro, RJ – 20922-970

Para Declan Dempsey

SUMÁRIO

Parte 3: O aviador

PRÓLOGO

Conor Broekhart nasceu para voar ou, mais exatamente, nasceu voando. Ainda que a lenda de Broekhart seja atulhada de narrativas fantásticas, seria muito difícil acreditar na história de seu primeiro voo no verão de 1878, não fossem os milhares de testemunhas. Na verdade, um relato de seu nascimento num balão de ar quente pode ser lido nos arquivos do jornal francês *Le Petit Journal*, disponível a qualquer pessoa, mediante um pagamento modesto, na Librairie Nationale.

Acima do artigo há uma desbotada foto em preto e branco. É notavelmente nítida para o período e foi tirada por um jornalista que, por acaso, estava com sua máquina fotográfica nos jardins do Trocadéro.

O capitão Declan Broekhart é facilmente reconhecível na foto, assim como sua mulher, Catherine. Ele, bonito com seu uniforme vermelho e dourado dos Atiradores das Ilhas Salgadas, ela, abalada, mas sorrindo. E ali, protegido na dobra do braço do pai, está o bebê Conor, já com fartos cabelos louros e a testa larga e inteligente da mãe. Com apenas dez minutos de vida e, por algum truque da luz ou acaso fotográfico, parece que os olhos de Conor estão fixos num ponto. O que é impossível, claro. Mas imagine que se estivessem mesmo, de algum modo, a primeira visão do bebê Conor seria um céu francês sem nuvens. Não é de espantar que tenha virado o que virou.

Paris, verão de 1878

A Feira Mundial seria o evento mais espetacular já visto, com mais de mil expositores de todos os cantos do mundo.

O capitão Declan Broekhart viajara das Ilhas Salgadas à França por insistência de seu rei. Catherine o acompanhava porque havia pedido, já que era a cientista da família e ansiava por ver pessoalmente a alardeada Galerie des Machines, com invenções que prometiam melhorar seu futuro. O rei Nicholas os havia mandado a Paris investigar a possibilidade de uma divisão de balões para a Muralha das Salgadas.

No terceiro dia da viagem, os dois pegaram uma charrete e seguiram pela Avenue de l'Opéra, para observar a demonstração de balões do Departamento de Aeronáutica nos jardins do Trocadéro.

— Está sentindo? — perguntou Catherine. Ela pegou a mão do marido e pôs na barriga. — Nosso filho está chutando, doido para se libertar. Ele anseia por testemunhar pessoalmente estes milagres!

Declan riu.

— Ele, *ou ela*, terá de esperar. O mundo ainda estará aqui, dentro de seis semanas.

Quando chegaram aos jardins do Trocadéro, os Broekhart encontraram o Esquadrão Aeronáutico à sombra da Estátua da Liberdade, ou melhor, de sua cabeça. A estátua seria presenteada aos Estados Unidos quando ficasse pronta, mas por enquanto apenas a cabeça da Dama da Liberdade estava em exposição. A estrutura de cobre parecia deixar pequena a maior parte das outras obras expostas na feira e era incrível imaginar como a estátua seria colossal quando finalmente montasse guarda no porto da cidade de Nova York.

O Esquadrão Aeronáutico havia inflado um balão dirigível num trecho de gramado e estava educadamente mantendo a multidão a distância com uma corda de veludo. Declan Broekhart se aproximou do soldado de sentinela e lhe entregou sua carta de apresentação com o lacre do embaixador francês nas Ilhas Salgadas. Em minutos os dois estavam reunidos ao capitão do esquadrão, Victor Vigny.

Vigny era ágil e bronzeado, com nariz torto e cabelos muito pretos que se mantinham eretos no couro cabeludo como a folhagem de um arbusto de jardim.

— *Bonjour*, capitão Broekhart — disse ele, retirando a luva branca e apertando calorosamente a mão do oficial das Ilhas Salgadas. — Estávamos esperando-o. — O francês fez uma reverência profunda. — E esta deve ser Madame Broekhart. — Vigny olhou para a carta, fingindo confusão. — Mas, *madame*, aqui não diz como a senhora é bela.

O sorriso do francês era tão encantador que os Broekhart não puderam se ofender.

— Bom, capitão — disse Vigny, girando o braço teatralmente para apresentar seu balão. — Apresento-lhes *Le Soleil*, o Sol. O que acham?

O dirigível inegavelmente era magnífico. Um alongado envelope cor de ouro oscilando suavemente acima do cesto forrado de couro. Mas Declan Broekhart não estava interessado nos enfeites, e sim nas especificações.

— Um pouco mais *pontudo* do que os outros que vi — observou ele.

— *Aérodynamique* — corrigiu Vigny. — Ele desliza pelo céu como seu xará.

Catherine soltou-se do braço do marido.

— Uma mistura de algodão e seda — disse inclinando a cabeça para trás, para olhar o balão. — E duas hélices no cesto. Belo trabalho. A que velocidade ele viaja?

Vigny ficou surpreso em ouvir essas observações técnicas vindas de uma mulher, mas disfarçou o choque com algumas piscadelas rápidas, depois deu a resposta em tom de lisonja:

— Dezesseis quilômetros por hora. Com a ajuda de Deus e de um bom vento.

Catherine puxou um canto do couro, revelando o cesto trançado por baixo.

— Vime e salgueiro — disse. — É um bom amortecedor.

Vigny estava encantado.

— É. *Absolument.* Este cesto durará quinhentas horas no céu. Os cestos franceses são os melhores do mundo.

— *Très bien* — respondeu Catherine.

Em seguida arrepanhou as saias e subiu os degraus de madeira para o cesto, demonstrando uma agilidade notável para uma grávida de oito meses. Os dois homens se adiantaram para impedi-la, mas Catherine não lhes deu tempo de falar.

— Ouso dizer que conheço mais sobre a ciência da aeronáutica do que vocês dois. E não acho que atravessei o mar Celta para ficar parada num lindo campo enquanto meu marido experimenta uma das maravilhas do mundo.

Catherine estava perfeitamente calma ao fazer essa declaração, mas apenas um imbecil deixaria de perceber a dureza em sua voz.

Declan suspirou.

— Muito bem, Catherine. Se o capitão Vigny permitir.

A única resposta de Vigny foi um dar de ombros gaulês que dizia: *Permitir? Sinto pena de quem tentar ficar no caminho desta mulher.*

Catherine sorriu.

— Muito bem, está resolvido. Vamos decolar?

Le Soleil soltou as amarras pouco antes das três horas daquela tarde, subindo rapidamente para uma altitude de algumas centenas de metros.

— Estamos no céu — suspirou Catherine, segurando com força a mão do marido.

O jovem casal olhou para cima, para a barriga do balão. A seda estremecia com a brisa e brilhava ao sol. Ondas douradas percorriam sua superfície, roncando como um trovão distante.

Abaixo deles, os jardins do Trocadéro eram lagos de esmeralda, com a cabeça da Dama da Liberdade rompendo a superfície como um titã das lendas.

Vigny acionou um pequeno motor a vapor, mandando energia para as duas hélices. Felizmente o vento afastou a fumaça para longe do cesto.

— Impressionante, *non*? — gritou o francês, acima do estardalhaço do motor. — Quantos vocês estão pensando em encomendar?

Declan fingiu que não estava impressionado.

— Talvez nenhum. Não sei se essas hélices pequenas terão algum efeito contra um vento oceânico.

Vigny já ia discutir os méritos de seu dirigível a vapor quando um estalo agudo ecoou no céu. Era um barulho familiar aos dois soldados.

— Um tiro! — disse Vigny, olhando para o chão.

— De fuzil — observou, sério, Declan Broekhart. Como capitão dos Atiradores das Salgadas, conhecia bem o som. — De longo alcance. Talvez um atirador de elite. Veja, ali.

Uma pluma de fumaça cinza-azulada subiu para o céu, da borda oeste do jardim.

— Fumaça de pólvora — observou Vigny. — É de pensar quem seria o alvo.

— Não precisa pensar, *monsieur* — disse Catherine com a voz abalada. — Olhe para cima. O balão.

Os dois homens examinaram o invólucro dourado em busca de um furo. Ambos encontraram. A bala havia entrado pelo quadrante inferior de estibordo e saído pela seção superior de bombordo.

— Por que não estamos mortos? — perguntou Declan.

— A bala não foi suficiente para provocar a ignição do hidrogênio — explicou Vigny. — Um projetil incendiário provocaria isso.

Catherine ficou tremendamente abalada. Pela primeira vez em sua curta vida a morte estava próxima, e não apenas a sua. Ao entrar no cesto do balão havia posto em risco a vida do filho. Cruzou os braços sobre a barriga.

— Temos de descer. Depressa. Antes que o invólucro se rasgue.

Nos abalados minutos que se seguiriam, Vigny provou sua habilidade como aeronauta. Empoleirou-se na borda do cesto, segurando uma escora numa das mãos e o cabo de liberação de gás na outra. Com uma batida da bota, empurrou a cana do leme mais para longe. *Le Soleil* girou num arco suave. Vigny pretendia fazê-lo descer dentro da área isolada pela corda de veludo.

Declan Broekhart ficou ao lado da esposa. Por mais que Catherine fosse forte e teimosa, o tiro a havia abalado. Isso teve o efeito de adiantar a hora do nascimento do filho. O corpo percebeu que corria perigo mortal, por isso a melhor chance para o bebê estava no mundo lá fora.

Um espasmo de dor fez os joelhos de Catherine se dobrarem. Ela tombou para trás, protegendo a barriga com os braços.

— Nosso filho está vindo — ofegou. — Ele se recusa a esperar.

Vigny quase caiu de seu poleiro.

— *Mon Dieu.* Mas, *madame*, isso é impossível. Não posso permitir que isso aconteça na minha nave. Nem sei se isso traz sorte ou azar. Terei de verificar o manual do aeronauta. Para mim não seria surpresa se tivéssemos de sacrificar um albatroz.

Vigny tinha o hábito de falar bobagem quando estava ansioso. Em sua opinião, o senso de humor nos momentos de perigo era tremendamente cavalheiresco. Isso não o impedia de cumprir seus deveres. Guiou o dirigível habilmente na direção do local de pouso escolhido, compensando os vazamentos com hábeis puxões no cabo do gás.

No piso apertado do cesto, Catherine lutava para dar à luz seu filho. Sua perna chutou involuntariamente quando a dor chegou. O chute foi de sorte, acertando o marido no queixo e arrancando-o da beira do pânico.

— O que posso fazer, Catherine? — perguntou ele, mantendo a voz firme, o tom leve, como se dar à luz num balão em queda fosse a coisa mais natural do mundo.

— Me segure firme — respondeu Catherine com os dentes trincados. — Ponha o peso do seu corpo para eu empurrar.

Declan obedeceu, gritando para Vigny por cima do ombro:

— Firme. Mantenha-o firme, homem.

— Fale com o Todo-poderoso — retrucou Vigny. — Ele é que está mandando o vento, não eu.

Estavam em condições razoáveis. O invólucro fora danificado, porém mantinha a integridade. Os Broekhart, amontoados no piso, envolviam-se no trabalho de trazer vida ao mundo.

Teriam conseguido. Vigny já estava imaginando o primeiro gole de champanhe que havia planejado pedir no momento em que seus pés tocassem o chão firme, quando o ar foi rasgado por tiros. Os dois disparos furaram o balão, e desta vez o efeito foi mais sério. Um passou direto, como o anterior, mas o segundo acertou uma costura, fazendo um rasgo correr pelo topo do balão. Ar e gás gritaram, saindo do dirigível abalado, como um bando de espíritos malignos.

Vigny caiu violentamente dentro do cesto, ricocheteando nas costas largas de Broekhart. Agora estavam nas mãos de Deus. Com o invólucro tão danificado, o francês não poderia ter nenhum controle sobre o caminho do balão. Eles caíram depressa, com o invólucro se desinflando acima.

Catherine e Declan ignoraram seu próprio destino, concentrando-se no do filho.

— Estou vendo o bebê — disse Declan, gritando ao vento. — Está quase chegando, querida.

Catherine Broekhart conteve o desespero que clamava na mente e empurrou o bebê para o mundo. Ele chegou sem um grito, estendendo a mão para segurar o dedo do pai.

— É um menino — disse ele. — Meu filho forte.

Catherine não se permitiu sequer um minuto para se recuperar do breve trabalho de parto. Inclinou-se adiante e agarrou a lapela do marido.

— Você não pode deixá-lo morrer. — Era uma ordem, pura e simples.

Vigny enrolou o recém-nascido com sua jaqueta azul do Esquadrão Aeronáutico.

— Só podemos rezar — disse.

Declan Broekhart ficou de pé, captando num olhar a gravidade literal da situação. Agora o cesto estava praticamente em queda livre, desviando-se para o leste, na direção da cabeça da Dama da Liberdade. Qualquer impacto considerável certamente resultaria na morte do bebê, e ele fora proibido de permitir isso. Mas como evitar?

A sorte os salvou, pelo menos temporariamente. O invólucro gastou seu último fôlego, depois se empalou no terceiro e no quarto raios da coroa da liberdade. O tecido se rasgou, embolou-se e ficou preso entre os raios, interrompendo a descida monstruosa do cesto.

— A Providência — ofegou o capitão Broekhart. — Fomos poupados.

O cesto balançava como um pêndulo, a cada passagem roçando na curva inferior da bochecha da Dama da Liberdade. O busto de cobre ressoava, atraindo curiosos como se fossem fiéis à igreja. Catherine agarrou o filho recém-nascido, absorvendo o impacto do melhor modo que podia. Os fios do invólucro estalavam como tiros.

— O balão não vai aguentar — disse Vigny. — Ainda estamos a seis metros de altura.

Declan assentiu.

— Precisamos prendê-lo à estátua. — Em seguida agarrou as âncoras do *Le Soleil* e jogou uma para Vigny. — Uma caixa do melhor vinho tinto se você conseguir acertar o lançamento.

Vigny testou o peso da âncora.

— Champanhe, se o senhor não se importar.

Os dois jogaram suas âncoras entre os últimos dois raios da coroa da Dama da Liberdade. A mira foi boa e as âncoras bateram nos cachos da estátua e deslizaram para trás, provocando fagulhas quando as superfícies de metal se chocaram. As âncoras se prenderam nas duas laterais da coroa e ficaram firmes. Declan e Vigny passaram rapidamente um laço de corda pelos aros de proa e popa do cesto, prendendo-os com firmeza.

Bem a tempo. Com o guincho de uma ave marinha, o tecido do balão se rasgou, soltando-se da coroa da estátua, fazendo o balão cair mais um metro, num movimento de revirar o estômago, até que as cordas da âncora sustentaram o peso. As cordas gemeram, esticaram-se e aguentaram.

— Agora meu cesto é um berço para o seu bebê — ofegou Vigny, e depois: — Champanhe. Uma caixa. Quanto antes, melhor.

Declan se agachou abaixo da borda do cesto, puxando o punho do francês até que ele também se abaixasse.

— Seu caçador pode ter mais balas para gastar — disse.

— É verdade — concordou Victor Vigny. — Mas acho que deve ter fugido. Não somos mais um alvo tão grande, e nesse ponto os *gendarmes* devem estar atrás dele. Imagino que fosse um anarquista. Eles andaram fazendo ameaças.

Nos jardins do Trocadéro, toda a multidão havia se amontoado embaixo do cesto. Tinham vindo à Feira Mundial esperando espetáculo, mas ali havia grande aventura. O Esquadrão Aeronáutico encostou escadas compridas no cesto de vime para resgatar os passageiros do *Le Soleil*. Catherine desceu primeiro, ajudada pelo galante capitão Vigny. Depois veio o pai, cheio de orgulho, aninhando no colo o bebê milagroso. As pessoas ofegaram e avançaram. *Uma criança. Não havia nenhuma criança no cesto quando ele decolou.* Era como se o mundo nunca tivesse visto um bebê antes.

Nascido no céu. Imagine só. Uma criança de assombro.

Damas e cavalheiros se acotovelavam despudoradamente, ansiando por um vislumbre do rosto angelical.

Vejam, os olhos dele estão abertos. O cabelo é quase branco. Será por causa da altitude?

Alguém estourou uma garrafa de champanhe e um conde italiano distribuiu charutos cubanos. Era como se todo o grupo estivesse comemorando a sobrevivência do bebê. Vigny pegou a garrafa, tomando um gole enorme.

— Perfeito — suspirou, passando-a a Declan Broekhart.

— É um garoto encantado. Como você vai chamá-lo?

Broekhart riu, numa felicidade delirante.

— Pensei em Engel. Ele veio do céu, afinal de contas. E nosso sobrenome é flamengo.

— Não, Declan — disse Catherine, acariciando o cabelo louro-branco do filho. — Mesmo sendo um anjo, ele tem a testa do meu pai. O nome dele é Conor.

— Conor? — perguntou Declan, fingindo protesto. — Irlandês, do seu lado da família. Flamengo do meu. O menino é um vira-lata.

Vigny acendeu dois charutos, entregando um ao pai orgulhoso.

— Agora não é hora de discutir, *mon ami.*

Declan assentiu.

— Nunca é. Conor, é como ele vai se chamar. Um nome forte.

Vigny bateu com os nós dos dedos no queixo da Dama da Liberdade.

— Qualquer que seja o nome, o menino tem uma dívida para com a Liberdade.

Foi o segundo presságio do dia. Conor Broekhart acabaria pagando sua dívida para com a liberdade. O primeiro presságio, claro, foi o nascimento no ar. Talvez ele virasse um piloto do ar mesmo sem *Le Soleil*, ou talvez algo tenha sido despertado no garoto naquele dia. Uma obsessão pelo céu que iria consumir a vida de Conor Broekhart e a de todos ao redor.

Assim, alguns dias depois do famoso nascimento de Conor, o capitão Declan Broekhart e sua família viajaram da França de volta ao minúsculo Estado soberano das Ilhas Salgadas, junto ao litoral da Irlanda.

As Ilhas Salgadas eram governadas pela família Trudeau desde 1171, quando o rei da Inglaterra, Henrique II, as deu a Raymond Trudeau, um cavaleiro poderoso e ambicioso. Era uma piada cruel, já que as Ilhas Salgadas mal passavam de rochas infestadas por gaivotas. Colocando Trudeau no controle das Ilhas Salgadas, Henrique cumpriu seu contrato de conceder ao seu cavaleiro uma propriedade na Irlanda, mas também deixou claro aos cavaleiros declaradamente ambiciosos o que havia acontecido.

Quando Raymond Trudeau questionou a doação do rei, Henrique emitiu a *Repreensão Trudeau*, citada com frequência.

"Discordas daquele que foi nomeado pelo próprio Deus", teria dito Henrique. "Talvez Monsieur Trudeau considere a si mesmo acima de seu rei. Talvez Monsieur Trudeau se considere adequado para um cargo real. Que seja. Tomarás as Ilhas Salgadas com minha bênção, mas não como barão. Tu és o rei delas. Rei Raymond I. Não exigirei dízimos nem tributos de ti nem de teus descendentes, em condição perpétua, e, como uma recompensa a mais, podes usar sua coroa na minha corte. O que quer que encontrares naquelas ilhas abundantes será teu."

Trudeau não pôde fazer nada além de uma reverência e agradecer gaguejando, por mais que as palavras fossem amargas. Era um insulto terrível, já que não havia nada a ser encontrado nas Ilhas Salgadas além de aves marinhas e seu cocô; e pouca coisa crescia ali, graças à chuva de borrifos do mar que cobria as duas ilhas nas marés violentas, dando às Ilhas Salgadas nada mais do que o nome.

Mas a sorte de Raymond Trudeau não era tão ruim quanto parecia. Depois de seu banimento para as Ilhas Salgadas, uma estranha caverna brilhante foi descoberta por um de seus homens que estava pondo fogo nas gaivotas para espantá-las dos poleiros. A caverna era um depósito glacial de diamantes. A maior mina jamais descoberta, e a única da Europa. Henrique havia nomeado Raymond Trudeau rei da propriedade mais valiosa do mundo.

Setecentos anos depois, a família Trudeau ainda estava no poder, apesar de mais de uma dúzia de tentativas de invasão por parte de exércitos ingleses, irlandeses e até mesmo piratas. A famosa Muralha das Salgadas se mantinha firme contra canhões, tiros e aríetes, e os célebres Atiradores das Salgadas eram treinados para arrancar os bigodes de um pirata a um quilômetro e meio de distância. Havia apenas dois tipos de empreendimentos nas Salgadas: diamantes e defesa.

A prisão das Salgadas estava apinhada até quase estourar, com os mais imundos restos da humanidade assassina que a Irlanda e a Grã-Bretanha tinham a oferecer. Eles trabalhavam na mina de diamantes até cumprirem a pena ou morrerem. A maior parte morria. Uma sentença na Pequena Salgada era sentença de morte. Ninguém se importava, de fato. As Salgadas vinham enriquecendo muitas pessoas havia séculos, e nenhuma dessas muitas pessoas queria a mudança do *status quo*.

Mesmo assim, a mudança estava chegando. Agora havia um novo rei no trono das Salgadas, um americano, o rei Nicholas I, ou o *Bom rei Nick*, como era conhecido num número cada vez maior de lares. Com apenas seis meses no poder, o rei Nicholas já havia melhorado drasticamente a qualidade de vida de seus 3.000 súditos, abolindo impostos e construindo um moderno sistema de drenagem que atravessava a cidade de Fortaleza do Promontório, na ponta norte da Grande Salgada.

Quando o iate real, o *Razorbill*, atracou no porto das Salgadas ao amanhecer, depois de uma viagem de três dias vindo da França, o próprio rei Nicholas veio recebê-lo. Para dizer a verdade, ele não se parecia muito com os outros reis da época; era um homem de 37 anos, com aparência jovem, vestindo roupas de caça, feitas de couro, e um quepe achatado. Suas costeletas eram aparadas, com um padrão de cicatrizes desbotadas em forma de jogo da velha, na testa, devido a um encontro com uma mina terrestre. Um estranho poderia presumir que Nicholas seria o guarda-caça do rei, mas jamais o rei. Não havia pompa nem circunstância no sujeito e ele vivia com toda a simplicidade possível num palácio real. Nicholas havia servido como escaramuçador e balonista durante a Guerra Civil Americana, e diziam que ele dormia no banco da janela em seu quarto real porque a cama era macia demais.

Nicholas era uma nova estirpe de rei europeu. Que estava decidido a usar qualquer poder que possuísse para melhorar a qualidade de vida do maior número possível de pessoas. O bom rei Nick. Declan Broekhart gostava dele como se fosse um irmão.

Declan jogou o cabo de proa do iate e saltou no cais para cumprimentar seu monarca.

— Majestade — disse com uma ligeira reverência.

O rei Nicholas devolveu a reverência, depois deu um soco no ombro do amigo.

— Declan! Por que demorou tanto? Li sobre seu maravilhoso bebê aéreo antes de vê-lo. Só rezo para que ele tenha herdado as feições da mãe.

Enquanto os homens compartilhavam risos, Catherine pisou na prancha de desembarque, segurando seu fardo precioso enrolado numa manta.

— Catherine — disse Nicholas, pegando o braço dela. — Não deveria estar descansando?

— Já descansei demais a bordo. — Catherine puxou a manta do pequeno Conor até abaixo do queixo. — Agora seu mais novo súdito gostaria de conhecer o rei.

Nicholas olhou para dentro das roupas amplas, encontrando um rosto de bebê nas sombras. Ficou um pouco desconcertado ao encontrar os olhos do menino fixos e aparentemente o avaliando.

— Ah — disse ele, recuando ligeiramente. — Tão... alerta.

— É — respondeu Catherine, orgulhosa. — Ele tem olhos de atirador de elite, como os do pai.

Mas o rei Nicholas viu mais do que isso.

— Talvez. Mas também tem o queixo dos Broekhart. Teimoso a não mais poder. Mas a testa é sua, Catherine. Um cientista, talvez, como a mãe. — O rei fez cócegas no queixo do bebê Conor. — Precisamos de cientistas. Um mundo novo está chegando em nossa direção, vindo da América e também da Europa. As Salgadas só permanecerão independentes se tivermos algo a oferecer ao mundo, e a mina de diamantes na Pequena Salgada não vai durar para sempre. Cientistas, é disso que precisamos aqui. — O rei Nicholas calçou luvas de montaria. — Ensine-o bem, Catherine.

— Farei isso, majestade.

— E leve-o ao palácio. Apresente-o a Isabella.

— Vou levá-lo depois do café da manhã — prometeu Catherine.

Nicholas deu um sorriso triste.

— A mãe de Isabella teria um presente pronto e embrulhado. O presente perfeito. — O rei ficou em silêncio um tempo, lembrando-se da esposa, depois se animou. — E agora, Declan, desculpe por levá-lo embora, mas parece que alguns contrabandistas de ópio se enfiaram na Caverna de Lady Walker. Bem debaixo do nosso nariz.

— Eu cuido disso, majestade. Será que o senhor poderia acompanhar Catherine até nossos aposentos?

— Bela tentativa, capitão — riu Nicholas, batendo palmas. — Espera me manter longe do perigo. — O rei estava empolgado de novo, com o velho soldado que havia nele adorando a caçada. Diferentemente da maioria dos velhos soldados, ele não gostava de matar. Aqueles contrabandistas seriam mandados para trabalhar na mina de diamantes na prisão da Pequena Salgada, mas não sofreriam qualquer mal, a não ser que fosse inevitável.

— Venha agora, temos a luz do amanhecer e maré baixa. Os criminosos não gostam de acordar cedo, portando devemos pegá-los cochilando.

O rei levou a mão ao quepe, saudando Catherine, depois seguiu pelo cais em direção a uma pequena companhia da cavalaria das Salgadas. Na verdade era toda a divisão montada do Exército das Salgadas. Uma dúzia de cavaleiros hábeis montando garanhões irlandeses. Dois dos cavalos estavam sem cavaleiros.

Declan estava ansioso para ficar com a esposa, porém sentia-se mais ansioso ainda para realizar seu trabalho.

— Preciso ir, Catherine. O rei vai acabar se machucando ao pular naquelas cavernas.

— Vá, Declan. Mantenha-o em segurança; as ilhas precisam do bom rei Nick.

O capitão Broekhart beijou a esposa e o bebê, depois seguiu o rei Nicholas até onde a cavalaria esperava, com os cascos dos cavalos arrancando lascas da madeira do cais.

— Seu pai, o herói — disse Catherine ao bebê Conor, acenando com a minúscula mãozinha para Declan. — Agora vamos para casa e nos preparar para conhecer uma princesinha. Quer conhecer uma princesa, meu cientista teimoso?

Conor gorgolejou. Parecia que sim.

PARTE 1
BROEKHART

CAPÍTULO 1

A PRINCESA E O PIRATA

Conor Broekhart era um garoto extraordinário, fato que se tornou evidente muito cedo em sua infância idílica. A natureza costuma ser comedida com os dons, distribuindo-os de modo esparso, mas favoreceu Conor com tudo que tinha a oferecer. Parecia que todos os talentos de seus ancestrais lhe haviam sido concedidos. Inteligência, feições fortes e cortesia.

Além disso, Conor era felizardo em suas condições de vida. Havia nascido numa comunidade rica, na qual os valores de igualdade e justiça estavam sendo aplicados, pelo menos superficialmente. Cresceu com uma crença forte no que era certo e errado, e isso não fora turvado pela pobreza ou pela violência. Era algo simples para o garoto. O certo era a Grande Salgada; o errado era a Pequena Salgada.

Atualmente é fácil escolher alguns eventos dos primeiros anos de Conor e dizer: *Aí está. O garoto que virou homem. Deveríamos ter visto.* Mas a visão posterior é uma ciência indigna de confiança e, na verdade, talvez tenha havido um único incidente nos primeiros dias de Conor, no palácio, que sugeriu seu potencial.

O incidente em questão ocorreu quando Conor tinha nove anos e estava percorrendo os corredores de serviço que serpenteavam por trás das paredes da capela do castelo e do prédio principal. Sua colega naquelas excursões era a princesa Isabella, um ano mais velha do que ele e sempre a mais aventureira dos dois. Isabella e Conor raramente eram vistos separados e frequentemente estavam tão cobertos de lama, sangue e todo tipo de sujeira, que o garoto mal poderia ser distinguido da princesa.

Nessa tarde de verão, em particular, eles haviam exaurido toda a diversão possível acompanhando uma chaminé abandonada até a origem, e decidiram lançar um ataque pirata, de surpresa, contra o apartamento do rei.

— Você pode ser o capitão Corvo — disse o pequeno Conor, lambendo um pouco de fuligem em volta da boca — e eu posso ser o taifeiro que cravou um machado na cabeça dele.

Isabella era uma coisinha linda, com rosto de elfo e olhos castanhos redondos, mas naquele momento mais parecia um moleque limpador de chaminés do que uma princesa.

— Não, Conor. Você é o capitão Corvo e eu sou a princesa refém.

— Não existe princesa refém — declarou Conor com firmeza, preocupado com a possibilidade de mais uma vez Isabella amoldar a lenda para seus próprios fins. Em brincadeiras anteriores, ela havia incluído um unicórnio e uma fada que definitivamente não faziam parte da história original.

— Claro que existe — disse ela com beligerância. — Existe porque eu digo que existe, e eu sou uma princesa de verdade, enquanto *você* nasceu num balão.

Isabella disse isso como um insulto, mas, para Conor, um balão era praticamente o melhor lugar para se ter nascido.

— Obrigado — respondeu ele, rindo.

— Isso não é uma coisa boa — guinchou Isabella. — O doutor John diz que seus pulmões provavelmente foram esmagados pela altitude.

— Meus pulmões são melhores do que os seus. Veja! — E Conor uivou para o céu, só para mostrar como seus pulmões eram saudáveis.

— Muito bem — disse Isabella, impressionada. — Mas ainda assim sou a princesa refém. E você deve se lembrar de que posso mandar executá-lo, se você me desagradar.

Conor não ficou preocupado com a ideia de Isabella mandar executá-lo, já que ela ordenava que ele fosse enforcado pelo menos umas dez vezes por dia, e isso ainda não acontecera. Estava mais preocupado porque Isabella não estava sendo uma colega de brincadeiras tão boa quanto ele esperava. Connor queria alguém que entrasse nas brincadeiras que ele gostava de inventar, que geralmente incluíam jogar planadores de papel ou comer insetos. Mas ultimamente Isabella se desviava na direção de vestir fantasias e beijar, e só explorava chaminés se Conor concordasse em fingir que eles eram os lendários amantes Diarmuid e Gráinne, escapando do castelo de Fionn.

Desnecessário dizer que Conor não queria ser um amante lendário. Os amantes lendários raramente voavam para algum lugar e praticamente jamais comiam insetos.

— Está bem — gemeu ele. — Você é a princesa refém.

— Excelente, capitão — disse Isabella com doçura. — Agora pode me arrastar até o quarto do meu pai e exigir um resgate.

— Arrastar? — perguntou Conor com esperança.

— Arrastar de brincadeira, não de verdade, senão mando enforcar você.

Conor pensou, com sabedoria notável para alguém de nove anos, que se ele fosse enforcado a cada vez que Isabella ordenasse, seu pescoço seria mais comprido do que o de uma girafa do Serengeti.

— Arrastar de brincadeira, então. Posso matar alguém que a gente encontrar?

— Qualquer pessoa. Menos papai, até que eu veja como ele está triste.

Qualquer pessoa.

Isso é legal, pensou Conor, girando sua espada de madeira, pensando em como podia cortar o ar como uma asa de gaivota.

Como uma asa.

Os dois atravessaram a barbacã, ela soltando *aaaahs* e ele, *arrrgs*, atraindo olhares carinhosos mas também cautelosos das pessoas por quem passavam. As únicas crianças que residiam no palácio eram bastante amadas, nem um pouco mimadas, com bons modos suficientes quando seus pais estavam perto, mas também tinham dedos leves e afanavam qualquer coisa de que gostassem em suas aventuras diárias.

Um certo artesão italiano que trabalhava com folhas de ouro deu as costas recentemente ao querubim que ele estava cobrindo numa tarde e descobriu que seu pincel e a bandeja de folhas de ouro haviam desaparecido. Mais tarde o ouro apareceu cobrindo as asas de uma gaivota que fora morta uma semana antes e que *alguém* havia tentado fazer voar das ameias da Muralha.

Os dois atravessaram a ponte entrando no fortim principal, que abrigava a residência, o escritório e as salas de reuniões do rei. E geralmente seria ali que os dois seriam recebidos por um bem-humorado questionamento da sentinela. Mas pouco antes o próprio rei havia se inclinado para fora da janela e mandado o sujeito ir correndo pegar o barco de Wexford e apostar dez xelins num cavalo do qual ele gostava, na corrida de praia de Curracloe. O palácio tinha um sistema de telefone, mas por enquanto ainda não havia fios ligando-o à Irlanda e os agentes de apostas se recusavam a aceitar apostas enviadas pelo semáfora.

Durante apenas dois minutos, para deleite da princesa e do pirata, o fortim principal ficou desguarnecido. Eles entraram como se fossem donos do castelo.

— Claro que, na vida real, eu *sou* dona do castelo — confidenciou Isabella, jamais perdendo a chance de lembrar a Conor sua posição elevada.

— Arrrg — disse Conor, a sério.

A escada em espiral passava por três andares, todos cheios com o pessoal da limpeza, cientistas e funcionários públicos. Mas, por uma combinação de esperteza infantil e sorte, os dois conseguiram passar pelos andares de baixo e chegar à entrada pessoal do rei: uma impressionante porta dupla, de carvalho, com metade da bandeira e do lema das Salgadas esculpida em cada parte. *Vallo Parietis*, diziam as palavras. *Defenda a Muralha*. A bandeira era um brasão dividido verticalmente em partes vermelha e dourada, com uma torre branca, de blocos, estampada no centro.

A porta estava ligeiramente aberta.

— Está aberta — disse Conor.

— Está aberta, princesa refém — lembrou Isabella.

— Desculpe, princesa refém. Vejamos que tesouros existem aí dentro.

— Eu não deveria fazer isso, Conor.

— Capitão Pirata Corvo — disse Conor, passando pela abertura da porta.

Como sempre, o apartamento de Nicholas estava atulhado com os restos de uma dezena de experiências. Havia um dínamo canibalizado sobre o tapete da lareira, com fios de cobre se projetando da barriga.

— Aquilo é uma criatura do mar, e aquelas são as entranhas dela — disse Conor, adorando.

— Ah, seu pirata imundo — respondeu Isabella.

— Se eu sou um pirata imundo, pare com esse sorriso. As reféns deveriam chorar e gemer.

Na lareira propriamente dita, havia vidros de mercúrio e combustíveis experimentais. Nicholas se recusava a permitir que seus funcionários os levassem para baixo. Eram voláteis demais, havia explicado. De qualquer modo, o fogo apenas subiria pela chaminé.

Conor apontou para os vidros.

— Garrafas de veneno. Espremido do traseiro de um dragão. Basta uma cheirada e você "vapora".

Isso pareceu bastante possível, e Isabella não soube se deveria acreditar ou não.

Sobre o divã estavam baldes de fertilizante, com dois deles soltando vapor suavemente.

— Também saiu do traseiro de um dragão — entoou Conor com sabedoria.

Isabella tentou manter o grito atrás dos lábios e assim, em vez disso, ele saiu pelo nariz.

— É fertilizante — disse Conor, sentindo pena dela. — Para fazer as plantas crescerem na ilha.

Isabella fez uma careta para ele.

— Você vai ser enforcado ao pôr do sol. Promessa de princesa.

O apartamento era uma terra de brilhos e luzes para duas crianças sem vigilância. Havia uma bandeira americana enrolada nos ombros de um urso preto empalhado, no canto. Uma coleção de prismas e lentes reluzia numa caixa de madeira que tinha uma das extremidades fechada por uma tampa. Livros velhos e novos estavam em pilhas altas como as colunas de um templo arruinado.

Conor caminhou entre essas colunas de conhecimento, quase tocando tudo, mas contendo-se, sabendo, de algum modo, que os sonhos de outro homem não deveriam ser perturbados.

De repente se imobilizou. Havia algo que deveria fazer. Talvez a chance nunca mais surgisse.

— Preciso capturar a bandeira — ofegou. — É o que um capitão pirata deve fazer. Vá para o terraço, para que eu possa capturar a bandeira e me gabar.

— Capturar a bandeira e seu gambá?

— Gabar.

Isabella ficou parada com as mãos nos quadris.

— A pronúncia é gambáááá, idiota.

— Você deveria ser uma princesa. Insultar os súditos não é muito princesífero.

Isabella não se abalou.

— As princesas fazem o que querem. De qualquer maneira, não há nenhum gambá no telhado.

Conor não perdeu tempo discutindo. Não havia como ganhar uma discussão com alguém que poderia mandar executá-lo. Correu até a porta do terraço, brandindo a espada contra tropas imaginárias. Essa porta também estava aberta. Que sorte incrível. Nas centenas de ocasiões anteriores em que ele e Isabella haviam emboscado o rei Nicholas, todas as portas do palácio estavam trancadas, e eles haviam sido alertados pelos pais de rosto sério a jamais se aventurar no terraço sozinhos. Era uma queda longa.

Conor pensou nisso.

Pais? Bandeira?

Pais? Bandeira?

— Tremendo pirata você é — fungou Isabella. — Parado aí e se coçando com uma espada de brinquedo.

Bandeira, então.

— Arrrg. Vou pegar a bandeira, princesa refém. — E então com sua própria voz: — Não toque em nenhuma dessas experiências, Isabella. Especialmente as garrafas. Papai diz que um dia o rei vai explodir tudo e mandar a gente ir e voltar do inferno com as misturas dele, então elas devem ser perigosas.

Conor subiu depressa a escada, antes que sua coragem falhasse. Não ficava longe, talvez uns doze degraus até o ar livre. Emergiu da escada da torrinha num terraço de pedra. Da escuridão à luz em meio segundo. O efeito foi de tirar o fôlego, céu azul com nuvens suficientemente próximas para ser tocadas.

Eu nasci num lugar assim, pensou Conor.

Você é uma criança especial, dizia sua mãe, pelo menos uma vez por dia. *Você nasceu no céu; e lá sempre haverá um lugar para você.*

Conor acreditava que era verdade. Sempre havia se sentido mais feliz em lugares altos, aonde outras pessoas tinham medo de ir.

Subiu no topo do parapeito, segurando-se firme ao mastro da bandeira. O mundo girava ao redor, o sol laranja pairando sobre o cais de Kilmore como um farol. O mar reluzindo abaixo, mais prata do que azul, e o céu chamando-o como se ele fosse um pássaro. Por um momento ficou enfeitiçado pela cena, depois a ponta da bandeira se esgueirou em sua visão.

Arrg, pensou. *Eis a bandeira. Orgulho das Salgadas.*

A bandeira ficava perfeitamente retangular, carmim e dourada com sua torre tão branca que reluzia, mantida rígida por uma moldura de bambu, de modo que o emblema das ilhas se mantivesse de pé, orgulhoso, independentemente do clima. Conor percebeu que na verdade estava de pé no topo da mesma torre representada na bandeira.

Isso poderia provocar um puxão de orgulho patriótico num ilhéu mais velho, mas para um garoto de nove anos tudo que isso significava era que sua foto deveria ser incluída na bandeira.

Vou me desenhar na bandeira, depois de roubá-la, decidiu.

Isabella surgiu no terraço, piscando por causa da luz súbita.

— Desça do parapeito, Conor. Nós estamos brincando de pirata, não de garoto pássaro.

Conor ficou indignado.

— E deixar a bandeira? Você não entende? Eu serei um pirata famoso, mais famoso do que o próprio Barba Ruiva.

— Esse muro é velho, Conor.

— Capitão Pirata Corvo, lembre-se.

— Esse muro é velho, *Conor*. Você pode cair. Lembra das

telhas de ardósia que caíram da capela durante a tempestade no ano passado?

— E a bandeira?

— Esquece a bandeira e esquece o gambá. Estou com fome, então desça antes que eu mande enforcar você.

Connor desceu do muro, agora mal-humorado. Já ia desafiar Isabella, dizer que ela podia ir em frente e mandar enforcá-lo de uma vez por todas — *e* que ela era uma refém mixuruca. Quem já ouviu falar de uma refém *dando* ordens? Ela deveria aprender a chorar e gemer direito, em vez de ameaçar executá-lo cem vezes por dia.

Já ia dizer tudo isso quando de baixo veio um som oco que abalou os blocos sob os pés deles. Uma nuvem de fumaça roxa bufou pela porta, como se alguém tivesse limpado uma tuba.

Conor teve uma suspeita que chegava às bordas da certeza.

— Você tocou em alguma coisa? — perguntou a Isabella.

Isabella estava altiva diante do desastre.

— Eu sou a princesa deste palácio, portanto tenho todo o direito de tocar o que eu quiser.

A torre tremeu de novo. Desta vez a fumaça era verde e acompanhada por um fedor insuportável.

— O que você tocou, Isabella?

A princesa do palácio ficou verde como a fumaça.

— Posso ter tirado a tampa da caixa de madeira. A que tinha as lentes bonitas.

— Ah. Isso pode ser encrenca.

O rei Nicholas havia explicado o que eram as lentes a Conor, uma vez, adorando descobrir que a paixão do menino por aprender era equivalente à sua.

As lentes são arrumadas numa ordem muito específica, dissera ele, agachando-se tanto que seu olho parecia monstruoso através da primeira lente. *E assim, quando eu tiro a tampa e a luz entra por uma das extremidades, ela se concentra por lentes sucessivas até ser capaz de acender papel, na outra ponta. Com esse pequeno instrumento seria possível provocar um incêndio a distância. É o pavio de segurança definitivo.*

Conor se lembrou de ter pensado, na época, que seria possível colocar a caixa na janela e deixá-la acender a lareira todas as manhãs, uma tarefa que ele não gostava muito de fazer.

E agora Isabella havia tirado a tampa.

— Você alterou a posição da caixa?

— Veja como fala, plebeu!

Plebeu? Isabella devia estar mesmo aterrorizada.

— Isabella?

— Posso ter colocado na mesa, perto da janela, para ver as cores passando pelas lentes.

Obviamente o instrumento havia captado a luz da tarde, liberando o poder das lentes no laboratório do rei, cheio de fertilizante, jarras de combustível e vários materiais explosivos. A luz concentrada obviamente havia pousado em algo combustível.

— Temos de ir — disse Conor, esquecendo todos os pensamentos no capitão Corvo.

Ele não desconhecia o poder dos explosivos. Seu pai era encarregado das defesas da Muralha e havia levado Conor uma vez para desmoronar uma caverna de contrabandistas. Foi um presente de aniversário, mas também uma lição para ficar longe de qualquer coisa que fizesse *bum*. A parede da caverna havia despencado como blocos de brinquedo empurrados por um bebê.

— Sobe no muro — disse Conor, ansioso. — O piso está caindo.

Pela primeira vez Isabella não discutiu. Aceitou a mão de Conor e o acompanhou até a borda do parapeito.

— O piso tem trinta centímetros de espessura — explicou ele, gritando acima do rugido das chamas. — O parapeito tem um metro e vinte. Não vai se quebrar.

As explosões continuavam lá embaixo como disparos de canhão, cada uma liberando odores distintos, fumaças de cores diferentes. Os vapores eram fétidos e Conor imaginou que seu rosto devia estar tão verde quanto o de Isabella.

Não importa se o parapeito ficar inteiro, percebeu. *As chamas vão nos alcançar muito antes.*

Para Isabella e Conor, era como se todo o mundo tremesse. O poço da escada cuspia chamas e fumaça como se houvesse um dragão espreitando lá embaixo, e do pátio vinham os gritos dos ilhéus, enquanto nacos da torre despencavam.

Precisamos sair deste lugar, pensou Conor. *Ninguém mais pode nos salvar, nem mesmo papai.*

Não havia como descer através daquele inferno. Só havia uma saída: voar.

O rei Nicholas estava mais adiante, no toalete do corredor, quando a filha explodiu seu apartamento. Admirava o novo vaso sanitário Royal Doulton que havia mandado instalar recentemente em seu banheiro. Nicholas pensou em instalá-los em todo o palácio, mas havia boatos sobre um novo toalete com descarga para um futuro próximo, e seria uma pena estar um passo atrás no progresso.

Precisamos abraçar o progresso, estar à frente dele, caso

contrário as Salgadas serão afogadas por um maremoto de inovações.

Quando a primeira explosão sacudiu a torre, Nicholas pensou brevemente que seu intestino poderia ser responsável pelo barulho, mas percebeu que nem mesmo a garrafa de cerveja artesanal que ele havia consumido com Declan Broekhart na noite anterior poderia resultar num estardalhaço daqueles.

Será, então, que estavam sendo atacados? Improvável, a não ser que um navio tivesse conseguido se aproximar sem ser detectado numa tarde límpida de verão.

Um pensamento o assaltou.

Será que poderia ter deixado aberta a tampa da caixa de lentes? Se ao menos uma fagulha se acendesse naquele cômodo...

O rei Nicholas terminou seus negócios reais e escancarou a porta, fechando-a rapidamente de novo enquanto uma nuvem de fumaça e chamas invadia o banheiro, queimando seus pulmões. Seu apartamento estava destruído, sem dúvida. Por sorte não havia ninguém em seus aposentos nem em cima, de modo que os outros ocupantes da torre deveriam escapar com facilidade.

Não, pensou. O rei Nicholas, o Idiota, está preso pelo incêndio de suas próprias experiências.

Havia uma janela, claro. Nicholas acreditava firmemente nos benefícios da boa ventilação. Também era devoto da meditação, mas este não era o momento para isso.

O rei enfiou uma toalha sob a porta, para impedir que uma corrente de ar convidasse o fogo para dentro, e escancarou a janela. Vidro e pedaços de argamassa passaram despencando pela janela aberta, e toda a estrutura estremeceu quando outra explosão abalou a torre. Nicholas pôs a cabeça para fora e espiou de lado, bem a tempo de ver uma pluma de fumaça multicolorida ser expelida de sua sala.

Lá se vão as garrafas de combustível.

Embaixo, o pátio estava um caos. A divisão de bombeiros, para seu crédito, já havia empurrado a carroça da bomba até a base da torre e estava conseguindo alguma pressão na água. Se havia uma coisa em quantidade nas Salgadas, era água. Em qualquer outro dia os borrifos do mar teriam apagado o fogo, mas hoje, apesar de uma brisa constante, o mar estava liso como um espelho polido.

Havia um homem perto da base da torre. Era uma figura vistosa de casaco e quepe com pluma, de aviador francês. A seus pés estava uma grande valise de couro e ele parecia achar bastante divertida aquela situação da torre explodindo.

Nicholas o reconheceu imediatamente, e gritou.

— Victor Vigny. Você veio?

O homem riu de orelha a orelha, um sorriso espantosamente branco saindo do meio do rosto bronzeado.

— Vim — gritou ele com o sotaque francês que seria de esperar de alguém com uma roupa daquelas. — E fiz bem, Nick. Parece que você ainda não aprendeu a manter um laboratório seguro.

Outra explosão. Fumaça azul e um tremor que chacoalhou a torre até os alicerces. O rei se abaixou, saindo de vista, e depois reapareceu na janela.

— Muito bem, Victor. Acabou a brincadeira. É hora de me tirar daqui. Será que um pouco daquela famosa engenhosidade de Vigny atravessou o Atlântico?

Victor Vigny grunhiu, depois olhou o pátio ao redor. A carroça dos bombeiros tinha uma escada presa ao flanco, e também uma corda. Nenhuma das duas tinha tamanho suficiente para chegar ao rei.

— Quem projetou esta coisa? — murmurou ele, pendurando no ombro a corda enrolada. — Torres altas e escadas curtas. Só para mostrar que existem idiotas em toda parte.

— O que está fazendo? — perguntou um membro da brigada de incêndio. — Quem disse que o senhor podia pegar isso?

Vigny apontou o polegar para o céu.

— Ele.

O bombeiro franziu a testa.

— Deus?

O francês se encolheu. Idiotas *em toda parte.*

— Não tão alto, *mon ami.*

O bombeiro olhou para cima, vendo o rei na janela.

— Faça o que ele diz — rugiu Nicholas. — Esse homem salvou minha vida no passado e eu confio nele para fazer isso de novo.

— Sim, majestade. Estou ao seu... ao seu dispor.

Victor apontou para a escada.

— Encoste-se à parede, embaixo da janela.

— Não vai chegar lá — disse o bombeiro, ansioso para dizer alguma coisa inteligente.

— Só faça isso, *monsieur.* O seu rei está ficando com um pouco de calor naquele colarinho.

O bombeiro agarrou um colega e os dois encostaram a escada na torre. Victor Vigny já estava na metade dela antes que a ponta batesse na parede.

A torre transmitia suas vibrações aos degraus da escada e Victor soube que não demoraria muito até que o topo explodisse, como um canhão tampado. Logo o apartamento do rei e tudo acima dele não passariam de poeira e lembranças.

Chegou rapidamente ao topo da escada e, cruzando as pernas nos degraus, deslizou a corda do ombro para o braço.

— Ele é ágil, não é? — comentou o bombeiro com seu colega. — Mas, como eu disse com inteligência, a escada não chega até lá.

Agora chovia entulho. Pedaços, lascas e blocos inteiros de granito. Os três homens que trabalhavam na escada não tinham como evitar. Suportavam os golpes com os ombros encurvados e grunhidos.

— Incline-a para trás — gritou Victor para baixo, com o suor pingando do rosto. Arrancou o quepe com pluma quando ele pegou fogo, revelando o tufo de cabelos espetados que haviam lhe garantido o apelido de La Brosse. — Você me deve um chapéu, Nicholas. Tenho este desde Nova Orleans.

Os bombeiros suportaram o peso da escada e do parisiense, puxando-o a um metro da parede da torre. Victor Vigny segurou meia dúzia de voltas da corda na mão e jogou-a para cima. Tinha avaliado o tamanho com precisão, fazendo com que a ponta dividida parasse diretamente na mão do rei Nicholas.

— Amarre-a bem firme agora, e seja rápido.

Victor prendeu a corda no degrau de cima, depois deslizou para baixo o mais rápido possível sem arrancar a pele das mãos.

— A escada não chega lá — observou o bombeiro, enquanto Victor mergulhava as mãos no balde d'água mais próximo.

— Sei disso, *monsieur*. Mas a escada chega até a corda, e a corda chega até o rei.

— Ah — disse o bombeiro.

— Agora fiquem para trás. Se eu conheço o seu rei, essa torre tem mais explosivos do que um canhão de tamanho semelhante. Acredito que estamos para ser disparados até a lua.

A brigada de bombeiros desistiu. Não conseguiam bombear pressão suficiente para chegar às chamas e, mesmo que pudessem, o incêndio tinha todo tipo de cores, e jogar água nele poderia simplesmente deixá-lo mais furioso.

Por isso se afastaram do castelo que cuspia entulho, esperando para ver se o último Trudeau do sexo masculino conseguiria se salvar da morte pelo fogo ou pela queda.

Dentro do banheiro, o rei Nicholas fez o teste mais rigoroso em seu vaso sanitário Royal Doulton. É verdade que o toalete fora construído para suportar o peso de um adulto gordo, mas possivelmente não o de um adulto pendurado numa corda amarrada à sua tubulação. Com uma toalha molhada envolvendo a testa, o rei passou quatro voltas ao redor do tubo de evacuação e deu alguns nós.

Espero que esse tubo não estoure. Ser queimado vivo já é ruim o bastante, sem ficar coberto de esgoto.

A forte porta de madeira do banheiro estalava com o calor, como se houvesse soldados batendo do lado de fora. As tiras de aço se curvavam, lançando rebites pelo cômodo como balas em ricochete.

Nicholas lutava, enxugando os olhos com a toalha, indo centímetro a centímetro na direção do fraco triângulo amarelo que devia ser a janela. A fumaça não ficava menos densa, havia apenas uma claridade débil em seu centro.

Só siga a corda, disse a si mesmo. *Não é difícil. Avance e não solte a corda.*

Nicholas tombou pela janela, lembrando-se de continuar segurando a corda. Parou com um repelão quando a corda se retesou, como um condenado na forca.

— Pare de embromar, Nick! — berrou Victor Vigny. — Desça daí. Uma mão depois da outra. Até um simplório como este bombeiro aqui conseguiria.

— Conseguiria mesmo! — gritou o bombeiro, decidindo que mais tarde se preocuparia com o insulto, se é que se preocuparia.

Abaixo da nuvem de fumaça, o rei Nicholas conseguiu respirar de novo. Cada hausto sucessivo de ar puro expulsava as toxinas de seu organismo e devolvia a força aos membros.

— Desça, homem! Eu não viajei de Nova York até aqui para ver você se balançando.

Nicholas riu, os dentes num clarão branco.

— Eu quase morri, Victor. Um pouco de simpatia seria bom. — Essas frases simples representavam um esforço considerável, e cada frase era pontuada por um ataque de tosse.

— Assim está melhor — disse Vigny. — O velho Nick. Venha para baixo.

O rei desceu lentamente, com a jornada interrompida por várias explosões. Assim que seus pés encontraram apoio no degrau de cima, Nicholas desceu rapidamente. Afinal de contas havia outras vidas em risco e, se Victor fosse morto por causa de seu descuido monumental, o francês iria importuná-lo mesmo estando no outro mundo.

Victor estava segurando os cotovelos do rei antes que suas botas tocassem nas pedras do calçamento, afastando-o para a segurança relativa do fortim. Ficaram olhando de trás de uma torre aberta enquanto a escada dos bombeiros era queimada até ficar preta.

— Que diabo havia lá dentro? — perguntou Victor.

A garganta do rei assobiava a cada respiração dificultosa.

— Um pouco de pólvora. Fogos de artifício. Umas garrafas de combustível experimental, óleo sueco para explosão. Detonadores. Estávamos usando o velho depósito de grãos, embaixo, como paiol temporário. E, claro, fertilizante.

— Fertilizante?

— Fertilizante é importante nas Salgadas, Victor. É o futuro. — Ele se lembrou de uma coisa. — Isabella. Preciso mostrar a ela que estou incólume. Ela deve ver pessoalmente. — O rei olhou o pátio ao redor. — Não a estou vendo. Não... Claro. Alguém a levou para um lugar seguro. Ela está em segurança, não está, Victor?

Victor Vigny não encarou o amigo; seus olhos estavam direcionados por cima do ombro do rei, para o parapeito da torre. Havia duas coisas no meio da fumaça e das chamas. Dois *alguéns*. Um menino e uma menina. Talvez de nove ou dez anos de idade.

— *Mon Dieu* — ofegou o francês. — *Mon Dieu.*

O terraço da torrinha havia desaparecido completamente, a não ser por blocos irregulares ao redor das paredes, como se o dragão tivesse crescido e agora ocupasse a torre inteira. Através de nuvens de fumaça e chamas, Conor podia ver alvenaria e traves despencando.

Uma grossa coluna de fumaça foi tossida da torre, que efetivamente havia se transformado numa chaminé, puxando ar por baixo para alimentar o fogo. A fumaça subia como uma gigantesca árvore nodosa, preta contra o céu de verão.

Isabella não estava nem um pouco histérica. Uma calma fantasmagórica havia baixado sobre ela, de pé no parapeito, os olhos vítreos como se estivesse meio dormindo e sem certeza quanto à realidade da situação.

O único modo de descer é voar, pensou Conor. Este era seu sonho havia muito tempo, voar de novo, mas aquelas não eram as condições perfeitas.

Quase havia voado ao fazer cinco anos, quando a família Broekart fora passar o dia em Hook Head, na Irlanda, para ver o famoso farol. O presente de Conor fora uma grande pipa com as cores das Salgadas. Eles a empinaram num pasto varrido pelo vento, perto do mar, e um sopro repentino havia erguido Conor na ponta dos pés, e o teria arrastado para o mar caso o pai não segurasse seu cotovelo.

Pipa. Cores das Salgadas. A bandeira.

No parapeito, Conor bateu no mastro, puxando os nós que prendiam a estrutura de bambu. Os nós se retorceram em suas mãos, puxados pelo vento que agitava a bandeira na moldura.

— Me ajude, Isabella — gritou ele. — Temos de desamarrar a bandeira.

— Esqueça a bandeira, capitão Corvo — disse Isabella em voz opaca. — Deixe o gambá, também. Não gosto de gambás. Eles fedem.

Conor lutou com os nós. As cordas eram mais grossas do que seus dedos, mas estavam quebradiças por causa do calor e se desfizeram rapidamente. Com um puxão forte, tirou a bandeira do vento, puxando-a até o parapeito. Ela corcoveou e estalou sob ele como um tapete mágico, mas Conor a manteve firme com o corpo.

Agora mal podia ver Isabella. Ela era como um fantasma na fumaça. Tentou chamá-la, mas a fumaça desceu por sua garganta mais rápido do que as palavras conseguiam sair. Pigarreou e soltou *arrrgs* como uma foca, balançando os braços na direção da princesa. Ela o ignorou, decidindo deitar-se no parapeito e esperar o pai.

Conor lutou com a fivela de seu cinto, puxando a tira de couro do cós da calça. Depois passou o cinto pelas costas e o enfiou por trás das diagonais de bambu da bandeira.

Esse plano é maluco. Você não é um pirata numa aventura fantástica.

Isso não era um plano; não havia tempo para planos. Era um ato desesperado.

Na confusão de fumaça, explosões e jatos de chamas, Conor lutou para ficar de pé, mantendo a ponta da bandeira baixa, escondendo-a do vento.

Ainda não. Ainda não.

Quase tropeçou em Isabella. Ela parecia estar dormindo. Não houve reação quando seus dedos puxaram o rosto da garota.

Morta. Será que ela está morta?

O garoto de nove anos sentiu lágrimas correndo pelas bochechas e sentiu vergonha. Precisava ser forte pela princesa. Ser um herói, como seu pai.

O que o capitão Declan Broekhart faria?

Conor imaginou o rosto do pai à sua frente.

Tente alguma coisa, Conor. Use esse cérebro grande de que sua mãe vive falando. Construa sua máquina de voar.

Não é uma máquina, papai. Não há nenhum mecanismo. Isso é uma pipa.

As chamas estavam subindo pelo parapeito, enegrecendo a pedra com suas lambidas ferozes. Traves, tapetes, arquivos e móveis caíam no fogo faminto, alimentando-o.

Conor levantou a princesa, puxando a amiga numa posição ereta.

— O que é? — disse ela, mal-humorada. Então a fumaça encheu sua traqueia e qualquer palavra se dissolveu num ataque de tosse.

Connor ficou de pé, sentindo a bandeira enorme ondular e estalar ao vento.

— É como uma pipa grande, Isabella — disse rouco, com as palavras parecendo vidro na garganta. — Vou segurar você pela cintura, assim, e depois vamos até...

Conor não terminou as instruções, porque mais uma explosão, afunilando-se pela torre, provocou uma enorme corrente ascendente, arrancando as duas crianças do parapeito e fazendo a bandeira voar pelo ar como uma gigantesca folha de outono.

As circunstâncias eram únicas. Se tivessem pulado, como era o plano de Conor, não teriam altitude suficiente para a bandeira diminuir a velocidade da descida. Mas a corrente em ascensão apanhou a pipa improvisada e os fez subir girando mais trinta metros, levando-os para cima do mar. Pairaram ali, no céu, no platô do túnel de ar. Sem peso. Céu acima e mar embaixo.

Estou voando, pensou Conor Broekhart. *Eu me lembro disso.*

Então o voo terminou e a queda começou, e mesmo tendo a velocidade drasticamente reduzida pela bandeira, pareceu acontecer numa velocidade diabólica. As visões se dissolveram num caleidoscópio de azuis e pratas misturados.

A bandeira pegou uma brisa alta e deu uma cambalhota. Conor viu as nuvens girando acima, esticando-se em tiras de creme. O tempo todo agarrava Isabella com tanta força que seus dedos doíam.

Estava chorando e rindo, e sabia que seria doloroso quando batessem na água.

Chocaram-se contra o oceano, e doeu.

Quando viu a filha no parapeito, o rei Nicholas havia tentado subir pela torre como um cachorro saindo de um poço. Em segundos suas unhas estavam arrancadas e os dedos sangrando.

Victor Vigny o havia arrastado para longe da parede.

— Espere, Nick. Isso ainda não acabou. Espere. O garoto... ele...

Os olhos de Nicholas estavam loucos e angustiados.

— O quê? Ele o quê?

— Você precisa ver. Venha agora. Precisamos de um barco, para o caso de o vento pegá-los.

— Um barco? Um barco? O que você está dizendo?

— Venha, Nick. Venha.

Victor ficou olhando, pasmo. Aquele garoto. Ele era especial, quem quer que fosse. Teria nove, não mais do que dez anos. Que engenhosidade!

A explosão levou-os para o alto. Victor observou a trajetória e depois partiu correndo para o cais, arrastando o rei.

— A bandeira pode fazer com que eles se afoguem — ofegou. — A estrutura vai desmontar e a bandeira vai se enrolar nos dois.

O rei havia se recuperado e logo passou à frente dos outros, atravessando o portão de um mercador e descendo ao cais. Já havia meia dúzia de botes a caminho da bandeira caída. O primeiro a chegar foi uma pequena canoa do cais, levada pelo topo das ondas por dois pescadores musculosos. Uma fileira de embarcações mais lentas ia atrás deles, desde o cais.

— Estão vivos? — rugiu Nicholas, mas a distância era grande demais. — Eles estão vivos?

A bandeira foi puxada do mar e fardos molhados foram rolados para fora dela. Victor segurou o rei e apertou os ombros dele com força.

A pequena canoa girou num círculo fechado e os pescadores remaram em direção ao cais, os remos arrancando espuma da água. A notícia viajou mais depressa do que eles, passada de um barco ao outro. As palavras, a princípio inaudíveis, ficavam mais claras a cada novo grito.

— Vivos. Vivos. Os dois.

Nicholas tombou de joelhos e agradeceu a Deus. Victor sorriu primeiro, depois começou a bater palmas, deliciado.

— Eu vim ensinar à princesa — gritou a ninguém em particular. — Mas vou ensinar àquele garoto também, ou talvez ele me ensine.

CAPÍTULO 2

LA BROSSE

Conor Broekhart foi um tremendo herói durante um tempo. Parecia que todo mundo da ilha o visitava na enfermaria do castelo para ouvir a história de seu planador improvisado e bater no gesso da perna quebrada, para dar sorte.

Isabella vinha todo dia e frequentemente trazia o pai, o rei Nicholas. Numa dessas visitas, ele trouxe sua espada.

— Eu não queria pular da torre — protestou Conor. — Não consegui pensar em outro modo.

— Não, não — disse Nicholas. — Esta é a espada cerimonial dos Trudeau. Vou torná-lo um par do reino.

— O senhor vai me tornar um pária do reino? — perguntou Conor, abalado.

Nicholas sorriu.

— Nada disso. Com um toque desta espada, você vai virar *Sir* Conor Broekhart. Com isso seu pai se torna lorde Broekhart; claro, sua mãe será lady Broekhart.

Conor ainda sentia alguma preocupação, com a lâmina de cruzado a dez centímetros de seu nariz.

— Não preciso beijar isso, preciso?

— Não, apenas toque na lâmina. Até um dedo serve. Teremos uma cerimônia de verdade quando você estiver bem.

Conor passou um dedo pela lâmina brilhante. Ela cantou sob seu toque.

Nicholas pôs a espada de lado.

— Levante-se, *Sir* Conor. Não imediatamente, claro. Pode demorar. Quando você estiver bem, tenho um novo professor para você. Um homem muito especial que trabalhou comigo quando eu voava com balões. Acho que você, especialmente, vai gostar dele.

Balões!

Para Conor, o rei poderia ficar com o negócio de par do reino, desde que ele pudesse voar em balões.

— Estou me sentindo muito melhor, majestade. Talvez eu possa conhecer esse homem hoje.

— Calma, *Sir* Conor — riu o rei. — Vou pedir que ele venha aqui amanhã. Ele tem alguns desenhos que talvez você queira ver. Algo sobre máquinas voadoras mais pesadas do que o ar.

— Obrigado, majestade. Estou ansioso por isso.

O rei deu um risinho. Desarrumando o cabelo de Conor.

— Você salvou minha filha, Conor. Salvou-a do meu descuido e dos dedos intrometidos dela. Nunca me esquecerei disso. Nunca. — Ele piscou. — Ela também não.

O rei saiu, deixando a filha. Ela não havia falado durante todo o encontro, na verdade não tinha dito grande coisa a Conor desde o acidente. Mas hoje parte da luz antiga havia retornado aos seus olhos castanhos.

— *Sirrrr* Conor — disse ela, fazendo o título rolar na boca como uma bala dura. — Vai ser mais difícil mandar enforcá-lo agora.

— Obrigado, Isabella.

A princesa se inclinou para bater no gesso dele.

— Não, *Sir* Conor Broekhart. Eu é que agradeço.

Mais alguém veio ver Conor naquele dia, no fim da tarde, quando a enfermeira havia conseguido mandar sua mãe para casa. A enfermaria estava deserta, a não ser pela enfermeira da noite, sentada em seu posto no fim do corredor. Ela puxou uma cortina em volta da cama de Conor e deixou uma luz acesa, para que ele pudesse ler seu livro.

Conor folheou *Sobre a navegação aérea*, de George Cayley, que teorizava que uma aeronave com asa fixa, algum tipo de motor e uma cauda com leme poderia levar um homem através do ar.

Leitura pesada para alguém de nove anos. Na verdade, Conor pulava mais palavras do que as que compreendia, mas a cada página entendia mais.

Motor e cauda, pensou. *Melhor do que voar com uma bandeira.* E caiu no sono sonhando com uma espada brilhante enrolada numa bandeira, afundando no canal de São Jorge.

Acordou com o som de um salto de bota raspando em pedra e o suspiro pesado de um homem grande. Um suspiro tão gutural que era quase um rosnado. Era um som capaz de fazer um garoto decidir que fingiria estar dormindo, ainda. Conor abriu uma fresta minúscula nos olhos, tendo o cuidado de manter a respiração profunda e regular.

Havia um homem sentado na cadeira ao lado da cama, com o corpo enorme envolto em sombras. Pela cruz vermelha no peito, o garoto viu que ele pertencia à Guarda da Santa Cruz. Era o próprio marechal Bonvilain.

A respiração de Conor falhou e ele encobriu isso com um pequeno gemido, como se estivesse assolado por terrores noturnos.

O que Bonvilain quereria aqui? A esta hora?

Sir Hugo era descendente direto de Percy Bonvilain, que havia servido ao primeiro rei Trudeau, sete séculos antes. Historicamente, os Bonvilain eram altos comandantes do Exército das Salgadas, e também tinham licença para montar sua própria Guarda da Santa Cruz, que antigamente era usada para fazer ataques em terra firme ou contratada por reis europeus como soldados profissionais. O atual Bonvilain era o último da linhagem e o mais poderoso. Na verdade *Sir* Hugo teria sido declarado primeiro ministro alguns anos antes, quando o rei Heitor morreu, caso um genealogista não tivesse descoberto Nicholas Trudeau ganhando a vida como aeronauta nos Estados Unidos.

Sir Hugo era uma combinação incomum de espírito guerreiro e inteligência. Tinha o corpo de um soldado, mas também a capacidade de apresentar argumentos devastadores numa voz surpreendentemente afável.

Se aquele sujeito das Salgadas não cortar você de um jeito, corta do outro, teria dito Benjamin Disraeli sobre o marechal.

Uma vez Conor ouvira seu pai dizer que a única fraqueza de Bonvilain era sua desconfiança ardente com relação às outras nações, em especial a França. Uma vez o marechal ouviu um boato sobre a existência de um exército francês de espiões, La Légion Noire, cuja missão era obter informações sobre as defesas das Salgadas. Bonvilain gastou milhares de guinéus caçando membros desse grupo fictício.

A respiração de Bonvilain era profunda e regular como se ele estivesse descansando; apenas a mão enluvada batendo no joelho traía que ele estava acordado.

— Dormindo, garoto? — disse de repente, a voz toda feita de mel e ameaça. — Ou talvez acordado, fingindo que dorme.

Conor manteve o silêncio, fechando os olhos com força — aterrorizado de repente, sem motivo.

Bonvilain se inclinou adiante na cadeira.

— Na verdade eu nunca havia prestado atenção em você, pequeno Broekhart. Na primeira vez você era um bebê. Mas desta vez, desta vez poder-se-ia dizer que... salvou alguém que deveria estar morta. Broekhart. Sempre os Broekhart.

Conor ouviu o couro se esticar e ranger, enquanto Hugo Bonvilain apertava o punho enluvado.

— Então eu quis vê-lo. Gosto de conhecer o rosto dos meus... dos amigos do meu rei.

Conor podia sentir o cheiro da colônia do marechal, podia sentir sua respiração.

— Mas já falei demais, garoto. Você precisa de paz e calma para se recuperar da escapada miraculosa. Verdadeiramente miraculosa. Mas lembre-se de que estou vigiando você, com muita atenção. Os cavaleiros estão vigiando você.

Bonvilain se levantou num farfalhar do manto da Santa Cruz, que usava sobre o terno.

— Muito bem, jovem Broekhart, é hora de eu ir. Talvez eu nunca tenha estado aqui. Talvez você esteja sonhando. Poderia ser melhor para você, se estivesse.

A cortina em volta da cama chiou quando o marechal saiu.

Conor ousou abrir os olhos apenas por um instante e encontrou o rosto de Bonvilain a dois centímetros do seu.

— Ah, acordado, afinal de contas. Fundamental. Esqueci de bater no gesso. Eu certamente poderia me beneficiar de um pouco da sua sorte.

Conor ficou rígido e em silêncio enquanto o marechal erguia sua perna quebrada até uma posição desconfortavelmente alta, depois dava duas batidas fortes no gesso.

— Esperemos que você não distribua toda essa sua sorte maravilhosa, jovem Broekhart. Você pode precisar dela.

Bonvilain piscou e foi embora, com a cortina ondulando atrás dele como um fantasma.

Talvez tenha sido um sonho, afinal de contas. Só um pesadelo.

Mas a dor surda provocada quando Bonvilain levantara sua perna ainda latejava. Conor Broekhart dormiu pouco durante o resto da noite.

Dentre o bilhão e meio de pessoas na Terra, talvez houvesse quinhentas que poderiam ter ajudado Conor a alcançar seu potencial como piloto dos céus. Uma dessas era o rei Nicholas Trudeau e outra era Victor Vigny. O fato de esses três terem sido reunidos naquele tempo de tantas invenções foi praticamente milagroso.

A corrida pelo voo está cheia desses agrupamentos fortuitos. William Samuel Henson e John Stringfellow, Joseph Louis Gay-Lussac e Jean Baptiste Biot, e, claro, Charles Green e o astrônomo Spencer Rush. Os irmãos Wright não poderiam ser incluídos nessa categoria, já que era quase inevitável que se encontrassem, uma vez que dormiam no mesmo quarto.

Havia muito tempo Conor tinha conhecimento do interesse do rei Nicholas pelo balonismo. Afinal de contas, esse fora seu meio de vida por muitos anos. Conor e Isabella haviam passado muitas noites junto à lareira do apartamento de Nicholas, fascinados com as dramáticas narrativas do rei sobre suas aventuras aéreas. Victor Vigny era uma figura familiar nessas histórias. Em geral era apresentado como de pequena estatura, forte sotaque, tímido e inevitavelmente necessitando ser resgatado pelo rei Nicholas.

O Victor Vigny que Conor conheceu em seu primeiro dia de instrução não combinava com a descrição do rei Nicholas. Não era pequeno nem tímido e, segundo as conversas no castelo, fora Victor Vigny quem havia resgatado o rei.

Um dia depois de receber alta da enfermaria, Conor foi mancando até os aposentos de Victor no segundo andar do prédio principal. Esse apartamento em particular sempre fora destinado a visitantes reais, mas agora o parisiense parecia firmemente acomodado. As paredes eram cobertas de mapas e do teto pendiam modelos celestes. Um esqueleto no canto usava um quepe meio queimado e tinha uma cimitarra presa na mão de ossos. Havia mais espadas num suporte, arrumadas desde a mais leve até a mais pesada. Florete, sabre, espada larga.

O homem, propriamente dito, estava na varanda, sem camisa, realizando algum tipo de exercício. Era um sujeito alto e musculoso e, pelos movimentos, não parecia nem um pouco tímido.

Conor pensou em olhar por um tempo antes de interromper. Os movimentos do parisiense eram lentos e precisos. Fluidos e controlados. Conor teve a impressão de que aquela disciplina específica era mais difícil do que parecia.

— Não é educado espionar — disse Victor sem se virar, com o sotaque não tão forte, mas definitivamente francês. — Você não é espião, é?

— Não estou espionando — respondeu Conor. — Estou aprendendo.

Vigny se empertigou, depois adotou uma nova posição, joelhos dobrados, braços esticados dos lados.

— Esta é uma resposta muito boa — disse ele, rindo. — Venha cá.

Connor foi mancando até a varanda.

— Isto se chama t'ai chi. É praticado desde o século IV na China. Aprendi com um malabarista no circuito de feiras. O sujeito dizia que tinha 120 anos. É um regime para a mente e o corpo. Será nossa primeira lição todos os dias. Seguida por caratê de Okinawa e depois esgrima. Depois do café da manhã, abriremos os livros. Ciência, matemática, história e ficção. Principalmente na área da aeronáutica, que por acaso é minha paixão, *jeune homme*. A sua também, aposto, a julgar por suas atividades relacionadas com o voo com pipa.

Caratê e aeronáutica. Não pareciam ocupações tradicionais para uma princesa.

— Isabella vai participar?

— Só depois das 11 horas. Até lá ela estudará bordado, etiqueta e heráldica, mas pode ocasionalmente se juntar a nós para a esgrima. Assim, durante quatro horas por dia, podemos aprender a lutar e voar.

Conor sorriu. *Lutar e voar*. Seu último professor começava o dia com latim e poesia. Algumas vezes, poesia em latim. Lutar e voar parecia muito mais agradável.

— Agora, como está a perna? — perguntou Victor, vestindo uma camisa.

— Quebrada.

— Ah, não é somente um aviador, mas também um piadista. Sem dúvida vai ficar dizendo frases espirituosas enquanto seu planador mergulha contra a lateral de uma montanha.

Planador?, pensou Conor. *Eu terei um planador. E alguma coisa com relação a uma montanha?*

Victor deu um passo atrás, cruzou os braços e avaliou o pupilo.

— Você tem potencial — disse finalmente. — É magro. O melhor para um aviador. A maioria das pessoas não percebe que voar num balão exige certo grau de atletismo, reações rápidas e assim por diante. Imagino que pilotar uma máquina voadora com motor, mais pesada que o ar, exigirá muito mais do que isso.

O coração de Conor martelou no peito.

Uma máquina voadora?

— E você tem cérebro. Seu resgate na torre provou isso. Mais cérebro do que aquele seu rei. Enchendo um laboratório com explosivos. Ele vinha fazendo isso há anos, você sabe; era só uma questão de tempo até este acidente acontecer. Quanto à sua personalidade, a princesa Isabella diz que você não é a pessoa mais odiosa do castelo. E, vindo de alguém do sexo feminino, isso é um tremendo elogio, *Sir* Conor.

Conor se encolheu. Seu título ainda parecia ultrajante. Se nunca fosse usado de novo, ele ficaria mais feliz. Mas havia notado hoje que a cozinheira lhe deu uma maçã caramelizada sem motivo particular. E fez uma reverência, também. *Reverência?* Era a mesma cozinheira que havia batido em seu traseiro com um rolo de macarrão florido havia menos de duas semanas.

— Então, está pronto para aprender, rapaz?

Conor assentiu.

— Sim, senhor. Mais do que pronto, ansioso.

— Bom. Excelente. Agora manque até aqui. Tenho uns unguentos que devem ajudar essa sua perna no caminho da cura. E exercícios também, para os dedos dos pés.

Tudo isso parecia absurdo, porém não mais do que uma máquina voadora com motor, mais pesada que o ar. Era a idade das descobertas e Conor estava preparado para acreditar em qualquer coisa.

Victor pegou um pote de cerâmica numa prateleira alta. A tampa era de pano encerado, amarrado com junco. Quando a tampa saiu, o cheiro não se parecia com nada ou nenhum lugar que Conor já havia cheirado ou onde havia estado.

— Um africano do Saara, que fazia um número com camelos, me ensinou a preparar isto. — Ele pegou um bocado em dois dedos e esfregou no ponto em que o gesso encontrava a perna de Conor, abaixo do joelho. — Deixe escorrer para baixo do gesso. Cheira que nem o traseiro de Belzebu, mas quando o gesso sair, a perna ruim estará melhor do que a boa.

O unguento fez a pele de Conor coçar. Quente e frio ao mesmo tempo.

— Se somos cientistas — disse ele, mantendo o tom respeitoso —, por que precisamos lutar?

Victor Vigny fechou o pote, pensando na resposta.

— Creio totalmente, Conor Broekhart, que nós dois aprenderemos a voar, e quando esse dia chegar, quando revelarmos nossa máquina maravilhosa, alguém virá roubá-la de nós. Isso já me aconteceu antes. Construí um planador com salgueiro e seda: lindo. Fazia o ar cantar quando passava. Fiz um macaco voar a mais de trinta metros de altura. Durante seis semanas fui o ponto alto da feira. Tinha a tenda cheia toda noite.

Conor podia ver o planador na mente. Um macaco. Fabuloso.

— O que aconteceu?

— Havia um atirador de facas russo. Uma noite ele veio à minha carroça com meia dúzia de amigos. Queimaram meu planador e me deram uma surra para me mandar embora. Sentindo-se ameaçados pelo progresso, veja só. Quando as escolhas são um macaco voador ou um atirador de facas, quem escolheria o atirador de facas?

— A mãe do atirador de facas, talvez.

Victor passou os dedos pelos cabelos pretos para se certificar de que estavam adequadamente eretos.

— Talvez, *jeune homme* engraçadinho. Mas, afinal de contas, as mulheres adoram um belo macaco. Muitas mães ignorariam os próprios filhos pela chance de espiar um símio alado. O fato é que, quando os atiradores de faca vierem, você deve estar preparado.

Conor pensou na visita do marechal Bonvilain.

Esperemos que você não distribua toda essa sua sorte maravilhosa, jovem Broekhart. Você pode precisar dela.

— Por onde começamos? — perguntou.

Victor pegou uma espada fina no suporte.

— Começamos pelo coração da luta de espadas — disse cortando o ar até que ele assobiasse. — Com o florete.

E assim o trabalho começou.

Em tempos posteriores e mais sombrios, quando Conor Broekhart, sozinho e desanimado, lembrava-se da vida que era sua, aqueles anos com Victor Vigny sempre se destacavam como os mais felizes.

Eles estudavam artes marciais, pugilismo e armas.

— O primeiro verdadeiro mestre da esgrima que nos deixou um método de armas foi Achille Marozzo — disse Victor ao pupilo. — Sua *Opera Nova* é agora a sua bíblia, garoto. Leia-a até que ela faça parte de você. Quando o livro estiver esfarrapado, vamos recuar no tempo até Filippo Vadi.

Passaram horas nos tatames de treino, colocando em prática as teorias dos mestres.

— Primeiro você aprende a segurar uma espada. Pense nela como se fosse a batuta de um maestro. Usada adequadamente, não existe no mundo um homem sem treino que possa enfrentar você.

Com os floretes embolados — ou com bolas nas pontas — Conor aprendeu a estocar, aparar, fintar, esquivar-se e ripostar. Perdia litros de suor a cada manhã, depois substituía esta perda por uma jarra do chá oriental de Victor, de gosto abominável.

Sua primeira arma foi um florete curto, mas, à medida que os pulsos iam se fortalecendo, ele progrediu para o florete, o sabre e a rapieira. Victor serrou o gesso da perna de Conor um mês antes do tempo, mas o obrigou a usar uma bandagem encharcada que fez sua perna ficar amarela, assim como todas as roupas de cama.

— Mais truques de circo? — perguntara Conor.

— Não — respondeu o francês. — Um amigo americano é milagroso com emplastros e potes. Na verdade, Nick mandou chamá-lo. Vou lhe dizer mais quando ele tiver terminado o trabalho que veio fazer. — E não quis falar mais sobre o assunto.

Victor tinha pouco tempo para gastar com qualquer coisa mais pesada do que um alfanje.

— Nada de espada larga, a não ser que você planeje sair numa cruzada, e mesmo assim veja o que aconteceu com os cruzados. Enquanto brandiam suas espadas largas, Saladin ia cravando a cimitarra nas axilas deles.

O francês apresentou Conor à escapologia, ou arte da fuga.

— Os cientistas são inimigos da tradição — disse ele, largando uma caixa de algemas variadas sobre a mesa. — E a tradição é dona de todas as prisões.

E assim, mais horas foram passadas abrindo fechos e mastigando nós. Conor descobriu que o t'ai chi era tremendamente valioso quando foi amarrado a uma cadeira com uma maçã hipnotizante brilhando para ele em cima de uma mesa. Agora podia alcançar partes do corpo que anteriormente não poderia ter localizado sequer com um coçador de costas e um espelho.

Victor acreditava firmemente na ideia do homem certo para cada serviço.

— Você precisa falar com seu pai sobre armas — disse a Conor. — Nick me disse que Declan Broekhart é o melhor atirador que ele já viu, e nós passamos uma semana com Wild Bill Hickok em Abilene, de modo que este é um tremendo elogio.

Declan adorou ajudar na educação do filho e começou a levar Conor na patrulha da Muralha. Iam até a área de treino de tiro levando uma sacola de lona cheia de armas. Ele disparou com Colts, Remingtons, Vetterli-Vitalis, Spencers, Winchesters e uma dúzia de outros modelos. Conor aprendia rápido e era um atirador nato.

— Quando fizer 14 anos, você terá seu próprio fuzil de elite — prometeu o pai. — Até lá, saberemos o que encaixa com seu ombro. Eu lhe daria um no ano que vem, mas sua mãe diz que, com dez anos, você é novo demais.

A única arma sobre a qual Victor deu algumas orientações a Conor foi seu valioso Colt Peacemaker, que o próprio Wild Bill havia lhe dado.

— Bill me convidou para ir com ele a Deadwood — contou a Conor. — Mas não era a opção de carreira certa para um aeronauta. Os prospectores tendem a atirar contra balões. Além disso, sou bonito demais para uma cidade de mineração.

Todas essas aulas físicas eram ótimas, mas Conor ansiava realmente era por um desafio mental. Victor havia prometido que os dois construiriam uma máquina voadora e o francês não decepcionou. A capacidade de se defender era uma necessidade, mas a corrida pelo voo era uma obsessão.

— E é uma corrida, *jeune homme* — disse a Conor uma manhã, enquanto estendiam seda sobre uma estrutura de asa feita de madeira balsa. A madeira fora parte de uma encomenda especial vinda do Peru. — Muitos dos maiores inventores e aventureiros do mundo voltaram a atenção para esse problema. O homem vai voar; é inevitável. Há mais de vinte anos o planador triplano de Cayley levou um passageiro. Wenham e Browning construíram um túnel de vento para estudar o arrasto. Alphonse Pénaud tinha tanta certeza de seus projetos que desenhou planos para um trem de pouso retrátil. Retrátil! A corrida está acontecendo, Conor, não se engane, e devemos ser os primeiros a passar pela linha de chegada. Felizmente o rei apoia nossos esforços, de modo que não faltarão verbas. Nicholas sabe o que a capacidade de voo significaria para as Salgadas. As ilhas não estariam mais isoladas do mundo. Os diamantes poderiam ser transportados sem sofrer ameaça de bandidos. Remédios poderiam ser trazidos da Europa. Pelo ar, Conor.

Conor pensava nisso. Não pensava em nada além. Qualquer minuto livre que tivesse era tomado desenhando projetos ou construindo modelos. Esqueceu tudo sobre brincar de piratas e comer insetos.

Algumas vezes, seu pai se desesperava.

— Você não gostaria de arranjar um amigo? Quem sabe, brincar na lama, se sujar?

Mas a mãe de Conor adorava o fato de o filho ter herdado seu amor pela ciência.

— Nosso garoto é um cientista, Declan — dizia ela enquanto o ajudava a cobrir uma asa ou esculpir uma hélice. — A corrida pelo voo dificilmente será ganha na lama.

Conor fez uma cúpula para o abajur de seu quarto. Uma tela de papel detalhadamente decorada com representações da máquina de asas móveis de Da Vinci, um balão Montgolfier e o teórico motor de voo a vapor de Kaufman. O calor da lâmpada fazia a cúpula girar à noite e Conor ficava deitado na cama olhando projeções daquelas máquinas fabulosas deslizando pelo teto.

Um dia, pensava sonhadoramente. *Um dia.*

CAPÍTULO 3

ISABELLA

Conor estava com 14 anos na época em que professor e aluno foram convencidos de que o voo tripulado estava ao seu alcance. Haviam construído uma centena de modelos e vários planadores em tamanho real. Todos haviam terminado em pedaços e empilhados na fogueira. Seus esforços alimentavam não somente o fogo, mas as conversas nas tavernas da ilha. Havia uma concordância geral de que o francês era lunático e parecia que o garoto Broekhart iria pelo mesmo caminho. Mesmo assim era uma boa diversão ir à tarde ver um adulto pular de um muro alto, batendo suas asas de papel. E o rei continuava pagando a conta. Trazendo motores experimentais da Alemanha, madeira especial da América do Sul.

Madeira mágica, zombavam os espertinhos nas tavernas. *Cheia de pó das fadas.*

Não que os ilhéus das Salgadas reclamassem muito de como o bom rei Nick gastava seus diamantes. Mesmo que desperdiçasse uma ou outra bolsa com um homem-pássaro francês, a vida nas Salgadas era melhor do que nas últimas gerações. Havia trabalho para todos que quisessem. E escolas também, com bolsas em Dublin e Londres para os mais inteligentes que não queriam trabalhar para viver. A enfermaria tinha um bom estoque de instrumentos para cutucar e sondar os órgãos das pessoas. Se você consegue gritar, é porque está vivo, como diz o ditado. As tubulações dos esgotos estavam funcionando, levando todo o dejeto para o mar, o que significava uma redução no número de doenças. Ratos eram coisa do passado, pelo menos na Grande Salgada, e os Cavaleiros da Santa Cruz, de Bonvilain, eram mantidos sob rédea curta. Não havia mais os espancamentos e as prisões aleatórias sem julgamentos de que o marechal, que Deus o abençoasse, tanto gostava. Havia empréstimos disponíveis para melhorias nas casas e planos para cabos telefônicos entre a Grande Salgada, a Pequena Salgada e até mesmo a Irlanda. De modo que ninguém ficava chateado demais se o rei quisesse ceder a um pouco de bobagens científicas. Não que o francês fosse voar algum dia. Um homem vestido de pássaro ainda é um homem.

O peso e a envergadura continuavam sendo os problemas principais de Conor e Victor. Como algo pode flutuar no ar se for mais pesado do que o ar? Forçando o ar a passar por cima das asas suficientemente rápido para gerar empuxo ascensional, que anula a força da gravidade. Para gerar empuxo ascensional você precisa de asas grandes, que são pesadas. Se você usar asas pequenas, elas devem ser batidas com uma máquina, que é pesada. Cada solução apresenta uma dezena de problemas.

Apesar de mais de três anos de fracassos, Victor acreditava que o método deles era correto.

— Precisamos aprender o controle, antes de voarmos com um motor. Planar é o primeiro passo. Lilienthal é nosso modelo.

O aviador alemão Otto Lilienthal havia voado por mais de 25 metros em seu planador, o *Derwitzer*. Era o mais recente herói de Victor e Conor.

La Brosse jamais perdia a esperança por mais de cinco minutos. Em geral esses minutos eram passados pisoteando o último protótipo fracassado. Depois disso era voltar à sala de aula e a mais projetos.

Por fim Conor construiu um modelo que seu professor aprovou. O aluno prendeu o fôlego, enquanto o mestre examinava seu trabalho.

— Você sabe que isso jamais poderá voar.

— Claro — disse Conor. — O aviador é uma parte essencial da nave. Os movimentos dele a guiam. Ele empurra o leme horizontal para a esquerda e a nave se inclina lateralmente à direita.

— Então não podemos testar seu modelo.

— Não. A não ser que você conheça um macaco extremamente inteligente.

Victor sorriu.

— Acho que me lembro de ter falado sobre macacos voadores. De qualquer modo, os macacos são inteligentes o bastante para permanecer em terra, que é o lugar deles.

— O que isso faz de nós? — perguntou Conor.

Victor pegou o modelo, movendo-o pelo ar, sentindo a ânsia do veículo pelo voo.

— Isso faz de nós visionários, *jeune homme*. Um macaco olha para cima e vê uma banana, e é só até aí que ele olha. Um visionário olha para cima e vê a lua.

Conor deu um risinho.

— Que parece uma banana grande.

— Ôoo! Está zombando de mim? Do seu professor? Por esse desaforo, você deve pagar.

O francês jogou o modelo sobre uma almofada e correu para o suporte de espadas. Conor estava lá antes dele, pegando seu florete predileto, que por acaso também era o predileto de Victor.

— Ah, traição, *monsieur* — disse Victor, escolhendo um florete ligeiramente menor. — Pegando a espada de outro homem. Quanto tempo você conseguirá mantê-la?

Conor recuou até o tatame de treino, sem jamais tirar os olhos do professor.

— *En garde!* — gritou Victor, e atacou.

Nos primeiros anos, quando o esporte era novo para Conor, o francês gritava instruções enquanto esgrimiam.

Estoque, apara, riposta. Trabalho de pés. Mova os pés, seu ilhéu pé de chumbo. De novo, aí vai minha estocada, portanto apare. Pés, Conor, pés.

Agora não havia mais instruções. Agora o francês lutava para permanecer no combate. Não havia estocadas contidas nem tapas de leve com a lateral da lâmina. Isto era como a guerra.

Batalharam por toda a largura e a extensão da sala, até mesmo saindo para a varanda.

Ele é um verdadeiro demônio, pensou Victor. *Nenhuma gota de suor na testa. Com apenas 14 anos, já me supera. Mas o cão velho ainda tem alguns truques.*

— É o melhor modelo que você já construiu — ofegou Victor. *Riposta e contrarriposta.*

Conor não respondeu. Jamais perdia a concentração. Se seu oponente fizer piadas sobre sua mãe, empurre-as de lado como você faria com uma estocada malfeita. Os insultos só farão você sangrar se você deixar que eles penetrem em seu coração.

— Acho que você deveria dar um nome a este — comentou o francês. *Estoque na parte fraca da lâmina, deslizamento para trás e riposta.*

O golpe de Victor derrubou um bonsai de sua varanda; lá embaixo, um jumento bufou, reclamando.

Victor está desesperado, pensou Conor. *Peguei-o. Finalmente.* Em seguida saltou a partir do pé-base, tentando um ataque *fleche*, que o francês mal conseguiu aparar.

Victor recuou, apoiando-se no pé esquerdo, mas manteve a ponta da lâmina centrada.

— Acho que você deveria chamá-lo de *Isabella* — disse.

O nome distraiu Conor por apenas um segundo, mas foi tempo mais do que suficiente para Victor romper sua defesa. O professor se abaixou depressa, estocando a espada para cima, para uma fácil *passata-sotto*. Se as lâminas não estivessem emboladas, o coração de Conor seria rasgado por baixo das costelas.

— *Touché* — disse Victor agradecidamente, descansando por um momento sobre um dos joelhos.

Gemendo, levantou-se e depois retornou à sombra fresca da sala.

Conor acompanhou-o obedientemente, e instantes depois deslizou o florete para dentro da bainha de couro, no suporte.

— Por que disse aquilo? — perguntou baixinho.

Victor deu de ombros.

— Importa? Você baixou a guarda. Nosso amigo, o macaco voador, poderia tê-lo derrotado.

Conor não apreciou o senso de humor. No mínimo, pareceu irritado.

— Foi um truque baixo, Victor.

— Ainda estou vivo, portanto foi um truque *bom*. Você, por outro lado, teria o coração perfurado.

Conor pegou seu modelo, puxando fiapos de tecido da cauda.

— Ah, não fique mal-humorado, por favor — implorou Victor, com demasiado melodrama. — Você tem permissão para amar uma princesa. É dever de todo jovem se apaixonar por uma princesa. Você é sortudo por tem uma por perto.

— Amar... uma princesa — reagiu Conor atabalhoadamente. — O quê? Realmente não sei...

Victor pegou um copo d'água.

— Que negativa eficaz, *jeune homme!* Mas não se sinta mal; eu costumo transformar os outros em gagos ininteligíveis. É um dom gaulês. Os italianos também têm.

O aluno estava tão estupefato que, por fim, o francês demonstrou alguma misericórdia.

— Desculpe, Conor *jeune homme*. Eu sabia que você estava vidrado, mas não havia percebido o quanto. Flecha no coração, é?

A única resposta de Conor foi uma pequena confirmação de cabeça, o queixo baixando minimamente. Sentou-se no divã, ajeitando o leme do modelo, soprando suavemente nas asas.

Victor sentou-se ao lado dele.

— Por que, então, você tem a expressão de alguém que está subindo a escada do cadafalso? Você ama uma princesa e ela não o despreza abertamente. Comemore, *jeune homme*.

Viva sua vida. O amor jovem é comum, mas isso não significa que não seja precioso.

Conor estava louco para falar nesse assunto. Era algo que viera guardando no peito por um bom tempo. Se não fossem os planadores, teria enlouquecido de tanto pensar.

Victor entendeu o humor do aluno e ficou em silêncio. Notou, não pela primeira vez, que agora Conor era mais do que um garoto, fisicamente. Era alto para a idade e forte, a expressão costumava ser séria e a coordenação era excelente graças à esgrima. Combinadas, essas características lhe davam a aparência de um jovem mais velho. Mas emocionalmente Conor era um garoto. Era um poço de sentimentos, cheio até a borda, pronto para transbordar.

— Isabella é minha amiga mais antiga — começou Conor, devagar. — Só tenho três amigos da minha idade. E ela é a que conheço há mais tempo. Mamãe disse que eu a conheci antes de ter uma semana de idade.

— Isso é ser jovem, *vraiment* — disse Victor. — Lembro-me bem da hora do seu nascimento. Todos escapamos por sorte.

— Você viu a fotografia? Do jornal francês? Eu pareço um velho procurando os dentes.

— Odeio ser portador de más notícias, *jeune homme*, mas sua aparência não melhorou muito.

A brincadeira relaxou Conor e ele continuou a pôr para fora pensamentos que jamais havia compartilhado.

— Não sei se ela é bonita ou não, acho que é. Gosto do rosto dela, só sei disso. Algumas vezes não preciso vê-la; ouço quando ela está atrás de mim e esqueço todos os pensamentos na cabeça. Pelo amor de Deus, Victor, estou com 14 anos, e não 12. Não tenho tempo para bobagens.

— Não seja tão apressado. Sempre há tempo para bobagens.

— Aconteceu no último aniversário dela. Bom, eu dei um presente, como sempre. E quando ela desembrulhou, pude ver que ficou desapontada. Ela esperava alguma coisa diferente.

— O que você deu à princesa? Não lembro.

— Um planador movido a corda. Lembra? O projeto de asa simples.

— Ah, sim. Exatamente o que toda princesa espera ganhar.

Conor estava desolado.

— Eu sei. Ela odiou. Sem dúvida jogou-o direto no canal de São Jorge. Comecei a pensar nisso. Em Isabella. E no que podia estar errado. Percebi que um planador não era um bom presente para uma jovem dama. Isabella virou uma jovem dama e não consigo parar de pensar nela.

Victor se espreguiçou até que seus ombros estalaram.

— Você tem sorte, *jeune homme*, porque estou aqui neste dia. Porque sou especializado em todas as áreas de instrução, inclusive sobre as mulheres.

Conor estava em dúvida.

— O que explica por que é um solteirão com mais de 40 anos.

— Eu optei por permanecer solteiro — respondeu o francês balançando um dedo. — Há uma quantidade de damas que gostariam de pôr uma coleira em Victor Vigny, se tivessem a chance. Se eu ganhasse uma gota de champanhe por cada coração que parti, teria um garrafão cheio há muito tempo.

— Então você pode dar algum conselho sincero sem mencionar um macaco voador?

— Muito bem, Conor Broekhart. Ouça e se surpreenda. — Victor se inclinou adiante, os cotovelos nos joelhos como se fosse apresentar um grande tratado acadêmico. — Suspeito que o motivo para Isabella ter ficado desapontada com o planador é que ela esperava alguma coisa especial.

— Isso é o melhor que você consegue? — perguntou Conor.

— Ela esperava algo especial de você — prosseguiu Victor, sem se abalar —, porque você virou um rapaz, e ela é uma moça.

Conor não entendia exatamente o que estava sendo dito.

— Isso tudo é biologia, Victor. Eu sei.

— Não, *imbecile*. Ela notou você como um rapaz antes de você notá-la como uma moça. Ela havia esperado seu esclarecimento a tempo do aniversário dela; o planador negou isso.

— E assim ela pensou...

— Isabella pensou que você ainda a via como a amiga de infância.

— Mas não vejo, não vejo mais.

— Ela não sabe disso. Como iria saber? Por projeção mental?

Conor apoiou a cabeça nas mãos.

— Isso é confuso demais. As máquinas voadoras são mais fáceis.

— Bem-vindo ao resto de sua vida, *jeune homme*. As coisas são assim. Mas deixe-me concluir a aula num tom otimista. Se Isabella não quisesse algo especial de você, não ficaria desapontada. Compreende?

A confusão estava escrita em maiúsculas nas feições de Conor.

— Não. Está claro como lama.

— Eu mesmo dei a ela um livro bem chato, e ela adorou. Mas de você Isabella queria mais do que um presente, queria um símbolo.

— Lama, lama. Barris de lama.

Victor deu um tapa na testa.

— O garoto é um cabeça de bagre. Ela queria um símbolo de afeto *vindo de* você, porque ela tem afeto *por* você.

Um sorriso se espalhou no rosto de Conor.

— Você acha?

— Santo Deus! Estou vendo marfim. O primeiro do dia. Onde está o fotógrafo real?

O sorriso se apagou como um lampião sendo coberto.

— Você está certo, acho. Faz sentido.

— Então, se faz sentido, por que de novo essa cara de juízo final?

— Pelo motivo original, que eu havia esquecido por um momento. O príncipe Christian, da Dinamarca, pediu para tomar chá com Isabella. É a primeira fase de uma corte real. Isabella concordou em recebê-lo hoje. Esta tarde, mesmo.

— Ah. Não se preocupe. Duvido que esse tal príncipe Christian possa suplantar 14 anos de amizade apenas numa tarde.

— É, mas ele é um *príncipe*.

— E você, senhor, é um *Sir*. De qualquer modo, Nicholas é um rei totalmente moderno. Isabella vai se casar com o homem, ou com o macaco voador, que ela amar.

— Acha mesmo?

— Acho. É como o velho conto de fadas. O garoto salva a princesa, os dois se apaixonam. Ele inventa uma máquina voadora junto com seu vistoso professor, claro. Eles se casam e dão ao primeiro filho o nome do supracitado vistoso professor.

Conor franziu a testa.

— Não me lembro de ter ouvido esse conto de fadas quando era criança.

— Confie em mim, é um clássico. Deixe Isabella tomar o chá. Duvido muito que anunciem um noivado. Na semana que vem começamos a trabalhar num plano de ação. Talvez seja hora de Shakespeare.

Conor bateu no joelho. Isso era um progresso.

— Para o inferno a semana que vem. Podemos trabalhar agora. Eu poderia ter um soneto pronto esta tarde.

Victor se levantou, andando por toda a extensão de seu escritório, que também servia como sala de estar e de aulas.

— Primeiro, atenção com a linguagem. Você tem 14 anos e está dentro das paredes de um palácio, para não mencionar na companhia de um gênio. Segundo, eu tenho trabalho para esta tarde. Trabalho importante. Há um homem que preciso visitar. E amanhã de manhã tenho um material que chegou e que preciso verificar no nosso novo laboratório.

Conor transferiu seus pensamentos de uma obsessão para outra.

— Material que chegou ao laboratório novo. Você passa quase todas as tardes no laboratório. Quando poderei entrar lá, Victor? Diga?

O francês levantou a mão em alerta.

Espere, dizia o gesto. *E fique quieto.*

Em seguida fechou as portas da varanda, depois verificou se ninguém estava escutando atrás da porta.

— Deixe-me perguntar uma coisa — disse ao aluno intrigado. — Esses sentimentos românticos que você está tendo. Por que não falou deles com seu pai?

Conor franziu a testa.

— Eu falaria. Nós somos chegados, mas neste último ano ele andou preocupado demais. Os Cavaleiros da Santa Cruz estão ficando mais fortes. Houve vários incidentes de violência contra cidadãos e visitantes. Os cavaleiros desobedecem abertamente os desejos do rei. Papai está preocupado com a segurança do rei.

— Ele está certo em se preocupar — confessou Victor. — Os homens de Bonvilain estão ficando mais ousados a cada dia. O marechal quase chegou a ser primeiro-ministro e acredita que talvez ainda haja uma chance de obter esse alto cargo. O rei tem planos para um parlamento, mas não um parlamento que seja presidido pelos cavaleiros. Existem sérias maquinações políticas acontecendo dos dois lados. É uma época de cautela e segredos.

— Isso está ligado ao homem com quem você deve se encontrar? E o novo laboratório?

— Sim. As duas coisas. O homem arrisca a vida para mandar notícias do domínio de Bonvilain sobre as autoridades da prisão.

— E o laboratório?

Victor se ajoelhou diante de Conor, segurando seus ombros.

— Está quase pronto, Conor. Finalmente. A reforma está concluída, não que dê para saber, vendo por fora. E chegou o equipamento para construir nossa máquina voadora.

O coração de Conor bateu contra as costelas.

— Tudo?

— É. Tudo que pedimos e mais ainda. Nicholas duplicou o pedido e requisitou mais, tudo em que pôde pensar. É uma verdadeira caverna de Aladim, com maravilhas para dois aviadores como nós. Seis motores. Cinco caixotes de madeira balsa. Rolos de algodão e seda, cabos, pneus de borracha, Conor. Caros, mas valem a pena. Dois pares de óculos maravilhosos, as mais recentes ferramentas de precisão. Tudo de que precisamos para construir uma oficina como não existe outra na terra. E, graças a uma concessão generosa de Nick, temos uma velha torre Martello, perto de Kilmore, onde construí-la. Um lugar onde Bonvilain não estará olhando por cima dos nossos ombros. Teremos nosso próprio túnel de vento, *jeune homme*. Pense só.

As máquinas voadoras já estavam assumindo o controle da mente de Conor.

— Quando posso ver?

— Logo — prometeu Victor. — Logo. Apenas duas pessoas nas ilhas sabem sobre nosso equipamento. Agora três, incluindo você. Para os outros é simplesmente uma coleção caríssima de bagulhos.

— Mas por que o segredo?

— Você ainda não entende a magnitude do que estamos tentando fazer. Quando tivermos sucesso, as Ilhas Salgadas serão o ponto alto do mundo civilizado e o rei Nicholas será o homem que ensinou o mundo a voar. Sua posição estará garantida enquanto ele viver. Até lá, ele é um rei maluco esvaziando egoisticamente os cofres das Salgadas. Nós somos um porrete com o qual podem bater nele. Essa consignação é gigantesca. Ela deve ser mantida em segredo até estarmos prontos. Até lá, podemos fingir que nossas viagens são educativas.

Conor entendia, mas sua empolgação o deixava imprudente.

— Bonvilain, aquele desgraçado. Ele atrasa a ciência.

— Não por muito tempo — disse Victor, tranquilizando-o. — Muito bem, vou levar você às escondidas, de balsa, no fim de semana que vem. Você pode dar uma olhada nos nossos novos motores.

— No fim de semana que vem. Bom.

— Podemos ler um pouco de Shakespeare no barco.

O rosto de Conor ficou sem expressão.

— Shakespeare, eu... — Então se lembrou e saltou de pé. — Ah, agora Isabella deve estar no chá. Preciso falar diretamente com ela depois. Que horas são?

O francês ignorou o relógio de carrilhão sobre a lareira, consultando em vez disso o de sol, na varanda.

— Eu diria que, talvez, cinco e quinze.

— Como sabe? — perguntou Conor, incrédulo. — Você não pode ver o sol, com todas essas nuvens.

Victor piscou.

— Outros homens podem não ver o sol, *jeune homme*. Mas eu sou um visionário.

A cabeça de Conor zumbia com as informações novas enquanto ele atravessava o fortim em direção ao apartamento dos Broekhart. O dia estava cinzento, com a luz opaca batendo nas paredes de granito, deixando-as quase pretas. Não havia nada para distraí-lo dos pensamentos sobre invenções e romance.

Victor estava certo. Isabella sentava-se junto dele todo dia para as aulas de latim, francês, matemática e agora Shakespeare. Ele teria sua chance. E que modo melhor de impressionar uma garota do que construindo uma máquina voadora para ela? Um aeroplano de verdade, e não um brinquedo. Iria batizá-lo de *Isabella*, se Victor concordasse. E como um romântico arrebatador como o famoso La Brosse poderia impedir o caminho do amor jovem?

Conor atravessou o pátio interno, com a intensidade dos pensamentos apressando-o. Ignorou vizinhos e deixou de notar amigos, mas em vez de considerá-lo grosseiro, essas pessoas sorriam.

Olhem o jovem Broekhart com a cabeça no céu. Isso não é surpresa: ele não nasceu nas nuvens?

Uma porca atravessou seu caminho e Conor trombou no flanco imundo do bicho.

— Desculpe, princesa — disse Conor, com os pensamentos se misturando à realidade.

A dona do animal coçou o queixo.

— Quem você está chamando de princesa? Eu ou a porca?

Conor pediu desculpas duas vezes, uma ao porco e outra à dona, antes de continuar andando rapidamente pelo pátio, desta vez mais atento.

— Costeleta disse que está livre na quarta-feira — gritou a dona da porca, para diversão de todos que estavam ao alcance de ouvir.

Conor virou a esquina mais próxima, com as bochechas em brasa. Não era o caminho que queria tomar, mas pelo menos estava fora das vistas da mulher.

Descansou encostado na parede por um momento, até que sua cor voltasse ao normal, ignorando o tráfego de soldados, funcionários públicos e comerciantes. Dois cavaleiros de Bonvilain passaram, obviamente bêbados, pegando o que queriam nas barracas da feira. Nenhum pagamento era oferecido nem cobrado.

Conor ouviu um sotaque cantarolado, desconhecido, através da janela de uma cozinha.

— ... é muito bonito — dizia a voz. — Gretchen, você conhecer aquela princesinha alemã, com aquelas orelhas e aquelas propriedades? Ela ser capaz de matar, *matar*, para tomar chá da tarde com o príncipe Christian. Mas ele está escolher sua Isabella. Ela devia ficar honrada. Se você me pergunta, ele vai estar falar sem parar hoje. Ele não vai voltar. Christian não gosta andar de barco, com ondas grandes e a barriga enjoada.

Christian falará sem parar hoje.

Conor chegou à beira do pânico no meio da rua. Tinha certeza de que a luta para manter sob controle todas aquelas emoções poderosas certamente resultaria em alguma desfiguração da testa.

Preciso falar com Isabella agora.

Iria até a princesa. Diria que o planador movido a corda tinha sido má ideia. Colheria algumas flores e embrulharia em papel, e no papel colocaria um poema.

Patético. Parece patético até mesmo para mim, e foi minha ideia. Não sou poeta. Se Isabella gosta de mim, não é por minha poesia.

Iria até ela e seria ele mesmo. Simplesmente iria lembrá-la de sua existência antes que o príncipe Christian a encantasse e levasse para a Dinamarca. Talvez contasse uma piada. Uma das piadas do Victor.

O que está acontecendo comigo?, perguntou a si mesmo.

Conor sempre havia pensado que a emoção mais forte que jamais experimentaria era a empolgação da descoberta científica. Fazer algo que ninguém na história do mundo tivesse feito. O que poderia se comparar com isso?

Mas então começou a ver Isabella com olhos diferentes. Notou como a amiga iluminava a sala de aula com suas piadas e sua atitude, e até seus insultos constantes e as ameaças de tortura pareciam atraentes. Percebeu que os olhos castanhos da garota faziam todo o resto na sala desaparecer. Desejava que as manhãs passassem até que ela aparecesse na sala.

Preciso falar com ela. Nem mesmo minhas máquinas voadoras me levarão à Dinamarca!

Os aposentos da princesa ficavam embaixo dos do rei, na torre principal, reconstruída. Havia uma sentinela na muralha acima da porta da torre. Conor sabia que o soldado era um dos favoritos de seu pai, apesar da atitude relaxada com relação à autoridade.

Aquele Bates vai significar a minha morte e a dele próprio, costumava reclamar Declan. *Não sei o que é mais afiado, sua mira ou sua língua.*

Conor cumprimentou-o.

— Cabo Bates, bela tarde.

— Verdade? Não. Se você estiver em cima de uma muralha com uma brisa do oceano levantando as pernas da calça, não é.

— Acho que sim. Eu só estava puxando conversa. Na verdade vim aqui para...

— Ver Isabella, como sempre. Você está com essa enorme cara de apaixonado de novo. Suba lá antes que o tal dinamarquiano a roube e a leve embora no cavalinho de pau dele.

Se Conor estivesse ouvindo de verdade, o comentário sobre o *cavalinho de pau* poderia fazê-lo parar.

— É dinamarquês, e você acha que ele pode roubá-la? Ouviu dizer alguma coisa?

Bates encarou Conor como se ele fosse louco, depois sorriu devagar.

— Ah, acho que ele tem uma boa chance. Um garoto forte daquele. E o modo como ele come todo o jantar. Muito recomendável. Eu subiria até lá, se fosse você.

— Devo esperar aqui até que você me anuncie?

— Não, não. Suba. Tenho certeza de que a princesa vai adorar vê-lo.

Não era exatamente o procedimento regular, mas a desconsideração de Bates pelo protocolo era lendária.

— Muito bem, eu vou. Obrigado, cabo Bates.

Bates prestou continência, alegre.

— De nada, jovem Broekhart. Mas não me agradeça agora; só não esqueça de mandar um convite para o casamento.

Conor subiu correndo a escada e estava ofegando quando chegou ao andar da princesa. A escada se abria num vestíbulo em arco, com quatro globos elétricos acesos, uma espetacular tapeçaria medieval normanda e uma fonte de querubim, que gerava mais barulho, com suas duas bombas, do que produzia água. O vestíbulo estava deserto, a não ser por Conor, que se firmou na parede, desejando não estar suando e sujo de lama.

De todos os dias em que eu poderia estar lutando com porcos e correndo escadas acima!

De trás da porta de Isabella veio uma gargalhada de prazer. Conor conhecia bem aquele riso. Isabella guardava aquele riso em particular para ocasiões especiais. Aniversários, batizados, a chegada da primavera. Surpresas agradáveis.

Preciso entrar aí, para o diabo as consequências.

Conor se preparou, abaixou o cabelo com a mão lambida e invadiu o apartamento privado de uma princesa real.

Isabella estava ajoelhada junto de sua pequena mesa dourada, de recepção, com as mãos pingando em vermelho.

— Isabella! — gritou Conor. — Você está sangrando?

— É só tinta — respondeu Isabella calmamente. — Conor, o que você está fazendo aqui?

Havia um menino pequeno e bem vestido junto à mesa.

— Esse homem engraçado está cheirando a caca — disse o menino, apontando um dedo do qual pingava tinta verde.

De repente Conor ficou enjoado.

Ah, meu Deus! Uma criança. Tinta. Come todo o jantar.

O rosto de Isabella estava sério.

— É, homem engraçado, explique o cheiro de caca ao príncipe Christian.

— *Este* é o príncipe Christian?

— É, e está pintando uma obra-prima para mim, usando só os dedos.

— E também tinta — observou o príncipe.

Isabella assentiu.

— Obrigada, Christian, você é muito inteligente. Agora, Conor, explique esse cheiro ruim.

— Havia uma porca no pátio — respondeu Conor debilmente. — Acho que o nome dela é Costeleta. Nós trombamos um no outro.

Christian bateu palmas deliciado, espirrando tinta em si mesmo.

— O homem engraçado não tem dinheiro para o cavalo, por isso monta na porca.

Conor não reagiu à provocação. Merecia isso, e mais ainda.

Devo parecer um imbecil completo, pensou. *Saído direto da esgrima e da luta livre com porcos.*

Isabella pigarreou.

— Arrram, *Sir* Conor. Será que, no minuto que lhe resta de vida antes de eu mandar executá-lo, poderia explicar o que está fazendo aqui?

Agora que *estava* ali, Conor não tinha certeza do que dizer, mas sabia que deveria ser alguma coisa sincera. Alguma coisa significativa.

— Primeiro, alteza, desculpe a intromissão. Isabella, havia uma coisa... *há* uma coisa que preciso dizer...

Isabella nunca ouvira Conor falando nesse tom. Nenhuma vez em quatorze anos.

— Sim, Conor — disse, agora com a piscadela maliciosa ausente.

— Sobre o seu aniversário...

— Ainda falta muito para o meu aniversário.

— Não o próximo, o que passou.

— O que é que tem meu aniversário que passou?

Houve uma imobilidade então, um silêncio até mesmo no pátio, como se o mundo inteiro estivesse esperando a resposta de Conor.

— Aquele planador movido a corda...

— Você não quer de volta, quer? Porque a janela estava aberta e eu...

— Não. Não, não quero de volta. Só achei que eu deveria dizer que foi o presente errado para dar. Imagino que você estivesse querendo uma coisa diferente. Especial.

— Um planador movido a corda é muito, muito especial — disse, sério, o príncipe Christian. — Se a princesa não quer...

Isabella sustentou o olhar de Conor por alguns segundos, aparentemente atordoada, depois piscou duas vezes.

— Muito bem, príncipe Christian, acho que acabou a hora do chá. Espero que você tenha gostado do chá, dos bolos e da limonada.

O príncipe Christian não estava ansioso para sair.

— É, a limonada estava gostosa. Eu estava pensando, será que posso tomar a vodca?

— Não, Christian — respondeu Isabella, animada. — Você só tem sete anos.

— Um conhaque, então?

— Absolutamente não.

— É, mas no meu país esse é o costume.

— Ah, é verdade. Vamos perguntar à sua babá, certo?

Isabella tocou a sineta, e segundos depois chegou uma babá dinamarquesa, deslizando para dentro da sala como uma carruagem sobre trilhos. A dama não estava sorrindo, e pelo jeito raramente fazia isso.

Deu uma olhada no príncipe Christian e enrolou as mangas.

— Eu ir lavar bebê príncipe agora — disse, agarrando Christian pelo braço.

— Me solta, serviçal — guinchou Christian, lutando inutilmente. — Eu sou seu senhor.

A babá fez um muxoxo.

— Já chegar dessa conversa de senhor e serviçal, Christian. Seja um bom príncipe e babá vai fazer *wienerbrød* para jantar.

Imediatamente aplacado, o pequeno príncipe foi levado para fora do apartamento, deixando um rastro de tinta no caminho.

Isabella desapareceu no lavatório sem dizer nada, e Conor ouviu a água correndo.

Ela está lavando a tinta, pensou. *Será que devo ficar? Ou devo ir embora? Quando ela saiu da sala estava me dispensando?*

As coisas haviam mudado subitamente. Eles sempre tinham sido iguais, agora Conor estava preocupado com cada sentimento dela, com cada passo que ela dava.

Eu deveria ir embora. Podemos conversar mais tarde.

Não. Fique. Sem dúvida, fique. Victor não fugiria. Se eu for agora, amanhã continuará o mesmo conflito.

— Com quem você está falando, Conor?

Conor já ia dizer que não estivera falando, quando notou que seus lábios já estavam se mexendo.

— Ah, só estava pensando alto. Quando fico nervoso, algumas vezes...

Isabella deu um sorriso gentil.

— Você é mesmo um bobão, não é, *Sir* Conor?

Conor relaxou. Ela o estava provocando. Terreno familiar.

— Desculpe, princesa. Vai mandar que eu seja garroteado?

— Prefiro o enforcamento, como você sabe muito bem.

Conor respirou fundo e abriu o coração. Fez isso rapidamente, como se pulasse no oceano, para acabar com a dor.

— Vim porque você me disse que esse chá fazia parte da corte real.

Isabella ficou ruborizada.

— Posso ter dito. Eu estava provocando você.

— Agora vejo. É tarde demais para me salvar do embaraço.

— O pai de Christian tem negócios aqui. Estou cumprindo meu dever real, só isso. Ele não veio me cortejar.

— Não.

Os ombros de Conor arriaram. Pelo menos, agora não se sentia participando de algum tipo de corrida.

— Então você criou coragem e veio intempestivamente declarar seu amor?

— Bom, eu...

Não entre em pânico. Não entre em pânico.

— Algo assim.

Isabella foi para a varanda e se encostou na balaustrada esculpida, com o cabelo escuro descendo pelas costas, os dedos brancos na pedra. Mais além e abaixo, as luzes da Muralha estavam se acendendo como um ordenado regimento de vaga-lumes.

Eu deveria falar agora, enquanto ela está de costas. Será mais fácil sem os olhos dela fixos em mim.

— Isabella, as coisas estão... as coisas estão mudando para nós... entre nós. E isso é bom. É como deveria ser. É natural. É natural que as coisas mudem. — Conor gemeu por dentro, isso não estava indo muito bem.

Diga o que quer dizer.

— O que eu *quero* dizer é que talvez nossos dias de subir pelas chaminés tenham terminado, mesmo que eu ainda goste de subir em chaminés, mas talvez haja coisas novas para fazer. Para compartilhar. Sem a companhia de príncipes dinamarqueses.

Isabella se virou para ele, e seu sorriso de zombaria não era tão firme quanto de costume.

— Conor, você é o próprio cientista. Não há um modo mais curto e mais conciso de dizer isso?

Conor franziu a testa.

— Talvez haja. Eu teria de fazer algumas experiências. Sou novo nisso e me sinto sem jeito.

Isabella serviu limonada de uma jarra, com gestos exagerados.

— Comigo é a mesma coisa, Conor. Às vezes acho que nós fizemos nosso mundo aqui, e não sinto vontade de sair. Tudo é perfeito. Agora, é perfeito.

Conor deu um sorriso hesitante, voltando a si.

— Então não serei executado.

— Hoje, não, *Sir* Conor — respondeu a princesa, entregando-lhe o copo. — Afinal de contas você resgatou a princesa da torre. Só há um modo de esse conto de fadas terminar.

Conor engasgou com um gole de limonada, espirrando-a na calça suja de cocô de porco.

— Uma interessante combinação de cheiros — comentou Isabella.

— Perdoe, princesa. Estou pasmo com sua recepção amigável. Imaginei que neste momento eu estaria sendo espetado por guardas dinamarqueses.

Isabella virou os olhos castanhos totalmente para ele.

— Conor, eu poderia revirar o mundo procurando outro cientista fanfarrão, mas duvido que encontrasse algum como você. — A princesa percebeu que havia falado um pouquinho demais e sentiu-se compelida a acrescentar: — Ainda que você seja um idiota de membros desengonçados e cérebro exagerado.

Conor aceitou a primeira parte do elogio com um sorriso, e a segunda com uma careta.

— Sinto-me exatamente assim. Afora a parte do idiota desengonçado. Você sabe o que estou querendo dizer.

— Sei, *Sir* Conor — respondeu Isabella, provocando-o com seu título de novo. — Eu sei.

CAPÍTULO 4

TRAIÇÃO E CONSPIRAÇÃO

Conor não voltou para casa depois do encontro com Isabella; estava empolgado demais. Parecia que seu coração tinha metade da massa anterior. De algum modo, contra todas as leis da ciência, simplesmente compartilhar seus pensamentos com a princesa pareceu deixá-lo mais leve. Assim, mesmo que já estivesse atrasado, decidiu preservar o sentimento passando uma hora sozinho em seu esconderijo predileto. Um lugar aonde não ia havia vários meses.

Por mais vezes do que ele podia se lembrar, os pais de Conor haviam proibido que ele subisse a torrinha do fortim. Em geral ele respeitava esse desejo, mas todo garoto tem alguma transgressão secreta da qual não consegue se livrar. Para Conor, era seu poleiro no alto das empenas abaixo da torrinha nordeste. Era o lugar onde se sentia mais próximo de sua natureza, onde sentia que a corrida pelo voo poderia ser vencida por um garoto e seu professor.

Mas nesta noite não estava pensando em máquinas voadoras mais pesadas que o ar, enquanto se espremia por uma seteira medieval e subia pela hera até os cavaletes de madeira que haviam sido postos depois do incêndio químico no apartamento de Nicholas. Esta noite estava pensando em Isabella.

Nada específico. Apenas pensamentos bons, calorosos. Assim que suas costas pousaram no mofo familiar da torre, Conor sentiu-se tomado de uma paz conhecida. Ficou surpreso em descobrir como o local estava apertado. Logo ele seria maior do que seu esconderijo e teria de encontrar outro local alto onde sonhar com o voo.

Ficou sentado, vendo o sol se pôr sobre o oceano, compartilhando a visão com cerca de uma dúzia de gaivotas que esperavam, sem esperança, que alguém deixasse um barril de peixes aberto dentro da Muralha. Do outro lado da baía dava para ver um grande incêndio em algum lugar de Kilmore, e o facho do farol de Hook Head já lançava seu cone de luz sobre o canal de São Jorge. Era um lindo início de noite de verão e nesse momento o estreito trecho de água entre as Salgadas reluzia com o luar, como se houvesse uma ponte.

Diretamente sob seus pés, uma equipe de guardas fazia exercício com canhões. E na Muralha da Grande Salgada Conor tinha certeza de que podia ver seu pai caminhando entre os postos de vigia, com a capa escura adejando atrás.

Não se sentiu tentado a chamá-lo. Era melhor adiar ao máximo possível o próximo castigo por esse delito.

Conor, eu poderia revirar o mundo procurando outro cientista fanfarrão, mas duvido que encontraria algum como você.

Sorriu com o eco das palavras na mente.

Os pensamentos foram interrompidos por um som regular nas pedras dentro da torre. Pés nos degraus. Em todas as vezes que havia subido a este lugar alto, os únicos passos que Conor ouvira, além dos seus, eram os de seu pai vindo pegá-lo. Declan Broekhart estava 15 metros abaixo, na Muralha, portanto não poderia ser ele.

Retorceu-se ligeiramente em sua posição espremida, de modo que pudesse se pendurar numa trepadeira e espiar pelo vitral da seteira. O vento agitou seu cabelo enquanto ele se inclinava para fora do abrigo, e Conor teve uma lembrança súbita de como costumava adotar essa mesma posição quando era pequeno.

Eu fingia voar. Lembro-me disso.

Connor sorriu.

Logo não haverá necessidade de fingir. Victor e eu vamos projetar a máquina e eu vou voar passando pela janela de Isabella.

Uma figura se moveu dentro da torrinha. Conor viu primeiro uma sombra, tornada irregular por um lampião sacudido, depois a forma escura do lampião foi abaixada, iluminando apenas os degraus. Lascas de luz tremeluziam nas dobras fundas de pano e rosto. A cor vermelha saltou à vida sob a luz. Uma cruz vermelha. Depois uma testa pesada e olhos brilhantes. Bonvilain.

Conor ficou imóvel como uma gárgula. Bonvilain tinha uma percepção quase sobre-humana. Podia ver uma cabeça de foca no meio do mar tempestuoso. O marechal teria um bom motivo para não aprovar a presença de Conor tão perto do escritório do rei, e poderia justificadamente atirar nele, acusando-o de traidor.

Vou ficar sentado sem respirar e sem me mexer, até que o marechal vá embora. Depois vou para casa depressa.

A visão das feições nitidamente sombreadas de Bonvilain havia praticamente sugado toda a alegria da tarde. Esse seria o fim das aventuras do dia, caso outra coisa não reluzisse à luz do lampião. Algo que Conor conhecia bem. Um revólver de cano longo, com cabo de madrepérola, espreitando por baixo dos dedos de Bonvilain.

Sem sombra de dúvida era o Colt Peacemaker de Victor. Isso era extremamente curioso. Por que o marechal Bonvilain estaria se esgueirando pelos corredores dos serviçais do castelo com a pistola de Victor?

Você está enganado. Não pode ser a arma de Victor.

Mas era. A visão aguçada de Conor havia captado cada detalhe, para saber que não estava enganado. Havia estudado aquela arma vezes incontáveis, com a respiração embaçando a caixa de vidro.

Deve haver mil explicações para isso. Só porque você não sabe o motivo, não significa que não haja um.

Era verdade e sensato, mas Conor era um garoto e um cientista, a combinação mais curiosa em um ser humano, e não podia dar as costas para isso assim como um condenado não poderia ignorar uma porta aberta. Se Bonvilain estava com a arma de Victor, seu professor deveria saber sobre isso, e deveria saber o motivo. Havia muito tempo seu professor suspeitava de que o marechal não era de confiança, e ali poderia estar a prova.

Conor esperou vários instantes, até que a última luz do lampião de Bonvilain passasse dançando e a escuridão se fechasse atrás do marechal. Depois se balançou como um macaco até o parapeito da ameia, uma ação que teria deixado seus pais com os corações apertados, em choque.

Será que a janela havia rangido em seu caminho para a seteira? Não conseguia se lembrar, já que na ocasião isso não era de importância vital. Testou-a, cutucando gentilmente. Nenhum rangido, só um ligeiro raspar de ferrugem nas dobradiças. Era seguro.

Entrou, primeiro os braços, andando pelo piso com as mãos até que seus pés caíram no chão, atrás.

Agachou-se sobre o granito irregular, ouvindo. O som de sua respiração batendo na pedra parecia enorme. Bonvilain certamente escutaria.

Mas não. Os passos do marechal continuaram no ritmo anterior e Conor pôde ver leves clarões do lampião adiante. Virou o rosto para a luz e acompanhou Bonvilain subindo a escada em espiral, e, mantendo-se abaixado, tateou o caminho, de quatro.

Essa passagem levava à porta de serviço do apartamento do rei Nicholas, que era trancada e guardada sempre que o rei estivesse em casa, mas quando Conor virou a cabeça além do final do corredor, viu que a porta estava sem guarda e escancarada. Não haver guarda significava que não havia rei. E se o rei Nicholas não estava em seu apartamento, por que Bonvilain estaria andando por ali, armado com a pistola de outro homem?

Uma infinidade de motivos. Há coisas que você não sabe. Por exemplo, o rei Nicholas pode ter pedido a arma para mandar fazer uma réplica para Victor, para completar o par. Presente de aniversário.

Improvável, mas possível.

Conor se esgueirou pela porta, silencioso como a raça de gatos Manx, sem rabo, que havia ocupado a ilha. A luz à frente era fraca, mas constante. Bonvilain estava parado. Teria ouvido alguma coisa ou estaria prestando atenção a alguma coisa? Esperando ou espionando?

O estômago de Conor se revirou. Deveria voltar agora. É verdade. Interferir nos negócios do marechal era um negócio sério. Bonvilain jamais relutava em denunciar alguém como traidor, e homens bons haviam sido enforcados por menos do que isso.

Mas o revólver. O revólver de Victor.

Meia dúzia de passos a mais, prometeu Conor à sua metade prudente. *Vou espiar na próxima curva, depois vou embora. O risco é pouco ou nenhum.*

Não era exatamente verdade, mas mesmo assim Conor foi em frente, sondando cada degrau com os dedos antes de subir. Grudava-se ao piso e à parede, procurando as sombras mais escuras, e avançou o rosto pela última curva da escada.

Bonvilain estava meia dúzia de degraus acima; o lampião repousava aos seus pés, lançando nítidos triângulos de luz para cima. Seu rosto parecia demoníaco àquela luz, mas era apenas o ângulo. Sem dúvida.

De repente a cabeça de Bonvilain se virou na direção do lugar onde Conor estava, e o garoto precisou lutar contra todos os instintos para não se levantar e fugir. Estava invisível, coberto pela escuridão. Depois de um longo momento sem respirar, Conor percebeu que a intenção principal do marechal não era olhar pela escada abaixo, e sim encostar o ouvido na parede. Estava escutando alguma coisa. Ou, mais provavelmente, alguém.

E outro detalhe: em sua mão esquerda havia um volume escuro. A luz brilhou num ângulo cinzelado e Conor viu que Bonvilain segurava um tijolo. Ele havia tirado um pequeno tijolo da parede e espiava alguém dentro do apartamento do rei.

Palavras flutuavam, descendo o poço da escada, e por causa da acústica da torre eram tão claras para Conor quanto, sem dúvida, para o próprio Bonvilain.

A voz do rei. E de Victor. Então o marechal espionava seu próprio rei.

Conor fechou os olhos e forçou os ouvidos, tentando entender o que ouvia, quando o que deveria estar fazendo era correr o mais rápido que suas pernas jovens o levassem. Para chamar o pai.

Dentro do apartamento do rei, Victor Vigny estava sentado numa das duas poltronas Luís XV junto à lareira. A porta principal se abriu com estrondo e o rei Nicholas entrou equilibrando duas canecas geladas numa bandeja. Com grande pompa e muitas reverências, Nicholas I entregou a Victor uma caneca de cerveja gelada.

— Isto é fantástico — disse Victor depois de tomar um gole comprido. — Mais fria do que o traseiro de um urso polar. O refrigerador está funcionando bem, pelo que vejo.

Nicholas sentou-se e tomou um gole de sua caneca.

— Perfeitamente, se bem que a amônia é um pouco perigosa. Aqueles alemães precisam encontrar um novo gás.

— Alguém encontrará — disse Victor, enxugando a espuma do bigode. — Isso é o progresso.

— Dá para imaginar os benefícios da refrigeração confiável?

— Quer dizer, além da cerveja gelada? — brincou Victor.

Nicholas se levantou e começou a andar de um lado para o outro, com o tema do progresso jamais deixando de empolgá-lo.

— Podemos comercializar com os Estados Unidos. Produtos frescos. E podemos exportar também.

— Os diamantes não precisam ser congelados — provocou Victor.

— Outras coisas. Plantago. E podemos congelar produtos de fora da estação, num armazém gigante. Morangos e salmão o ano todo.

De repente Victor ficou sério.

— Você, meu bom amigo, tem peixes maiores com que se preocupar.

— O que você andou ouvindo? — perguntou Nicholas, sentando-se de novo.

Victor suspirou.

— É tão ruim quanto você temia, e pior ainda. Meu homem na Pequena Salgada diz que Bonvilain faz os prisioneiros trabalharem até a morte. Pelo que ele diz, muitos internos não são culpados de nada mais do que vadiagem. Ainda não podemos provar, mas, segundo minhas contas, pelo menos metade dos diamantes desaparece entre a mina e o tesouro.

— Maldição — xingou Nicholas, jogando sua caneca na lareira. — Bonvilain é uma praga. Uma ferida nas Salgadas. Ele trata as ilhas como sua propriedade particular. Preciso me livrar dele.

Victor assentiu em direção à lareira.

— Um belo começo. O cristal na grade deve fazer o marechal guinchar nas botas.

Os olhos do rei relampejaram fogo por um momento, mas então ele se acomodou e olhou para a grade, talvez se arrependendo da perda de uma cerveja gelada.

— Há quanto tempo estamos juntos, Victor?

— Se eu responder a isso, vou ouvir um discurso em seguida?

— Ah, agora estou sentindo falta da cerveja.

Victor cedeu.

— Vinte anos, Nick. Em cada feira nos abençoados Estados Unidos, e agora no topo deste belo castelo.

— E, nesse tempo, o que conseguimos? Victor, nós podemos ajudar as pessoas aqui. Não apenas dando alguns xelins aos necessitados, ajudar de verdade. Tornar as coisas melhores para sempre. Tudo está nas máquinas. Podemos construí-las. Veja o pequeno Conor Broekhart. Já viu uma mente como aquela?

— Eu sei — disse Victor com um toque de orgulho. — Isabella também sabe.

Nicholas sorriu.

— Pobre Conor.

— Acho que o pobre Conor não faz ideia dos apertos que Isabella vai fazê-lo passar.

O rei não pôde ficar feliz por muito tempo.

— Desgraçado! Bonvilain desgraçado! Ele é um tirano. Eu sou o rei, não sou? Vou me livrar dele.

— Cuidado, Nicholas. *Sir* Hugo tem o exército. Declan Broekhart é o único que pode fazer o exército mudar de lado. Os homens o respeitam. Deveríamos convidá-lo para uma das nossas conversas.

O rei assentiu.

— Muito bem. Esta noite. Não posso esperar mais um dia. Farei com que Bonvilain esteja na prisão antes que o mês termine. O futuro não vai esperar muito tempo. Esta ilha está presa na Idade Média por causa daquele homem. Seus guardas são bandidos assassinos e sua justiça serve apenas a ele próprio, e é maligna. Depois de setecentos anos, a aliança entre as famílias Trudeau e Bonvilain está para terminar.

— Vou beber a isso — disse Victor, engolindo o resto da cerveja.

Bonvilain já entrou pela porta de serviço com o Colt apontado, caminhando com passos confiantes e medidos. Não houve nenhum preâmbulo espalhafatoso de vilão. *Sir* Hugo estivera em muitas situações de vida ou morte para isso. Permitiu-se apenas uma frase.

— Victor Vigny, você matou o rei.

O francês e o monarca reagiram rapidamente, nenhum dos dois se incomodando com protestos ou rogos. Havia assassinato nos olhos de Bonvilain, disso não existia dúvida. Victor se lançou pela sala para proteger o amigo, enquanto a mão direita de Nicholas baixava para o revólver Smith and Wesson que ele sempre mantinha à cintura, no estilo americano.

Victor, o mais jovem, quase alcançou seu objetivo. Porém, por mais veloz que seja o homem, a arma é mais rápida. Bonvilain disparou e a bala cortou a pele entre o polegar e o indicador estendidos do francês, o que a desviou ligeiramente, mas não o bastante para salvar o rei. Nicholas caiu para trás em sua poltrona e estava morto antes que o Smith and Wesson caísse de seus dedos.

Bonvilain grunhiu, satisfeito, depois pegou a arma do rei e virou-a para Victor Vigny, que estava caído no tapete diante da lareira, com o sangue escorrendo da mão.

— Você quase cobriu a distância — disse Bonvilain, admirado. — Um esforço notável.

Victor olhou os olhos do marechal e soube que sua vida estava terminada.

— Então eu sou o assassino? — perguntou.

— É. Você atirou no rei com sua arma. Há um teste que estão desenvolvendo na Scotland Yard que pode dizer de que arma a bala saiu. Vou mandar que tragam um especialista. Além disso contratei um especialista em grafologia holandês para falsificar cartas suas para o governo francês, detalhando as defesas das Salgadas. Eu lhe pergunto: esses parecem os atos de um homem que prendeu as ilhas na Idade Média?

— Ninguém acreditará que eu matei o rei — protestou Victor. — Ele era um irmão para mim.

Bonvilain deu de ombros.

— Não são muitas pessoas que sabem disso. Você era o espião secreto dele, lembra-se? Me espionando. Agora vamos aos negócios. Tenho certeza de que você tem uma garrucha na bota ou uma Derringer na barba, ou algum outro truque de espião, portanto adeus, Victor Vigny. Diga ao seu senhor que a aliança entre as famílias Trudeau e Bonvilain continua por mais um tempo.

— Você nunca vai impedir todos nós — gritou Victor, saltando corajosamente de pé, com uma garrucha na mão, tirada de alguma dobra de roupa.

Bonvilain fez "tsk-tsk", disparando quatro vezes no peito de Victor. Um pouco excessivo, talvez, mas ele estava compreensivelmente chateado — afinal de contas, o rei fora assassinado.

Um pensamento lhe ocorreu.

Parar todos nós. O que Victor quisera dizer com isso? Haveria mais espiões nas ilhas?

— Ou você estava brincando comigo, francês? — perguntou, agachando-se e envolvendo os dedos de Victor no cabo de seu próprio Colt Peacemaker. — Deixando algumas dúvidas para trás, para incomodarem minha mente?

A porta principal se abriu e uma sentinela entrou.

— Já devo entrar? — perguntou o homem.

— Sim, sim — respondeu Bonvilain, irritado por ter sido necessário envolver uma sentinela. O homem teria de ser eliminado na primeira oportunidade. — Está vendo o que aconteceu aqui? Você ouviu os tiros e entrou. Cada um atirou no outro, é simples. Você não precisa dar nenhuma opinião. Só dizer o que viu.

A sentinela assentiu devagar, ainda que não fosse a primeira vez que ouvia estas instruções simples.

— Direi o que vi. Sim, marechal. E o senhor não vai me matar?

— Claro que não, Muldoon. Você usa a cruz vermelha. Não mato meus guardas.

Muldoon ficou obviamente aliviado.

— É uma boa notícia para mim. Obrigado, marechal. Agradeço por ter a permissão de continuar com minha vida sem valor.

Bonvilain estava lutando para não acabar imediatamente com a vida sem valor de Muldoon.

— Você provavelmente deveria ir dar o alarme.

Muldoon balançou a cabeça.

— Sim, marechal. Sem dúvida. Mas quem é esse garoto atrás do senhor?

Bonvilain piscou.

— O quê?

Conor era um jovem inteligente e não havia demorado muito para perceber o que estava acontecendo. Aparentemente Victor não era apenas o tutor real, mas também espião do rei

Nicholas. Bonvilain devia ter ouvido falar dessa conspiração nascente pelo seu buraco na parede, e pretendia pôr um fim nela, antes que ela pusesse fim nele.

Mas por que a arma de Victor?

A voz do professor zombou dele.

Pelo amor de Deus, garoto. Não é óbvio?

Conor empalideceu na escuridão.

Claro. A arma de Victor. O crime de Victor.

Quando Bonvilain passou pela porta, Conor já havia formulado um plano rudimentar. Entraria correndo dois passos atrás, gritando um alerta. Victor deveria reagir depressa e desarmar Bonvilain sem muita dificuldade.

Estava de pé e na metade do trecho de escada quando o primeiro tiro ressoou.

Tão depressa? Tão depressa? Quem havia levado a bala? Talvez o rei Nicholas tivesse disparado primeiro e tudo estivesse bem. Fora apenas um tiro, afinal de contas. Um tiro para um homem.

Continuou movendo-se, mas agora com cuidado. Não queria levar um tiro dado por seu rei ou seu professor. Eles estariam nervosos, atentos à chegada de homens de Bonvilain, e agora não havia necessidade de aviso. Era tarde demais, de um modo ou de outro.

Chegou junto à porta, franzindo os olhos por causa da luz súbita. Seus olhos se adaptaram a tempo de testemunhar Victor ser derrubado a tiros enquanto tentava atacar Bonvilain. Ficou paralisado, sem fala, enquanto seus olhos captavam o quadro de horror. O rei, morto. Victor também. Horrivelmente. E Bonvilain rindo e falando sozinho feito um louco. Agora ele estava pondo a arma de Victor na mão do parisiense. Esses acontecimentos eram um pesadelo. Rápidos demais para serem reais. Roçavam a superfície da realidade como pedras ricocheteando num mar liso.

Uma batida na porta e uma sentinela entrou. Conor o reconheceu de quando percorria os corredores com Isabella. Um simplório, que trabalhava ali por causa de algum pistolão. Mas mesmo assim era um súdito e por isso deveria ser alertado.

Conor estava a ponto de gritar quando a sentinela começou a conversar com Bonvilain. O sujeito fazia parte daquilo! Bonvilain escaparia completamente. O rei estaria morto e a memória de Victor enegrecida. Era insuportável.

A conspiração devia ser impedida. Bonvilain não poderia ter permissão de chegar perto de Isabella. Conor se abaixou, esgueirando-se até o lado de Victor, usando a mobília como cobertura. O parisiense estava deitado de lado, como se dormisse confortavelmente. Os olhos arregalados de surpresa e com sangue borbulhando nos lábios. Morto. Morto.

Conor reprimiu as lágrimas. O que Victor desejaria que ele fizesse? O que seu pai quereria que ele fizesse? Que impedisse a conspiração. Ele havia treinado suficientemente para isso, e havia uma arma carregada a centímetros de seus dedos.

Então os olhos de Victor piscaram e entraram em foco. O francês recobrou os sentidos por um segundo apenas.

— Não faça isso, garoto — sussurrou, mostrando uma percepção notável da situação. — A torre Martello, em Kilmore. Encontre-a e ponha fogo. Bonvilain não deve conhecer nossos segredos. A águia tem a chave. Vá agora. Vá.

Conor assentiu, as lágrimas descendo livremente, pingando do nariz e do queixo.

Torre Martello. Kilmore. Queimá-la. Ir agora.

Ele poderia ter saído então e evitado anos de sofrimento, se o parisiense não tivesse dado seu último suspiro.

Morto. De novo.

Conor estava atordoado. Perder o amigo e mentor duas vezes em dois minutos. Agora eles jamais voariam juntos.

Jamais voariam.

O Broekhart que havia nele assumiu o comando, empurrando o cientista para baixo. Victor estivera tentando protegê-lo, mas não havia necessidade; Conor era treinado em todas as armas de combate, inclusive as orientais e indianas, se estivessem disponíveis.

Arrancou o Colt da mão de Victor. O cabo de madrepérola na palma de sua mão trouxe confiança e tristeza. Esta era a arma que ele havia girado mil vezes enquanto Victor o censurava por estar se exibindo.

Girou-a de novo para se acalmar, depois destravou o tambor, verificando as balas. Restavam cinco tiros. O bastante para causar alguns ferimentos. Conor ficou de pé, com as lágrimas secando rapidamente.

A sentinela o viu primeiro.

— Mas quem é esse garoto atrás do senhor? — disse o homem, como um idiota.

Bonvilain se virou devagar, já fazendo uma cara triste.

— Ah, jovem Broekhart — disse, como se Conor fosse esperado. — Uma tragédia terrível.

Conor apontou o Colt para o peito de Bonvilain, um alvo suficientemente grande.

— Ouvi tudo, marechal. Vi quando o senhor atirou em Victor.

Bonvilain abandonou a representação. Seu rosto era de novo afiado. Ângulos e sombras.

— Ninguém vai acreditar em você.

— Alguns vão. Meu pai vai.

O marechal pensou nisso.

— Sabe, acho que você pode estar certo. Acho que isso significa que preciso matar você também, a não ser que você me mate.

— Eu poderia fazer isso. E poderia matar esse imbecil também — respondeu Conor engatilhando o Colt.

— Tenho certeza que sim, teoricamente, mas o tempo de teorias acabou. Este não é o campo de treinamento, Conor; agora estamos em guerra.

— Fique parado, marechal. Alguém deve ter ouvido os tiros. Eles virão.

— Não através destas paredes. Ninguém virá.

Era verdade, e Conor sabia. Victor havia dito que uma noite ele e Nicholas estavam testando fogos de artifício na grade da lareira e nenhuma alma no palácio ouviu.

— Você, soldado. Largue o fuzil e sente-se.

A sentinela não gostou de receber ordens de um garoto de 14 anos, mas, afinal de contas, o garoto parecia muito familiarizado com a arma que estava segurando.

— Nesta poltrona? Tem sangue nela.

— Não, idiota. Naquela cadeira. Perto da parede.

A sentinela pôs a arma no chão de pedras e foi arrastando os pés até um banco perto da parede.

— Isso é um banco — murmurou ele. — Você disse cadeira.

Bonvilain deu um pequeno passo à frente, esperando que Conor estivesse distraído pelas bobagens ditas pela sentinela. Não era o caso.

— Não se mexa, traidor. Assassino.

Bonvilain sorriu. Seus dentes eram brilhantes, como pérolas amarelas.

— Agora, Conor, vou explicar o que farei. Pretendo, e isto é uma promessa, caminhar tranquilamente pelo espaço entre nós dois e esganá-lo até arrancar a vida do seu corpo. O único modo de você impedir isso é atirando em mim. Lembre-se, isto é guerra, hoje não temos aula.

— Fique onde está! — gritou Conor, mas o marechal já estava a caminho. Cinco passos os separavam. Agora quatro.

— Atire, garoto. Logo estarei perto demais e será difícil disparar uma bala para além das minhas mãos.

Escolhi mal, percebeu Conor. *Deveria ter fugido pela passagem e chamado meu pai.*

Ele nunca havia atirado numa pessoa. Jamais quisera.

Quero construir uma máquina voadora. Com Victor.

Mas Victor estava morto. Assassinado por Bonvilain.

— Estou em cima de você — disse o marechal.

Conor atirou duas vezes, sob o braço esticado dele, na parte superior do peito.

Tive de fazer. Ele não me deu opção.

Os passos de Bonvilain hesitaram ligeiramente, mas ele continuou vindo. Estava com a testa roxa, mas a luz em seus olhos jamais oscilou.

— E agora — disse derrubando a arma dos dedos de Conor — vou arrancar a vida do seu corpo. Como prometi.

Conor foi levantado do chão, os braços e as pernas se sacudindo, batendo instintivamente contra os flancos do marechal, que pareceram tilintar quando eram acertados.

— Sou um templário, garoto — disse Bonvilain. — Nunca ouviu falar em nós? Gostamos de usar cota de malha quando vamos à guerra. Cota de malha. No momento estou com um colete desses, para o caso de as coisas não acontecerem como eu planejava. A prudência jamais é desperdiçada, como vemos aqui, hoje.

Agora essa revelação não importou muito para Conor. Ele só sabia que Bonvilain ainda estava vivo. Levara os tiros, mas tinha sobrevivido.

— Segure-o, marechal! — disse a sentinela, pegando de novo seu fuzil. — Segure-o parado e eu atiro nele.

— Não — gritou o marechal, imaginando a indignidade de um epitáfio que incluísse a frase *morto acidentalmente a tiros enquanto estrangulava um garoto.*

— O senhor mesmo prefere fazer — disse o soldado, um tanto ressentido.

Bonvilain pensou enquanto estrangulava. Segurava nas mãos, literalmente, a solução para sua dificuldade com o capitão Broekhart. Victor Vigny estivera certo: Declan Broekhart era sua única oposição verdadeira no Exército das Salgadas. Sem dúvida haveria um modo de obter a lealdade do capitão com essa situação. E se fosse necessário manipular um pouquinho, esta não era a sua especialidade?

Uma ideia brotou nas profundezas do cérebro de Bonvilain, como a cabeça de uma serpente marota saindo do pântano. E se o rebelde Victor Vigny não tivesse agido sozinho? *E se* ele tivesse um cúmplice, a sentinela, por exemplo? A sentinela certamente era dispensável.

Bonvilain sentiu um tremor subindo pela coluna. Estava à beira de algo brilhante, podia sentir. Para Bonvilain, eram momentos assim que tornavam a vida tolerável. Momentos que lhe apresentavam um desafio digno de seus talentos específicos.

— Você aí, idiota — disse ao soldado. — Abra a janela.

— Aquela? — perguntou a sentinela, ainda que só houvesse uma janela na sala.

— É — respondeu Bonvilain inocentemente. — A que dá para os penhascos.

Depois do quase estrangulamento, Conor acordou numa cela úmida e sem janelas, onde ficou caído durante horas. Sua solidão era interrompida periodicamente por dois guardas que pisoteavam com prazer em seu corpo magro. Na última visita, os homens tiraram suas roupas e o enfiaram num uniforme do Exército das Salgadas.

Porque suas roupas estão fedendo a sangue e medo.

Conor pensou nisso brevemente, através da dor. Por que um uniforme de soldado? Antes que seu cérebro entorpecido pudesse chegar a alguma conclusão, a surra recomeçou, golpes com as costas das mãos, no rosto. Um olho se fechou e ele sentiu o sangue escorrer pelo nariz. Os guardas apertaram alguma coisa macia em sua cabeça. Uma toalha, talvez? Talvez para estancar o sangue? Parecia uma compaixão incomum.

Houve mais mexidas confusas em seu corpo. Um deles passou em suas bochechas algo que cheirava a pólvora. O outro arranhou seu braço com uma pena de escrever. Isso continuou pelo que pareceram horas.

Quando os guardas ficaram satisfeitos com os arranjos, o mais gordo dos dois prendeu um par de algemas nos pulsos de Conor e uma espécie de máscara, que parecia uma gaiola, em sua cabeça, apertando a mordaça até forçar os dentes de Conor a se separar, entrando entre suas mandíbulas. Os únicos sons que ele podia emitir agora eram gemidos e grunhidos.

A cela propriamente dita era um bloco do inferno com três metros de largura, e Conor não podia imaginar que um lugar assim existisse na Grande Salgada.

As paredes e o piso eram de granito. Tirado da própria ilha. Nada de tijolos ou argamassa, apenas rocha sólida. Não havia como escapar. A água escorria por reentrâncias abertas em séculos de erosão. Conor não perdeu um segundo tentando matar a sede com ela. Graças à combinação da máscara com as algemas, ele não podia passar nada pela grade de metal até a boca. De qualquer modo, as próprias reentrâncias tinham flocos de sal. Água do mar.

Deixaram-no durante séculos, chafurdando no sofrimento. O rei estava morto. O pai de Isabella assassinado por Bonvilain. Victor também se fora. Num piscar de olhos seu mentor e seu amigo foram mortos cruelmente. E o que aconteceria com o próprio Conor? Sem dúvida Bonvilain não deixaria um sopro de vida sequer no corpo de uma testemunha. Conor sentiu o peso da gaiola na cabeça, as algemas ralando os pulsos e a ameaça de seu assassinato iminente pesando no coração.

A porta de metal girou, agarrando-se nas dobradiças. Uma luz amarelada, encheu o cômodo com um brilho doentio, e nesse brilho estava a silhueta inconfundível de *Sir* Hugo Bonvilain. Marechal e assassino do rei. Por causa deste homem, Isabella era órfã.

A fúria tomou conta do corpo de Conor, enchendo seus membros com força. Ele saltou de pé, os braços estendidos na direção de Bonvilain.

A visão alegrou Bonvilain tremendamente. O sujeito chegou a assobiar enquanto agarrava a grade da gaiola, enfiando os dedos grossos entre as barras. Deu um passo de lado e casualmente jogou Conor contra a parede, encolhendo-se diante do estrondo.

— Usei seu próprio *ímpeto* contra você — disse, como se aquilo fosse uma aula. — Treinamento básico. *Básico*. Se um dos homens cometesse esse erro, eu mandaria açoitá-lo. Aquele dândi francês não lhe ensinou nada?

Bonvilain se agachou, apertando Conor contra a parede áspera e úmida.

— Um grande dia, não é? Histórico. O rei se foi, aparentemente assassinado por rebeldes. Sabe o que isso significa?

Conor não podia responder, mesmo que quisesse. Se não fosse a dor, tudo aquilo pareceria um sonho cruel. Um terror noturno.

Bonvilain chacoalhou a gaiola, para se certificar de que tinha toda a atenção de Conor.

— Olá? Jovem Broekhart. Ainda está conosco?

Conor tentou cuspir em seu captor, mas só conseguiu engasgar.

— Bom. Está vivo, por enquanto. De qualquer modo, quanto à morte do rei, deixe-me *dizer* o que isso significa. Significa um fim para aquelas reformas ridículas. Dinheiro para o povo. O povo? Ralé sem banho, sem educação. Chega de dinheiro para *o povo*, pode apostar o sangue que você tem nas veias.

"Isabella se torna rainha. Uma rainha-marionete, mas mesmo assim rainha. E você consegue adivinhar qual irá se tornar a obsessão dela?"

Claro. Era tão óbvio que um garoto podia enxergar, mesmo no atordoamento de Conor.

— Vejo pelos seus olhos que você *consegue* adivinhar. Ela dedicará a vida a esmagar os rebeldes. Isso irá consumi-la; eu garantirei isso. Não haverá fim para o número de rebeldes que vou desenterrar. Qualquer mercador que se recuse a pagar meu imposto. Qualquer jovem ressentido. Todos os rebeldes. Todos enforcados. Agora estou mais perto de ser rei do que qualquer Bonvilain já esteve.

Essa declaração pairou entre eles, pesada com séculos de traição. Ranger de correntes de algemas e pingos de água.

Bonvilain puxou a cabeça de Conor o mais perto que as barras permitiam e soltou a mordaça da caixa.

— Antes de morrer, seu professor disse que eu jamais impediria todos eles. Será que Victor Vigny estava trabalhando com os aeronautas franceses? Ou com La Légion Noire, a Legião Negra?

Os lábios de Conor estavam inchados devido a algum soco e suas mandíbulas cheias de dor, mas ele conseguiu falar.

— Não existe Legião Negra. Você vai destruir as Salgadas lutando contra um inimigo imaginário.

— Deixe-me dizer uma coisa, homenzinho — rosnou o marechal. — Se não fossem os Bonvilain, estas ilhas não passariam de rochas no oceano. Nada além de sal e cocô de pássaros. Nós servimos de babás dos Trudeau durante séculos. Mas chega. Agora estas ilhas são minhas. Vou ordenhá-las até que fiquem secas, e a rainha Isabella permanece viva enquanto não interferir nesse plano. — Bonvilain chacoalhou a gaiola de Conor. — Estou interessado em saber o que você acha desse plano, jovem Broekhart.

— Por que está me contando, assassino? Não sou o seu padre.

Bonvilain sacudiu a gaiola, como se fosse um presente misterioso.

— Não é o meu padre. Muito boa essa, vou sentir falta das nossas conversas. Eu lhe conto, jovem Broekhart, porque estes são os momentos que fazem com que valha a pena viver. Eu me sinto melhor no meio da ação. Esfaqueando, atirando e conspirando. Gosto disso. Exulto nisso. Durante séculos os Bonvilain estiveram por trás do trono, guiando-o com suas maquinações. Mas nunca houve nada como isto.

Bonvilain estava quase tonto de felicidade. Tudo que havia planejado estava agora ao alcance da mão.

— E você, meu pequeno intrometido, transformou um bom plano num plano perfeito. É o seu pai, veja bem. Ele é um ótimo soldado, posso admitir. Um soldado maravilhoso. Inspira grande lealdade nos homens. Eu estava planejando afastá-lo e suportar a tempestade. Mas agora o rebelde Victor Vigny e você, o aluno doutrinado por ele, mataram o rei. Seu pai é obrigado, pela honra, a proteger a nova rainha com cada respiração que tiver no corpo. E como prometerei manter o nome do filho dele fora da investigação, Declan Broekhart me deverá sua reputação, e assim você o tornou leal a mim. Por isso eu lhe agradeço. — Bonvilain se inclinou mais perto, o rosto esticado numa tristeza fingida. — Mas devo dizer que agora ele odeia você, e o mesmo acontecerá com Isabella, quando eu lhe contar minha versão dos acontecimentos desta noite. Seu pai, eu chegaria a ponto de dizer, mataria você pessoalmente, se lhe fosse permitido. Mas isso é assunto de família, e não é da minha conta. Eu deveria deixar que ele mesmo lhe dissesse.

E com isso Bonvilain prendeu a mordaça da máscara e passou a corrente das algemas por uma argola na parede. Levantou-se, com os joelhos estalando, o corpo enorme enchendo a cela, a testa larga e com cicatrizes subitamente pensativa.

— Seria de pensar que eu sofro com todas as pessoas que matei, com as centenas de vidas que destruí. Será que os demônios não me visitam à noite? Será que não devo ser atormentado pela culpa? Às vezes deito-me na cama e espero o julgamento, mas ele nunca chega.

Bonvilain deu de ombros.

— Mas, afinal de contas, por que chegaria? Talvez eu seja um homem bom. Afinal de contas, Sócrates disse: *Só há um bem, o conhecimento, e um mal, a ignorância*. Assim, como não sou ignorante, devo ser bom. — Ele piscou. — Acha que esse argumento enganaria são Pedro?

Nesse momento Conor percebeu que, de um modo muito perigoso, Bonvilain era completamente louco.

Bonvilain parou de devanear.

— De qualquer modo, outra hora continuamos com a discussão filosófica. Por que não chamo o seu pai? Imagino que ele tenha algumas palavras para o filho criminoso.

Bonvilain saiu petulantemente da cela, assobiando uma valsa de Strauss, regendo com o dedo indicador.

Conor foi deixado no chão, com o pescoço doendo pelo peso da gaiola. Mas, apesar da dor, agora havia uma fagulha de esperança. Certamente seu pai enxergaria através da pantomima. Declan Broekhart não era idiota e não deixaria o filho chafurdar numa cela imunda. Conor tinha certeza de que dentro de minutos estaria livre para denunciar Bonvilain como assassino.

Bonvilain nem havia se incomodado em fechar a porta da cela. Um instante depois trouxe Declan Broekhart para o cômodo. Conor nunca vira o pai tão perturbado. As costas de Declan, geralmente eretas, estavam encurvadas e tremendo enquanto ele se apoiava em Bonvilain como um velho se apoiando na enfermeira. O rosto era o pior de tudo. Estava repuxado para baixo, pelo sofrimento: olhos, boca e rugas escorrendo como vela de cera.

— Aqui está ele — disse Bonvilain baixinho, com grande compaixão. — Este é ele. Apenas alguns segundos.

Conor se esticou pela parede, levantando-se.

Pai, tentou dizer. *Pai, me ajude*. Mas tudo que saiu por entre os lábios inchados e presos foram gemidos finos.

Declan Broekhart ergueu-se acima dele, com lágrimas pingando do queixo.

— Por sua causa — sussurrou ele. — Por sua causa...

Então saltou para cima de Conor, estendendo a mão não para abraçar, mas para matar. Bonvilain estava pronto para isso. Conteve Declan Broekhart com braços fortes.

— Ora, Declan. Seja forte. Por Catherine. E pela jovem Isabella. Todos nós precisamos de você. As Salgadas precisam de você.

Enquanto dizia isso, Hugo Bonvilain espiou por cima do ombro de Broekhart e piscou, todo alegre.

Essa combinação de sofrimento e loucura foi como golpes físicos contra o jovem Conor. Ele se encolheu para longe do pai, dobrando os joelhos para perto do queixo.

O que estava acontecendo? O mundo estava louco?

Declan Broekhart conteve-se, passando a manga do casaco pela testa.

— Muito bem, Hugo — disse ele, hesitante. — Agora estou recomposto. Você estava certo. Esse desgraçado não significa nada para mim. Nada. A morte dele não restauraria nada. A Pequena Salgada pode cuidar dele. Vamos embora daqui; minha esposa precisa de mim.

Desgraçado? Seu pai o estava chamando de desgraçado.

— Claro, capitão Broekhart. Declan. Claro.

E assim Bonvilain levou-o para fora. Dois soldados juntos, companheiros no sofrimento.

O quê? O que é isso? Declan? Pequena Salgada?

Conor usou as forças que lhe restavam para gemer em volta de sua mordaça, chamando o pai de volta. E seu pai se virou, ainda que apenas por um instante. Apenas para fazer algumas últimas observações fulminantes. Disse essas palavras de olhos fechados, como se até mesmo olhar para o filho fosse mais do que ele poderia suportar:

— Suas ações malignas me tiraram meu rei. E pior, muito pior: graças ao que você fez neste dia, não tenho filho. Meu filho se foi, e este... — Declan Broekhart parou para lutar contra a própria fúria, por fim acalmando-se. — Meu filho ficou, e *você* continua aí. Uma palavra de alerta, traidor: se algum dia eu o vir de novo, será no dia em que irei matá-lo.

Estas eram palavras que nenhum homem deveria ouvir ditas por outro, mas de um pai para um filho eram indescritivelmente ásperas. Conor Broekhart sentiu que seu coração estava realmente partido. Não pôde fazer nada mais do que levantar as mãos algemadas para a grade da gaiola e bater repetidamente, sacudindo a cabeça ferida até que a dor arrancasse aquelas palavras odiosas de sua mente.

— É louco — disse Bonvilain com expressão triste, levando Declan Broekhart para fora da cela. — Mas teria mesmo de ser, para fazer o que ele fez.

Enquanto saíam da cela, Bonvilain mal conseguia manter a fachada de tristeza. Os guardas que esperavam estavam prontos para desembainhar alfanjes, mas Bonvilain balançou a cabeça ligeiramente. Sua manipulação havia funcionado, de modo que por enquanto Declan Broekhart viveria.

— Levem o capitão de volta à sua carruagem — instruiu aos guardas. — Eu mesmo vou cuidar do prisioneiro.

Declan segurou o pulso de Bonvilain.

— Você foi um amigo hoje, Hugo. Já tivemos nossos momentos ruins no passado, mas isso ficou para trás. Não vou me esquecer de que você prendeu rapidamente o traidor. E confio em que ele pagará pela participação no assassinato do rei, e pelo que ele fez com meu filho Conor.

O rosto de Broekhart desmoronou de tristeza outra vez. *Como o homem é fraco*, pensou Bonvilain. *Não há necessidade de tanta histeria.*

— Claro, Declan. Ele pagará. Pode contar com isso.

Separaram-se com um aperto de mão e Broekhart caminhou, cambaleou pelo corredor de pedras. Bonvilain retornou à cela de Conor, onde o garoto desgraçado estava caído inconsciente. Uma mosca minúscula na teia da aranha-mestre.

Bonvilain se ajoelhou ao lado dele. Pegou-se sentindo um pouco de pena do jovem Conor.

É natural, não é fraqueza, disse a si mesmo. *Sou humano, afinal de contas.*

Era incrível, realmente, como a coisa toda fora realizada. Permitir ao rei seu encontro com Victor, depois culpar o parisiense pelo assassinato de Nicholas. Conor Broekhart fora um bônus delicioso, um modo de manter o pai leal. Sem dúvida ele havia brincado um pouco com os dois, mas essa era a arte da coisa. Seu talento para manipular as pessoas, dado por Deus.

A parte final do plano só havia lhe ocorrido depois de Conor surpreendê-lo no apartamento do rei. Depois do quase estrangulamento, o rosto do garoto havia ficado tão inchado a ponto de mal ser reconhecível. Nem mesmo a própria mãe iria reconhecê-lo. Bonvilan havia ordenado que o garoto fosse vestido de soldado, com uma peruca velha sobre a cabeça e o queixo pintado com pólvora para parecer uma barba malfeita. O truque final fora mandar um de seus sargentos, um homem talentoso com pena e tinta, fazer uma cópia rápida da tatuagem do regimento no antebraço de Conor. Um pequeno toque, mas suficiente para causar impressão. Com o sangue, as sombras, a peruca e o uniforme, era improvável que Broekhart reconhecesse o próprio filho. Em especial se tivesse acabado de ser informado que *seu* filho fora atirado pela janela do rei, tentando defender Nicholas, e que esse prisioneiro era um dos soldados traidores envolvidos no plano. O cadáver de uma sentinela já fora encontrado na base da Muralha, e o corpo de Conor devia ter sido varrido para o sul, pelas correntezas.

Claro, se Declan Broekhart tivesse reconhecido o filho, o próprio Bonvilain iria cortar imediatamente sua garganta. Conor levaria a culpa por isso também. Um dia movimentado para o garoto. Regicídio à tarde, parricídio à noite.

Mas agora, graças aos pequenos jogos de Bonvilain, Declan Broekhart pensava que seu filho estava morto e Conor achava que o pai o desprezava por ser um traidor. *Sir* Hugo tinha controle completo sobre a família Broekhart e, caso Declan se voltasse contra ele, Conor poderia ser ressuscitado e usado para chantagear o pai. A lealdade inabalável em troca da vida do filho. Bonvilain sabia que brincar com Conor era desnecessário e cruel, mas essa era a diversão. Sua audácia descarada o empolgava.

Bateu palmas suavemente três vezes.

Bravo, maestro. Bravo.

Adoro isso, pensou Bonvilain. *Exulto nisso.*

PARTE 2

FINN

CAPÍTULO 5

PEQUENA SALGADA

Na noite seguinte, Conor Broekhart foi embrulhado e jogado violentamente numa chalana a vapor e levado para a Pequena Salgada. Era o único prisioneiro e foi obrigado a compartilhar a jaula de popa com dois porcos e uma cabra. Havia dois guardas no barco sujo, e o de posto superior estava ansioso para contar a Conor sobre sua própria importância.

— Normalmente não transporto prisioneiros — explicou o sujeito, um irlandês, dando um chute na porta da jaula para garantir que Conor estivesse escutando. — Só que o diretor da prisão insistiu que eu levasse seus ossos pessoalmente. Eu. Parece que a ordem veio diretamente do marechal Bonvilain. Então, o que se há de fazer? Desobedecer a uma ordem de Bonvilain? Duvido, filho. A não ser que você queira passar a tarde apertando a mão do Criador.

Conor não estava interessado em bater papo. Neste dia estava tão perdido quanto um cego em um tiroteio. Na superfície, as coisas eram as mesmas. Reconheceu a forma da Pequena Salgada ao norte, mas agora parecia um lugar pavoroso, mesmo a distância. Até ontem havia olhado a ilha como o assento da justiça. *Até ontem?* Poderia ser? Quanta coisa acontecera num dia!

O casco largo da balsa martelava as ondas, levantando uma névoa salgada atravessada pela embarcação. Os borrifos caíam por sobre as amuradas, encharcando os ocupantes da jaula. Nenhum deles se encolheu. Por um momento Conor apenas se sentiu abençoadamente refrescado, depois o sal penetrou em seus ferimentos, fazendo-o gritar.

Seu grito pareceu agradar ao acompanhante.

— Ah! Ainda estamos vivos, não é, sr. Conor Finn?

Senhor Conor Finn?

Conor não ficou surpreso. Bonvilain não iria querer que o verdadeiro nome do prisioneiro fosse conhecido. Portanto ele seria Conor Finn.

— Conor Finn — continuou o guarda. — Amigo de contrabandistas e lunático de primeira classe. Cabeça de vento. Desmiolado. Você não vai gostar da nossa ala dos loucos. Nem um pouquinho.

Conor Finn. Contrabandista e lunático.

Bonvilain não iria se arriscar. Mesmo que houvesse alguém com quem conversar. Quem acreditaria num contrabandista e lunático?

— Não, a Pequena Salgada não é um lugar alegre. Não há festas nem cabriolas de circo. Especialmente para Conor Finn. Bonvilain diz para dar um tratamento especial a você na ala dos loucos. E se Bonvilain diz Arthur Billtoe faz.

Conor forçou a vista através das pálpebras inchadas, olhando seriamente para o guarda. O sujeito não era diferente de uma litografia que Victor havia lhe mostrado, do *Pongo Abelii*, ou orangotango de Sumatra. As feições pugnazes eram cercadas por uma grossa franja de cabelos sujos, castanhos e grisalhos, o mesmo pelo que escorria na gola de babados de sua camisa de pirata. Ele usava botas grossas nas pernas atarracadas e fortes, e anéis de prata adornavam os dedos. Em outra ocasião, Conor poderia ter se divertido com os atavios espalhafatosos do sujeito. Mas agora sua aparência era amedrontadora. Como alguém tão distanciado da realidade poderia receber as funções de guarda?

Mesmo assim, existia alguma fagulha do velho Conor. Do Conor de ontem.

— Belas botas, capitão — murmurou ele.

Billtoe não ficou com raiva, nem um pouco. Sorriu, revelando meia dúzia de dentes manchados de tabaco.

— Ah, vamos praticar alguns esportes com você, meu garoto. Você não faz ideia. Eu me visto como gosto e faço o que gosto de fazer. No meu canto da Pequena Salgada, Arthur Billtoe é rei.

O rei está morto, pensou Conor, recostando-se nos animais da jaula. *Eu o vi morto.*

Os animais eram ossudos, estavam tremendo e quase tão arrasados quanto o próprio Conor.

O barco a vapor deu a volta na ponta da Pedra Galgee e entrou numa praia em forma de lua crescente, abaixo do portão com torres da Pequena Salgada. O sol estava se pondo por entre os postos dos canhões e lançava uma luz vermelha sobre a areia. Caranguejos moviam-se rapidamente em buracos entre as pedras, lutando por migalhas, e uma nuvem de gaivotas, no interior, marcava a cozinha da penitenciária, tão certamente quanto se fosse uma bandeira. Billtoe abriu a gaiola descuidadamente, puxando Conor pela corrente das algemas enquanto seu colega prendia o cabo de atracação.

— Cá estamos, senhor Conor Finn. Devo alertar: os homens não gostam muito de soldados na Pequena Salgada. Quer você seja soldado ou não, está usando calça de uniforme.

Pela primeira vez Conor lamentou a própria altura. Podia facilmente passar por um rapaz em idade de alistamento, ainda que não houvesse barba em seu queixo.

Eu queria ser capaz de voar, pensou, olhando desejoso para o céu da manhã. *Deixar esse pesadelo para trás. Voar para casa, para...*

Mas jamais poderia voar para casa. Não haveria mais aulas com Victor. Não haveria mais modelos de planadores e aeronaves. Nem esgrima com Isabella. E seu pai havia jurado matá-lo assim que o visse; uma promessa infinitamente mais dolorosa do que o ato propriamente dito. Grande parte de Conor desejava que seu pai tivesse cumprido a promessa imediatamente.

Billtoe empurrou Conor por cima da amurada, para um baixo cais de madeira e nos braços do segundo guarda, que o conteve.

— Vamos tirar as pulgas dele, senhor Pike — disse ele. — Dê um pouco de gororoba e prepare-o para a mina.

Arthur Billtoe tirou do bolso um bocado de tabaco de mascar e enfiou entre os dentes e o lábio.

— Agora somos a família do garoto soldado, então vamos mandá-lo para o trabalho com um beijo da Pequena Salgada. Um beijo bem longo.

Os guardas instigaram Conor pela rampa de desembarque, cutucando-o com o cabo dos fuzis. Enquanto passavam pela prisão propriamente dita, Conor notou que o muro tinha pelo menos quatro metros de espessura e era feito de granito sólido. Centenas de anos antes, Raymond Trudeau havia ordenado que a prisão fosse construída com pedra retirada da própria ilha. Assim como as muralhas subiam, a prisão descia. Havia desmoronamentos e inundações, e os prisioneiros morriam, mas a morte de prisioneiros nunca foi o bastante para interromper o trabalho de mineração, até que o rei Nicholas assumiu o trono. Agora que Bonvilain estava no comando, a segurança dos presos dificilmente seria um destaque na agenda.

Os guardas o empurraram por baixo de uma grade levadiça, com os dentes de ferro preto retinindo a cada tremor das ondas. Emergiram num pátio largo dominado por ameias batidas pelo sal e pelo menos uma dúzia de atiradores.

Num canto do pátio havia um poço afundado, cercado por um muro rústico. O poço tinha três metros por três metros. A profundidade não era evidente, devido às nuvens de algas e lodo espreitando sob a superfície. A água fedia a estagnação e podridão.

— Pule aí dentro — disse Billtoe, animado, um segundo antes de empurrar Conor por sobre a borda.

— Esses micuins vão matar qualquer coisa — Conor ouviu-o dizer instantes antes de a água turva se fechar sobre ele e suas algemas o arrastarem para o fundo esponjoso.

Conor retesou cada músculo e cada tendão, esperando mais dor devido à água salgada, mas em vez disso a água aliviou seus cortes. Água doce. E outra coisa. Talvez um anestésico natural nas algas. Antes que Conor pudesse apreciar essa bênção imprevista, as nuvens no poço se moveram objetivamente para ele. Estavam vivas! Conor já ia abrir a boca para gritar quando seu bom senso prevaleceu. Estava embaixo d'água. Abrir a boca seria convidar aquelas criaturas microscópicas para sua barriga. Sugou os lábios por entre os dentes, lacrando-os com força, e lutou contra o peso da algema para apertar as narinas. Seus ouvidos teriam de se virar sozinhos.

Os micuins passaram a trabalhar em Conor, raspando sua pele com dentes infinitesimais. Para Conor, parecia uma tortura macabra, mas para seu corpo aqueles micuins eram uma dádiva. Esporos das plantas, agitadas pelos micuins, desinfetavam seus ferimentos, que os micuins limpavam comendo todos os traços de infecção. Arrancavam sangue e cascas de ferida, mergulhando fundo nos talhos, mastigando até chegar ao ferimento nu. Comiam cabelos soltos e sujeira, até mesmo roendo a falsa tatuagem do regimento no antebraço do garoto. As únicas coisas que ignoraram foram os pontos de pólvora no queixo de Conor, mas isso foi retirado pelas correntes provocadas por seus movimentos.

Conor não acreditava que os guardas o deixariam se afogar. Bonvilain não iria mandá-lo àquele local para que ele fosse assassinado no pátio. Mesmo assim, as mordidas dos micuins o levaram à beira do desespero e, se os guardas não tivessem pescado sua corrente e puxado-o do poço, ele teria aberto a boca e aceitado inundar os pulmões em vez de suportar mais um segundo com os micuins devastando sua pele.

Conor ficou deitado, ofegando, nas pedras ásperas, com bordas duras contra a testa. Ainda havia micuins nele. Podia sentir suas vibrações nas pálpebras e nos ouvidos, a coceira na pele.

— Tirem essa coisa — implorou aos captores, odiando-se por pedir. — Por favor.

Os guardas fizeram o que pediu, rindo, usando baldes de água salgada enfileirados ali perto com esse objetivo. A ardência do sal traçou linhas que queimavam na pele, parecendo pedaços do arame farpado que o rei Nicholas havia importado do Texas. Mas até essa ardência era preferível aos dentes de um milhão de micuins.

Billtoe acertou o traseiro das calças de Conor com a bota.

— De pé, Conor Finn. Mexa-se agora, se quiser uma cama. Caso contrário vai dormir ao relento. Para mim não faz diferença, mas vão tocar o sino no tubo amanhã e você precisa de toda a energia para o sino.

Essa fala sobre tubos e sino não fazia sentido para Conor. Uma orquestra de igreja, talvez? Levantou-se devagar, com a cabeça tombada de lado, desalojando os últimos micuins.

— O que eram aquelas criaturas? — perguntou, com a voz soando estranha nos próprios ouvidos entupidos.

— Micuins cevadores — respondeu Billtoe. — Parasitas de água doce. É preciso um verdadeiro cuidado para criar essas belezinhas. Este é o único poço com eles fora da Austrália, graças ao Heitor Viajante. Nós aquecemos a água especialmente.

Conor prestou bastante atenção nessa pequena aula. Victor havia lhe dito para jamais desconsiderar informações. Informação era o que salvava vidas, e não o heroísmo ignorante. No entanto nem todas as informações que estavam dentro da cabeça de Victor haviam conseguido salvar a vida dele. O título apropriado do Heitor Viajante era rei Heitor II, o rei das Salgadas antes de Nicholas. O rei Heitor era muito mais interessado em explorar outros continentes do que em administrar o próprio país, fato que devia agradar ao marechal Bonvilain.

Conor se levantou, deixando os braços abaixados para que o chão suportasse o peso da corrente. Alguma coisa sibilou perto de seu olho esquerdo. Um sibilo aquecido. Conor estava arrasado demais para reagir. Caso contrário poderia ter adiado o inevitável até que mais alguns guardas fossem chamados. Como aconteceu, um único guarda foi mais do que suficiente para encostá-lo contra a parede. Arthur Billtoe apertou sua mão esquerda contra a pedra, usando um marcador de gado incandescente.

— Um beijo da Pequena Salgada — disse Billtoe. — Espero que você goste.

Conor olhou aquilo incrédulo por um momento, vendo a água ferver, sentindo o fedor de queimado de sua própria carne. Não houve dor. Mas ela viria, e não havia nenhum modo de evitá-la.

Quero voar para longe desse lugar, pensou. *Preciso voar para longe.*

A dor chegou e Conor Broekhart voou para longe, mas apenas em sua mente exausta.

CAPÍTULO 6

ENCONTRANDO WYNTER

A manhã chegou cedo à Pequena Salgada, anunciada por um único tiro de canhão apontado para a Irlanda. O tiro era uma tradição das Salgadas, que só fora deixada de lado por duas vezes nos seiscentos anos desde que o rei Raymond II havia inaugurado o costume. Apenas em 1348, quando um surto de peste varreu metade da população em menos de um mês, e de novo na Idade Média, quando a frota pirata de Eusebius Crow praticamente arrasou a Grande Salgada. O tiro de canhão servia para acordar os prisioneiros e lembrar aos contrabandistas, às brigadas ou mesmo às tropas do governo irlandês de que as forças das Salgadas estavam vigilantes e prontas para repelir qualquer ataque.

Conor acordou num estrado de madeira ao som do eco do canhão. Havia dormido profundamente, apesar de tudo que acontecera. Seu corpo precisava de tempo sem interrupção para se recompor, por isso lhe concedera uma noite de sono sem sonhos. Numerosas dores atacavam os sentidos, mas a mais urgente cantava na mão esquerda.

Um beijo da Pequena Salgada.

Então era tudo verdade. O assassinato do rei. A condição de órfã da querida Isabella e as ameaças de assassinato por parte de seu pai.

Tudo verdade.

Encolhendo-se, Conor levantou a mão para inspecionar o ferimento e ficou surpreso ao encontrá-lo coberto por uma bandagem benfeita. Um líquido verde escorria pela borda do pano.

— Gosta do curativo, garoto? — perguntou uma voz. — A gosma verde é *Plantago lanceolata*. Coloquei um pouco no seu rosto também. Me custou o último pedaço de tabaco, que paguei a um dos guardas.

Conor forçou a vista pela escuridão da cela. Um par de pernas compridas e finas se projetavam das sombras. Um pulso magro estava dobrado sobre um joelho, dedos longos batucando teclas de piano imaginárias.

— O senhor fez isso? — perguntou Conor. — O curativo? Eu tenho... eu tive um amigo que era bom com remédios.

— Quando era jovem, eu cavalguei com os Rufiões do Missouri durante um ano, na Guerra Civil — continuou o homem, com sotaque americano. — Aprendi um pouco sobre medicina. Claro, quando *eles* descobriram que eu era um espião ianque, o próprio Jesse James enfiou um atiçador nos meus olhos. Acho que ele pensou que eu tinha visto o suficiente.

— Obrigado, senhor. Eu não estava esperando gentileza neste lugar.

— E não verá muita — garantiu o ianque. — Mas o pouco que você vê brilha como um diamante num balde de carvão. Naturalmente nós, os lunáticos, somos os mais gentis.

Conor ficou momentaneamente perplexo. *Nós, os lunáticos?*

Então se lembrou de que Bonvilain o havia declarado insano. Cabeça de vento, desmiolado.

O americano ainda estava falando.

— Claro que, *tecnicamente*, eu sou inválido, e não um lunático, mas todos estamos amontoados juntos aqui na Pequena Salgada. Lunáticos, inválidos e casos violentos. — Ele se levantou devagar, estendendo a mão. — Permita que me apresente. Meu nome é Linus Wynter. Com Y no meio, você entende. Você vai me ver um bocado, mas acho que não vou vê-lo muito.

Wynter saiu das sombras como uma pilha de vassouras caindo de um armário. Um sujeito alto e desengonçado, com mais de cinquenta anos, vestindo os restos esfarrapados de um terno social que já fora bom. Como Conor, tinha um curativo. Mas o dele era amarrado sobre as órbitas, onde haviam estado os olhos. Jesse James fizera um trabalho meticuloso com o atiçador e as cicatrizes corriam em inchaços roxos pela testa alta de Wynter.

Wynter repuxou a bandagem.

— Eu costumava usar uma máscara de ópera quando tocava. Muito melodramático. Muito *Dickens*.

Conor apertou a mão de Linus Wynter com o máximo de firmeza que conseguiu.

— Conor... Finn. Esse é o meu nome agora.

Wynter assentiu, com o nariz proeminente e o pomo de adão lançando sombras angulosas que dançavam sobre o rosto e o pescoço.

— Bom. Um nome novo. Na Pequena Salgada é melhor se tornar uma pessoa diferente. O velho *Conor* está morto e enterrado. Um homem precisa de uma nova sensibilidade para viver aqui. Até mesmo um homem jovem.

Conor flexionou os dedos. A dor raspou os tendões, mas tudo funcionava como devia. Examinou a cela sem entusiasmo. Era áspera e malfeita como sua cela anterior, tinha uma pequena janela com grades e vidro e dois estrados de madeira.

Algo que Wynter dissera o acertou com atraso.

Até mesmo um homem jovem?

Conor balançou a mão diante dos olhos de Wynter.

— Como sabe minha idade? O senhor compensou com outros sentidos?

— Sim, então pode baixar a mão. Mas sei tudo sobre você, jovem Conor Broekhart, ou Conor Finn, porque você esteve febril durante a noite e me manteve acordado com suas arengas. O rei? Então ele está morto mesmo?

Lágrimas incharam nas pálpebras de Conor. Ouvir um estranho dizer aquelas palavras em voz alta teve o efeito de plantar o feito de Bonvilain no mundo real.

— É. Eu o vi morto.

Wynter suspirou longa e lamentosamente, passando os dedos pelos cabelos finos e grisalhos.

— Essa é de fato uma notícia triste. Mais do que você imagina. Bonvilain arrastará estas ilhas de volta à idade das trevas.

— O senhor conhece Bonvilain?

— Sei um bocado sobre as Salgadas. — Wynter parecia prestes a continuar, com a boca aberta para a palavra seguinte, inclinando a cabeça de lado como um cervo que sente caçadores próximos. — Esta noite haverá tempo para histórias. Talvez durante o jantar. — Ele se inclinou adiante, os dedos atravessando o ar como aranhas, até que pousaram nos ombros de Conor.

— Agora me escute, Conor Finn — disse com alguma urgência. — Os guardas se aproximam. Eles vão tentar dobrá-lo hoje. Esteja atento para encrencas. Uma faca perdida. Uma tábua no queixo. Atravesse este dia intacto, e à noite eu lhe ensinarei como sobreviver nesse inferno. Há um fim para isso, e nós o veremos. Acredite.

— Me dobrar? — perguntou Conor. — Por quê?

— É como as coisas são, aqui. Um homem dobrado, ou mesmo um garoto, provavelmente não vai atrapalhar a produção. E na Pequena Salgada a produção é o verdadeiro rei, e não Arthur Billtoe.

Conor visualizou o macaco pirata que o havia transportado à prisão. Era improvável que Billtoe levantasse um dedo cheio de joias para protegê-lo.

— O que posso fazer?

— Trabalhe duro — respondeu Wynter. — E não confie em nenhum homem nem animal. Especialmente num carneiro.

Antes que Linus Wynter pudesse explicar essa observação inesperada, a tranca pesada da porta raspou nos aros com um som quase musical.

— Dó, segunda oitava — disse Wynter em voz sonhadora. — Toda manhã. Maravilhoso.

Esse era um barulho pelo qual Conor ansiaria nos meses seguintes, um som que ele ouvia nos sonhos. A liberação da tranca significava a saída de sua cela úmida, mas também servia como lembrança de que essa saída era temporária. Há relatos que sobreviventes da Pequena Salgada costumavam sofrer de insônia até que fossem instaladas trancas enferrujadas nas portas de seus quartos.

Arthur Billtoe espiou pela porta, com a expressão alegre de um tio gentil acordando o sobrinho para um mergulho na piscina. O cabelo estava escorrido para trás com uma camada de gordura e a barba grossa atravessava a pele como agulhas espetadas de dentro para fora.

— Pronto para o tubo, hein, Conor Finn? — perguntou ele, sacudindo um par de algemas.

Os dedos de Wynter apertaram com força, como pinças de pegar carvão.

— Boca fechada. Trabalhe duro. Cuidado com os carneiros. E não atravesse o caminho do senhor Billtoe.

Billtoe entrou na cela, pondo as algemas nos punhos de Conor.

— Ah, sim, nunca atravesse o meu caminho, soldadinho. Se encostar um dedo em mim, vai ser preso num anel baixo na maré alta. E quanto aos carneiros. Palavras sábias do cego. Aqui na Pequena Salgada os carneiros não são para fazer cozido.

Toda aquela conversa sobre carneiros era estranha e agourenta. Conor achou que teria uma surpresa, e que não era das boas.

Tradicionalmente, nos albergues e até em prisões por todo o globo, o desjejum é servido antes que uma pá seja erguida. Não era assim na Pequena Salgada. Ali a refeição matinal era usada como incentivo para trabalhar mais. Sem diamantes, nada de pão. Era uma equação simples que se mostrou eficaz durante séculos. Conor havia esperado um desvio até um refeitório, mas em vez disso foi levado diretamente à mina de diamantes, ou ao tubo, como diziam os ocupantes da prisão.

No caminho, Billtoe explicou a rotina da Pequena Salgada.

— Os Sais de barriga cheia de gororoba costumam ficar satisfeitos e molengas — disse mastigando um pedaço de pão, que guardava no bolso entre as mordidas.

Para Conor, que não comia nada havia vinte e quatro horas, aquela era outra forma de tortura. Suas pontadas de fome logo foram aplacadas pelo revoltante hábito de Billtoe, de engolir cada bocado e depois regurgitá-lo para sentir o gosto de novo. Cada regurgitação era acompanhada por um espasmo que percorria a coluna de Billtoe como uma corda sacudida.

Mesmo sentindo repulsa, Conor sabia que sua fome voltaria logo, mordendo o forro do estômago, como se seu corpo tivesse se voltado contra si mesmo, em desespero. Foi despertado da fome pelo toque de um sino de igreja a distância. Esse era um mistério naquele lugar abandonado por Deus.

Billtoe pareceu animado com o som.

— Faça suas orações, garoto — gargalhou ele.

O guarda bateu com o cabo do fuzil na coluna de Conor, empurrando-o por uma passagem calçada com pedras, iluminada por tochas e pelo brilho do amanhecer entrando por alçapões no teto. As ondas batiam contra a parede de granito da esquerda, meio natural e meio forjada, como se a ilha estivesse crescendo através da estrutura. Cada onda sacudia todo o corredor e fazia uma centena de fios d'água pulsar através da argamassa que era esfarelada como queijo.

— Estamos abaixo do mar — explicou Billtoe, como se Conor não tivesse concluído isso sozinho. — Há um tempo a prisão e a mina eram duas coisas separadas. Mas a cobiça dos Trudeau e o trabalho dos presos juntou tudo. O porão da prisão estava indo para lá, e com o tempo as duas coisas se encontraram. Foi apenas questão de arrebentar uma parede. Para nós, guardas da ala dos loucos, foi uma sorte. Agora não precisamos nos aventurar nos elementos... deixamos os lunáticos trabalharem no tubo. Na metade do tempo eles nem sabem que é perigoso, e a maioria trabalha até que as mãos sangrem, se a gente disser que é isso que a mamãe deseja.

A revelação foi feita num tom alegre que negava a natureza cruel de Billtoe. Se não fosse o cabo da arma nas suas costas e o ardente beijo da Salgada na mão, Conor poderia acreditar que o guarda era um sujeito decente.

Passaram por um labirinto de corredores, com portas fortes e arcos em ruínas. Todo o porão da prisão parecia correr o risco de um desmoronamento imenso.

— Parece que o lugar inteiro está caindo, não é? — perguntou Billtoe, lendo a expressão de Conor. — A aparência é essa desde que cheguei aqui. Sem dúvida esse buraco vai viver mais do que você. Se bem que, sendo um Sal, isso não é dizer grande coisa.

Sal. Conor tinha ouvido o termo antes. Era como chamavam os prisioneiros da Pequena Salgada. Marcados para sempre pelo *S* nas mãos. Agora ele era um Sal.

Saíram do corredor numa área aberta, que em séculos anteriores podia ter sido uma despensa. As paredes eram manchadas por marcas desbotadas de temperos e farinha. As pedras centrais do piso tinham sido escavadas e escadas desciam até a área abaixo. Cerca de vinte guardas estavam ao redor, segurando fuzis padrão, mas também algumas armas pessoais. Conor viu facas indianas, chicotes, adagas, alfanjes, revólveres americanos de seis tiros, cassetetes flexíveis e até uma espada samurai. A tradição das Salgadas de contratar mercenários havia deixado sua marca nas armas locais. Os guardas ficavam por ali, fumando, mastigando e cuspindo. Fingiam tranquilidade, mas Conor notou que rigorosamente todos tinham uma das mãos em alguma arma. Aquele era um local perigoso e não seria bom esquecer isso.

As escadas desciam até a água. Profunda, preta e cercada por alguma luz. Havia mais guardas junto às paredes da caverna abaixo, mantendo as botas acima da linha d'água. Vários prisioneiros lutavam com um andaime, segurando o peso de um gigantesco sino de latão que pendia naquele espaço confinado, arrancando lascas de pedra da parede da caverna onde batia, lançando enormes bongs de catedral que estrondeavam no nível superior.

— Bem-vindo ao tubo — disse Billtoe, cuspindo migalhas de pão.

Conor sabia algo sobre a geologia da ilha, das aulas de Victor, e percebeu rapidamente o que estava acontecendo. O tubo de diamante da Salgada fora produzido na cratera de um vulcão do outro lado do mundo, separado por uma geleira e depositado no litoral da Irlanda. Isso significava que um dia o suprimento de diamantes iria acabar, especialmente considerando a mineração constante e ansiosa feita pela família Trudeau. Esta não era a primeira vez que fora usada a mineração subaquática para aumentar o suprimento de diamantes, mas o rei Nicholas havia banido essa prática seis meses depois de ser coroado. Este sino de latão era um sino de mergulho, em cuja barriga os prisioneiros podiam arrancar diamantes da parte submarina do tubo. Os decretos do rei Nicholas estavam sendo desobedecidos antes mesmo que seu corpo esfriasse. Sem dúvida Bonvilain estivera tramando durante longos anos amargos.

— Esse sino é antiquíssimo — disse Conor, quase para si mesmo. — Deve ter uns cem anos.

Billtoe deu de ombros teatralmente, depois abriu as algemas de Conor.

— Esse fato não me incomoda, já que não sou eu que vou

descer nele, graças a Deus. A gente pode se machucar e até coisa pior, como você vai descobrir nesta bela manhã. Desça.

Outro empurrão com o cabo do fuzil de Billtoe fez Conor tropeçar em direção a uma escada larga que se projetava das sombras da caverna. As traves da escada o acertaram no peito, impedindo uma queda no buraco e o fim de uma carreira de minerador muito curta.

— Um vai descer! — gritou Billtoe.

O guarda principal fez uma careta para cima, através da semiescuridão. Conor o reconheceu como o parceiro de Billtoe da tarde anterior. Suas principais características eram uma aparente falta de qualquer cabelo e a postura encurvada, que o fazia parecer quase corcunda.

— Não precisamos de mais um, Arthur — gritou ele. — Temos o suficiente. Mesmo que algum empacote no sino.

Billtoe segurou Conor pelo cangote, empurrando-o para a escada.

— Pode parar com isso, Pike. Este é o garoto especial do marechal Bonvilain, lembra? Ele precisa de atenção.

A expressão de Pike mudou de reclamação para zombaria.

— Ah, o garoto especial. O pequeno príncipe. Mande para baixo. Tenho uns carneiros esperando para bater os chifres com ele.

Carneiros de novo. O que isso pode significar?

Billtoe pisou nos dedos de Conor, obrigando-o a descer um degrau.

— Desça, Conor Finn. Não me faça quebrar seus dedos. Estas botas são boas e o sangue de um Sal iria estragá-las.

Houve um curioso silêncio cheio de expectativa enquanto Conor descia no buraco. Ele podia sentir a temperatura cair a cada degrau, até que o frio da água se esgueirou da superfície como uma capa invisível pousando em seus ombros. Ele ficou realmente apavorado. Quase petrificado demais para se mexer, mas a gravidade puxava seus ossos, ajudando-o.

Os presos da ala dos loucos eram um grupo variado, na maioria com olhares de pedra e postura frouxa, de queixo caído. Olhavam para Conor com ódio e medo, e a ameaça de malefícios pairava pesadamente no ar salgado. Por longos instantes os únicos sons eram a escada rangendo e a batida suave da água na pedra.

Por fim Conor chegou à superfície, sentindo-se como uma bandeira inimiga sob o olhar feroz de tantas criaturas hostis. Billtoe desceu atrás dele e apontou para o sino de mergulho.

— Aquela ali é a Flora. Sabe o que ela é, Sal?

Connor murmurou a resposta:

— Um sino de mergulho.

— Não, cabeça de vento. Ela é... — Billtoe ficou frustrado por ter sua informação roubada. Cutucou o peito de Conor com um dedo rígido. — É, ela *é* um sino de mergulho. E como você sabe tudo a respeito, pode ser o primeiro a entrar. Flora ficou fora de serviço durante vários anos, mas tenho certeza de que tudo está bem com os ajustes.

Conor se obrigou a examinar o sino, mas tudo que queria era segurar os joelhos, num canto quieto, e chorar pelo azar que o amaldiçoava. O sino parecia bastante firme, embora profundamente marcado pela pedra em vários lugares. Era suspenso por uma trama de correntes presas a uma argola de ferro pendurada sobre a proa. A argola, por sua vez, mandava mais meia dúzia de correntes para o andaime acima. As correntes pareciam tão velhas quanto o sino, com vários elos enferrujados que soltavam flocos enquanto balançavam. Uma mangueira de borracha, com rachaduras, se projetava do topo do sino, serpenteando até um negócio com foles movidos a mão, que Conor presumiu que fosse uma antiga bomba de ar. A bomba estava sendo acionada por dois presos. Um era assolado por ataques de tosse de tuberculose e o outro parava regularmente para cuspir tabaco e catarro nas pedras. Não era a dupla ideal para o serviço. Conor não confiaria em nenhum deles para fornecer oxigênio suficiente para os pulmões de um cachorrinho.

Billtoe se afastou para trás e gritou uma ordem para um guarda acima.

— Baixe-a. Não quebre a mangueira, se não o diretor vai comer nossos fígados.

O sino de mergulho desceu aos arrancos, devido à força dos presos que suportavam o peso e ao bolo desajeitado de correntes provocado pelo uso anterior. Alguns elos haviam se fundido em nós emaranhados e agora se soltavam, fazendo o sino de mergulho saltar e balançar. As paredes da caverna ressoavam com *clangs* e *bongs* irregulares, obrigando qualquer um que tivesse as mãos livres a cobrir os ouvidos.

— Pelos sinos do inferno, homem! — gritou Billtoe ao colega. — Parece um bêbado na catedral de São Cristóvão!

São Cristóvão fora adotado pelos Trudeau como padroeiro das Salgadas. A igreja da Grande Salgada tinha seu nome.

— Não é minha culpa, Billtoe — retrucou o guarda. — Ela está vindo, não é? Cuidado para eu não fazer ela pousar na sua cabeça.

Isso foi dito apenas de brincadeira, mas mesmo assim Billtoe saltou de lado com habilidade. Flora desceu mais, como um macaquinho agitado numa corda, até finalmente bater com estardalhaço na água preta, lançando círculos de onda que correram para as pedras.

— Todo dia — suspirou Billtoe, enxugando a testa com um lenço. — Temos de passar por essa baboseira com isso aí. — Em seguida virou a atenção para os prisioneiros que estavam nas bombas.

— Girem! Seus idiotas imprestáveis, cabeças de nabo.

— Sim, chefe — murmuraram eles e começaram a bombear os foles, mandando ar pela mangueira de borracha para dentro do sino. A borracha se retorcia e balançava enquanto o ar a inflava ligeiramente.

O sino afundou lentamente no mar, emitindo um curioso chiado estremecido enquanto a água acariciava sua superfície.

Billtoe deu uma cotovelada em Conor.

— Ouviu isso, garoto soldado? Nós chamamos de *canto da sereia*. Porque é o último som que muitos de vocês, Sais, ouvem. Meu Deus, eu tinha esquecido como isso era tranquilizador.

Uma faixa de vidro com lacres de borracha ficava no topo do sino. Essa janela era coberta por uma camada de algas e sujeira que tornava impossível enxergar através dela.

Billtoe acompanhou o olhar de Conor.

— É, uma pena aquela janela. Imunda como uma calça de mendigo. Não vamos ver muito do que acontece ali hoje. Espero e rezo para que não haja acidentes infelizes.

Conor tinha pouca dúvida de que o que viria era infeliz para ele, mas não seria acidente. Billtoe pretendia dobrá-lo no sino. A coisa toda estava se tornando um pesadelo. Encolheu-se para longe do guarda como se ele fosse uma tocha acesa.

— Por que está se remexendo, garoto? — perguntou Billtoe. — Enlouqueceu tão depressa? É melhor manter a cabeça no lugar enquanto estiver no sino.

Surpreendentemente, estas palavras eram quase de sabedoria, vindas do guarda da prisão. Destinavam-se a servir de alerta e Conor as recebeu assim. Quaisquer que fossem os seus problemas, era melhor esquecê-los até estar em segurança na cela. Linus Wynter iria ajudá-lo a sobreviver neste buraco do inferno, mas apenas se ele vivesse o suficiente para vê-lo de novo. Ainda que Conor não acreditasse que o traidor Bonvilain o quisesse morto, talvez houvesse um tipo de carneiro que não seguisse suas ordens tão bem.

— O que preciso fazer? — perguntou a Billtoe, para estar o mais preparado possível.

Billtoe ficou feliz em dar uma palestra.

— Nós baixamos Flora no tubo, então você desce com seu parceiro e arranca diamantes. É simples que nem pudim de pão. — Ele rosnou para um preso que estava parado à beira d'água. — Você aí, isca de peixe. Dê o seu cinto a ele.

O homem pôs a mão protetora sobre o cinto.

— Mas, chefe, eu venho polindo essas ferramentas há anos. Ganhei do meu pai.

Billtoe bateu na cabeça, como se houvesse água alojada nos ouvidos.

— Que conversa é essa? Estou ouvindo a fala de um morto. Deve estar vazando pelo pescoço furado dele.

Dois segundos depois o cinto estava nas mãos de Conor. Billtoe mostrou as ferramentas.

— Você tem o martelo-picareta para quebrar a pedra. Martele a pedra e pegue os diamantes, que não vão se parecer com nada além do que umas bolas de gude. Não se preocupe quanto a quebrar os diamantes, você não vai conseguir, porque eles são as...

— Substâncias mais duras da natureza — disse Conor automaticamente.

— As substâncias mais duras da natureza — continuou Billtoe, depois fez uma careta. Em seguida deu um cascudo na têmpora de Conor. — Não fique me fornecendo informações que estou fornecendo a você. Esse é um hábito muito irritante, que eu vou adorar tirar de você a pancada.

Conor assentiu, ignorando a dor na cabeça, assim como estava ignorando as outras dores.

— Este aqui — disse Billtoe com orgulho, apontando para uma pequena ferramenta em forma de tridente — é um Garfo do Diabo. Inventado nesta ilha mesmo, por um tal de Arthur Billtoe, há mais de vinte anos. Essa beleza me rendeu um trabalho pelo resto da vida. Além disso, o próprio marechal Bonvilain me doou uma casa na Grande Salgada. É tele... tele...

— Telescópico — disse Conor, pensando que, se Billtoe nem podia pronunciar a palavra telescópico, era improvável que tivesse inventado uma ferramenta telescópica. Mais provavelmente havia roubado a ideia de um prisioneiro.

— Exato, telescópico. Estava na ponta da língua.

Billtoe tirou o garfo do suporte e girou alguns anéis, estendendo a ferramenta de vinte centímetros para um metro.

— Agora, você pode enfiar essa belezinha em rachaduras e arrancar qualquer pedra que tenha caído lá. Espantoso, não é?

Conor confirmou com a cabeça, sensatamente, mas um garfo extensível não era espantoso, segundo qualquer critério. Mas era prático, era inteligente e provava que Bonvilain conhecia uma boa ideia quando via.

— Então tudo que você precisa fazer, Sal, é nadar até lá dentro do sino e arrancar o maior número de diamantes que puder até que seu turno acabe. Guarde-os na sua rede e traga de volta. Simples que nem pudim de pão. Naturalmente nós revistamos todos os mergulhadores e, se encontrarmos alguma pedra fora daquela rede, eu encontro o maior guarda da ilha e mando ele espancar você até arrancar a ideia de roubo da sua cabeça. Dá para entender, soldadinho?

Conor assentiu, imaginando a que distância o tubo estaria do mar aberto.

De novo Billtoe demonstrou uma capacidade perturbadora de prever os pensamentos de Conor.

— É claro que você pode decidir que vai fugir nadando. A atração da liberdade pode ser forte demais. Sinta-se livre para tentar. Você pode até conseguir. Veja bem, seria o primeiro, e homens maiores do que você tentaram. Ainda encontramos corpos surgindo na caverna, décadas depois de eles terem ido. E sabe de uma coisa? Todos parecem exatamente iguais: mortos.

Conor prendeu o cinto na cintura, apertando-o firme no último buraco. Não conseguia imaginar uma fuga daquela tarefa. Na mitologia grega, quando os heróis ficavam diante de provas amedrontadoras, iam com determinação estoica e retornavam vitoriosos. Conor não conseguia juntar um grama de determinação para esta prova; só sentia um peso de exaustão. E mesmo que emergisse vitorioso, sua única recompensa seria fazer a mesma coisa amanhã, e no dia seguinte.

Billtoe o encorajou com uma piscadela amigável e uma batida afetada no cabo da pistola à cintura. Conor pôs os pés na água e o frio o agarrou com um punho gélido, espremendo a vida dos dedos dos pés. Um ofegar involuntário escapou de seus lábios, provocando risos nos homens reunidos.

Conor demorou um momento para se acostumar à temperatura da água, lançando um olhar rápido pela caverna ao redor, imaginando se haveria uma única pessoa que viesse ajudá-lo. Cada olhar que ele cruzava era hostil. Aqueles eram homens duros, num ambiente maligno, com pouco tempo para desperdiçar com solidariedade. Conor percebeu que, se não fosse pelos uniformes, seria impossível distinguir os guardas dos presos. Estava sozinho. Com 14 anos e sozinho. Era uma das poucas ocasiões da vida de Conor em que seu pai não estava presente para orientar. E se Declan Broekhart *estivesse* ali, talvez tivesse rido com o resto deles. Era um pensamento insuportável.

Mesmo que, sem dúvida, estivesse sozinho, havia algo em Conor Brokehart que não lhe permitiria desistir. O cérebro da mãe e o espírito do pai eram fortes em seu coração. Ele suportaria, de algum modo, e sobreviveria. Se conseguisse retornar à cela ainda respirando, o americano, Linus Wynter, poderia lhe dar uma ou duas lições sobre a Pequena Salgada.

Ponha tudo isso fora da mente, disse a si mesmo. *Esqueça sua família, o rei, Isabella. Esqueça todos. Apenas viva para pensar neles em outro dia.*

Era mais fácil pensar do que fazer, mas Conor tentou o máximo que pôde, concentrando-se na cena ao redor, afastando o tormento. Pisou fora da laje de rocha, afundando depressa nas águas frias e escuras da Pequena Salgada.

Por um momento o frio foi absoluto e parecia que nada jamais poderia ser mais frio. Conor sacudiu os membros, não por medo, mas para gerar algum calor. Frequentemente havia nadado nas praias das Salgadas, mas as águas em que ele estava agora nunca haviam sido abençoadas com o sol. Não havia nada para elevar a temperatura em alguns graus.

Abriu os olhos, espiando através da escuridão líquida. Abaixo viu uma bolha laranja, como um sol se desbotando no aperto do espaço negro.

O sino.

Não está tão embaixo, disse a si mesmo. *Um sujeito precisaria ser um péssimo nadador para não alcançar aquela distância. No máximo dez pernadas.*

Mergulhou, com as mãos em concha para melhor afastar a água. Sempre fora um bom nadador, e imediatamente a bolha laranja assumiu sua forma correta, de sino, e ele pôde perceber a textura da superfície. Esse sucesso minúsculo o reconfortou um pouco.

Não estou impotente. Ainda posso fazer coisas.

O sino balançava suavemente sessenta centímetros acima do leito da caverna, com bolhas de ar vazando como colares de pérola de uma dezena de brechas minúsculas. Conor enganchou os dedos embaixo da borda curva e se enfiou lá dentro. Seus esforços foram recompensados com ar, nem um pouco doce ou fresco, mas mesmo assim era ar. Conor encheu os pulmões ao máximo, ignorando o cheiro de borracha e a camada oleosa que cobriu instantaneamente seu nariz e a garganta.

A água subia quinze centímetros no sino e a superfície sob seus pés era irregular, escorregadia e traiçoeira. Este não era um ambiente de trabalho ideal. O sino propriamente dito tinha um diâmetro de apenas três metros e balançava em arcos irregulares com a corrente, batendo no ombro e no cotovelo de Conor. Ele encolheu os ombros o mais longe possível, protegendo a cabeça. A luz era opaca e oscilante.

Espiou para o alto, através da escotilha, mas não pôde distinguir nada mais nítido do que vagas silhuetas oscilantes.

Seriam homens? Seriam pedras? Impossível dizer. Mas então uma das silhuetas se destacou do grupo.

Conor ficou olhando com um pavor mais frio do que a água do mar enquanto a figura saltava no oceano, despedaçando a superfície num quebra-cabeça de ondas prateadas. O som chegou através do buraco de ar do sino. Outro som chegou também; risos, passando pelo tubo como alegria de fantasmas. Risos sombrios, malignos, ameaçadores.

Conor engoliu o terror absoluto.

Sobreviva. Você pode fazer coisas. Sobreviva.

Então algo passou num lampejo. Um membro pálido. Grosso e musculoso, agitando-se na água. E no antebraço, desenhada com pontos grossos, visível mesmo através de uma camada de sujeira da água, a tatuagem de um carneiro chifrudo.

Um carneiro, pensou Conor. *Os carneiros não são para fazer cozido, aqui na Pequena Salgada.*

A figura desapareceu da vista, movendo-se para baixo da curva do sino. Mãos bateram no latão, provocando uma cacofonia de clangs estremecidos dentro da saia do sino. Os sons reverberaram no sino de mergulho e Conor rezou, pedindo silêncio. Sem dúvida seus ouvidos estavam sangrando. Então quatro dedos grossos se enrolaram sob a borda do sino, reluzindo, brancos na água.

Três dedos eram tatuados cada um com uma letra. Mesmo de cabeça para baixo, não seria preciso um erudito para ler o que as letras prometiam.

D.O.R.

Conor não duvidou nem por um segundo.

Um homem enorme se arrastou pelo leito do mar, sem se incomodar com as rochas afiadas raspando a carne. Quando se levantou dentro do sino, uma dúzia de riachos vermelhos escorriam pelo tronco. De repente pareceu a Conor que não restava muito ar para ser respirado. Recuou até que o metal frio do sino de mergulho parecia ter se moldado à curva de sua coluna.

O tamanho do homem era sem dúvida exagerado pelo espaço restrito, mas mesmo assim ele parecia um gigante para Conor. Abriu os braços, batucando com os dedos no sino de latão como se fosse um piano de cauda. O som doce não era nem um pouco adequado à situação. O que quer que aquele homem pretendesse, ele não parecia com pressa de terminar a tarefa. Espreguiçou-se para um lado e para o outro, estalando o pescoço e os dedos, ao mesmo tempo em que mantinha uma expressão de contentamento sereno. Conor leu muitas coisas naquele meio-sorriso. Uma confiança em suas capacidades brutais, lembranças de violências passadas e a expectativa do serviço à frente.

O homem sorriu, uma careta de tabaco amarelo, mas então sua expressão se frustrou ao perceber a idade de Conor.

— Pelos sinos do inferno, você não passa de um garoto. O que você fez? Mentiu sobre a idade para conseguir se alistar no Exército? Está tão desesperado assim para patrulhar uma muralha? Nem existe uma guerra.

— Você é um carneiro — disse Conor, entorpecido. — Os carneiros não são para fazer cozido aqui na Pequena Salgada.

O homem acariciou a tatuagem com carinho.

— Há quem nos chame de carneiros, mas nosso nome de verdade é Aríetes, já que dar pancada é nosso método predileto de fazer o grande serviço.

Agora Conor entendeu as referências aos carneiros. Os Aríetes eram uma famosa quadrilha de irlandeses em Londres, envolvidos em contrabando em portos desde Londres a Boston, e cuja outra grande fonte de rendimentos era como capangas de aluguel. Parece que este Aríete em particular fora contratado.

— Ah, bem — continuou o homem. — Agora já fui pago e não gosto de decepcionar meus empregadores, então você vai ter de levar uma surra, sendo garoto ou não.

— O senhor vai me matar? — perguntou Conor. O cheiro do sujeito enchia o sino, atulhando o espaço confinado. Suor, sangue, tabaco e hálito rançoso.

O sujeito abriu a camisa, revelando uma lista tatuada no peito.

— Eu *poderia* matar você, e meu empregador ainda estaria com crédito, porque me pagou três libras.

Conor leu as palavras na carne pálida do homem:

Soco — 2 xelins
Dois olhos pretos — 4 xelins
Nariz e queixo quebrados — 10 xelins
Cassetar (apagar com um cassetete) —
  15 xelins
Orelha arrancada com os dentes — o mesmo acima
Perna ou braço quebrado — 19 xelins
Tiro na perna — 25 xelins
Facada — o mesmo acima
Grande serviço — a partir de 3 libras

O homem abotoou a camisa.

— Ele me pagou três libras, mas disse para eu fazer o trabalho à prestação. Continuar dando socos diariamente até ele ficar sem crédito. É uma boa quantidade de socos, mas como você é um fedelho tão pequeno, acho que um por dia vai servir. Se o trabalho começar a ficar cansativo depois de algumas semanas, talvez eu possa comer sua orelha só para acabar.

Conor estava achando difícil acreditar no que ouvia. O sujeito tinha modos tão profissionais que parecia um construtor de telhados dizendo quanto cobrava para consertar as telhas de ardósia.

— O que o senhor vai fazer se seus preços aumentarem?

O sujeito franziu a testa.

— Quer dizer, com a tatuagem? Nunca pensei nisso. Acho que terei de mandar escrever por cima. Tem um velhinho de Galway que é bom com as agulhas. De qualquer modo, vejo você amanhã...

— O quê? — disse Conor, mas antes que os dentes tivessem se fechado sobre a última vogal, o punho enorme do sujeito já havia começado um arco, girando na direção da sua cabeça como uma bala de canhão. As últimas coisas que Conor viu foram as letras D.O.R., mas permaneceu consciente a tempo de ouvir o Aríete cantar sua cantilena violenta:

A gente dá facada
A gente dá cacetada
A gente aleija
A gente mata.
Nós é gente violenta.
Você paga, nós arrebenta.
Se você tá encalacrado
Com caloteiros ou alcaguetes
Faça uma visita
Somos os Aríetes.

E então o mundo inteiro ficou molhado e Conor se permitiu, satisfeito, ser puxado pelas correntezas.

Quem sabe desta vez eu não acorde, pensou. *Nunca mais preciso acordar.*

Mas acordou, muitas horas mais tarde, com Linus Wynter curvado sobre ele, uma pasta verde pingando dos dedos.

— Mais plantago — explicou o cego. — Isso está virando hábito.

Conor fechou os olhos de novo, com medo de chorar. Manteve-se imóvel por longos minutos, respirando em silêncio pelo nariz. Podia sentir a gosma fria na têmpora, onde o gigante o havia acertado, e também na mão, onde a queimadura ainda ardia.

Será que existe um fim para isso? Quanto tempo uma mente pode suportar essa tortura e permanecer sã?

— Você ficou dormindo por quase doze horas. Guardei suas rações. Pelo menos beba um pouco d'água.

Água. A simples palavra teve o poder de acordar Conor totalmente. Sua garganta estava ressecada pela sede.

O instinto primário do homem é sobreviver, dissera Victor uma vez. *E ele suportará quase qualquer coisa para seguir seus instintos.*

— Água — grasnou o garoto, levantando a cabeça, até que o suco de plantago escorreu pela testa.

Wynter levou um grosseiro copo de cerâmica aos lábios de Conor, deixando a água escorrer por sua garganta. Para Conor a bebida parecia a própria vida, e logo ele se sentiu forte o bastante para segurar o copo. Sentou-se lentamente, suspirando agradecido pelo prazer simples de aplacar a sede.

— E agora você deveria comer — disse Wynter. — Mantenha o corpo forte. Uma febre aqui poderia matá-lo.

Conor riu, um tremor débil. Como se a febre tivesse chance de matá-lo. O Aríete ainda tinha quase três libras de pancadas para dar, e não era provável que Conor sobrevivesse a isso.

Wynter pôs uma tigela rasa na mão de Conor.

— O que quer que tenha acontecido, e o que quer que vá acontecer, você não receberá nem mesmo uma oração se não tiver forças nos membros.

Conor cedeu, pegando um naco de comida fria na tigela de cozido. Mesmo quando estava quente, Conor duvidava de que a comida pudesse ser chamada de apetitosa. A carne era dura, com uma grossa faixa de gordura e arestas queimadas de cada lado. Mas carne significava força, e era de força que ele precisaria para voltar ao sino com um Aríete louco.

— Agora — disse Wynter — conte o que aconteceu hoje. Eles o trouxeram para cá sobre uma tábua. Por um momento nem consegui encontrar um batimento cardíaco.

Conor mastigou um pedaço de carne. A gordura era escorregadia e parecia borracha entre os dentes.

— Eles me puseram num sino de mergulho com um daqueles Aríetes.

— Descreva-o.

— Grande. Enorme. Cheio de tatuagens. D.O.R. nos dedos e...

— Uma lista de preços no peito — completou o colega de cela de Conor. — É o Otto Malarkey. O carneiro-chefe. Aquele animal bateu em mais homens do que consegue contar. E ele sabe contar muito bem, em especial quando há uma moeda envolvida.

— Ele recebeu moedas suficientes para continuar me dando surras diárias. É assim que vão me dobrar.

— Um plano simples mas eficaz — admitiu Wynter. — Colocar o grandão para bater no pequeno. A tática funcionou com todo mundo, até com Napoleão. — Conor tomou um gole d'água. Agora que seus sentidos estavam retornando, podia sentir o gosto de salitre.

— Deve haver alguma coisa que eu possa fazer.

Wynter pensou, ajeitando a bandagem sobre os olhos com longos dedos de pianista.

— O problema é mais importante do que todas as vexações diárias sobre as quais eu havia planejado instruir você esta noite. Você precisa cuidar do Malarkey se quiser sobreviver, jovem Conor.

— É, mas como?

— Você precisa descansar. Deite-se e pense nos seus pontos fortes. Aproveite tudo que já aprendeu. Acalente cada devaneio violento que você já teve em suas horas mais sombrias. Você deve ter talentos: é um garoto alto e forte.

— E se eu tiver talentos?

— Outro plano simples — sussurrou Wynter. — Mais antigo do que o primeiro. Na próxima vez em que vir Malarkey, deve matá-lo imediatamente.

Matá-lo.

— Não posso. Eu nunca poderia...

Wynter deu um sorriso gentil.

— Você é um bom garoto, Conor. Gentil. Considera odioso matar, e a ideia de que *você* possa tirar uma vida é terrível.

— É. Não sou o tipo de...

Wynter levantou um dedo de maestro.

— *Todos* nós somos esse tipo de pessoa. A sobrevivência é o instinto mais básico. Mas você é sensível, dá para ver, por isso vou ajudá-lo no caminho do assassinato. Já que meus olhos foram tirados, eu me tornei hábil em recriar imagens na cabeça. Posso ver os salões de concertos da minha juventude. O tempo e a concentração preenchem os espaços até que o quadro esteja completo. Cada cadeira forrada de veludo, cada luz de piso, cada querubim dourado. — Por um longo momento Wynter ficou perdido em seu passado cheio de cores, então os sons e os cheiros da Pequena Salgada despedaçaram sua imagem mental. — O que preciso que você faça é fechar os olhos e visualizar o homem que o mandou para cá. Use seu ódio contra ele para acordar o instinto de matador.

Conor não precisou se concentrar por muito tempo. O rosto de Bonvilain saltou em sua mente, completo, com os olhos cheios de ódio e o sorriso de zombaria.

— E agora, Conor, diga, você acha que pode matar?

Conor pensou em tudo que Bonvilain havia feito contra a família Broekhart.

— Sim. Posso matar.

Lynus Wynter deu um sorriso triste.

— Todos podemos. Que Deus salve nossa alma.

CAPÍTULO 7

O GARFO DO DIABO

Na porta diante do catre de Conor Broekhart havia uma pequena janela retangular. Talvez três vezes a cada hora um guarda passava segurando uma tocha. A luz trêmula e alaranjada se derramou na escuridão da cela, lançando uma vaga chama dançante na mão de Conor quando ele a ergueu para examinar seu beijo da Salgada. Ali, já com uma crosta, estava um *S*. Agora ele estava marcado, para sempre um criminoso.

Uma espécie de paz baixou sobre Conor. Os acontecimentos eram simplesmente tão monumentais que ele não podia enfrentá-los, e isso trazia uma espécie de liberdade. Não havia nada a fazer além de se concentrar em Otto Malarkey, o Aríete mortal que, com tanta alegria, havia espancado sua presa no sino de mergulho.

Será que ele deve ser morto? Não há outro modo?

Não havia, concluiu. Infelizmente era Otto Malarkey ou ele próprio. E ainda que Conor jamais tivesse sido inchado pelo sentimento de importância, acreditava sinceramente que tinha mais a oferecer à raça humana do que o assassino Malarkey. No mínimo tentaria não matar *mais* algum ser humano.

Mas como matar Malarkey? Como?

Que habilidades ele havia aprendido com Victor? O florete, claro, sempre fora seu maior sucesso. Ele tivera nos pulsos a força de um mestre esgrimista. E nos membros a agilidade de um jovem. Mas como combinar as duas coisas?

Não tenho um florete nem nada parecido.

Mas então Conor se lembrou do cinto de ferramentas pesando em sua cintura. Talvez isso não fosse estritamente verdadeiro. Talvez Arthur Billtoe tivesse, involuntariamente, vindo ao seu resgate.

A rotina do dia seguinte foi a mesma do anterior. Pouco depois da saudação do canhão, Billtoe apareceu à porta da cela, com uma nova camada de gordura domando suas madeixas. Naquela manhã parecia que ele havia raspado partes do rosto, deixando que no resto brotassem fios pretos, prateados e ruivos.

— Pronto para o segundo round com Malarkey? — perguntou ele, com o fuzil diante do corpo para o caso de Conor resistir à ideia de ser espancado por um Aríete num sino de mergulho.

Conor se levantou dolorosamente, com a rigidez de vários maus-tratos atando os ossos.

— Não estou pronto, senhor Billtoe, mas não creio que isso faça a mínima diferença.

Billtoe deu um risinho, pescando as algemas no cinto.

— Está certo, garoto. Você acertou o bicho bem na testa. Não faz a mínima diferença. Vamos lá, e por que não encomendar um pote grande de plantago com o senhor Wynter, se ele conseguir *ver* a ponto de preparar a mistura?

Linus não reagiu à provocação, simplesmente manteve o rosto sério. Conor tomou isso como uma lembrança do que deveria ser feito. Hoje ele iria se tornar um matador, ou então um cadáver.

O caminho para o tubo foi o mesmo, mas nesta manhã havia uma agitação por trás das portas das celas. Prisioneiros berravam provocações e batiam na madeira com a palma das mãos.

— Loucura da lua — explicou Billtoe. — Ela estava pendurada no céu ontem à noite como um xelim de prata. Sempre deixa os lunáticos agitados.

Uma lembrança passou pela mente de Conor.

— É isso que a palavra significa. Atacado pela lua, do latim *lunaticus*.

Billtoe empurrou Conor pelo corredor com um chute abaixo da cintura.

— Não fique me ensinando. Isso faz com que eu me sinta idiota, e me sentir idiota me deixa irritado.

— Um sentimento familiar, aposto — murmurou Conor.

Billtoe não podia ter certeza se estava sendo insultado ou não, mas acertou Conor de novo com a bota, só para garantir.

— Fale coisas legais com o Malarkey. Ele adora uma gracinha, faz aumentar o entusiasmo.

O nome de Malarkey apagou a espirituosidade de Conor e seu desespero ficou claro no rosto.

— Isso mesmo — riu Billtoe. — Ponha no seu caderno. Ande, escreva. Agora não está tão generoso com a lição, não é?

O sino de mergulho já estava embaixo d'água quando chegaram ao tubo, com a ponta surgindo através da superfície. As formas turvas de dois prisioneiros eram visíveis através da escotilha, golpeando agitadamente a rocha sob os pés. Guardas escolhiam acionadores para as bombas em meio a um grupo de prisioneiros encurralados num cercado de madeira no nível do depósito, trocando-os com frequência para manter o ar fluindo.

— O tubo nunca dorme — disse Billtoe. — Agora que o bom rei Nick se foi. O dia inteiro, todo dia, tirando lágrimas de anjo da terra. E nós vemos um centavo? Não.

Conor observou a amargura do guarda. Esta poderia ser uma informação útil, se ele permanecesse nesta terra por tempo suficiente para usá-la.

— Mas há compensações. Um esporte como este, por exemplo — disse Billtoe, abrindo as algemas de Conor. — Não que possamos ver o que acontece entre os prisioneiros *dentro* de Flora. Pelo menos não com clareza, você entende.

Então era isso. Ninguém sabia de nada porque ninguém podia ver nada.

Billtoe chamou Pike, o chefe da turma.

— Aqui, troque-os. É hora de Malarkey merecer seus poucos xelins.

E entregou um cinto de ferramentas a Conor.

— Para o caso de você ficar consciente o bastante para encontrar algumas pedras.

Pike tirou o tampão de cortiça do tubo de ar do sino e gritou a ordem para baixo. Instantes depois, dois prisioneiros encharcados saíram da água agitada e foram rapidamente empurrados e revistados em busca de diamantes escondidos. Foi uma busca detalhada que teria descoberto qualquer coisa maior do que uma gota de sangue.

Conor desceu a escada, olhando a caverna ao redor, em busca de Malarkey. O Aríete foi visto facilmente, recostado num monte de pedras que parecia grosseiramente um trono. Ele deu um soco de mentira na direção de Conor, sem dúvida esperando que o desempenho de hoje fosse uma repetição da véspera.

Desta vez não, carneiro, pensou Conor. *Esta é a última apresentação. A cortina se fecha esta manhã.*

Conor pôs os dois pés na rocha e foi diretamente para a beira d'água. Não esperou instruções de Pike. Conversar era a última coisa que desejava agora. As palavras seriam simplesmente uma distração. Antes de mergulhar na água salgada, bateu no cinto para saber se o Garfo do Diabo estava no suporte. Sem aquela ferramenta simples, teria pouca chance de dominar Malarkey.

A água se fechou em volta e os dedos de Conor procuraram pontos de apoio no sino de mergulho, movendo-se ao longo da curva até encontrar a borda. Assim que entrou, o espaço terrivelmente confinado do sino quase esmagou sua força de vontade e Conor foi obrigado a respirar fundo várias vezes, antes mesmo de se obrigar a ficar de pé.

Siga seu instinto, disse a si mesmo. *Permita que ele o consuma.*

Pelo buraco de ar ouviu o som de algo caindo na água, seguido por gritos de comemoração. Malarkey estava a caminho. Os Arietes instigavam seu campeão, ainda que ninguém esperasse exatamente uma disputa. Ondas deslocadas sacudiram o sino, provocando um zumbido intenso ao longo das curvas.

Preciso agir depressa. Esteja pronto.

Conor olhou para cima. Malarkey havia parado junto à escotilha para torturar mais a vítima. Bateu no vidro, dando um riso largo, mas seus dentes amarelos estavam perdidos na camada de sujeira do vidro.

No instante em que o rosto de Malarkey desapareceu, Conor começou a trabalhar. Rapidamente estendeu o tridente de mineração até o tamanho máximo, apertando os anéis de modo que a ferramenta não se dobrasse facilmente. O tridente tinha mais ou menos o tamanho de um florete de treino para um jovem, mas o equilíbrio era terrível, com o peso totalmente na direção da ponta. Mesmo assim, um florete improvisado era infinitamente melhor do que nada.

Conor encheu a mão com a bolsa que estava no cinto e a amassou, formando uma esfera encharcada. Agora estava o mais preparado possível, e no entanto toda essa sequência de acontecimentos tinha um tom de irrealidade. Coisas inacreditáveis estavam acontecendo numa velocidade assombrosa.

Como muitos garotos de sua idade, Conor frequentemente havia se imaginado entrando em combate. Isto não era nem um pouco parecido com seus devaneios. Nas fantasias de Conor, soldados heroicos enfrentavam uns aos outros em campos de batalha varridos pelo vento, ao som de tambores e clarins. Não havia nada de heroico nesta realidade. Um espaço apertado, fedendo a óleo, suor e medo, e o enjoo na boca do estômago diante do pensamento em matar outro homem, por mais maligno que este fosse. Era o que seu pai sempre dissera: a guerra nunca era nobre.

Um braço pálido, agitando a água, esgueirou-se por baixo da borda do sino. A tentação de acertá-lo com o tridente era forte, mas seria idiotice. Sacrificaria o elemento surpresa para ganhar apenas um ferimento minúsculo. Malarkey recuaria, iria se recompor e retornaria com uma determinação violenta.

Conor se conteve, dobrando os joelhos, preparando-se para saltar. Malarkey passou rapidamente pela borda, aparecendo no meio de jorros d'água, de rosto para cima, com os cabelos compridos e finos espalhando-se ao redor da cabeça como algas. Ainda estava sorrindo, com fios de bolhas de ar vazando entre os dentes. Assim que seus pés haviam passado pela borda, Malarkey se virou descuidadamente de quatro e rompeu a água como se fosse uma morsa.

A respiração de Conor foi rápida. Ataque agora, ou o momento iria passar e ele receberia seu equivalente a dois xelins.

Malarkey começou a se levantar, e enquanto ainda estava dobrado quase ao meio, Conor usou os nós da grande coluna do sujeito como escada e subiu em seus ombros. Era uma posição precária e mal poderia durar um momento. Um segundo bastou para enfiar sua bolsa para diamantes, embolada, no duto de ar, tampando-o.

Malarkey derrubou-o, ainda sorrindo. Na verdade estava achando aquilo divertido.

— O que estava tentando fazer, garoto soldado? Fugir? Até uma águia seria dominada por um Aríete aqui.

— Bloqueei o ar — disse Conor com frieza. — Temos dois minutos para escapar.

O último fato era uma mentira descarada, mas que não pesaria na consciência de Conor. Havia ar suficiente ali para pelo menos meia hora, mas com sorte Malarkey não saberia disso.

Pela primeira vez a sorte ficou do lado de Conor, e a expressão presunçosa sumiu rapidamente do rosto de Malarkey, quando ele notou o bloqueio do tubo.

— Seu imbecil desgraçado — gritou ele, fazendo o sino vibrar em ressonância com suas palavras. — Quer matar nós dois?

Conor segurava o florete improvisado às costas.

— Não. Nós dois, não.

A expressão de Malarkey mudou para a irritação de um professor gentil que finalmente se exasperava além dos limites da paciência.

— Ontem eu acabei depressa com você, garoto soldado. Só um soco, e *isso* é talento. Hoje vou demorar um tempo doce, sem me incomodar tanto com hematomas nem ossos.

— Isso mesmo, ovelha — disse Conor. — Fique falando, gaste o ar.

Malarkey estendeu a mão, agarrando Conor pela garganta.

— Agora suba de novo nos meus ombros e tire aquele tampo, e com isso eu posso acertar você só uma vez, mas cobrar como se fossem duas.

Pelo tom, era óbvio que Malarkey achava isso uma grande gentileza.

Conor puxou o tridente tão depressa que ele assobiou.

— O tampão vai ficar onde está — disse acertando as pequenas pontas de garfo contra a perna de Malarkey.

O Aríete largou Conor, gritando como um cãozinho chutado. Em seguida se inclinou bruscamente para trás, batendo a cabeça e provocando um sonoro bong no sino. O impacto atravessou sua cabeça e fez os ouvidos ressoarem.

Conor aproveitou o momento para ajeitar a postura: joelhos dobrados, o florete improvisado estendido e o braço esquerdo dobrado atrás do corpo.

Ataque agora!, insistia seu bom senso. *Não há tempo para esportividade.*

Mas isso não era esportividade. Conor queria que Malarkey percebesse o que estava acontecendo. O capanga contratado jamais deveria se convencer de que Conor havia triunfado pela sorte. Por isso esperou até que a visão de Malarkey clareasse, depois falou. Apenas duas palavras.

— *En garde.*

Malarkey rosnou.

— Você acha que essas palavras me amedrontam? Acha que não ouvi um monte de oficiais metidos a besta que agora não passam de ossos dentro dos uniformes?

Malarkey abriu os braços, avançando pela água.

— Então que seja *en garde*, garoto soldado.

Conor quase podia escutar a voz de Victor.

Espere o movimento. Espere que ele se comprometa.

A espera não foi longa. Malarkey preparou o mesmo soco fulminante que havia aplicado na véspera. Conor descobriu que o sujeito não era tão rápido quando ele estava esperando.

Usou um simples *attaque au fer*, que estabelece uma ofensiva desviando a lâmina do oponente, mas na verdade ele estava desviando a si mesmo mais do que desviando o braço de Malarkey, que ele enfrentava como se fosse uma espada larga, de estilo militar.

Agora. Virado para o flanco de Malarkey, deu três golpes para baixo, o garfo turvo pela velocidade, como um leque dourado. Três riscas vermelhas apareceram na faixa de carne entre a camisa de Malarkey e o cós da calça.

Esses golpes eram para causar dor.

Malarkey gritou de novo, depois uivou luxuriosamente quando a dor se acomodou numa ardência firme. Conor lançou os ombros contra as nádegas do sujeito, que não era o lugar mais agradável para se estar, nem mesmo por um segundo, mas teve o efeito de jogar Malarkey contra a curva do sino. Sua testa colidiu com o latão, fazendo o sino ressoar de novo.

Agora, na retaguarda, Conor golpeou fundo embaixo d'água e acima do calcanhar de Malarkey, sentindo os dentes furarem a carne dura.

Esse golpe era para provocar imobilidade.

Malarkey desmoronou como um muro sob um tiro de canhão, enchendo o sino de borrifos d'água. O Aríete continuou a uivar, demente de dor e raiva. Conor sentiu a decisão falhando.

— Vou matar você — soluçou Malarkey. — Vou arrancar a carne dos seus ossos.

A decisão de Conor se firmou de novo.

Deu vários golpes chapados nas costas e nos ombros de Malarkey, forçando-o mais fundo dentro do mar. Com a mão livre, deu socos com os dedos esticados nos rins dele, fazendo-o inalar meio galão de água, por reflexo. Um truque adaptado do caratê.

Malarkey estava efetivamente impotente. Sacudindo-se na água rasa, cego pela dor e pelo sal. Um bebê com má índole poderia matá-lo.

Conor se encostou na curva do sino, ofegando. Seu ódio por Malarkey havia desaparecido tão rapidamente quanto fora incendiado. E no entanto essa questão do pagamento precisava ser resolvida hoje. Será que Linus Wynter estava certo? Ele precisava matar esse homem?

Malarkey rolou de costas e ficou soluçando, com o rosto a centímetros acima da superfície e pequenas ondas provocadas por suas sacudidas jogando água para dentro da garganta.

Conor pôs uma bota de soldado no pescoço dele, afastando com desprezo as tentativas de Malarkey agarrá-lo.

— Está vendo o que eu posso fazer? — sibilou, surpreso com o veneno na própria voz.

Malarkey não podia responder. Mesmo que não houvesse uma bota em sua garganta, ele estava sem palavras.

Pare de falar. Mate-o.

Conor apertou o tridente nas dobras de carne em volta do queixo de Malarkey. Mais um empurrão e as pontas penetrariam na pele e cortariam uma artéria.

— Isto não é um acidente de sorte. Eu posso matar você tão facilmente quanto uma galinha para o almoço de domingo.

Os olhos de Malarkey se focalizaram subitamente. A ideia de visitar a outra vida ajuda a concentrar o pensamento.

— Entende isso, senhor Aríete? Eu poderia matá-lo.

Faça. Pare de falar.

Conor apertou o garfo com mais força, retesando os músculos ao longo do braço. Três gotas de sangue empoçaram em volta das pontas do tridente.

Um último empurrão e seu atormentador não iria atormentá-lo mais.

— Por favor — disse Malarkey, as palavras gorgolejando.

Uma gota de suor escorreu para o olho de Conor. A água batia mansa na curva do sino, zumbindo suavemente.

— Por favor, me poupe — disse o poderoso Aríete.

Não posso fazer isso. Não tenho desejo de matar este homem.

Conor percebeu que não era um matador e isso o encheu com um alívio reconfortante, apesar de tudo que havia passado. Não fora criado para obter vantagens através do assassinato, se houvesse outros caminhos.

Deve haver outro caminho. Um caminho mais inteligente.

Ruminou o problema sem aliviar a pressão do garfo no pescoço de Malarkey. O Aríete deveria virar seu aliado. A luta não poderia continuar dia após dia. Bolou rapidamente uma saída possível, para os dois.

— Escute, ovelha — disse, torcendo o tridente. — Vou sair flutuando deste sino, exatamente como ontem.

A testa de Malarkey se franziu.

— Mas eu...

— Quieto! — gritou Conor, com uma autoridade que não sabia possuir. — Escute agora. Nós vamos armar um plano, você e eu. Vamos descer aqui todo dia, e supostamente você vai me dar dois xelins de pancada. O grande Aríete. Na realidade vamos bater um papo tranquilo e você pode me ajudar a sobreviver aqui.

A concentração não era fácil para Malarkey, na perturbação em que estava, mas ele pensou em alguma coisa.

— E o meu pé? Não consigo andar.

Era um problema, é verdade. A água pingava da curva do sino, acertando-os com uma chuva interior. Conor revirou o cérebro em busca de uma solução.

— Depois de eu sair. Espere uma hora, talvez duas, depois faça um grande estardalhaço para sair do sino. Sacuda-se embaixo da água e diga que o sino o prendeu. Culpe Flora pelo machucado no tornozelo. É um ferimento doloroso, mas não é grave. Não acertei o tendão de Aquiles, felizmente para você.

Amarre bem apertado e não ponha o peso nele durante algumas horas. Amanhã você estará sólido como um carvalho.

Malarkey estava ficando corajoso de novo; Conor podia ver isso no modo como sua testa se franzia. Agora havia recuperado o fôlego e avaliava suas chances. A qualquer momento faria uma tentativa contra seu jovem atormentador, e então Conor seria obrigado a matá-lo. Essa coragem recém-encontrada tinha de ser arrancada pela raiz. Conor acertou-o uma vez em cada antebraço, matando temporariamente a ousadia.

— São mais divisas que você quer? Você é cabeça de ovelha demais para viver? Aceite minha proposta, ovelha, e você poderá viver com a honra intacta. Se não, pode sofrer a derrota nas mãos de um garoto.

Pelo jeito a perspectiva de derrota era pior do que a morte. Malarkey trincou os dentes, assentindo, incapaz de encarar Conor.

— Tenho sua palavra?

Uma vez Victor lhe dissera que os membros das quadrilhas da cidade haviam desenvolvido um curioso senso de honra, quase ecoando o código do samurai Bushido.

— Tem, seu desgraçado, tem minha palavra.

Conor deu um riso frio, um mecanismo que passaria a usar em situações desesperadas.

— Vou confiar em você. Não é preciso um aperto de mão.

Era uma piada cruel. Os braços de Malarkey estavam mortos ao lado do corpo, como dois pedaços de carne cortada.

— Muito bem então, ovelha. Temos um trato. Esteja avisado, se tentar algum truque amanhã não terei tanta misericórdia, nem vou ficar quieto.

Conor torceu os anéis do tridente, retraindo-o.

— Não precisa se levantar, eu saio sozinho.

Conor ficou surpreso com o próprio comentário. Uma segunda piada maliciosa em dois minutos. Não era do seu feitio zombar de alguém em qualquer circunstância, mas talvez a Pequena Salgada o estivesse transformando numa pessoa diferente. Do tipo que talvez pudesse sobreviver.

Encheu os pulmões para passar por baixo da borda. Antes que a água salgada nublasse sua vista, viu uma última frustração baixar sobre Malarkey: a bolsa para diamantes embolada caiu do buraco do ar, diretamente sobre o rosto dele.

Malarkey soltou palavrões longos e imundos, mas suas palavras foram abafadas pela bolsa encharcada. Uma bolsa que ele não pôde afastar com os braços feridos.

CAPÍTULO 8

CONOR FINN

Billtoe e Pike carregaram Conor de volta à cela numa tábua, e foram descuidados no trabalho. Conor suportou várias pancadas e sacolejos, que quase compensaram os dois xelins de socos de Malarkey.

Pensando que ele estava inconsciente, os dois conversaram sobre a condição das ilhas.

— Bonvilain vai tirar deste lugar qualquer coisa que esteja a um milhão de anos de virar diamante — disse Pike. — Eu sentiria pena dos Sais, se eles não estivessem num nível abaixo das cracas.

— Cracas — concordou Billtoe. — Mas pelo menos as cracas não são insolentes. E você não se arrisca a uma visita à sala do diretor se por acaso pisar numa craca.

Os dois desviaram a tábua numa esquina apertada, raspando o cotovelo de Conor na parede.

— Eu diria que você pode pisar em todos os prisioneiros que quiser, agora que o bom rei Nick está batendo nos portões do céu. Bonvilain nunca se incomodou antes.

— É verdade, Pike — riu Billtoe, acompanhando isso com um som de regurgitação. — Os bons tempos vieram, isto é, até Isabella chegar à idade. Pode ser que ela seja a favor do povo, como o pai. Ouvi dizer coisas boas e preocupantes sobre ela.

— Ah, sim, a princesa Isabella. Eu não me preocuparia com isso. Ela só poderá reinar aos dezessete anos, e ainda faltam dois. Aposto minhas botas de domingo que alguma coisa trágica vai acontecer com nossa princesinha se ela começar a atrapalhar as coisas para o marechal.

Conor precisou de toda a força de vontade para não agarrar a arma de Billtoe e tentar a liberdade naquele momento, mas Conor Finn morrendo num piso frio de prisão serviria pouco para ajudar Isabella. Ele precisava ganhar tempo e esperar uma oportunidade.

Os guardas chegaram à cela de Conor e simplesmente levantaram uma das pontas da tábua, deslizando-o pela porta. Conor rolou até a parede e ficou ali, com os membros espalhados e gemendo. Os gemidos eram verdadeiros.

Pike e Billtoe ficaram emoldurados na porta.

— Sabe de uma coisa, Pike? — disse Billtoe, coçando um eczema na clavícula. —Talvez eu esteja ficando velho e mole, mas estou começando a gostar do jovem Conor Finn.

Pike ficou mais do que surpreso. *Gostar* de prisioneiros não era do feitio de Billtoe.

— Verdade?

— Não — respondeu Billtoe, fechando a porta. — Não mesmo.

Conor ficou parado até que os passos dos guardas se transformassem primeiro em ecos, depois em silêncio. Mais um minuto, para garantir, e em seguida se arrastou até o catre, escondendo o rosto com um antebraço, mesmo estando sozinho na cela. Os tremores começaram de repente, sacudindo todo o corpo, dos dedos dos pés ao cocuruto, como se tivesse agarrado um fio elétrico, como um trabalhador que ele vira na Praça da Coroação, há tantos anos. Em outra ilha, outra vida.

Simplesmente havia coisas demais em que pensar. O pai, a mãe, o rei Nicholas, Isabella. Seu sofrimento nesta prisão. Bonvilain, os Aríetes, Billtoe e Pike. Imagens desses amigos e inimigos passaram por sua mente, marcando-o com mais dor do que um beijo da Pequena Salgada.

A mãe e o pai levando-o a Hook Head para empinar sua pipa de papel. As histórias do rei Nicholas sobre a Guerra Civil Americana e por que ele havia lutado lá. O rosto de Bonvilain, as feições num permanente riso de desprezo. Otto Malarkey, o medo da morte nos olhos escuros.

Demais. Demais.

Conor trincou os dentes e se imaginou voando, até que os tremores pararam.

Pike chutou Linus Wynter de volta à cela algumas horas mais tarde, assim que Conor estava terminando sua primeira refeição do dia.

— Coloquei a sua na pedra lisa perto da janela — disse ao americano desengonçado. — É o lugar mais quente aqui. Sente-se, vou pegar.

Wynter fez "tsk-tsk", indo direto para a pedra lisa.

— Não precisa. Sei onde fica a chapa quente. Estou aqui há quase um ano, jovem Conor. — Ele se abaixou e tateou o ar com dois dedos até achar a tigela. — Mas obrigado, foi muita gentileza sua.

Wynter se empoleirou na cama, escolhendo um pedaço de cartilagem pingando de gordura.

— Ah, meu Deus, não é exatamente o Savoy, não é? Passei uma noite lá em 89. Fabuloso. Iluminação elétrica total, banheiro em todas as suítes. E os sanitários... sonho com os sanitários.

— Temos luz elétrica desde 87 na Grande Salgada — disse Conor. — O rei Nicholas diz que precisamos adotar as mudanças. — O rosto de Conor descaiu. — O rei Nicholas *dizia* isso.

Wynter não comentou, mastigando o bocado gorduroso meticulosamente, para não engasgar na descida.

— Então, jovem Finn, vamos trocar histórias de sanitários a noite toda ou você vai me contar suas aventuras no sino?

— Deixei Malarkey viver. Mas dei-lhe uma tremenda surra e ele sabe que posso fazer isso de novo. Da próxima vez não vou ficar quieto, e veremos quanto tempo ele sobrevive como carneiro-chefe depois disso.

Wynter se imobilizou, com um pedaço de carne pingando a meio caminho da boca.

— Pelos sinos do inferno, garoto. Se eu pudesse olhá-lo com admiração, olharia. Nick estava certo com relação a você.

— Nick? O rei Nicholas? Você conheceu o rei?

— Nós nos conhecemos no Missouri. Ele era do corpo de balões. Na verdade ele *era* o corpo de balões. Rebocava dois velhos balões de ar quente até vários locais de batalha. Nossos caminhos se cruzaram em Petersburgo em 65. Na época eu não era de muita utilidade para ninguém, já que meus olhos tinham sido furados pelo adolescente Jesse James. E Nick era apenas tolerado pelos generais, por isso ficamos amigos. Ele me ensinou a dar nós e encher sacos de lastro. Até me levou para voar algumas vezes. Eu não fazia ideia de que ele era da realeza; claro, nem ele.

Conor sempre fora rápido no pensamento.

— Não pode ser coincidência o senhor estar aqui.

Wynter inclinou a cabeça de lado, ouvindo com atenção.

— Não, Conor, não é coincidência. Nick me mandou aqui para espionar.

— O senhor é espião? Não deveria me contar isso. Eu poderia ser qualquer um. Outro espião mandado para descobri-lo.

— Poderia, mas não é. Ouvi falar de você antes, por Victor Vigny. Ele me visitou há alguns dias e levou minhas notícias ao rei. O pretexto era que eu havia roubado dele. Isso é que é espionagem! — Wynter estendeu os dedos até encontrar o ombro de Conor. — O rei Nicholas pensava em você como um filho. Victor dizia que você era sua maior esperança para o futuro. Você não é espião.

Conor sentiu uma pontada de tristeza. Havia pensado no rei quase como um segundo pai.

Uma verdade medonha o golpeou.

— Mas agora, sr. Wynter, o senhor está realmente preso aqui, com o resto de nós.

Wynter suspirou.

— É o que parece. Não posso dizer ao senhor Billtoe que na verdade sou um espião profissional posando de músico viajante.

— Acho que não. Quem o senhor estava espionando?

De novo Linus Wynter tentou ouvir alguma coisa, antes de responder.

— O marechal Bonvilain. Nicholas estava suspeitando da traição de Bonvilain em várias áreas, mas especialmente na Pequena Salgada. Bonvilain vinha administrando isso aqui como seu campo de escravos pessoal. As reformas prisionais só eram implementadas quando Nicholas ou seus enviados vinham visitar. O rei precisava de um homem do lado de dentro, e quem seria melhor para espionar um diretor amante da música do que um músico cego? Ninguém suspeitaria que um homem que não consegue espiar nada *seja* um espião.

— Estou vendo.

Wynter riu.

— Verdade? Como é?

Conor sorriu. Seu primeiro sorriso em dias. Foi um brilho na escuridão e não durou muito.

— Não creio que eu consiga suportar isso, sr. Wynter. Não sou tão forte assim.

— Bobagem — reagiu Wynter bruscamente. — Você demonstrou coragem hoje, e engenhosidade. Qualquer um que possa espancar aquele brutamontes do Malarkey certamente consegue arranjar forças para sobreviver à Pequena Salgada.

Conor assentiu. Havia pessoas em situação pior do que ele. Pelo menos tinha a juventude e a força a favor.

— Diga, sr. Wynter, como faz seu trabalho?

— Que trabalho? — perguntou Wynter com inocência.

— De espião, claro.

Wynter fez uma expressão convincentemente horrorizada.

— Espião? Eu? Mas, garoto idiota, eu sou cego, o que é o mesmo que sem cérebro e apenas ligeiramente melhor do que morto. Bom, você poderia me colocar ao piano da sala do diretor, e ele continuaria com os negócios exatamente como se eu não estivesse lá.

— Mas agora não há ninguém a quem informar, não é?

— Exatamente. Há um tempo, Nicholas requisitou minha libertação temporária para tocar na orquestra dele. Foi então que fiz meu primeiro relatório. Haveria outro, marcado para amanhã. Imagino que não farei mais esse relatório.

Conor sentiu uma afinidade súbita com aquele americano alto.

— Então estamos juntos.

— Até que um de nós seja solto. E quando digo *solto*, quero dizer no sentido da Pequena Salgada. De vez em quando um preso desaparece e os guardas nos dizem que ele foi solto.

— Morto, então.

— Acho que sim. O assassinato é o modo mais eficiente de impedir a superpopulação. Rezo para que nós dois, felizardos, nunca sejamos soltos.

Conor ficou surpreso.

— Felizardos? Uma escolha curiosa de palavra.

Wynter balançou um dedo que parecia um junco nodoso.

— De jeito algum. Nós somos dois homens civilizados, de mente semelhante. Pense só quem poderíamos ter como companheiros de cela.

A lembrança de Conor saltou para as feições de Malarkey, moldadas pela violência da vida.

— Está certo, sr. Wynter. Somos mesmo felizardos.

Wynter ergueu uma taça de champanhe imaginária.

— À sua saúde.

— À sua saúde — respondeu Conor. E depois. — Tim-tim

A cela era o próprio exemplo do que é espartano, não muito mais do que um buraco na ilha. Havia uma janela no alto da parede, do tamanho de uma caixa de correio. A luz que entrava por ali era fraca e pálida, sem a força de cortar muito mais do que um metro de sombra.

As paredes eram muito bem construídas, praticamente sem necessidade de argamassa, o que era bom, porque a argamassa da superfície havia se soltado muito antes, permitindo que vários fungos se espalhassem nas juntas. Nem de longe era o suficiente para dois homens altos passarem confortáveis o tempo de confinamento. Mas, afinal de contas, a questão não era conforto.

Deitado no catre duro naquela noite, Conor sonhou com sua família. Por fim seus pensamentos ficaram tão dolorosos que um pequeno choro patético se esgueirou para fora dos lábios.

Linus Wynter não comentou, simplesmente se remexeu na cama para mostrar que tinha ouvido e estava acordado para uma conversa, se fosse necessária.

— O senhor disse que iria me instruir — sussurrou Conor. — Diga como sobreviver neste lugar.

Wynter se deitou de costas, cruzou as mãos no peito e suspirou.

— O que você deve fazer, o que nós dois devemos fazer agora, é tão terrivelmente difícil que chega às raias do impossível. Só os mais decididos podem alcançar.

Conor sentiu que de fato poderia fazer o que estava nas raias do impossível, se isso significasse sobreviver à Pequena Salgada.

— O que, sr. Winter? Diga. Preciso de algum alívio.

— Muito bem, Conor. Há duas partes neste esquema. A primeira parece fácil, mas acredite, não é. Você deve esquecer sua vida antiga. Ela está morta e enterrada. Sonhar com a família e os amigos vai fazer você mergulhar num inferno escuro de desespero. Então construa um muro em volta das lembranças e se torne uma nova pessoa.

— Não sei se posso...

— Agora você é Conor Finn! — sibilou Wynter. — Deve acreditar nisso. Você é Conor Finn, cabo do Exército com dezessete anos, contrabandista e espadachim. Conor Finn vai sobreviver à Pequena Salgada. O corpo de Conor Broekhart pode sobreviver, mas seu espírito será esmagado com tanta certeza como se Bonvilain o tivesse apertado num torno.

— Conor Finn — disse Conor, hesitando. — Sou Conor Finn.

— Você é um matador. É jovem e magro, é verdade, mas implacável com sua espada, o braço forte como uma tira de aço. Prefere ficar sozinho e não aceita desaforos. Nem mesmo um olhar enviezado. Já matou antes. A primeira vez quando tinha quinze anos, um bêbado que enfiou a mão no seu bolso. Esta é toda a verdade.

— É verdade — murmurou Conor. — Tudo verdade.

— Você não tem família — continuou Wynter. — Ninguém a quem amar, ninguém para amar você.

— Ninguém... — disse Conor, mas as palavras eram difíceis de pronunciar. — Ninguém me ama.

Wynter fez uma pausa, inclinando a cabeça, ouvindo a perturbação de Conor.

— É assim que deve ser. Aqui, o amor vai apodrecer seu cérebro. Sei que é verdade. Já tive uma esposa, a linda Aishwarya. Os sonhos com ela alimentaram meus dias durante os cinco anos numa prisão em Bengala. Isso bastou para me sustentar durante um tempo, mas então meu amor se transformou em suspeita. E finalmente em ódio. Quando ouvi que ela havia morrido de febre tifoide, a culpa quase me matou. Eu *teria* morrido se eles não tivessem me posto para fora.

Wynter ficou quieto por todo o tempo que demorou para reviver aqueles tempos horríveis.

— O amor deve morrer aqui dentro, Conor; é o único modo. Assim que você abre seu coração...

— O amor deve morrer — disse Conor, guardando imagens de seus pais num baú fechado com cadeado no fundo da mente.

— Mas alguma coisa deve tomar o lugar dele — continuou Wynter numa voz mais forte. — Uma obsessão capaz de incendiar seu entusiasmo. Um motivo para viver, se você quiser. Eu tenho a música. Guardo uma ópera em banho-maria, dentro da cabeça e em outros lugares. O próprio Amadeus choraria. Minha música nunca está longe dos meus pensamentos. Meu maior desejo é apresentá-la em Salzburgo. Um dia, jovem Conor. Um dia. Minha ópera me mantém vivo, veja bem. — Wynter enfiou dois dedos sob a bandagem dos olhos, massageando as órbitas arruinadas. — Vejo a música como você vê as cores. Cada instrumento é uma pincelada. O ouro das cordas. O azul profundo do fagote. Mesmo enquanto batuco marchas pomposas para o diretor em seu piano velho... a caixa de ressonância não é nem mesmo de madeira de espruce... estou sonhando com minha ópera.

Os lábios de Wynter murmuraram frases de sua música amada.

— E você, Conor? — perguntou ele depois de vários compassos. — Tem um sonho? Algo que preenche sua mente com esperança, mas nunca dor?

A resposta veio rapidamente.

Quero voar.

— Sim — respondeu ele. — Eu tenho um sonho.

A noite chegou, mas fez pouca diferença para a luz na cela de Conor. Houve um ligeiro aumento de densidade na escuridão suja, mas só isso. Estavam presos num limbo de penumbra, com apenas comida e trabalho para informá-los sobre a hora do dia. Conor ficava deitado no catre, reprimindo pensamentos na família, pensamentos que ele não deveria ter. Deixar de lado o eu antigo não era tão simples quanto descartar uma camisa suja. As lembranças saltavam incontidas, clamando para ser examinadas. O sr. Wynter estava certo: esta *era* a coisa mais difícil que ele já precisara fazer. Conor sentia o suor cobrindo o rosto como uma flanela molhada e a voz de sua mãe parecia tão real quanto as paredes da cela.

Como você pôde fazer isso, filho? Como pôde trair todos nós?

Conor mordeu os nós dos dedos até que a voz sumiu. Precisava de distração, e de uma prova de que essa nova estratégia de vida era eficaz.

— Sr. Wynter — sussurrou. — Está dormindo?

Os panos farfalharam no outro catre e Linus respondeu:

— Não, Conor Finn. Estou acordado. Às vezes acho que nunca durmo de verdade. Um olho permanece no mundo real, por assim dizer. Legado de uma vida inteira espionando. Está tendo problemas para enterrar Conor Broekhart?

Conor deu um riso amargo.

— Problema. Isso é impossível, sr. Wynter.

— Não, não é impossível, mas diabolicamente difícil. Demorei meses para esquecer meu eu de verdade. Me tornar este ser devasso que não liga para nada. Até mesmo falar com você sobre isso é abrir uma fresta na porta do meu eu anterior.

— Desculpe. Então fale de seu sonho. A ópera.

Wynter sentou-se.

— É mesmo? Gostaria de ouvir minha música?

— Gostaria. Talvez sua música me dê entusiasmo para o meu projeto.

Wynter estava subitamente gaguejando.

— M-muito bem, Conor. Mas você é a primeira pessoa... Isto é, nós nem estamos no ambiente correto. A acústica aqui é do pior tipo; até a voz humana ficará mutilada com esse espaço apertado.

Conor sorriu no escuro.

— Sou uma plateia gentil, sr. Wynter. Meu único pedido é que sua música seja de padrão mais alto do que sua espionagem.

— Ahh. — Wynter bateu com o punho no peito. — Um crítico. Dentre todos os companheiros de cela que eu poderia ter escolhido! — Mas a piada o havia acalmado e ele começou o desempenho num tom confiante.

"Nossa história intitula-se *O retorno do soldado*. Imagine, se puder, o grande estado de Nova York. A Guerra Civil terminou e os homens do Batalhão 137 da Infantaria retornaram aos lares em Binghamton. É um tempo de emoções confusas, grande alegria e tristeza profunda. Para esses homens e suas famílias, nada jamais poderá ser como antes...

E seguindo esta pequeníssima introdução, Linus Wynter se lançou em sua abertura.

Era algo grandioso, mas não pretensioso, com variações de climas. Do júbilo e do alívio delirantes à tristeza imensurável.

Poderia ter sido cômico. Um cego cantando todas as partes de uma orquestra para um garoto apavorado. Mas, de algum modo, não foi. Conor sentiu-se perdido na música e a história saltou para ele, enquanto ouvia.

Era uma narrativa triste mas triunfante, mas pouco a pouco a história diluiu-se, deixando apenas a música. Porém a música precisa de imagens para acompanhá-la, e na mente de Conor as imagens eram de uma máquina voadora. Mais pesada do que o ar, no entanto subindo entre as nuvens, com o próprio Conor guiando o leme. Poderia ser feito, e seria ele que faria.

Farei isso, pensou. *Vou voar, e Conor Finn vai sobreviver à Pequena Salgada.*

No terceiro dia, Billtoe chegou depois do tiro de canhão, parecendo que fora arrastado pelos esgotos até o trabalho. Essa era sua aparência normal, como Conor estava começando a perceber.

Wynter farejou o ar ao ouvir as dobradiças.

— Ah, guarda Billtoe. Bem na hora.

Billtoe jogou para o prisioneiro um osso de galinha que estivera chupando.

— Aqui, Wynter, faça uma sopa. E você, Conor Finn, pareça animado. O tubo o espera. Talvez hoje a gente consiga que você faça algum trabalho, se não estiver ocupado demais em flutuar inconsciente.

Conor sentou-se na cama, sentindo a coceira de sal e sujeira nas costas.

— Já estou indo, sr. Billtoe.

Foi andando de má vontade até a porta, procurando no coração uma fagulha de entusiasmo por alguma coisa. Linus Wynter forneceu-a com um adeus e uma inclinação de cabeça que servia como piscadela.

— Até esta noite, então, Conor *Finn.*

Conor não pôde evitar um sorriso. Fazer parte de um segredo é uma grande fonte de força.

— Até esta noite, quando o *soldado retornar.*

O rosto de Wynter se abriu num sorriso largo, com rugas esticando as cicatrizes que cercavam cada olho como raios do sol.

— Então vou esperar *O retorno do soldado.*

Billtoe fez um muxoxo, sentindo-se pouco à vontade com qualquer coisa a mais do que a depressão abjeta por parte dos prisioneiros.

— Parem com a conversa e saia pela porta, Finn.

Conor Finn saiu da cela úmida, deixando Conor Broekhart mais para trás a cada passo.

Malarkey já estava no sino quando Conor mergulhou. O prisioneiro enorme estava espremendo a água do cabelo comprido como uma lavadeira torcendo toalhas.

— O sal deixa o cabelo quebradiço — explicou, olhando

para Conor por baixo do cotovelo erguido. — Se a gente gosta de usar comprido, tem de tirar o máximo de sal que puder. Às vezes acho que é uma tarefa inútil, já que ninguém nesta pedra desgraçada olha duas vezes para o meu cabelo.

Conor não sabia bem como reagir a essa criatura afável que havia substituído o brutamontes contratado da véspera.

— Ah... Minha mãe recomenda óleo para o cabelo quebradiço.

Malarkey suspirou.

— É, óleo. Mas onde conseguir? Essa é a charada que tento decifrar há uma década.

O sujeito estava falando a sério, percebeu Conor. Isso era importante para ele.

— Billtoe parece ter um suprimento constante. A cabeça do sujeito é engordurada como um pau de sebo.

— Billtoe! — cuspiu Malarkey. — Aquela cobra. Eu não iria lhe dar o prazer de ouvir um pedido meu.

Conor teve uma ideia.

— Bom, então, eu notei que nosso cozido de todo dia tem algum tipo de óleo de cozinha. Um pouquinho sempre se junta na tigela. Acho que ele faria mais bem na cabeça do que no estômago.

Malarkey ficou pasmo.

— Deus Todo-poderoso, está certo, garoto soldado. Lá está, todo dia, três vezes por dia, me olhando nas fuças, e eu procurando óleo. É um bom conselho.

— E de graça — acrescentou Conor. — Se bem que você pode ficar com cheiro de cozido.

— O que importa? Meu cabelo vai brilhar o bastante para um passeio em Piccadilly.

Conor espremeu a água de seu cabelo. Com as surras e a sujeira incrustada, devia ter uma semelhança mais do que superficial com um vira-lata vagabundo. Era hora de cuidar da aparência. Talvez Otto Malarkey fosse o sujeito a quem deveria interrogar sobre higiene.

Malarkey terminou de cuidar do cabelo e jogou a cabeça para trás.

— Agora — disse em tom mais sério. — Temos um negócio inacabado.

Conor se retesou. Seria a hora de outra briga? Alguns alunos precisavam de mais de uma aula antes que as informações se fixassem. Pôs a mão no cabo do Garfo do Diabo, no cinto.

— Que negócios? Mais surras pagas?

— Não, garoto soldado, não! — respondeu Malarkey rapidamente. — Sua solução para aquele negócio foi boa. Vamos fingir a coisa toda durante quinze dias. Você fica de bico calado e pronto. Economiza minha mão e sua cabeça, é o melhor negócio. Uma pena eu não ter pensado nisso antes. Poderia economizar a dor da artrite. Com as juntas doendo e o cabelo quebradiço, este lugar será a morte para mim.

Conor relaxou um pouco, mas deixou a mão sobre o garfo.

— Conheci uma cozinheira na Grande Salgada que sofria de artrite. Ela sempre jurou que casca de salgueiro é bom para dor nas juntas, se você conseguir arranjar.

Malarkey assentiu.

— Casca de salgueiro?

— Moa dentro do cozido, ou simplesmente chupe um pedaço. Mas cai mal no estômago.

— Isso não me preocupa. Eu poderia digerir um urso vivo sem nem piscar.

Conor franziu a testa.

— Então, que *negócio* é esse?

— Conversei com o Pike. — Malarkey apontou um polegar para a vigia do sino. — Decidimos que seria melhor fazer um pouco de trabalho antes de eu apagar você. Assim, achei que a gente poderia cavar um pedaço, achar umas pedras e depois ficar de preguiça por um tempo. Depois eu tiro você daqui e ninguém fica sabendo. O que acha do plano?

Conor já ia concordar, mas então pensou em sua nova identidade. Conor Finn era um jovem demônio, e não ficaria satisfeito se não lucrasse.

— É um plano razoável. A maioria dos elementos está aí, mas e as três libras que você recebeu para me espancar?

Malarkey estava preparado para esta fala.

— Uma para você, duas para mim.

— Prefiro o contrário.

— Tenho uma proposta — disse Malarkey. — Vamos direto para o meio a meio, se você me ensinar a usar aquele garfo como você faz. Uma boa esgrima é uma ferramenta poderosa. Eu poderia ganhar um dinheiro de verdade, espetar uns oficiais.

No rosto de Malarkey estava claro que ele esperava ansioso por esse arranjo.

— Você consegue impedir os Aríetes de enfiar uma faca nas minhas costelas?

Otto Malarkey jogou seu cabelo comprido para trás.

— Só há um modo de garantir isso. — Ele enrolou a manga, revelando uma tatuagem de um carneiro chifrudo. — Você deve receber a tinta. Só os membros da irmandade estão a salvo. Eu falo a seu favor, se você me ensinar esgrima.

Eu poderia dizer que você suportou as pancadas e que tem sangue irlandês, se bem que seu sotaque seja de alguém criado nas Salgadas. Tem mãe de Kilmore, talvez? Acho que você não tem idade nem para o Exército, mas isso não importa para os Aríetes. Se você tem tamanho para segurar uma pistola, tem tamanho para atirar com ela.

Entrar para os Aríetes era uma questão complicada. Conor Broekhart jamais participaria de uma quadrilha criminosa, mas Conor Finn, sim.

— Vou aceitar sua tinta, mas não pago nenhum dinheiro nem faço juramento.

Malarkey gargalhou.

— Juramento! Os únicos juramentos que temos nos Aríetes são imundos. Quanto a pagamentos, as aulas de esgrima vão servir.

Conor esfregou os bíceps, onde a tatuagem ficaria.

— Muito bem, Otto Malarkey, temos um trato. Espero o dinheiro amanhã.

— Amanhã, não. De agora em diante você vai ser revistado todo dia. Espere até estar com o carneiro no braço; nesse ponto alguns guardas têm alianças nebulosas. A busca deles vai ser menos detalhada, pelo preço certo, claro.

Malarkey já estava sendo útil. Era bem possível que a conversa fiada do sujeito fosse ser uma boa troca por algumas aulas de esgrima.

— Muito bem, Malarkey, depois que a tatuagem estiver seca. Até lá vamos esgrimir e cavar. Primeiro a esgrima, enquanto a mente estiver afiada.

Conor estendeu seu tridente, jogando o braço esquerdo para trás do corpo.

Malarkey imitou a postura.

— Então, Conor Finn, você vai ensinar tudo que sabe?

— Nem tudo — respondeu Conor com um sorriso tenso. — Se eu fizesse isso, *você* poderia *me* matar.

Billtoe esperou até que Conor tivesse supostamente recuperado a consciência antes de levá-lo de volta à cela, pelos corredores subterrâneos da Pequena Salgada. Pela primeira vez desde que havia chegado, Conor prestava uma atenção detalhada nos arredores, contando cada passo, notando cada porta e cada janela.

Esta parte da prisão tinha uma aparência rebaixada, como se toda a ala tivesse afundado um andar desde que fora construída. As paredes se inclinavam para dentro e o piso tombava para o meio, como se fosse uma vala. Alguns arcos haviam perdido suas faces internas e as pedras-chave se mantinham tortas, como o trabalho de uma criança com blocos de construir. As paredes eram cheias de remendos de piche onde a água havia aberto caminho entre as rachaduras. Dezenas de fios d'água ainda precisavam ser tapados. Um riacho gorgolejante de água salgada corria pelo centro do piso afundado.

— Bonito, não é? — disse Billtoe, notando o olhar curioso de Conor. — Este lugar pode inundar a qualquer segundo, pelo que dizem. Claro que *dizem* isso desde muito antes de eu vestir este uniforme. Se eu fosse você, tentaria escapar desse buraco do inferno. É sempre bom para provocar risadas. Você deveria ver o que os homens desesperados se dispõem a tentar. Pular da muralha é um modo favorito. Os caranguejos nunca passam fome na Pequena Salgada. Cavar túneis é outro. Túneis! Eu lhe pergunto, onde esses cabeças de bagre acham que estão? No meio de uma campina? Não temos nem uma colher de barro nesta ilha, no entanto esses prisioneiros enlouquecidos passam cada minuto em que estão acordados farejando um veio. Vou lhe dizer na bucha, pequeno soldado, se você encontrar alguma terra na Pequena Salgada, deve plantar uns legumes.

Conor sabia que não deveria interromper. Afinal de contas, numa existência anterior ele havia aprendido que a informação salvava vidas, e havia uma riqueza de informações a conseguir sobre este lugar. Por sorte o guarda Billtoe parecia ansioso para apresentá-la o mais rápido que conseguia tirá-la da boca.

Empurrou Conor por um corredor que era um passo mais baixo do que o resto. O piso descia num gradiente suave, com a água chegando a fluir por baixo de algumas portas.

— Estamos em casa, lá-lá-ri-lá-lá — cantarolou Billtoe. — A ala dos lunáticos. Temos de todo tipo aqui. Surdos, mudos, cegos. Pernetas, manetas. Caras que levaram uma pancada na cachola. Toda classe de lunáticos que você puder mencionar. Temos um sujeito que não diz palavras. Só números. Números o dia inteiro. Dezenas e centenas, até milhares. Parece uma porcaria de um banqueiro. Nem sabe o próprio nome, por isso a gente o chama de Números; esperto, não é?

Conor guardou esse dado. Um homem de números poderia ser útil se sua contagem significasse alguma coisa. Havia cálculos em qualquer plano.

Chegaram à porta da cela de Conor. Conor notou as dobradiças de aço e as trancas pesadas.

Billtoe virou uma chave na fechadura.

— Porta grande, não é? Essas portas são praticamente a única coisa que nós consertamos aqui. — Ele piscou para Conor. — Não dava para deixar vocês, desmiolados, andando por aí à noite, assustando uns aos outros com seus gritos chamando mamãe, contando e coisa e tal. Gosto mais quando vocês ficam dentro da cela e uivam. — Billtoe enxugou uma lágrima imaginária da bochecha. — Parece um coro de anjos. Me ajuda a dormir no tempo que passo na ilha.

O sujeito era um animal. Desprezível e imundo. Num mundo justo, ele seria prisioneiro e Conor, um homem livre. A porta se abriu, ajudada pela inclinação da parede.

— Entre, Sal. Aproveite a solidão.

Conor estava na metade do chão inclinado quando registrou as palavras. Virou-se, mas a porta já estava se fechando.

— Solidão? Onde está o sr. Wynter?

Billtoe falou através de uma fresta de luz que ia se encolhendo, entre a porta e o portal.

— Wynter? Aquele mendigo cego metido a besta? Ora, foi solto. De agora em diante, você vai ficar solitário, ordens do marechal.

Conor sentiu o peso puxando-o para o chão e estava de joelhos antes mesmo que pudesse se impedir.

O assassinato é o modo mais eficiente de impedir a superpopulação. Rezo para que nós dois, felizardos, nunca sejamos soltos.

— Você o matou — ofegou Conor.

Mas estava falando com uma porta fechada.

CAPÍTULO 9

LUZ NO FIM

A última tragédia levou Conor a se encolher no fundo da cela, chorando como um bebê. Agora estava sozinho. A amizade poderia ter iluminado o tempo passado ali. Mas agora não havia ninguém. Arrastou-se o mais para o fundo que pôde e ficou surpreso ao descobrir que a cela se estendia mais fundo na rocha do que ele havia pensado. Atrás do catre de Wynter, havia uma alcova funda, com aproximadamente a dimensão de quatro caixões empilhados. Dava para saber disso apenas pelo tato, já que nenhuma luz se estendia até o buraco negro.

Ficou ali deitado durante horas, sentindo a confiança escorregar para longe como alga drenada de uma rampa de lançamento de barcos. A nova identidade que havia criado para si mesmo se dissolveu, trazendo o pobre e desesperado Conor Broekhart à superfície.

Assim ficou, envolvido em nada além de autocomiseração, chafurdando em sonhos com a família durante toda a noite. Sonhos inúteis, fúteis. Conor teria morrido nos dias seguintes, de coração partido, se não fosse um pequeno raio de luz.

De manhã cedo acordou e viu uma linha vermelha piscando na parede oposta. Por um longo instante sonolento essa linha o deixou perplexo, parecendo nada mais do que um fantasmagórico número um, oscilando suavemente. Seria algum tipo de mensagem? Será que sua cela era assombrada? Então acordou por completo e percebeu que, evidentemente, a linha era um raio de sol. Mas vindo de onde?

Só para se distrair, decidiu investigar. Não demorou mais do que um momento para descobrir que uma fissura estreita ao longo da emenda entre dois blocos da alcova se estendia até o mundo lá fora e permitia que uma luz enfraquecida se infiltrasse. Conor bateu no bloco da esquerda com uma unha e ficou surpreso ao ver que ele se movia, roçando nos vizinhos. Cutucou com mais força e o bloco balançou sobre a base, desalojando lama seca. O bloco propriamente dito rachou, porque não era um bloco de verdade, apenas uma casca de lama seca. Conor enfiou um dedo ao longo da lateral do bloco falso e o tirou do buraco. Uma cunha de luz do sol o acertou violentamente nos olhos, cegando-o por vários segundos. Não que fosse uma luz forte, mas era a primeira luz direta que ele via em muitas horas.

Fechou os olhos, mas não virou a cabeça. O calor no rosto era maravilhoso, como um presente vindo direto da mão de Deus. Bateu nos blocos ao lado, procurando outros que fossem falsos. Mas não havia. O resto da parede era sólido como uma montanha. Um buraco apenas, do tamanho de seus dois punhos.

Agachou-se ali por um tempo, sentindo a luz quente na pele, olhando-a traçar as veias nas pálpebras, até que finalmente sentiu-se preparado para abrir os olhos. Não ficou desapontado com o que viu, porque não havia se permitido sentir qualquer esperança. O buraco era diabolicamente pequeno, e fundo também, envolto em quatro metros de rocha sólida, com céu equivalente a menos do que o tamanho de um lenço, no fim. Só um rato poderia escapar por aquele túnel, e talvez um rato grande tivesse dificuldade. E mesmo que, por algum milagre, Conor conseguisse imitar o doutor Redmond, o famoso astro da fuga, e se retorcer através daquele tubo estreito, aonde iria? O oceano o engoliria mais depressa do que uma baleia engolindo uma sardinha. Se conseguisse roubar um barco, os atiradores nas muralhas acertariam nele por esporte. Ninguém jamais havia escapado da Pequena Salgada. Nenhuma pessoa em centenas de anos.

Então aceite esta luz como um pequeno presente secreto, e nada mais, disse Conor a si mesmo. *Permita que ela aqueça seu rosto e limpe a dor de sua mente, ainda que só por um momento.*

Conor se encostou na parede, aproveitando o calor precário. Quem havia feito aquele bloco falso? E o que havia provocado o buraco? Haveria inúmeras respostas para as duas perguntas, e nenhum modo de confirmá-las.

As paredes da prisão possivelmente afundaram cerca de dois centímetros, concentrando vetores de força nesse ponto, pulverizando o bloco. Ou talvez gerações sucessivas de prisioneiros tivessem raspado a pedra com ferramentas primitivas. Erosão causada pela água salgada ou da chuva, embora isso fosse improvável em menos de um milênio. Uma combinação de todos esses fatores era o mais provável, e mais uma dezena deles.

Conor examinou o bloco de argila, que havia escondido esse tesouro de luz. Estava lascado, mas intacto. Certamente serviria para esconder o buraco durante a sua estada. Mas ele não esconderia a abertura por enquanto; Billtoe ainda demoraria um pouco para chegar. Até lá, aproveitaria o amanhecer como incontáveis prisioneiros fizeram antes. Ao inferno com suas preocupações.

Água. Uma caneca d'água seria bom.

Fechou os olhos de novo, mas imagens de seus pais o atormentaram e ele os abriu outra vez, e por um longo momento pensou que estaria sonhando ou louco. O que estava acontecendo não deveria, não podia estar acontecendo. A parede dessa alcova escondida estava iluminada, e não somente com luz do sol, mas com um estranho brilho verde e fantasmagórico. Não toda a parede, apenas linhas e pontos. Caracteres familiares. Conor percebeu que estava olhando para música. As paredes e o teto dessa alcova minúscula estavam cobertos de música.

O sr. Wynter havia dito: "Mantenho uma ópera em fogo baixo dentro da cabeça e em outros lugares."

O outro lugar era ali, numa alcova secreta. Ele teria contado esse fato, se não o tivessem matado.

Conor passou os dedos por uma série de notas que subiam e desciam como uma cordilheira.

O que era esse brilho? Como era possível?

O fantasma de Victor o atormentava.

Ande, burrinho. Nós estudamos isso. Geologia básica. E você se diz um homem do novo século.

Claro. Era coral luminoso. Só crescia sob algumas condições específicas, que deviam ter sido imitadas de modo louco nesse ambiente úmido e fechado.

Conor raspou uma fina camada de lama, revelando as placas ásperas de corais luminosos abaixo. Essa parte da cela era coral vivo, alimentado pelo gotejamento constante da água salgada. Devia ter crescido através da rocha no correr dos séculos e era ativado pela luz do sol. Que maravilha! Ele não havia esperado encontrar maravilhas ali.

Havia outras marcas também, mais fracas do que as notas musicais. Em outras letras e numa linguagem mais antiquada. Conor encontrou o diário de Zachary Cord, um envenenador confesso. E também uma maldição rabiscada por um tal de Tom Burly, denunciando o diretor do século XVII como alguém que odiava a justiça. Conor não teve problemas em aceitar isso como verdade.

Então era assim que Linus se mantinha são durante as horas solitárias. Ele havia registrado sua música na única superfície disponível — uma cripta coberta de lama — sem jamais saber que seu pergaminho era luminoso. Conor ficou com lágrimas nos olhos ao chegar à últimas notas e à palavra *Fin*, gravada com floreio considerável. Linus Wynter conseguira terminar a obra de sua vida antes de ser "libertado".

Era uma tradição nobre, esses registros, e uma tradição que Conor de repente soube que pretendia continuar. Colocaria suas ideias nas paredes dessa alcova minúscula. Na realidade o simples pensamento fez seu coração bater mais rápido. Ter uma tela onde diagramar seus projetos era mais do que ele havia esperado.

Remexeu no catre de Linus Wynter até encontrar o que sabia que deveria estar ali. Seu ponteiro mais recente. Estava escondido embaixo de uma perna do catre. O osso de frango que Billtoe havia jogado antes, com uma das extremidades raspada até formar uma ponta. Perfeito.

Conor Finn entrou na alcova, deitando-se de costas. Começaria no teto, e só desenharia até o canhão disparar.

Com movimentos confiantes, riscou seu primeiro modelo na lama úmida, permitindo que o coral verde luminoso brilhasse um instante depois. Era algo em que viera trabalhando com Victor. Um planador com leme e asas ajustáveis para equilíbrio lateral.

Na parede o diagrama era estático, mas na mente de Conor ele voava como um pássaro. *Um pássaro livre.*

CAPÍTULO 10

QUATORZE AZARADO

1894. Dois anos depois

Arthur Billtoe deu uma última mastigada num pedaço de tabaco, depois cuspiu um bocado de sumo na direção do buraco no chão. O chumaço fibroso errou o alvo, caindo direto no bico de sua própria bota.

— Sinto muito — disse o guarda, depois percebeu que havia se desculpado apenas a si mesmo, e lançou um olhar em volta, na esperança de que ninguém tivesse escutado, caso contrário poderiam achar que ele era um simplório e trancá-lo com os desmiolados.

Ninguém tinha ouvido, a não ser, talvez, Pike, e isso não importava porque Pike estava apenas a meio passo da idiotice. De qualquer modo Billtoe resolveu encobrir seu pedido atabalhoado de desculpas.

— Sinto muito — repetiu, mas desta vez mais alto. — Sinto muito pelos pobres Sais lunáticos que estão dentro da Flora esta noite.

Os guardas da prisão estavam na despensa subterrânea olhando o buraco de mergulho. Abaixo deles, Flora estava submersa dez braças nas escuras águas das Salgadas. O mar lá fora era violento e o túnel que ia até a água aberta havia se tornado uma espécie de respirador de baleia, chacoalhando o sino de mergulho a cada jato de bolhas que saía. A cada impacto, uma gargalhada ecoava na câmara.

— Sinto muito mesmo — continuou Billtoe. — É melhor eles serem ágeis, ou Flora vai arrancar um membro ou dois.

Pike não acreditava nem por um segundo que Billtoe estivesse mesmo preocupado com um prisioneiro, assim como não se preocuparia com uma haste de capim. Mas não era bom contradizer Arthur Billtoe se você estivesse abaixo dele na escala da prisão, caso contrário ele faria você trabalhar na noite de Natal na ala dos loucos.

— Não desperdice sua compaixão lendária, Arthur — disse Pike, coçando a careca.

Billtoe olhou rispidamente para o colega. Aquilo era um gracejo? Não, certamente não, vindo de um homem que achava que a eletricidade era um presente das fadas.

— Não, não se preocupe. São o Finn e o Malarkey no turno da noite.

Billtoe assentiu. Finn e Malarkey. Aqueles dois eram o melhor par de mineiros que já trabalhara no sino. O jovem Finn era o cérebro da dupla, sem dúvida, mas para onde quer que ele apontasse, Malarkey cavava com a força de um gigante.

E pensar que, dois anos antes, quando havia chegado à Pequena Salgada, Conor Finn era pouco mais do que um farrapo de um garoto destinado a uma bolsa de lona costurada e um enterro no mar. Agora era uma força nos Aríetes e uma das principais fontes de rendimento para o próprio Billtoe.

Billtoe pigarreou.

— Eu mesmo vou revistar o Finn e o Malarkey, Pike.

Pike piscou, maroto.

— Como é seu hábito, Arthur.

Billtoe ignorou a insolência. Não seria bom entrar numa discussão sobre esconderijos secretos de diamantes, mas decidiu silenciosamente mandar Pike para a supervisão das obras dos esgotos. Já era suficientemente ruim que os comentários de Pike chegassem à beira da insolência, mas Billtoe também ouvira boatos de que Pike estava vendendo informações ao ramo dos Aríetes de Kilmore sem dividir o pagamento com seu velho amigo Arthur Billtoe.

Billtoe se inclinou por cima da laje, espiando o abismo iluminado por lampiões. O sino reluzia e brilhava nas águas escuras, zumbindo a cada golpe da corrente. Através da vigia imunda, era possível enxergar movimentos vagos e sombras. Finn e Malarkey minerando, presumiu.

Boa sorte, Sais. Tragam um ovo de gansa para o tio Arthur.

Billtoe cuspiu um segundo bolo de tabaco mascado, e desta vez ele caiu no buraco, pousando na mangueira de borracha do sino.

— Hmm — grunhiu orgulhoso, piscando na direção de Pike. Depois caminhou até a escada, tentando projetar um ar de incorruptibilidade. Queria estar nas rochas quando Finn e Malarkey emergissem.

— Ei, Arthur — gritou Pike. — Você está andando engraçado. Foi aquele arenque?

Billtoe fez uma careta. Teria de fazer alguma coisa em relação a Pike.

— Não, seu corcunda, seu careca filho de uma curiosidade de circo. Estou sendo incorruptível.

— Esta seria minha segunda opção — disse Pike que, como muitos imbecis, tinha uma certa espirituosidade afiada.

Conor Finn e Otto Malarkey lutavam como demônios dentro do sino de mergulho. Suas espadas improvisadas cantavam, cortando o ar e soltavam fagulhas ao longo dos cabos. Os dois suavam copiosamente, respirando tão fundo que o nível da água subia aos seus pés. Estavam sugando o ar mais depressa do que a bomba poderia fornecê-lo.

— Sua *balestra* é desajeitada — ofegou Conor. — Mais graça, Otto. Você não é um porco num chiqueiro.

Malarkey deu um sorriso tenso.

— Os porcos são animais perigosos, Conor. Se você não tiver cuidado, eles podem derrubá-lo.

E com isso abandonou as regras da esgrima, baixando a lâmina e partindo de braços abertos para o oponente.

Conor reagiu depressa, jogou-se de barriga no chão e rolou embaixo d'água, puxando as pernas de Malarkey. O grandalhão caiu pesadamente, batendo a têmpora na curva do sino. Quando recuperou a orientação, Conor estava com o tridente enfiado sob seu queixo.

— Seu cabelo está bonito — disse Conor. — Com um brilho saudável.

Malarkey se envaideceu.

— Você não é o único que notou. Andei comendo o óleo de peixe, como você sugeriu. Está me custando uma fortuna em subornos e eu odeio o troço, mas com resultados assim vou suportar o gosto.

Conor ajudou Malarkey a se levantar.

— Você precisa treinar a *balestra*. É um salto de dança, e não um cambaleio de bêbado. Mas, afora isso, seu progresso é bom.

Malarkey coçou a testa.

— O seu também. Foi uma bela rolada. O peixe-rei não teria feito melhor. Nunca vi um lutador como você, Conor. Há a espada que é principalmente espanhola, mas com um pouco de francês. Em seguida o pugilismo que eu classificaria como inglês. Mas há as cuteladas e os chutes também, que imagino que sejam orientais. Uma vez vi um sujeito no West End. Quebrou uma tábua com o pé. Na época achei que era truque, mas agora fico feliz porque não paguei para ver.

Uma imagem de Victor relampejou atrás dos olhos de Conor. Ele a apagou com brutalidade.

— Eu aprendi algumas coisas em minhas viagens — disse.

Malarkey bufou.

— Típico Conor Finn. A maioria das pessoas aqui fica desesperada para ter alguém que escute sua história. Ficam contando às paredes quem eles são. Não o Conor Finn. Durante dois anos você está me instruindo, e nesse tempo não fiquei sabendo de mais do que uma dúzia de fatos inúteis sobre você. O mais óbvio é que sua barba é multicolorida.

Conor dobrou os joelhos, examinando na água a barba que começava a crescer. Pelo que podia notar, havia fios de louro, ruivo e até mesmo alguns grisalhos entre os fios ralos. Sem dúvida o grisalho era incomum na barba de um rapaz de dezesseis anos. Não importava. Isso lhe dava a aparência de alguém que poderia ter cinco anos a mais.

Havia mudado completamente nos últimos dois anos. Sumira o jovem magro e desengonçado que soluçou na primeira noite de prisão, e no lugar estava um rapaz alto, musculoso, empedernido, que exigia respeito de prisioneiros e guardas. As pessoas podiam não gostar dele, nem buscar sua companhia, mas também não lançariam insultos nem interfeririam em seus negócios.

— Você deveria raspar essa barba — comentou Malarkey. — Todo esse cabelo bonito, e essa barba horrível. As pessoas só notam a barba, você sabe.

Conor se empertigou. O cabelo louro era amarrado atrás com uma tira, de modo a não interferir no trabalho. Havia escurecido um pouco desde que ele andara ao sol pela última vez.

— Não sou tão preocupado em me arrumar como você, Otto. *Sou* preocupado com os negócios. Diga, como está nosso depósito?

— Ele cresce. Temos sete sacos enterrados. Todos nos canteiros de verdura.

Conor sorriu, satisfeito. Billtoe havia ordenado que fossem plantados canteiros de *Suaeda salsa*, a conselho do próprio Conor. As plantas cresciam como mato, eram resistentes ao sal e proporcionavam refeições baratas para os condenados. Isso significava algumas libras por mês que Billtoe roubava dos fundos da comida. É claro que os prisioneiros tinham de ter permissão de cuidar dos canteiros, e era então que Malarkey e seus Arietes enterravam os diamantes roubados.

— Não que eles tenham muita utilidade na terra — continuou Malarkey. — A não ser que brote um pé de diamantes, e mesmo assim Billtoe iria colher tudo.

— Confie em mim, Otto. Não pretendo ficar aqui para sempre. De algum modo vou pegar nossas pedras e mandar sua parte para o seu irmão, Zeb. Prometo, amigo.

Otto apertou os ombros dele.

— Os Arietes têm certas verbas, mas com uma riqueza nessa escala meu irmão poderia pagar suborno para eu sair daqui. Eu poderia ser um homem livre. Poderia passear pelo Hyde Park com meu cabelo magnífico.

— Vou conseguir, amigo. Ou morrerei tentando. Se você não estiver livre dentro de um ano, é porque estou morto.

Malarkey não perdeu o fôlego perguntando detalhes do plano de Conor. Conor Finn mostrava suas cartas aos poucos. Outro assunto, então:

— Badger Byrne ainda não pagou a parte dele — disse. — Que tal eu lhe dar uns tapas?

— Chega de violência, lembre-se. De qualquer modo, ouvi dizer que o Badger está com herpes-zóster. Deixe-o descansar um tempo.

Otto Malarkey franziu os lábios, frustrado.

— Descansar, Conor? Descansar? Você sempre dá a mesma resposta. Não dou uma surra desde que você recebeu a tinta.

Conor coçou a tatuagem dos Aríetes no braço.

— Não é verdade, Otto. Você quase jogou MacKenna em mar aberto.

— É verdade — admitiu Malarkey, rindo. — Mas ele é guarda. E é inglês.

— Todos os grandes estrategistas sabem quando usar a força e quando usar a razão. Alexandre da Macedônia, Napoleão.

Malarkey gargalhou.

— Ah, é, o pequeno Napô adorava a razão. Só pergunte a alguém que tenha estado em Waterloo.

— O fato é que temos sete sacos, e não tínhamos nenhum. Sete sacos. Uma bela fortuna.

— Poderiam ser sete sacos de barro — zombou Malarkey. — Até que seu plano dê certo. Não sei como você vai fazer. Nem os guardas conseguiram tirar diamantes da Pequena Salgada. Um homem precisaria de asas.

Conor olhou rapidamente para Malarkey. Será que ele saberia de alguma coisa? *Não*, pensou. *Foi só uma frase solta.*

— É — disse. — Um homem precisaria mesmo de asas.

Billtoe os esperava à beira d'água, enfiado nela até os tornozelos, para o caso de outro guarda ser mais rápido do que ele e fazer a busca.

— Muito bem, seus dois malandros cheios de escorbuto, chupadores de limão. Fiquem separados um do outro e levantem os braços.

Conor lutou contra a vontade de dar um soco naquele corrupto patético. Atacar Billtoe certamente iria satisfazê-lo brevemente, mas também provocaria uma surra que o deixaria quase morto e incapacitado. Não podia se dar ao luxo de ser incapacitado agora, quando o projeto ia tão bem. Com a coroação tão próxima.

Billtoe começou sua busca, fingindo, com estardalhaço, que era uma busca detalhada.

— Por mim você não passa com nada, Finn. Nem mesmo um pedacinho de alga. Não, senhor, Arthur Billtoe conhece todos os seus truques.

O homem estava praticamente anunciando suas intenções. *Protestando demais.*

Nesse ponto ele encontrou a pequena pedra na perna da calça de soldado de Conor, muito remendada. Sem uma palavra, enfiou o diamante na manga do casaco. Era seu pagamento por uma revista frouxa.

— Alguma novidade? — perguntou Conor, enquanto Billtoe ia até Malarkey.

Billtoe riu.

— Vocês, Sais, adoram novidades, não é? O acontecimento mais tedioso é como uma pepita de ouro para vocês.

— É mais como um diamante — disse Conor.

As mãos de Billtoe se imobilizaram nos ombros de Malarkey.

— Isso é insolência, garoto soldado? Eu ouvi alguma insolência?

Conor baixou a cabeça.

— Não, sr. Billtoe. Eu estava tentando ser bem-humorado. Simpático. Agora acho que avaliei mal o momento.

— Também acho — respondeu Billtoe, franzindo a testa, mas sua expressão melhorou ao encontrar a pedra no bolso da camisa de Otto. — Afinal de contas não há nada de errado com um pouco de humor. Afinal de contas, somos todos homens. Não iríamos querer que você achasse que nós, guardas, não temos coração no peito.

— É, sr. Billtoe. Vou trabalhar na minha entrega, acho.

— Faça isso. Agora deixe que eu *entregue* uma notícia. — Ele fez uma pausa. — Viu só? Você disse *entrega* e eu repeti na *minha* frase. Isso é que é entrega. Preste atenção, Finn, você pode aprender alguma coisa.

Só na prisão um chato desses pode ser tolerado, pensou Conor.

— Vou ficar de ouvidos abertos e boca fechada, sr. Billtoe.

— Muito bem, Finn. Você está aprendendo, ainda que devagar.

Um ano antes, Billtoe teria pontuado essa lição com uma pancada da culatra do fuzil, mas ultimamente hesitava antes de bater em Finn. Não seria bom um antagonismo desnecessário com os Aríetes e Conor Finn não era um rapaz que você iria querer pegando no seu pé. Era uma figura temível, a não ser pela barba, que agradeceria se fosse raspada.

— Pois é. Minha informação preciosa. A rainha Vitória, da Grã-Bretanha, declarou o desejo de comparecer à coroação da princesa Isabella. Não virá no dia 14, porque acredita que o número é azarado, já que perdeu um neto nessa data. Assim a coroação foi adiantada em duas semanas, para o dia primeiro do mês, se bem que Isabella ainda terá dezesseis anos. Então nós veremos os seus balões. Ou será que devo dizer os *meus* balões?

A compostura treinada de Conor quase desmoronou, revelando seu tumulto interno.

Dia primeiro. Ele não estava preparado. Nem tudo estava no lugar.

— Dia primeiro? — perguntou bruscamente. — O senhor disse primeiro, sr. Billtoe?

Billtoe riu e cuspiu.

— É, dia primeiro, Finn. Você não recebeu seu convite? Eu guardo o meu comigo o tempo todo, enfiado na minha faixa de veludo.

Os risos de mau gosto de Billtoe morreram na garganta quando ele notou a expressão de Conor. Temível era a melhor palavra para descrevê-la. E embora o prisioneiro não tivesse feito qualquer gesto agressivo, Billtoe concluiu que era melhor não cutucá-lo mais. Tomou uma decisão silenciosa de que Conor Finn teria de passar alguns dias sozinho em sua cela, para aprender um pouco de humildade, sendo Aríete ou não.

O guarda tirou as redes de diamantes de Conor e Malarkey, empurrando-os para a escada. Enfiou os dedos em meio a cerca de uma dúzia de pedras em cada rede. Os diamantes brutos eram como olhos vítreos, escorregando e tilintando. Billtoe podia ver que eram na maioria de baixa qualidade. O melhor estava em sua manga.

— Bico calado agora, vocês dois. Subam e agradeçam a Deus porque não decidi atirar em vocês sem motivo. Vocês estão vivos hoje por causa do Billtoe, jamais se esqueçam disso.

Malarkey revirou os olhos.

— Sim, sr. Billtoe. Agradecemos a Deus por isso.

Saíram do buraco para a despensa. Todo o local estava em vibração constante por causa do choque das ondas, e uma quantidade de jatos espirrava e caía a cada pulsação da água. Em todos os dias dos últimos dois anos, parecera a Conor que a mina subterrânea iria desmoronar. A cada dia ele ansiava por trabalhar acima do nível do mar, com os presos supostamente normais, mas seus pedidos eram recusados.

Ordens do palácio, dissera Billtoe. *Se Bonvilain quer você no subterrâneo, é onde você vai ficar.*

Em todo o tempo passado na ilha, Conor só tivera permissão de ir para fora uma vez, supervisionar a plantação da horta. Nesse dia, a superfície da Pequena Salgada, batida pelo sal, parecera um paraíso.

Conor piscou, despedindo-se de Otto Malarkey enquanto Pike levava o Aríete para a sua cela. Billtoe o levou para longe do prédio principal, até a porta de entrada da ala dos loucos. Como acontecia com todas as alas, não havia chave para esta porta, apenas uma pesada tranca vertical que era puxada do andar de cima. Billtoe tocou o sino, depois tirou o chapéu e mostrou o rosto ao guarda acima.

— É o lugar certo para você, Billtoe — gritou o guarda pela espia, depois levantou a tranca.

— Todo dia — murmurou Billtoe, escancarando a porta. — Todo santo dia o mesmo comentário.

Conor esperou até estarem dentro do corredor da ala dos loucos que desmoronava lentamente, antes de falar. Seus arranjos com Billtoe deveriam ser mantidos em segredo.

— Meus lençóis chegaram?

Isso animou Billtoe imediatamente. Ele havia esquecido os lençóis.

— Ah, sim. Os lençóis extras de sua majestade. Hoje ou amanhã. Não sei bem. Por que a pressa?

Conor lutou para parecer envergonhado.

— Não consigo dormir, sr. Billtoe. Minha mente convenceu meu corpo de que, se eu tivesse lençóis, como se fosse um menino na casa da minha mãe, talvez conseguisse descansar.

Billtoe assentiu para uma das chaminés dos respiradouros que havia nas paredes.

— Talvez a gente devesse enfiar você pela chaminé. Os fantasmas poderiam lhe cantar uma cantiga de ninar.

Os tubos corriam em rotas complicadas por trás das paredes da prisão. Antigamente haviam formado uma rede de ar quente, agora bem lacrada por pedras e argamassa, mas, tendo chance, os Sais ainda tentavam subir por elas, apenas para se perder nas curvas, já que um canto de pedra era idêntico a outros.

— De qualquer modo, os lençóis são contra os regulamentos — disse Billtoe, estendendo a mão vazia, apesar de já ter sido pago.

Conor apertou a mão dele, passando-lhe o diamante bruto que estivera guardando.

— Eu sei, sr. Billtoe. O senhor é um santo. Com algumas horas de sono, vou trabalhar duas vezes mais para o senhor.

Billtoe franziu os olhos, ardiloso.

— Mais do que duas vezes. Três vezes.

Conor baixou a cabeça.

— Três, então.

— E preciso de mais ideias — pressionou Billtoe. — Como a *Suaeda salsa* e os balões.

— Vou colocar o cérebro nisso. Com um pouco de sono, tenho certeza de que o sangue vai correr mais livremente. Tenho uma ideia para um revólver de doze tiros.

— Não sei — disse Billtoe franzindo a testa. — Uma coisa é deixar os prisioneiros cavarem uma horta ou desenhar um balão, mas brincar com armas de fogo...

Conor deu de ombros.

— Pense nisso, sr. Billtoe. Há muito dinheiro a ganhar com armas. Poderíamos ser sócios depois da minha soltura.

A cobiça brilhou nos olhos de Billtoe como febre amarela. Sócios? Improvável. Se o revólver de doze tiros de Finn funcionasse, a ideia seria de Arthur Billtoe. Lençóis eram um preço pequeno a pagar.

— Sócios, então. Vou conseguir os lençóis para o seu próximo turno.

— Seda — lembrou Conor. — Devem ser de seda. Quando era criança, eu tinha seda.

Billtoe empacou, depois se conteve. Um revólver de doze tiros. Seu nome entraria para a história, junto com Colt e Remington.

— Muito bem, Finn. Mas estou avisando, é melhor que esses seus balões funcionem no dia. Se não, você vai sofrer.

Se meus balões não funcionarem, eu vou mais do que sofrer, pensou Connor. *Vou morrer.*

Durante o aprisionamento na Pequena Salgada, Conor havia conseguido negociar alguns confortos básicos. Um balde de argamassa ficava numa pedra e era usado para remendar as paredes que choravam. Um kit de costura para consertar o uniforme gasto estava enrolado em couro e pendurado num gancho. Ele até havia conseguido um colchão de palha para a cama. O catre de Linus Wynter fora convertido em mesa, onde ele podia estudar os poucos textos que Billtoe havia considerado inofensivos, e trabalhar nos projetos para seus ardis aprovados, como a horta de *Suaeda salsa* e os balões da coroação.

Na verdade a horta não fora ideia de Conor. Victor havia falado sobre isso durante uma de suas aulas sobre horticultura. O parisiense chegara a escrever para o rei Nicholas sobre a introdução daquele vegetal nas Salgadas. As vantagens de um canteiro assim eram três, explicara ele. Permitiria que os prisioneiros fizessem algum exercício ao ar livre, ensinaria uma habilidade valiosa e a *Suaeda salsa* propriamente dita acrescentaria um vegetal, coisa muito necessária, às refeições da prisão.

Era uma ideia inofensiva, apresentada por Conor para ganhar a confiança de Billtoe. Não havia desvantagens nem possibilidade de fuga ou ferimentos. Ninguém jamais havia morrido devido ao ataque de um vegetal. Os balões da coroação foram a sugestão seguinte de Conor. Billtoe havia agarrado ansiosamente a ideia, emproado com o sucesso do canteiro. Na mente de Billtoe, os balões da coroação eram sua passagem para a promoção, mas na verdade eram a passagem de Conor para a liberdade.

Existiam vários grandes obstáculos entre Conor e a fuga para o continente. Havia trancas, claro, e as portas ao redor, e as paredes onde as portas eram engastadas, e os guardas de serviço do lado de fora dessas paredes. Mas a principal dificuldade era a ilha em si. Mesmo que um interno pudesse passar pelas paredes da prisão como um espectro, ainda havia cerca de 4 quilômetros de oceano entre ele e o povoado irlandês de Kilmore Quay.

Esse trecho de oceano, em particular, era notoriamente inseguro, com ondas fortes e correntezas por baixo da superfície que pareciam agentes malignos de Posseidon. Um número tão grande de embarcações havia se perdido nesse trecho do canal de São Jorge que a Marinha britânica o pintava de vermelho em seus mapas. E mesmo que os mares não ajudassem a um fugitivo, os famosos Atiradores das Salgadas fariam alguns buracos em sua nuca. E assim, nadar para a costa não era uma opção realista. Não, o único modo de escapar da Pequena Salgada era voando, e era aí que entravam os balões da coroação imaginados por Conor.

Seria um acréscimo espetacular às comemorações da coroação, dissera ele a Billtoe uma noite, enquanto caminhavam até o tubo, *se os Atiradores das Salgadas pudessem acertar balões de ar quente no céu noturno. Que demonstração de habilidade!*

Billtoe não ficou convencido.

Atirar em balões. Ele fungou. *Truque de criança.*

Conor estava esperando essa reação.

Mas e se os balões estivessem cheios de fogos de artifício chineses?, perguntara ele. *Quando fossem acertados, iluminariam o céu noturno com uma fiada de explosões espetaculares.*

Billtoe parou de fungar. *Explosões espetaculares, é?*

É uma invenção nova em folha, prosseguiu Conor. *Isso nunca foi visto. O marechal Bonvilain ficaria extremamente impressionado.*

Impressionar o marechal é uma coisa boa, pensou Billtoe.

Os balões de Billtoe, é como o povo irá chamá-los. No ano seguinte estarão lançando-os em Londres, em Paris, na próxima Feira Mundial.

Os olhos do guarda ficaram vítreos, perdidos em sonhos de fama e fortuna. Então ele voltou a si.

Nunca seria permitido. Prisioneiros trabalhando com pólvora. Impossível.

Não preciso trabalhar com pólvora, dissera Conor em tom tranquilizador. *Só preciso de papel e tinta para desenhar os balões. Mande fazê-los na Grande Salgada, se quiser, mas certifique-se de que sejam amarrados às nossas muralhas, para uma demonstração impressionante.*

Billtoe assentiu lentamente. *Você só precisa de papel e tinta?*

E talvez um dia acima do solo, como recompensa. Um dia por semana, é só o que peço.

Agora Billtoe sentiu que a vantagem era sua.

Ah, então é isso. Você quer que eu desafie o próprio marechal Bonvilain.

Um dia. Pode até ser uma caminhada à noite. Preciso respirar o ar, sr. Billtoe. Esses balões podem torná-lo rico. O senhor será famoso.

Billtoe enfiou um pedaço de tabaco sob o lábio, demorando vários instantes para pensar.

Vou lhe dar o papel e a tinta e mandarei construir um único balão na Grande Salgada, à minha custa. Se o teste for bem-sucedido, você terá seu dia do lado de fora depois da coroação. Se não, vou tirar de sua cela qualquer coisa que lembre conforto, e na próxima vez que a luz do sol cair nos seus olhos você estará morto demais para apreciar.

O teste fora bem-sucedido, espetacularmente, e de imediato Bonvilain aprovou a construção de vários balões de fogos de artifício numa pequena oficina da Grande Salgada. O marechal era sempre ansioso para demonstrar a sofisticação da ilha aos dignitários visitantes, e os balões de fogos de artifício serviriam como uma deliciosa demonstração de inovação e uma lembrança arrepiante da destreza dos Atiradores.

O marechal garantiu jovialmente ao guarda Billtoe que os balões teriam de fato seu nome, se explodissem com sucesso na noite. Não somente isso, mas ele receberia uma comenda e uma pensão generosa por seus esforços. Na verdade Billtoe nunca vira o marechal tão feliz. Ele chegou a sugerir que Billtoe poderia ser mandado a várias capitais estrangeiras para fazer demonstrações com os balões. Billtoe saiu da audiência reluzindo e bem disposto com relação a Conor Finn.

Os balões explosivos eram inventos inteligentes, e Bonvilain não acreditou nem por um segundo que a ideia fosse de Billtoe, mas o teste fora um sucesso tão ofuscante que ele não se importou em saber de quem seu guarda havia roubado a invenção. Dera certo, e nem os ingleses nem os franceses tinham algo igual.

Cada balão pirotécnico era um simples balão de hidrogênio lacrado, coberto com tinta à base de fósforo. Dentro do balão havia um pacote de fogos de artifício e um pavio curto. Tudo que o atirador precisava era acertar o centro do balão reluzente com uma bala de nitroglicerina. O hidrogênio iria sofrer ignição, acendendo o pavio do maço de fogos de artifício.

Para diversão da rainha Vitória, os atiradores de Bonvilain acertariam os balões a uma distância de cerca de um quilômetro e meio. Seria um final espetacular para as comemorações da coroação.

Conor não havia dado a ideia a Billtoe por um desejo patriótico de empolgar a plateia da coroação. Se tudo acontecesse segundo o plano, um dos balões teria uma carga extra. Uma carga humana.

Mas agora, por causa da superstição da rainha Vitória, a coroação seria adiantada e ele não estava pronto. Os lençóis vitais continuavam num armário na Grande Salgada. Seus planos estavam incompletos. Ser atrapalhado agora, depois de tramar durante meses, seria um golpe cruel.

Conor se arrastou até o nicho atrás da cama, a qual ainda pensava ser de Wynter, tirando o tijolo falso. Raios de sol vermelhos inundaram o espaço, penetrando no coral, que bebeu a luz e a converteu em energia verde. Havia muito tempo ele trocara o trabalho diurno pelo turno da noite, para ter mais luz do dia com que fazer seus planos.

Em menos de um minuto toda a cela reluzia com milhares de cálculos, esquemas e plantas. Um tesouro de ciência trazido à vida pela natureza. As paredes tinham dezenas de esboços de balões, planadores e máquinas voadoras mais pesadas que o ar. Essas imagens rabiscadas representavam dois anos de estudo obsessivo. Todos os registros anteriores tinham sido cobertos por escritas, menos os quatro últimos compassos da ópera de Linus Wynter e a palavra *Fin*.

Nos primeiros meses, os sonhos com as máquinas haviam bastado para alimentar Conor durante as longas horas solitárias, mas ninguém pode ficar no ar para sempre, nem nos sonhos. E assim era necessário um propósito para suas máquinas voadoras. Um local onde pousar.

Conor Broekhart teria voado até os pais, até Isabella, mas em dois anos eles não haviam questionado sequer por uma vez a versão dos acontecimentos dada por Bonvilain. Se tivessem, certamente ele receberia uma visita ou uma mensagem. Isabella poderia tê-lo salvado. Poderia ter balançado um dedo real e feito com que ele fosse perdoado ou banido, caso seu amor juvenil tivesse significado alguma coisa para ela. Obviamente não. Ele fora abandonado e desprezado. O jovem Conor sentia essas coisas com tanta certeza quanto sentia a rocha fria sob os pés. E assim seu coração endureceu e o altruísmo foi substituído pelo egoísmo.

Conor Finn assumiu o comando e Conor Broekhart foi deslocado. E enquanto Broekhart possuía nobreza, Finn tinha interesse próprio. Ele ficaria rico roubando das pessoas que haviam roubado sua vida. As Ilhas Salgadas pagariam pelos últimos dois anos. Um diamante por dia. E assim que tivesse dinheiro suficiente, compraria a liberdade de Otto, depois marcaria uma passagem para a América e começaria a vida de novo. Este era o plano, que o mantinha vivo com tanta firmeza quanto seus batimentos cardíacos.

De repente o dia da coroação foi alterado e seus esquemas se despedaçaram como espelhos partidos, e restavam apenas dias para juntar os pedaços.

Conor ficou deitado no chão irregular, com a água salgada escurecendo suas roupas, estudando os planos. Precisava memorizar os projetos agora, depois destruí-los. Esses projetos seriam valiosos para qualquer Exército no mundo, mas especialmente para Bonvilain. E o maior tormento que Conor poderia imaginar era a ideia de que, de algum modo, havia ajudado o marechal Hugo Bonvilain.

Acompanhou cada linha com o dedo indicador. Cada plano, cada torção de hélice, cada cabo e leme, as flechas que denotavam o fluxo de ar, até mesmo as nuvens de fantasia que seu lado artístico havia desenhado quase inconscientemente. Assim que um planador, um balão ou um aeroplano ficava na memória, ele esfregava lama sobre o projeto, batendo-a em cada reentrância.

Ao pôr do sol, aqueles projetos incríveis só existiam dentro da cabeça de Conor Finn.

Naquela noite Billtoe chegou trinta minutos atrasado, enrolado da cabeça aos pés em lençóis de seda.

— Ajoelhe-se diante de mim — entoou ele. — Sou o imperador de Roma, sou sim. Arthur Billtoe César.

Conor estava esperando junto à porta e ficou consternado ao ver o salto da bota de Billtoe pisando na bainha de um lençol. Já teria costuras suficientes a fazer, sem ter de consertar rasgos.

— Meus lençóis — disse em voz estrangulada.

Billtoe parou com a brincadeira. O prisioneiro Finn estava de novo com aquela expressão no rosto. A temível.

— Estão aí — disse ele, subitamente ansioso para sair daquele cômodo minúsculo. — E enquanto estiver dormindo neles, sonhe com aquele revólver de doze tiros, sócio.

Sócio, pensou Conor, em dúvida. *Como se Arthur Billtoe algum dia aceitasse um prisioneiro como sócio.*

Conor pegou os lençóis jogados, colocando-os cuidadosamente na cama.

— Obrigado, sr. Billtoe. Isso significa o mundo para mim. Isso e minhas caminhadas ao ar livre.

Billtoe balançou o dedo.

— Depois da coroação, garoto soldado. *Depois*.

— Claro — disse Conor, contrito. — Depois. — E deu um passo tímido adiante. — Eu esperava ter os projetos do revólver prontos para a coroação. Talvez, se eu não precisasse trabalhar nas próximas noites...

Billtoe recuou para fora da cela.

— Nem peça, garoto soldado. Isso está começando a parecer um relacionamento. Como se nós *fizéssemos* coisas um para o outro. Favores ou algo assim. Bom, não é um relacionamento. Pelo menos não do tipo amigável. Faça o que puder para impedir que eu me sente na sua garganta à noite. Só isso.

Conor sabia que não deveria reclamar. Assim que Billtoe entrava num caminho, tentar mudar o rumo só o faria correr por ele mais depressa.

— Desculpe, sr. Billtoe. Claro que o senhor está absolutamente correto. Há trabalho que precisa ser feito.

Conor estendeu as mãos para as algemas, como havia feito a cada dia dos últimos dois anos. E assim como nos últimos dois anos, Arthur Billtoe as apertou o suficiente para beliscar a pele. Outros guardas paravam de algemar seus presos depois de um tempo, mas não Billtoe. O cuidado tomava apenas alguns segundos, mas podia manter a pessoa viva durante anos. Billtoe não tinha intenção de acabar os dias com a cabeça arrebentada por algum prisioneiro chupador de olho que tivesse perdido a vontade de viver e a substituído pelo desejo de cometer suicídio.

— Isso mesmo, Sal. Aqueles diamantes não vão pular do chão para o tesouro real sozinhos, não é?

Conor se encolheu quando o aço mordeu sua carne.

Mais dois dias, pensou, fazendo o máximo para esconder o ódio contra Billtoe atrás de uma máscara de aquiescência. *Mais dois dias, depois posso começar a coletar meus diamantes.*

Billtoe também estava pensando.

Este aí não está dobrado. Ele parece dobrado, mas seus olhos queimam. Terei de ficar de olho no sr. Conor Finn.

Conor Finn era importante para Billtoe, e não somente por causa das ideias inteligentes e pela calma que ele parecia ter gerado nas fileiras dos Aríetes. Era importante porque frequentemente o marechal Bonvilain perguntava sobre a saúde do sujeito. Havia uma história em algum lugar do passado do garoto soldado, mas Billtoe não tinha vontade de descobrir as especificidades. Não era saudável ter o marechal pensando em até que ponto um homem conseguia manter a boca fechada. Ele poderia decidir que o homem em questão guardaria o silêncio melhor no fundo do oceano, com apenas os caranguejos para conhecer o conteúdo de seu cérebro.

Billtoe estremeceu. Algumas vezes sua mente conjurava as imagens mais repulsivas. Talvez fossem lembranças que escorriam das paredes da Pequena Salgada.

— Pareça animado, Sal. Há mais de vocês a serem vigiados, e só um Billtoe para vigiar.

Com um último olhar de lamento para os preciosos lençóis na cama, Conor seguiu Billtoe pela porta, até o corredor meio inundado. Naquele dia havia uma maré de primavera e a água salgada corria nas reentrâncias abertas na argamassa pela erosão. Conor jurou ter visto uma enguia se retorcendo na torrente minúscula. Toda aquela ala era uma armadilha mortal, e era assim havia séculos. Quando chegara, havia sinais das reformas planejadas pelo rei Nicholas: andaimes, escadas e coisas do tipo. Mas tudo isso havia desaparecido dias depois da morte do rei.

Não. Não foi simplesmente morte, pensou Conor. *Assassinato. A vida dele foi roubada, assim como a minha.*

Mas logo ele iria roubá-la de volta.

Os dias seguintes passaram num borrão de trabalho febril. À noite Conor minerava no tubo, sugando o ar oleoso do sino quase tão depressa quanto a equipe da bomba podia mandá-lo pela mangueira. De dia, trabalhava nos lençóis, costurando-os com pedaços de fio que havia barganhado e cortando-os com uma pedra afiada nas paredes da cela. Havia doze painéis para cortar, embainhar e costurar. A seda não era de trama tão fechada quanto ele gostaria, mas não havia nada a fazer com relação a isso. Teria de servir. O trabalho era falho, Conor sabia, mas como poderia ser exato com a luz fraca, materiais improvisados e nenhuma experiência? Provavelmente estava costurando uma mortalha para si mesmo, mas até a ideia de uma morte rápida tinha mais conforto do que uma vida inteira nesta cela.

Na noite anterior à coroação, Conor quase se denunciou. Exausto pela costura e pelo trabalho de mineração, começou a se comportar como o lunático que supostamente era. Quando Billtoe o pegou para seu turno de trabalho, o rosto de Conor estava derrubado como um pano escorrido e seus lábios balançavam em murmúrios roncos.

Ele está se dobrando, pensou Billtoe satisfeito. *Foram os lençóis que fizeram isso. Algumas vezes as lembranças de casa são poderosas demais para suportar. Agora o trabalho será rápido; ele vai ficar desesperado para me agradar.*

O guarda apertou as algemas e foi na frente, pelo corredor inundado. Perguntou sobre o progresso de Conor com o revólver, mas só ouviu em resposta uma arenga de contagem.

Billtoe parou de repente, com pequenas ondulações correndo para longe dos saltos das botas.

— O que você está dizendo? Números, é? Alguma contagem?

Conor mal conseguiu evitar um empurrão em seu guarda. Estivera fazendo uma contagem. Uma contagem vital e secreta. Percebeu que um escorregão da fala poderia ser desastroso para seu plano.

— Uma musiquinha de quando eu era criança, sr. Billtoe — murmurou ruborizado. — Só isso.

Billtoe o encarou.

— Você está vermelho como uma lagosta cozida, garoto soldado. Está tramando alguma coisa? Algum plano com números?

Conor baixou a cabeça.

— Só estou sem graça. Aqueles lençóis me fizeram pensar na minha mãe. Nas músicas que ela cantava para mim.

Billtoe gargalhou. Talvez Conor Finn não fosse tão temível quanto achavam. Afinal de contas, ele vira homens maiores com o lencinho da mamãe apertado numa das mãos e uma adaga sangrenta na outra.

— Controle-se — aconselhou ao prisioneiro. — Um sino de mergulho não é lugar para ficar sonhando acordado. Senão, logo você vai para o céu.

Quase, pensou Conor. *Quase mesmo.*

O último dia passou num redemoinho. Durante meses o tempo havia zombado dele, prolongando-se elasticamente. Cada segundo era um abismo bocejando. Mas agora não havia tempo suficiente em que espremer o dia de trabalho. Para Conor, simplesmente passar o fio numa agulha parecia demorar uma eternidade. Sua mente aguçada estava turva de medo. Por duas vezes costurou de cabeça para baixo trechos de seu dispositivo e foi obrigado a desfazer os pontos. O suor pingava constantemente da testa, molhando os lençóis de seda.

Isso é ridículo. Sou um cientista. Veja isto como uma experiência.

Não adiantava. Não conseguia se acalmar. O espectro do fracasso batia em seu ombro no ritmo da água que pingava do teto. Certamente haveria outros planos, já possuía os ossos de meia dúzia deles. Alguns mais complicados, outros menos. Havia projetado um capacete de mergulho, como um sino em miniatura, que deveria conter ar suficiente para levá-lo ao mar aberto, e depois disso poderia inflar manualmente uma bexiga de porco e nadar até a costa à noite. Juntar os materiais para esse plano demoraria cinco anos, no mínimo.

Mais cinco anos. Insuportável.

Conor redobrou os esforços, piscando para afastar a névoa dos olhos, apertando as pontas dos dedos até o tremor parar. A coroação aconteceria nesta noite e ele precisava estar preparado.

CAPÍTULO 11

À RAINHA SUA COROA

Os ilhéus das Salgadas estavam se preparando para a celebração. O iate real britânico, o HMY *Victoria and Albert II*, um vapor de roda d'água e 360 pés, balançava régio na baía de Fulmar, com as ondas do canal de São Jorge inclinando-o suavemente como os dedos de uma criança fariam com um balão de borracha. A própria rainha estava acomodada, toda feliz, num dos suntuosos apartamentos do palácio. Seu diário registra: *Acho maravilhosamente empolgante o ar de diligência neste pequeno reino. Olhando da varanda de meu quarto o comércio lá embaixo, quase dá para sentir que chegamos à Lilliput de Swift.*

Praticamente cada trecho dos oitenta hectares da Grande Salgada havia sido apropriado para as comemorações. O Pico Sul estava enfeitado com agrupamentos de mastros decorados com bandeiras vermelhas e douradas. As ruas de Fortaleza do Promontório estavam pintadas com tiras das mesmas cores. Cada homem que possuía um martelo batia em pregos, e cada homem sem um martelo pendurava enfeites nesses pregos. Até os deuses do clima vinham se mostrando benevolentes nesse dia, derramando luz do sol sobre o pequeno principado, fazendo as ondas dançarem com fagulhas.

Os penhascos do sul perderam parte do ar sombrio, cercados por barbas de espuma branca.

Para os cavalheiros da imprensa mundial, o reino das Salgadas parecia um oásis de calma em meio à consternação política da Europa. Sentavam-se em tavernas à beira da água, na baía de Fulmar, queimando as goelas com as tradicionais panquecas de gaivota apimentadas e refrescando-as depois com canecas de cerveja irlandesa. Nenhum jornalista tinha permissão de ir à Pequena Salgada, e ninguém que pudesse puxar esse assunto foi convidado.

Na superfície, a felicidade e o contentamento abundavam, mas, como em muitas coisas, a superfície era enganosa. Muitos no reino estavam infelizes. Os impostos haviam sido reintroduzidos, além de pesados tributos sobre a importação. Os serviços públicos foram tão restringidos que eram quase inexistentes, e fora concedida residência a um punhado de personagens escusos que depois foram elevados e receberam cargos no Exército das Salgadas, e os melhores alojamentos também. Na maioria eram veteranos cheios de cicatrizes, desembarcando no porto com sacos de armas chacoalhando. Bonvilain estava preenchendo suas fileiras com mercenários e afastando os recrutas inexperientes. Muitos diziam que montava seu exército particular, mas o marechal afirmava que estava meramente protegendo a princesa contra revolucionários.

De vez em quando o capitão Declan Broekhart questionava com veemência a política de Bonvilain, mas agora se encontrava cercado demais por seus próprios demônios. Catherine Broekhart também era assombrada pela tristeza, mas a escondia por causa de seu bebê de dezoito meses, Sean.

Declan era consumido e arrasado pelo sofrimento. Usava-o como uma capa. Agora ela fazia mais parte dele do que seus olhos e ouvidos. Ela tomava sua fome e sua força. Comia seus músculos e sua estatura. Declan Broekhart envelhecera antes do tempo.

Frequentemente Catherine o encorajava a lutar para sair do humor sombrio.

— Temos outro filho agora, Declan. O pequeno Sean precisa do pai.

A resposta era sempre uma variação do seguinte:

— Não sou pai. Conor morreu no *meu* posto, cumprindo o *meu* dever. Minha vida se foi. Exaurida. Sou um homem morto que ainda respira.

Declan Broekhart evitava o contato próximo, ansioso por receber punição. Tornou-se um homem de poucas falas e pavio curto. Retornou aos deveres no palácio, mas seus modos haviam mudado. Onde antes havia inspirado devoção, agora os homens obedeciam pelo medo. Declan forçava seus homens, castigando soldados honestos que haviam estado junto dele durante anos. Nenhuma falha no cumprimento do dever ficava sem punição, por menor que fosse. Declan rondava à noite a muralha da Grande Salgada, totalmente vestido de preto, procurando alguma sentinela desatenta. Rebaixava soldados, retinha o pagamento e numa ocasião expulsou um vigia por ter cochilado na guarita de guarda.

Este último evento havia acontecido três dias antes da coroação, quando Declan estava mais tenso. Quando lhe deram a notícia de que o vigia castigado estava exausto pois tinha filhos recém-nascidos gêmeos e sua mulher ainda estava em repouso, Catherine achou que o marido voltaria ao bom senso. Mas, em vez disso, Declan Broekhart ficou ainda mais frio.

O pequeno Sean chorava no quarto, com o sono do meio-dia atrapalhado.

Catherine enxugou os olhos, para que o bebê a visse feliz.

— Você acha que Conor desejaria isso? — perguntou, fazendo uma última tentativa. — Acha que ele olha lá de cima, de um céu de herói, e se regozija ao ver o que o pai se tornou?

Declan se rachou, mas não se quebrou.

— E o que eu me tornei, Catherine? Ainda não sou um homem que cumpre os seus deveres do melhor modo que pode?

Os olhos de Catherine faíscaram através das últimas lágrimas.

— Os do *capitão* Broekhart, certamente. Mas os de *Declan* Broekhart, marido e pai? Como você mesmo diz, esses deveres estão negligenciados há um bom tempo.

Com essas palavras ásperas Catherine deixou o marido com seus pensamentos. Quando teve certeza de que ela não podia mas vê-lo, Declan Broekhart apertou a cabeça entre as mãos, como se pudesse expulsar a dor.

Declan jamais havia se recuperado da suposta morte de Conor, e talvez nunca se recuperasse, se dois eventos não tivessem acontecido, um depois do outro, no dia da coroação de Isabella. Sozinhos, cada um desses eventos poderia não bastar para tirá-lo do estupor, mas juntos se complementaram, sacudindo a letargia dos ossos de Declan Broekhart.

O primeiro foi uma coisa simples. Comum e rápida, o tipo de acontecimento familiar que geralmente não se qualificaria como um evento. Mas, para Declan, algo naqueles poucos segundos aqueceu seu coração e o lançou na estrada da recuperação. Mais tarde iria se perguntar com frequência se Catherine havia engendrado o pequeno incidente ou, por sinal, o segundo também. Questionava-a repetidamente, mas ela não admitia nem negava nada.

O que aconteceu foi o seguinte: o pequeno Sean veio bamboleando do quarto, inseguro nas pernas gorduchas. Quando Conor tinha essa idade, Declan chamava suas pernas de *salsichas gordas* e os dois rolavam no tapete como um cachorro com o filhote, mas ele mal notava Sean, deixando a criação do filho por conta de Catherine.

— Papá — disse o bebê, meio decepcionado porque a mãe não estava à vista. O papá o ignorou. Papá não era fonte de comida nem diversão, por isso o pequeno Sean continuou andando até a janela saliente, que estava aberta. Em seguida ficava a varanda, e depois um corrimão baixo, de ferro fundido. Nem de longe o suficiente para conter um menino curioso.

— Catherine — chamou Declan, mas a esposa não apareceu. Sean rodeou uma poltrona, desviando-se ligeiramente a estibordo, seguindo para a janela.

— Catherine. O garoto. Está perto da janela.

Ainda assim não houve sinal nem resposta de Catherine, e agora o pequeno Sean estava no parapeito, com um dos pés levantado para passar por cima.

Declan não teve opção além de agir. Com um grunhido de irritação, deu os dois passos necessários para chegar à criança. Não era uma tarefa tão complicada, a não ser que se considerasse que esta fosse talvez a quinta vez que Declan

Broekhart punha as mãos no filho. E nesse exato momento o menino se virou, girando no calcanhar, como só os muito pequenos conseguem, e os dedos de Declan roçaram a bochecha de Sean. Seus olhos se encontraram e o menino levantou a mão, puxando o lábio inferior do pai.

O contato foi mágico. Declan sentiu um choque atravessando o coração ao perceber que era a primeira vez que enxergava Sean como ele próprio, e não como uma sombra do irmão morto.

— Ah, meu filho — disse, levantando-o e apertando-o contra o corpo. — Você deve ficar longe da janela; é perigosa. Fique aqui comigo.

Declan estava na metade do caminho de volta à vida. Talvez tivesse continuado a jornada aos arrancos, com um sorriso ocasional compartilhado, uma ou outra história para dormir, mas então houve uma batida na porta da frente. Várias batidas, na verdade. Batidas régias.

Antes que Declan tivesse chance de registrar os sons, a porta se escancarou e um de seus homens passou pela soleira, segurando a porta aberta para a princesa Isabella.

Declan foi apanhado abraçando o filho com ternura, uma ação muito pouco ao estilo Broekhart. Franziu a testa duas vezes, uma para o soldado: um alerta para guardar consigo o que tinha visto. Uma segunda para a princesa Isabella, que estava com todos os mantos da coroação. Uma visão em seda e cetim, ouro e carmim, mais linda do que até mesmo seu pai poderia ter sonhado. O que ela poderia estar fazendo ali? Logo nesse dia?

Isabella abriu a boca para falar. A princesa havia preparado o discurso. Declan tinha requisitado serviço na Muralha durante a cerimônia, mas ela precisava dele ao lado, principalmente hoje. Ela sentia falta de Conor e do pai mais do que nunca, e o único modo de suportar a cerimônia seria se o homem que ela considerava seu *segundo* pai lhe fosse devolvido. E não simplesmente no corpo, mas no espírito. Hoje Declan Broekhart devia se lembrar do homem que ele fora.

Um belo discurso; obviamente a garota seria uma ótima rainha. No entanto, ninguém ouviu as palavras, porque no momento em que Isabella pousou os olhos em Declan abraçando o filho, sua postura se afrouxou, passando de rainha para menina, e ela se jogou contra o peito dele, chorando. Declan Broekhart não teve alternativa além de envolver com o braço livre a princesa que chorava.

— Pronto, pronto — disse inseguro. — Tudo bem.

— Preciso de você — soluçou Isabella. — Ao meu lado. Sempre.

Declan sentiu lágrimas se juntando nas pálpebras.

— Claro, majestade.

Isabella bateu no peito largo dele com o punho delicado.

— Preciso de *você*, Declan. De *você*.

— Sim, Isabella — respondeu Declan, rouco. — Ao seu lado. Sempre.

Catherine Broekhart saiu da varanda onde estivera esperando e se juntou ao abraço. O guarda perto da porta sentiu-se tentado, mas decidiu não participar.

A coroação foi um acontecimento extraordinário, com clérigos, veludos e cantos em latim suficientes para manter um mosteiro funcionando durante algumas décadas. Tudo foi meio turvo para Declan Broekhart, que se instalou atrás de sua rainha no altar, para poder ficar ali sorrindo, encorajando, quando ela o procurasse, coisa que aconteceu com frequência.

Pouco depois de o núncio papal baixar a coroa, Declan notou o vestido da esposa.

— Vestido novo? — sussurrou. — Achei que nós não viríamos.

Catherine deu um sorriso malicioso.

— É, você achou, não foi?

Declan sentiu no peito um brilho que reconheceu como felicidade cautelosa. Era uma emoção agridoce, sem Conor ali, do seu lado.

Voltaram na carruagem real da igreja de São Cristóvão para a Fortaleza do Promontório, mas na verdade agora a cidade cobria quase cada metro da ilha. À medida que a população aumentava, as casas cresciam para cima, e não para fora, e se espremiam em qualquer espaço disponível. A cidade amontoada fez Declan se lembrar da Estrada do Gigante, uma caótica colmeia de colunas de basalto no norte da Irlanda. Mas estas colunas estavam marcadas por portas e janelas cobertas pelas tradicionais cores fortes das casas das Ilhas Salgadas. Quanto aos ilhéus, parecia que todos estavam na rua, junto com metade da Irlanda, gritando pela bela rainha a ponto de ficarem roucos.

A carruagem era compartilhada com o marechal Bonvilain, que usava uniforme cerimonial completo, inclusive uma toga dos Cavaleiros da Santa Cruz usada frouxa por cima de tudo. Os Templários das Salgadas eram o único ramo que havia sobrevivido ao expurgo feito pelo papa Clemente V no século XIV. Nem mesmo o Vaticano queria se arriscar a prejudicar o suprimento de diamantes.

Bonvilain se aproveitou da distração da nova rainha para se inclinar e sussurrar para Declan:

— Como está, Declan? Fiquei surpreso ao vê-lo aqui.

— Eu também, Hugo. Eu não havia planejado vir, mas estou feliz ao ver meus planos mudados.

Bonvilain sorriu.

— Estou feliz também. É bom para os homens ver seu rosto. Mantém todos em alerta. Por sinal, foi um bom trabalho dispensar aquela sentinela. Sentinelas dormindo são o tipo de abertura de que os rebeldes precisam. Basta uma rachadura na parede e eles entram. E não preciso lhe dizer as dores que eles provocam.

Declan assentiu, tenso, mas na verdade o discurso de Bonvilain pareceu meio oco naquele dia. Houvera pouca atividade rebelde durante muitos meses, e algumas das prisões feitas pelo marechal haviam se baseado em provas extremamente frágeis.

Bonvilain notou a expressão do capitão.

— Discorda, Declan? Certamente não. Depois de tudo que os Broekhart passaram?

Declan sentiu os dedos da esposa apertarem os seus. Olhou para além do rosto luminoso de Isabella, através da janela, para as cabeças de uma centena de ilhéus e a névoa azul do céu e do mar.

— Não discordo, marechal. Só preciso pensar em outra coisa hoje. Minha esposa e minha rainha precisam de mim. Pelo menos por hoje.

— Claro — disse Bonvilain, com o tom gracioso, mas os olhos estavam duros e os dentes trincados por trás dos lábios.

Broekhart se recupera, pensou. *Seus escrúpulos já estão retornando. Quanto tempo se passará até que o cão morda o dono?*

Hugo Bonvilain balançou a mão enluvada para os cidadãos que aplaudiam na rua.

Melhor não correr riscos. Talvez seja hora da pequena chantagem. Declan Broekhart não poderia suportar a perda do filho mais velho pela segunda vez.

Pequena Salgada

Conor estava pronto para fugir. A costura havia terminado. Uma costura dupla seria melhor, mas não restava nenhum pedaço de linha. O dispositivo não ficaria melhor do que estava.

Os sons dos festejos chegavam da Muralha da Grande Salgada. Cantos, aplausos, batidas de pés. Um grande ajuntamento. Mil rostos banhados pelo brilho dos lampiões na muralha. Conor imaginou as multidões enfileiradas esperando a grande demonstração de fogos de artifício. Parecia que as próprias paredes da prisão tremiam, ainda que um trecho de oceano separasse os prisioneiros da festa.

A empolgação pela festa havia se comunicado através da prisão e muitos prisioneiros gritavam pelas janelas ou arrastavam canecas de estanho nas grades.

De modo surpreendente, talvez, a maioria dos internos tinha inclinações monarquistas apesar de estar encarcerada pelo bel-prazer de sua majestade. Um coro rouco de "Defenda a Muralha", o hino nacional das Salgadas, ricocheteava nas paredes e passava sob a porta da cela de Conor.

Ele se pegou cantarolando junto. Era estranho ouvir as palavras *rei Nicholas* já substituídas por *rainha Isabella*.

Como você pode acreditar nas mentiras de Bonvilain? Por que não mandou me buscar, Isabella?

A confusão fazia brotar suor em sua testa e Conor sentiu a força daquilo nublando o cérebro. Seus sentidos confundiam a mente. Visão, tato, olfato. Sujeira nas rugas da testa. A porta da cela parecia se sacudir no portal. Suor, umidade e coisa pior, tirada da cela. Fechou os olhos, respirando fundo pelo nariz. Um dos truques de Victor, trazido do Oriente.

Respire o ar frio, limpe o cérebro.

Conor empurrou para o lado os pensamentos em Isabella. Agora era hora de se concentrar. Os passos de Billtoe estavam nas pedras do lado de fora. Uma última repassada na lista.

Lama nas costas?

Sim. Podia senti-la criando crosta sob a gola. Por fim uma utilidade para a parede úmida. Sempre há utilidade para tudo, dissera Victor. Até para a dor.

O dispositivo está seguro?

Conor enfiou a mão sob o casaco largo, repuxando o pacote retangular escondido no peito. As cordas gemeram com seu puxão, mas eram feitas por ele, e imperfeitas. Tecidas a partir de pontas esgarçadas e pedaços de pano cortado. Trançadas e grudadas com cera de vela.

O pino para a algema?

Escondido na palma da mão. Um cone de marfim irregular, medido ao pressionar a catraca da algema com força na palma da mão quando Billtoe a retirava. O pino de algema era um velho truque de artista da fuga e só funcionaria numa algema de tranca simples com alguma folga nas linguetas, mas as algemas de Billtoe eram suficientemente velhas para terem pertencido a Moisés e Conor vinha repuxando as linguetas havia um ano. Havia folga suficiente. Quando Billtoe pusesse as algemas, Conor taparia o buraco rapidamente com o pino de marfim. A catraca seria afastada ao mesmo tempo em que pareceria se fechar.

Lama, dispositivo, pinos! O plano era lunático.

E, como tal, jamais poderia ter sido previsto. Conor expulsou sua incerteza com firmeza. Agora não havia tempo. Seu plano iria libertá-lo ou matá-lo, e as duas coisas eram preferíveis a passar mais longos anos neste poço do inferno.

A chave de Billtoe ressoou na fechadura antiga, girando com algum esforço. O guarda empurrou a porta com o ombro, reclamando como sempre, mas com a mão cautelosa em cima da pistola.

— Um anjo é o que eu sou, e tenho de ficar com vocês, torrões de lama, quando um homem como eu seria bem-vindo em qualquer sociedade culta do mundo. Eu poderia ser um príncipe, você sabe, Finn. Droga, poderia ser um imperador. Mas eu fico aqui, para que você possa me dizer que meu revólver de doze tiros ainda não está pronto.

— Está pronto — disse Conor rapidamente, bancando o prisioneiro empolgado, ansioso para agradar. — Tenho o plano aqui.

Billtoe era inteligente o bastante para suspeitar. Cérebros inferiores teriam perdido o controle e o preço da distração seria um crânio arrebentado, mas o principal instinto de Arthur Billtoe era o de autopreservação.

— Onde exatamente estaria esse plano? Eu não vou me curvar nem remexer nas sombras.

— Não. Está na mesa. Posso entregar ao senhor?

Billtoe cogitou. Tossiu um bocado de ração engolida recentemente para ser mastigada de novo.

— Não, garoto soldado. Que tal eu algemar você, como sempre, e depois dar uma olhadinha pessoalmente no projeto?

Conor estendeu as mãos, feliz em obedecer.

— Eu vou fazer minhas caminhadas, sr. Billtoe? O senhor prometeu.

Billtoe sorriu enquanto fechava as algemas, com um dos olhos na mesa.

— É sua barba que me faz rir. Uma barbicha patética. Ainda não está pronta para crescer. Você deveria aparar, para ficar mais grossa. Os Aríetes não vão receber ordens de um fedelho com mato ralo na cara. E vamos falar de *caminhadas* depois que eu der uma boa estudada nesse desenho.

Billtoe pegou a folha na mesa, com dois dedos sujos, de ossos finos.

— Sabe, andei conversando com uns colegas. Parece que há um alemão que faz revólveres de doze tiros. — Ele cuspiu um jorro de sumo de tabaco nas pedras do chão, para demonstrar o desprazer.

— Mas de calibre pequeno — argumentou Conor. — Para acomodar as balas. Com este projeto, o tambor é na verdade um parafuso, de modo que as balas podem ter o tamanho que você quiser e o peso é distribuído com mais eficiência, funcionando para fuzis também.

O projeto era absurdo e absolutamente impossível de funcionar, mas parecia bonito no papel.

— Não sei — resmungou Billtoe. — Um parafuso, é o que você diz?

— Mande fazer um. Como os balões. Faça um teste.

Billtoe dobrou o papel de qualquer jeito, enfiando-o num bolso.

— Farei mesmo, sr. Finn. E se for um devaneio de um doido, a próxima vez em que você enxergar a luz do dia vai ser no dia em que eu jogá-lo da muralha sul.

Conor assentiu, sombrio, esperando que sua empolgação não brilhasse através da testa como o farol de Hook Head.

Billtoe havia cometido um erro. Em sua ânsia de ver o projeto do revólver, não havia notado a prestidigitação de Conor pondo o pino nas algemas Bell and Bolton, desviando a catraca de lado. Suas mãos estavam livres, mas ainda não era hora de usar isso.

— Não é devaneio, sr. Billtoe. Este é o nosso futuro. O senhor pode registrar a patente e talvez pagar alguns subornos para me tirar daqui.

Billtoe fingiu grande indignação.

— Subornos! Subornos, você diz. Fico profundamente ofendido.

Conor engoliu em seco, controlando o nervosismo.

— Vamos falar claro, sr. Billtoe. Eu estou neste buraco pelo resto da vida, a não ser que o senhor possa me tirar daqui. Não espero a liberdade imediatamente...

Billtoe deu um risinho.

— Fico aliviado em saber. *A pressão é forte*, digo a mim mesmo. *Liberdade imediata ou então não faço negócio*. Mas você não está esperando a liberdade, então esta é uma preocupação a menos.

— Mas eu adoraria ter uma cela na superfície. Ou perto. Talvez um colega para dividir. Malarkey seria adequado, acho.

— Aposto que sim. Uma coisinha amorosa e aconchegante, todos os Aríetes juntos. Agora chega de choramingar, Finn. Primeiro mando fazer o modelo e, se ele não explodir na minha cara, nós conversamos.

— Mas, senhor...

Billtoe levantou a mão aberta.

— Não. Nem mais uma palavra, garoto soldado. Seus balões ainda não voaram. Talvez eu venha ver você amanhã trazendo uma picareta.

Conor baixou a cabeça, derrotado, na verdade esperando não ter exagerado na representação. Todo o projeto do revólver era meramente uma distração, o pão com manteiga de qualquer mágico. Encher a mente de Billtoe com ideias, para estar menos ligado no que se desdobrava diante de seus olhos.

— Bom, agora vamos ao trabalho. Bom, trabalho para você. Eu vou lá em cima supervisionar seus... *meus*... balões da coroação.

Conor passou por Billtoe, atravessou a porta, tendo o cuidado de manter as costas cobertas de lama do lado que o soldado não pudesse ver. Seu plano era um castelo de cartas, uma *cidadela* de cartas. Um olhar azarado poderia derrubar toda a estrutura.

Agora não há tempo para isso. Comece a contagem.

A contagem. Outra carta tremendamente teórica na cidadela. Havia muito tempo Conor descobrira que havia um ponto cego no corredor entre a porta da sua cela e a ala do sino de mergulho. Um dos ocupantes da ala dos loucos estivera na frente dele, seis meses antes, durante a caminhada para o discurso semanal do diretor. O sujeito era minúsculo, com uma cabeça desproporcionalmente grande, em especial a testa, que se acomodava acima das sobrancelhas como uma lesma de porcelana. Era o homem que Billtoe havia chamado de Números, porque dentro de sua cabeça estranha tudo era reduzido à matemática, a ciência mais pura. Ele arengava longas fiadas de dígitos, depois gargalhava como se estivesse assistindo a um cabaré em Paris.

Naquela manhã, meio ano antes, Conor vira o homem seguir pela fila à frente dele, murmurando seus números, medindo os passos.

Quatorze foi o último da lista.

Então Números deu um salto de lado e desapareceu.

Não. Não desapareceu, mas certamente não ficou tão visível. Estava ali, nas súbitas sombras pretas, sacudindo-se de alegria diante da própria piada. Uma piada que poderia levá-lo a ser enforcado.

Números manteve a posição até que Pike notou que ele estava ausente, depois pulou de seu esconderijo.

— Quatorze! — exclamou com uma voz esganiçada. — Quatorze, oitenta e cinco, meio.

Pike não entendeu a piada e deu vários cascudos em volta do ouvido de Números.

Não houve mais demonstrações por parte de Números, mas Conor aprendeu depressa. Tinha visto o truque uma vez e começou a dissecá-lo.

Como você desvenda um segredo de mágico?

Comece com a revelação e trabalhe de trás para a frente.

Havia um ponto cego natural no corredor, algo que os mágicos e artistas da fuga criavam artificialmente no palco com luzes, cortinas ou espelhos. Um minúsculo ponto de escuridão isolada, rodeado por estímulos que atraíam o olhar. Um trecho de quase invisibilidade. Não resistiria a nenhum exame, mas por um segundo, em circunstâncias frenéticas, serviria.

Nas semanas seguintes Conor observou o espaço e analisou os números.

Quatorze, oitenta e cinco, meio.

Não era um código profundo. Números havia dado quatorze passos desde a porta de sua cela, depois saltou meio passo, oitenta e cinco graus à direita, para a barriga do ponto cego. Conor simplesmente acrescentou os cinco passos necessários para encontrar o local sozinho.

Ali, ficou pasmo ao ver como era óbvio. Camadas sobrepostas de sombras, intocadas pela luz das tochas, mais sombreadas ainda por uma cornija que havia escorregado, com uma espuma de tinta carmim derramada nas pedras do piso trinta centímetros à esquerda. Um cilindro de escuridão pelo qual ninguém demoraria mais do que um segundo para atravessar. Mas, uma vez ali dentro, ele formava quase que um manto de invisibilidade que poderia ser incrementado por mais informações equivocadas.

Billtoe andava ao seu lado, murmurando sobre sua falta de respeito pelos superiores.

Doze.

— E o diretor? Nem me fale do diretor. Aquele sujeito toma decisões que atolam a mente. Passou tempo demais ao sol da Índia, se você me perguntar. A porcaria de Calcutá fritou a mente dele.

Quinze.

— O dinheiro que o sujeito desperdiça! Dinheiro vivo.

Deixa meu coração apertado. Praticamente adoeço só de falar, até mesmo para um Sal.

Dezenove.

Billtoe estalou os dedos para Conor, sinalizando: *pare onde está.*

Agora vem o momento vital. Todos os preparativos convergem. É viver ou morrer neste instante.

Billtoe foi até a porta da ala, batendo no sino com a unha. Não houve resposta por um longo momento, depois uma voz familiar e zombeteira veio do buraco de espia acima.

— Ah, Billtoe. Você quer sair, é? Da ala dos loucos? Tem certeza de que essa é a direção certa?

Billtoe enrijeceu. Uma dezena de vezes por dia ele precisava suportar aquela provocação.

— Você não pode simplesmente abrir a tranca, Murphy? Gire a roda e levante a tranca, é só isso que eu quero.

— Claro que sei que é só isso que você quer, Arthur. O resto é de graça, um presentinho diário. Eu sou a fada da diversão, jogando pedacinhos de humor na sua cabeça.

Dois metros acima, a roda foi girada e a tranca levantada. A porta para a ala dos loucos se abriu.

— Se eu pudesse colocar em palavras o quanto odeio esse sujeito — murmurou Billtoe, virando-se. — O próprio Shakespeare poderia ir se dan...

A última palavra da frase de Billtoe virou pó na garganta seca porque seu prisioneiro havia desaparecido. Sumido no ar.

Meu prisioneiro, não, pensou Arthur Billtoe. *Do marechal Bonvilain. Sou um homem morto.*

*

Enquanto Billtoe ficava olhando para cima, para o buraco de espia, Conor se pegou enraizado no ponto onde estava. Havia imaginado esse momento com tanta frequência que agora lhe parecia irreal, como se jamais pudesse se materializar de verdade. Na mente via-se cheio de confiança, pondo o plano em ação, mas o Conor Finn de carne e osso ficou onde estava. Um passo e meio à esquerda do ponto cego do corredor.

Então Billtoe começou a se virar e a vida futura de Conor relampejou à sua frente. Mais cinco décadas sob noite e água até que sua pele ficasse desbotada de qualquer cor e seus olhos fossem os de um rato de túnel.

Aja!, disse a si mesmo. *É um plano bom.*

E assim agiu numa série de movimentos exaustivamente treinados. Deu um passo e meio à direita, girou de modo que suas costas enlameadas ficassem viradas para Billtoe e jogou as algemas abertas na grade da chaminé lacrada mais próxima. O barulho atraiu os olhos de Billtoe para longe do ponto cego.

— Garoto idiota — resmungou ele. — Subiu pelas calhas.

O guarda passou correndo por Conor, que se encolheu, camuflado, em seu esconderijo, com o casaco marrom fundindo-se de modo eficaz às paredes do corredor. Billtoe chutou a grade com raiva, depois se abaixou para gritar pela chaminé acima.

— Desça aqui, seu imbecil. Elas são lacradas, todas elas. A única coisa que você vai encontrar nas calhas são os restos mofados de outros desmiolados.

Não houve resposta, mas Billtoe imaginou que tinha ouvido um farfalhar.

— Arrá! — gritou. — Foi traído pela falta de jeito. Desça agora, Finn, ou vou descarregar minha arma. Não duvide.

Conor moveu-se como um gato numa caça, desviando-se de lado até a porta aberta da ala. Não deveria se revelar. O plano só teria sucesso se ninguém deduzisse que ele fora embora. Ser visto agora significaria uma caçada breve e um longo tempo recuperando-se da surra que os guardas decidissem lhe dar. Esgueirou-se por baixo do buraco de espia, procurando um rosto. Nenhum, só a ponta de uma bota e a curva inferior de uma pança enorme.

Passou pela soleira da porta e a proximidade da liberdade o deixou meio tonto. Quase correu para a porta externa. Quase. Mas um tropeço agora poderia matá-lo. Estava perto demais, era hipnotizante. Apenas uma cunha escura de madeira manchada o separava do mundo exterior.

A porta se abriu e dois guardas passaram, compartilhando alguma piada cheia de zombaria.

Terei de matá-los, decidiu Conor. *Será feito com facilidade. Pegue a adaga do primeiro e estripe os dois. Posso correr até os balões.*

Flexionou os dedos lentamente, preparando-se para o salto, mas não foi necessário. Os guardas simplesmente não o viram; viraram-se para a ala de mineração sem virar os olhos nem uma vez para ele.

Eu poderia tê-los assassinado, percebeu Conor. *Estava pronto para atacar.*

Nem mesmo esse pensamento poderia retardá-lo por muito tempo. Os guardas da Pequena Salgada não deveriam ser vistos como pessoas normais. Eram carcereiros cruéis, que com todo o prazer o jogariam da torre mais alta para as bocarras dos tubarões que patrulhavam junto aos tubos de esgoto.

Conor se moveu rapidamente, sentindo que sua cota de sorte estava se esvaindo depressa, e passou pela porta exterior assim que os guardas haviam virado a esquina. Viu-se ao pé de uma escada estreita com um trecho retangular de noite estrelada no final. Doze passos até o ar livre.

Esta era a parte turva do plano. Dali até os balões era território desconhecido. Ele tinha alguma lembrança de quando havia chegado à prisão e Malarkey lhe havia informado sobre o ambiente do melhor modo que podia, mas os prisioneiros não subiam aquela escada, nem patrulhavam a Muralha. Ele deveria confiar na sua inteligência e na pouca sorte que lhe restasse.

Certamente vou fracassar se ficar aqui, pensou, subindo de dois em dois degraus.

O ar salgado o envolveu quando ele emergiu na escuridão e o gosto quase o fez chorar. Claro que houvera ar em sua cela, mas isto era ar puro e fresco, sem ser manchado pelo cheiro de excremento e suor.

Eu havia esquecido como o ar do oceano é doce. Bonvilain tirou isso de mim.

Agora estava dois passos abaixo da superfície. Um baixo muro de pedras o escondia do pátio principal, que parecia menor do que ele recordava, pouco mais do que um quintal murado. Dois açougueiros com avental trabalhavam numa carcaça de porco pendurada no canto oposto, diagonalmente. Cortavam tiras gordas de carne, lavando-as num balde d'água, enfiando os dedos nas dobras de carne, com fios de sangue pingando dos cotovelos. Conor se pegou perdido naquela imagem, uma visão cuja falta havia sentido mesmo sem saber. Trabalho honesto. Vida e morte.

Uma explosão estrondeou no alto e jorros de fagulhas multicoloridas choveram do céu. Conor se abaixou, depois viu que a explosão era projetada por ele mesmo. Estavam acendendo os balões da coroação.

Cedo demais. Cedo demais. Ainda não está totalmente escuro.

Um dos açougueiros xingou com o susto, depois se conteve e fez piada daquilo.

— Ainda bem que esse porco está morto. O medo acabaria com ele.

O segundo homem, que era menor, tirou o lenço de cima do nariz.

— Para o diabo isso, Tom. Vou subir na muralha. Não me importa o que o diretor disser.

O outro açougueiro, Tom, baixou seu lenço.

— Sabe de uma coisa? Está certo. A garota é nossa rainha também. Deixe o diretor comer meia hora atrasado. Ele já tem gordura suficiente armazenada.

Os açougueiros riram juntos e penduraram os aventais num poste da cerca.

Um segundo balão explodiu, soltando um enxame de fagulhas douradas que dançavam.

— Ah, os Atiradores das Salgadas estão merecendo o salário esta noite. Fique animado, agora.

Os açougueiros deixaram o trabalho, subindo rapidamente os altos degraus de pedra até as ameias acima, deixando o pátio deserto, a não ser pelo prisioneiro escondido no poço da escada. Um terceiro balão explodiu, lançando sombras nítidas da muralha, iluminando a noite como o flash de fósforo de um fotógrafo.

Três se foram, pensou Conor. *Três, já. Cedo demais.*

Subiu para o pátio, improvisando um plano enquanto andava. Todos os meses de trama se desfizeram diante de seus olhos. O tempo era tudo, e o tempo estava totalmente errado. Seguiu ao longo dos muros, lançando olhares furtivos para as ameias. Havia alguns soldados, mas a maior parte estaria do outro lado, desfrutando do espetáculo. E este lado da muralha ficava ainda mais escuro devido aos choques de luz dos fogos de artifício. Qualquer um que olhasse diretamente para eles teria problemas com sua visão noturna por vários instantes.

Isso está totalmente errado, pensou Conor, pegando um avental de açougueiro no poste da cerca. *Eu deveria ter pelo menos uma hora para deduzir como os balões estão amarrados. Billtoe acha que eu subi pela chaminé, de modo que ninguém vai estar me procurando do lado de fora. Nesse aspecto eu não deveria me abalar.*

Mas estava abalado e havia pouco sentido em desperdiçar segundos se rebelando contra isso. Cada segundo desperdiçado poderia significar outra bala de nitroglicerina a caminho do alvo.

Conor encontrou um lenço ensanguentado no bolso do avental e o amarrou sobre o nariz, depois demorou mais um segundo enfiando as mãos e os antebraços na barriga do porco, engordurando-os com sangue e gosma. Agora era um açougueiro até as pontas dos dedos.

A escada mais próxima era a que os açougueiros haviam subido havia pouco, por isso Conor a ignorou, atravessando com ousadia o pátio até a muralha oeste. Andava devagar, imitando o passo de pernas arqueadas do açougueiro Tom.

Não foi detido. Ninguém viu, ou ninguém sabia. Havia um portão de madeira ao pé da escada, mas estava fechado com um trinco simples, mais para impedi-lo de ficar balançando do que pela segurança. Conor o empurrou e subiu a escada, com as botas fazendo barulho na areia e no sal.

Havia um guarda acima, com os calcanhares formando meias-luas no degrau superior, balançando-se suavemente com a música de banda de metais que vinha da Grande Salgada. Conor não tinha opção senão incomodá-lo, esgueirando-se com desculpas mudas.

— Meu Deus, você está pingando sangue, Tom — disse o guarda. — Isso é uma coroação, e não um campo de batalha. Não deixe o diretor sentir seu fedor no nível de cima. Ele tem estômago delicado, se bem que, pelo que o rapaz come, você não saberia disso.

Conor fingiu um risinho bastante convincente, depois seguiu em meio ao amontoado de guardas e funcionários empilhados nas ameias. Havia mulheres ali também, vestidas com roupas finas para a coroação. Todas as modas da época, supôs Conor, corpetes ultrajantes e mangas bufantes.

Há gente demais. O diretor estava dando uma festa. Aqueles eram os melhores locais para assistir, nas ilhas. Isso não fazia parte de meus cálculos. A muralha deveria estar livre, por questões de segurança. Eu disse ao Billtoe. Eu disse.

A passarela sobre o parapeito da Pequena Salgada tinha três metros de largura, com um muro que ia até a altura do peito, do lado voltado para o oceano, e uma queda livre até o pátio principal, do outro. Uma corda fora amarrada entre postes, para impedir que os nobres, bêbados, caíssem para a morte. Conor reconheceu vários guardas servindo bebidas, vestidos como prisioneiros com imaculados macacões de sarja azul. Obviamente o diretor queria desacreditar os boatos de tratamento não cristão aos internos. Aqueles prisioneiros eram tão bem tratados que podiam ser confiáveis a ponto de servir champanhe e pratos de canapés. Não havia um nicho ou uma abertura sem um braseiro de argila, assando espetinhos de camarão e lagosta para os convidados pegarem. Não havia nenhum lugar para um prisioneiro em fuga se agachar e recuperar o fôlego.

Conor enxugou a fina névoa de maresia no rosto. A maresia. Havia se esquecido disso também. Como um ilhéu poderia se esquecer da maresia? Mais uma coisa na conta de Bonvilain. Valeria alguns diamantes, sem dúvida, se Conor tivesse uma sorte do diabo e conseguisse sair dessa ilha maldita.

Outro balão explodiu, seguido, um segundo depois, por uma dúzia de redemoinhos entrelaçados de fagulhas vermelhas e cor de ouro. As cores das Salgadas. Muito divertido para a multidão que assistia. As fagulhas caíam em respingos lançando a luz sobre as águas abaixo. Algumas mantinham a energia até que uma onda se dobrava sobre elas, como uma criança pegando uma estrela.

Algumas fagulhas tiveram a audácia de pousar na muralha, chamuscando caros vestidos de seda. Uma grande tragédia, de fato.

Eu disse a ele, pensou Conor, não infeliz com esse resultado. *Aqui não é seguro.*

Um pânico elegante se espalhou pela plateia. Taças de champanhe foram jogadas nas águas junto com pratos de frutos do mar, enquanto pessoas endinheiradas corriam para as várias escadarias, preferindo não se incendiar com os fogos de artifício que voavam baixo.

Pandemônio. Bom.

Conor moveu-se contra a maré, até o balão seguinte, estendendo a mão para a corda forte que o prendia a uma argola de latão fixada na muralha. Do outro lado do estreito, a Grande Salgada era um tumulto de luzes em música. Canções tocadas por bandas de metais estrondeavam por cima da água, ecoando em si mesmas, chegando em ondas. Havia tantas tochas e lanternas que toda a ilha parecia em chamas.

Seus dedos roçaram a corda e um segundo depois a sentiram afrouxar quando o balão explodiu.

Conor xingou e apressou o passo. Restavam apenas seis balões. Correu trombando com as pessoas, sem se importar com os olhares furiosos. Se algum daqueles cavalheiros quisesse travar um duelo por causa de um empurrão, ele teria de conceder em outra hora.

Gritos e protestos seguiam-no pelo caminho. Ele estava atraindo atenção, mas não havia como evitar.

Agora era uma disputa. Conor contra os Atiradores das Salgadas. Só podia esperar que seu pai não estivesse segurando um fuzil, já que Declan Broekhart raramente errava.

O balão seguinte detonou, e o estouro pareceu sacudir a própria ilha.

Aquele estava sobrecarregado, sem dúvida.

Agora restavam quatro balões no ar, e um quinto ancorado no muro do cais, sob uma lona. O alvo móvel. Os balões em voo reluziam como as luas de algum planeta distante. Balouçavam ao vento, eram alvos difíceis.

Não o bastante. Mais dois explodiram em rápida sucessão. Conor podia ouvir os aplausos na Grande Salgada. Era um negócio grandioso, de fato.

Tomou uma decisão. Não havia tempo para pegar os balões que estavam no ar, precisava ir para o que permanecia em terra. Ele devia estar vigiado por um guarda, mas era um risco necessário. Era sua última chance nesta noite de planos desfeitos.

Agora o caminho estava livre, por isso Conor correu, com o avental de açougueiro batendo nas pernas, o cheiro de sangue de porco quente nas narinas. Um guarda bloqueava o caminho, não intencionalmente; apenas estava ali de serviço. Conor pensou em jogá-lo da muralha, mas no último segundo mudou de ideia e o empurrou contra as ameias. Uma cabeça dolorida era preferível a um crânio esmagado.

A muralha estava mais ou menos deserta. A alta sociedade consegue se mover num ritmo bastante rápido quando suas belas vestimentas estão sob ataque. Tudo que havia entre Conor e o último balão era uma corda de isolamento e outro guarda que na verdade estava sugando um cachimbo aceso.

Um cachimbo aceso ao lado de um balão de hidrogênio.

— Ei! — gritou Conor. — Você aí! Guarda.

O guarda se levantou, os olhos redondos devido a uma sonolência natural.

— Senhor. Sim, senhor. O que posso... Quem é você?

Conor pulou por cima da corda sem diminuir o passo. Suas botas batiam nas pedras irregulares enquanto ele corria para o guarda. O muro do cais penetrava cem metros no canal de São Jorge, agindo como quebra-mar e posto de semáforo.

— Você está fumando, rapaz! — gritou Conor, numa voz de autoridade. — Há hidrogênio nesse balão.

O guarda empalideceu, depois gritou quando outro balão explodiu em chamas multicoloridas. A corda desceu lentamente para a terra, como uma cobra decapitada.

— Eu... eu não sabia... — gaguejou ele, jogando o cachimbo longe, como se o objeto fosse mordê-lo. — Não pensei...

Conor deu um cascudo forte no sujeito, derrubando seu chapéu.

— Idiota. Palhaço. Estou sentindo cheiro de vazamento. E você jogou fagulhas no chão.

O guarda gaguejou de novo, mas não protestou dizendo que o hidrogênio era um gás sem cheiro.

— Eu preciso... eu preciso... sair correndo — disse ele, jogando o fuzil de lado, fazendo a baioneta bater nas pedras, provocando mais fagulhas.

— Imbecil — disse Conor.

— Eu nem queria a baioneta — gemeu o guarda. — É cerimonial.

— Temos de soltar o balão — disse Conor.

— Faça isso você. Eu o recomendo para uma medalha.

E com isso o guarda se lançou no espaço, com as pernas correndo pelo ar até encontrarem apoio num grupo de ricos espectadores no fortim abaixo. Todos despencaram como uma pilha de pinos de boliche.

Por enquanto Conor estava sozinho com o balão, mas já havia guardas mais astutos subindo a escada, talvez se perguntando por que um açougueiro estava dando ordens. Conor tirou a baioneta do fuzil, sem tempo para lutar com nós. Puxou a lona engordurada e encontrou um balão luminoso engastado numa rede de pesca e amarrado a vários covos para apanhar lagosta.

Segurou o balão com a mão esquerda, cortando as cordas com a direita, tendo o cuidado para não furar o invólucro.

— Tom — gritou uma voz atrás dele. — Que brincadeira é essa, Tom? Isso aí é o clímax do show.

— Ele está furado — gritou Conor. — E o pavio pegou uma fagulha. Estou ouvindo zumbir. Fique para trás.

Assim, como guardas prudentes que ganhavam menos do que um vendedor de rua comum, eles ficaram para trás por alguns instantes. Mas nada aconteceu, a não ser um açougueiro cortando cordas.

— Ei, Tom. Esses explosivos têm um pavio de dois segundos. Nesse ponto você não deveria passar de uma mancha de gosma cor de açougueiro na muralha.

— Ah, meu Deus — gritou Conor por cima do ombro, procurando espalhar o alarme. — Que Deus nos ajude.

Pike era um dos guardas, e tinha plena consciência de que Billtoe iria responsabilizá-lo pelo balão, por isso passou pelos outros, subindo a escada.

— Pare o que está fazendo, açougueiro — gritou numa voz que tremia de medo e coragem forçada. — Alto, ou vou esparramar suas tripas nas pedras. — Ele esperava que a palavra *alto* lhe daria mais autoridade do que ele possuía.

O último fio da última corda estalou e o balão saltou para o céu, quase arrancando o braço esquerdo de Conor. Ele teria de soltá-lo, se não tivesse embolado o braço na rede até o cotovelo.

— Me ajude! — gritou, sabendo que eles jamais poderiam alcançá-lo a tempo. — Me salvem, por favor.

Pike pensou em derrubar o balão a tiro, mas decidiu pelo contrário por dois motivos. Se sua bala incendiasse os fogos de artifício, ele poderia se matar e matar os vários membros da pequena nobreza europeia que haviam desejado uma visão mais próxima do espetáculo. A morte por explosão não era um modo agradável de partir. E, mesmo que ele sobrevivesse aos fogos de artifício, Billtoe usaria sua cabeça como polidor de botas.

Melhor dar um tiro e errar completamente. Levantou o fuzil, mirando com descuido.

— Você já foi avisado, açougueiro! — gritou, puxando o gatilho.

Infelizmente Pike era um atirador terrível, e seu erro deliberado arrancou o salto da bota de Conor.

— Imbecil — gritou Conor, depois um sopro de vento leste alcançou o balão e o arrastou para longe.

Os guardas o olharam ir, de queixo caído e perplexos. O que acontecera era óbvio, mas como, exatamente? E por quê? Será que o sujeito havia roubado o balão ou será que o balão havia partido com ele?

Pike estava pasmo com a estranha beleza da cena.

— Olhem aquilo — suspirou. — Exatamente como a criatura das fadas que agarrou a lua.

E então, lembrando-se de Billtoe:

— Açougueiro idiota.

Grande Salgada

Os ilhéus das Salgadas estavam genuinamente felizes. Agora que a filha do bom rei Nick havia ocupado seu lugar no trono, as coisas poderiam voltar ao que haviam sido. A rainha Isabella consertaria a situação. Ela era uma boa garota, uma garota gentil — não havia demonstrado isso uma centena de vezes? Mandando suprimentos para os pobres da Irlanda. Enviando pedreiros do palácio para trabalhar nas casas da cidade. Aquela garota lembrava o nome de todo mundo que conhecia e frequentemente visitava o hospital para dar as boas-vindas aos bebês à ilha.

Era verdade que Isabella havia apagado desde o assassinato do pai. A perda de Conor Broekhart aumentara sua dor, sem o pai e sem um ombro onde chorar. Mas agora seu sofrimento havia acabado e o capitão Declan Broekhart estava ao seu lado, orgulhoso, para que toda a ilha visse.

Esse era um dia para ser comemorado, sem dúvida. O único que mostrava uma expressão azeda era o bode velho, Bonvilain, mas ele não sorria em público desde que o chanceler Bismarck tropeçou nos degraus da igreja numa visita de Estado no final dos anos 70.

Agora Isabella era rainha e o capitão Broekhart era ele próprio de novo. Logo não haveria mais impostos, nem mais inocentes arrastados até a Pequena Salgada a partir de acusações inventadas. Nem mercenários desembarcando no cais com seus sacos chacoalhando e olhos cruéis.

A cerimônia da coroação havia acontecido sem falhas. A insistência de Isabella de que o arranjos de lugares para o jantar fosse refeito para acomodar os Broekhart, irritou alguns nobres, mas a jovem monarca não admitia recusa. Declan e Catherine haviam se sentado à sua esquerda durante todo o dia, com a rainha Vitória à direita. O marechal Bonvilain fora obrigado a se deslocar por dois lugares, na mesa principal, e não ficou muito satisfeito. Não que ele se importasse nem um pouco com onde se sentava, mas Catherine Broekhart estivera sussurrando no ouvido de Isabella durante todo o dia e ele jamais gostara daquela mulher. Era política demais, para seu próprio bem.

Bonvilain ficou mal-humorado durante o jantar, reclamando que o vinho estava tépido e a sopa, salgada demais. A casquinha de lagosta, declarou, estava quebradiça demais.

Até Sultan Arif, um mercenário turco que estava com Bonvilain durante mais de quinze anos e fora alçado ao posto de capitão, levantou uma sobrancelha diante disso.

— Um templário preocupado com a condição de sua lagosta? — perguntou ele. — O senhor esteve na corte por tempo demais, marechal.

Bonvilain se acalmou. Sultan era a coisa mais parecida com um amigo que ele possuía, mas ele poderia assassiná-lo sem remorso se fosse necessário. Arif era o único homem no reino com coragem suficiente para lhe falar às claras.

— Não é só a lagosta — disse ele, assentindo na direção de Declan Broekhart.

— Ah, sim. O cãozinho de companhia se lembra de que é na verdade um cão de guarda.

— Exato — respondeu Bonvilain, feliz com a comparação feita por Sultan.

Sultan jogou um osso de galinha no prato.

— Na Turquia, se um cão de guarda se vira contra o dono, nós simplesmente abrimos a barriga do bicho.

Bonvilain sorriu da ideia.

— Você sempre consegue me alegrar, capitão. Mas esse cão específico é muito popular, assim como a mulher dele. Devemos tratar desse problema com bastante cuidado.

Sultan assentiu.

— Mas não descarte minha solução.

Bonvilain se levantou, enquanto era feito um brinde à nova rainha.

— Não — sussurrou para Sultan Arif. — Eu nunca descarto abrir algumas barrigas.

Sultan sorriu, mas seus olhos estavam frios. A cada estação ele prometia a si mesmo que abandonaria esse louco e retornaria a Ushak. Na verdade, Bonvilain praticamente não era mais um homem. Era o diabo. E, cedo ou tarde, o diabo destruía tudo que estava ao seu alcance. Era sua natureza.

Depois do jantar da coroação, tiveram início as comemorações oficiais, se bem que para os três mil ilhéus das Salgadas e mais de seis mil visitantes as comemorações estivessem acontecendo com força total desde o momento em que o núncio papal havia posto a coroa com acabamento de arminho na cabeça de Isabella.

Havia uma forte presença do Exército nas ruas. Ninguém abaixo do posto de tenente recebera licença para desfrutar da coroação. De fato, Bonvilain havia pedido emprestada uma companhia do general inglês, Eustace Fitzmorris, estacionada em Dublin, e fizera um belo pagamento pelo privilégio. Mais 130 soldados com instruções para não tolerar abusos verbais nem embriaguez em público e para ficar especialmente de olho em franceses que agissem de modo suspeito.

Havia uma atmosfera de parque de diversão enquanto as rainhas Isabella e Vitória subiram no tablado diante do palácio em Fortaleza do Promontório. Os cidadãos se reuniram na Praça do Promontório e ouviram fascinados a nova rainha fazer seu primeiro discurso real.

Bonvilain não pôde deixar de notar que ela apertou a mão de Catherine Broekhart em busca de coragem durante todo o tempo.

Sultan se inclinou para comentar:

— Belo discurso. Gostei especialmente das expressões *revisão de impostos* e *anistia política*.

Bonvilain não respondeu. Estava começando a se perguntar se havia calculado mal ao deixar que Isabella vivesse. *Havia* suposto que ela seria facilmente manipulada, e até agora isso acontecera. Além disso, ele precisava de um herdeiro indiscutível para o trono. Seria muito inconveniente se cerca de uma dúzia de pretendentes caçadores de ouro desembarcassem no Porto das Salgadas com uma árvore genealógica enrolada sob o braço e sua própria programação para os diamantes das Salgadas. A Grã-Bretanha e, claro, a França adorariam ver a incerteza política nas Salgadas — poderia ser exatamente a desculpa de que eles precisavam para entrar e apoiar uma nova ordem. Este era o reino de Bonvilain, mas ele precisava de uma figura de proa para mantê-lo no poder.

Não, decidiu Hugo Bonvilain. Isabella precisava viver, pelo menos até proporcionar um herdeiro que governasse depois dela. Então haveria um acidente infeliz. No iate real, talvez.

Sultan falou de novo:

— Ah, o senhor está sorrindo. E em público.

— Tenho ideias agradáveis — disse Bonvilain, dando um aceno alegre para Declan Broekhart, mais adiante na fila.

Declan Broekhart estava à beira de se divertir, mas a cada vez que um sorriso repuxava seus lábios era acompanhado por uma pontada de culpa quando se lembrava do filho morto.

O que você estava fazendo no palácio, Conor? Como pude colocá-lo sob os cuidados daquele homem?

Ainda era difícil acreditar facilmente que Victor Vigny enganara todos eles. Catherine se recusara a acreditar que Vigny era espião e assassino, até que uma busca nos aposentos dele revelou um baú cheio de armas e venenos, plantas detalhadas das defesas das Salgadas e uma carta anônima ameaçando matar a família de Vigny a não ser que ele obedecesse às ordens do remetente.

Catherine viu os olhos do marido se toldando, e percebeu que o perdia para as lembranças.

— Não é fabuloso, Declan? — disse, acariciando a mão do marido. — Isabella é rainha. Um grande dia para as ilhas.

— Hmm. Aqueles soldados ingleses são uma desgraça. Bandidos, absolutamente todos. Eu não ficaria surpreso se Fitzmorris estivesse esvaziando suas prisões. Olhe-os: imprestáveis barbados e preguiçosos.

— Seus atiradores estão muito bem.

— É, estão — respondeu Declan, orgulhoso, mesmo contra a vontade.

Uma dúzia de seus homens estava parada na Muralha da Grande Salgada, do outro lado da praça, na mesma altura do último degrau do tablado. Estavam enfeitados, barbeados e elegantes nos uniformes de gala, com dragonas douradas faiscando à luz dos lampiões. Pareciam soldadinhos de brinquedo quase idênticos, não fosse uma coisa: cada um tinha seu fuzil característico. A maioria era de Sharps, mas havia uns dois Remingtons, um Enfield e até algumas armas modificadas. Os atiradores eram os melhores das ilhas e sempre fora o costume do Exército permitir que esses soldados de elite usassem a arma de sua escolha.

Um dos auxiliares de Isabella entregou a Declan um bilhete dobrado. Ele o leu rapidamente, depois suspirou, aliviado por não haver emergência.

— A rainha Vitória está cansada — explicou à esposa. — Mas gostaria de ver os balões antes de se retirar para o iate real.

Catherine sorriu.

— *Todo mundo* quer ver os tais balões, Declan. Balões com fogos de artifício, que ideia engenhosa! Imagino que usem balas de nitroglicerina.

— Você está certa, como sempre — disse Declan, pensando. *Conor adoraria isso. É o tipo de plano ousado que ele próprio inventaria.* — É um pouco cedo para termos o efeito completo. Ainda não está totalmente escuro.

Catherine apertou seu ombro.

— Vá com seus homens, marido. Este não é um dia para desapontar rainhas.

— Nem esposas — disse Declan com um sorriso raro.

Declan caminhou tranquilamente pela praça. Até os maiores fanfarrões e bêbados saíam depressa do caminho. Não era bom se meter com um oficial da Muralha com um distintivo dos Atiradores das Salgadas no ombro. Especialmente Declan Broekhart, que não tinha muito gosto para a vida desde que um rebelde matou seu filho.

Seus homens estavam esperando na Muralha, os rostos suando acima dos colarinhos rígidos e abaixo dos chapéus duros.

— Não falta muito, rapazes — disse Declan, escavando no fundo de si mesmo para encontrar a fonte de camaradagem que um dia havia fluído livremente. — Meio litro de cerveja Guinness para cada homem que acertar o alvo. — Ele espiou para o outro lado do estreito, para os balões luminosos que faziam força contra as amarras, a quase um quilômetro de distância, na semiescuridão. — Ou melhor: um litro de Guinness.

— Agora podemos conversar, senhor — murmurou um tenente corajoso, um sujeito magricelo, de Kilmore, cujo pai havia servido na Muralha antes dele.

O capitão Broekhart resmungou.

— Ele é todo seu, Bates.

Bates encostou um Winchester modificado nas ameias, levantando a mira.

— O cano é seu? — perguntou o capitão.

— Sim, senhor. Mandei fazer especialmente, acrescentei oito centímetros ao comprimento. Mantém a bala em linha reta por mais uns cem metros.

Declan ficou impressionado.

— Belo truque, tenente. Onde pegou isso?

— Com o senhor — respondeu Bates, e puxou o gatilho.

Era um tiro de longe. A ponto de ouvirem o disparo antes que a bala acertasse o alvo. O globo reluzente explodiu numa espalhafatosa bola de fagulhas chinesas.

— Um litro para mim — disse Bates, rindo.

Declan deu um gemido pesaroso.

— Vou ficar pobre antes que a noite acabe.

Em seguida se virou para acenar para Catherine do outro lado da praça. Ela estava de pé, aplaudindo, assim como todo mundo no tablado, inclusive a normalmente séria rainha Vitória. Isabella, que ainda não havia assumido por inteiro o decoro real, gritava de prazer.

Declan se virou para seus homens.

— Parece que vocês serão os heróis da noite. Então, quem será o próximo a ganhar minha cerveja?

Uma dúzia de fuzis estava imediatamente engatilhada.

Connor voou tão rápido para cima que era como se estivesse caindo. Nenhum de seus cálculos poderia prepará-lo para o puro caos de seu voo. Havia imaginado uma elevação rápida, porém calma e constante, com tempo para juntar os pensamentos e observar o ambiente ao redor. Resumindo: controlar a situação.

Mas este era um pesadelo acordado. Dentre todos os elementos da equação, o que Conor menos possuía era controle. Havia vento no rosto, açoitando os olhos, enfiando-se nos ouvidos. Estava surdo e quase cego. O braço estava retesado até os limites de músculo e osso, e finalmente, com um sopro de vento feroz, a natureza casualmente deslocou o ombro de Conor. A dor foi uma martelada incandescente que se espalhou pela parte superior do peito.

Fracassei. Não posso escapar vivo. Só permita que eu perca a consciência e acorde no paraíso.

Esse tipo de pensamento fantástico não era normal para Conor, mas estas eram circunstâncias extraordinárias.

Parecia que seu braço seria arrancado totalmente e, quando isso não aconteceu, seus sentidos aguçados atravessaram a névoa de dor e pandemônio que o envolvia.

O balão ganhava altitude, mas a aceleração havia diminuído e as correntes de ar estavam mais calmas nesta altitude em particular. Conor sabia que precisava fazer qualquer observação que pudesse durante essa calmaria.

Altitude? Talvez quatrocentos e cinquenta metros. Indo na direção da Grande Salgada.

As ilhas brilhavam abaixo dele como diamantes no mar agourento. Centenas de lampiões balançavam nos conveses das embarcações visitantes, ancoradas no Porto das Salgadas. Estrelas acima e embaixo.

Agora precisava se separar do balão. Estava mais baixo do que gostaria, mas o vento o levava para o mar mais depressa do que havia calculado e, com o ombro ferido, Conor teria dificuldades para se manter flutuando por muito tempo.

Era essencial desembaraçar seu braço da rede, mas descobriu que até um ato simples como encontrar uma das mãos com a outra era quase impossível naquela situação. Dor, desorientação e a força do vento tornariam qualquer função motora normal um desafio para um homem no auge das condições físicas, para não falar de um prisioneiro ferido e exausto.

Não tinha controle sobre as juntas ou os dedos, e agora a dor parecia vir do coração. Conor havia largado a baioneta e foi obrigado a puxar a rede com os dedos desajeitados. Era impossível. Seu braço estava enrolado, mais apertado do que uma sardinha em lata. Conor Finn ia para o mar. Sua única esperança era que o balão fosse malfeito e estourasse as costuras no próximo minuto.

Abaixo dele, o penúltimo balão explodiu, transformando um céu preto em ouro e vermelho por um momento, antes que a escuridão reivindicasse a noite.

Perfeito, pensou Conor, com um sorriso entorpecido. *Funcionou perfeitamente. Fogos de artifício de alta classe. Mantendo a luz por vários segundos. Que pena eu não es-*

tar suspenso embaixo daquele balão, em vez de desgarrado no céu noturno.

No plano original, ele estaria suspenso muito embaixo de um balão quando os atiradores o derrubassem. O balão iria levantá-lo, livre da prisão, e então uma bala o traria de volta à terra.

Imaginou, distraído, se seria a primeira pessoa a ver fogos de artifício de cima. Provavelmente não. Sem dúvida algum aeronauta intrépido teria mandado um balão preso a uma âncora.

Um pensamento ocorreu a Conor.

Estou voando como nenhum homem voou antes. Sem cesto, sem lastro. Só um homem e seu balão.

E, de algum modo, o pensamento lhe deu conforto, apesar da situação complicada. Estava sozinho no céu, o único homem ali. Respirando ar rarefeito, com uma vastidão azul-negra de todos os lados. Sem paredes. Sem porta de prisão.

Onde irão me encontrar? Gales? França? Ou, se o vento mudar, na Irlanda? O que acharão do dispositivo no meu peito? Das minhas inovações?

Conor sentiu certo triunfo também.

Eu o derrotei, Bonvilain. Você não vai me usar nem me torturar à vontade. Estou livre.

Também havia tristeza.

Mamãe. Papai. Jamais uma oportunidade de explicar.

Mas mesmo nesse perigo mortal, Conor guardou uma certa amargura.

Como pôde acreditar em Bonvilain, papai? Por que não me salvou?

*

Os balões da coroação foram um sucesso tremendo, provocando enormes aplausos a cada explosão bem-sucedida. Os atiradores estavam fazendo uma grande demonstração. Apenas Keevers errou seu tiro, e mesmo assim somente porque sua bala de nitroglicerina explodiu dentro do cano, entortando sua arma como um canudinho de palha para bebidas.

Os rapazes dos fogos de artifício eram uns desgraçados espertos, Declan teve de admitir. Cada balão provocava uma explosão maior do que a anterior, todas em sequência cuidadosa. O último havia estremecido a própria Muralha. Se a rainha não tivesse cuidado, poderia perder a coroa.

Catherine estava linda naquela noite, lá em cima, junto da rainha. Era linda todas as noites, mas ele não notava isso havia algum tempo. Na verdade, em dois anos.

Conor iria querer que a mãe ficasse feliz, talvez o pai também.

— Com licença, senhor.

Era Bates. Sem dúvida esperando sua Guinness.

— Só um minuto, Bates. Estou concentrado aqui. Pensando na minha mulher. Você deveria tentar isso, em vez de incomodar seu superior por causa de uma cerveja.

— Não, senhor, não é a minha Guinness, apesar de eu não ter esquecido.

— O que é, então? — perguntou Declan, tentando se agarrar ao bom humor.

— O alvo móvel. O grande final, senhor. Eles soltaram cedo demais. Não é minha culpa se sou eu quem está dizendo. Ninguém poderia acertar aquele alvo. Deve estar a mais de um quilômetro e meio, e a brisa do mar o pegou.

Declan olhou para Catherine do outro lado da praça. Ela estava reluzente e ele sabia o motivo. Talvez seu marido estivesse retornando para casa, finalmente. Ela precisava de um sinal.

Estendeu a mão para Bates.

— Me dê sua arma, atirador.

Assim que os dedos de Declan envolveram o cabo, ele soube que acertaria o tiro. Era o destino. Esta era a noite.

— Ela está pronta?

— Sim, senhor. Uma bala na câmara, pronta para partir. O coice é forte, espero que seu ombro não tenha ficado mole, o senhor sendo capitão e coisa e tal.

Declan grunhiu. Bates estava pegando no pé dele. Em qualquer outra noite o jovem tenente iria limpar as latrinas.

— Alvo?

— O grande balão luminoso no céu, senhor.

— Seu sentido de autopreservação deve estar à toda hoje, Bates.

Bates tossiu.

— Sim, senhor, quero dizer, alvo a onze horas acima e à direita, senhor, capitão, senhor.

Declan captou o balão na mira. Agora era pouco mais do que um ponto. Uma lua pálida num mar de estrelas.

Santo Deus, pensou. *Espero que este fuzil atire reto.*

Mas ele conhecia Bates e a única coisa mais afiada do que a boca do tenente era sua mira.

Declan levantou o cano do fuzil alguns centímetros, para compensar a queda da bala, depois tombou à esquerda compensando agora o vento cruzado. O tiro de elite podia ser aprendido até um certo ponto, mas depois disso tudo se resumia a talento natural.

Balões e armas, pensou Declan. *Exatamente como em Paris no dia em que você nasceu, Conor. Mas daquela vez você caiu com o balão.*

Declan sentiu os olhos ficarem turvos e piscou para limpá-los. Esta não era hora para lágrimas.

Conor, meu filho, sua mãe e seu irmão precisam de mim agora, mas jamais irei esquecê-lo e o que você fez pelas Salgadas. Olhe para baixo e veja isto como um sinal.

Declan respirou fundo, prendeu o fôlego, depois acariciou o gatilho, apoiando-se no pé direito para absorver o coice. A bala de nitroglicerina acelerou para longe do cano aumentado, indo na direção do alvo.

Isso é para você, Conor, pensou, e o último balão da coroação explodiu, luminoso o suficiente para ser visto do céu.

Atrás dele toda a ilha rugiu, apreciando, menos Bonvilain, que pareceu perdido em pensamentos, o que jamais era bom para o alvo desses pensamentos.

Declan jogou o fuzil para Bates.

— Bela arma você tem, tenente, quase tão perigosa quanto sua boca.

Até Bates ficou pasmo com o tiro impossível.

— Sim, senhor. Obrigado, senhor. Foi um tiro histórico, capitão. E como ficamos com relação à cerveja, agora?

Mas Declan não ouvia; olhava para o outro lado da praça, por cima das cabeças da multidão que aplaudia. Catherine encontrou seu olhar a distância. As mãos dela cobriram o nariz e a boca; tudo que ele podia ver daquele rosto lindo eram os olhos escuros. No brilho laranja dos globos elétricos, Declan podia ver que sua esposa estava chorando.

O marido dela havia retornado para casa.

O balão explodiu, com chamas acendendo os fogos de artifício antes mesmo que o pavio tivesse chance de fazer isso. A explosão perfurou um dos tímpanos de Conor e um tumulto de fagulhas cobriu sua pele como um milhão de picadas de abelhas. Ele foi engolfado num casulo de chamas furiosas que comeram suas roupas e encresparam os pelos dos braços e das pernas, queimando a barba até a linha do maxilar. Por mais graves que fossem esses ferimentos, Conor havia esperado coisa muito pior.

A gravidade tomou conta, puxando-o de volta à terra com fios invisíveis. Ele desceu, chocado demais para gritar. Esse jamais fora o plano. Deveria haver dez braças de corda entre ele e o balão, coisa perigosa, certamente, mas muito mais saudável do que montar no balão propriamente dito.

Havia algo que ele deveria fazer. O plano tinha um estágio seguinte, certamente.

Claro! O dispositivo!

Forçou a mão boa a descer, contra o fluxo do ar, puxando os restos queimados do casaco.

Meu Deus! Havia fagulhas no dispositivo.

O dispositivo, claro, era um paraquedas. Os aeronautas vinham pulando de balões havia quase um século, com sucesso variado. Na América, jogar animais de balões havia se popularizado depois da Guerra Civil. Mas os saltos só eram feitos como diversão, em condições perfeitas de tempo. Raramente à noite, nunca de uma altitude de menos de dois mil metros e positivamente nunca com um paraquedas em chamas.

Conor localizou a corda de liberação e puxou. Fora obrigado a embrulhar o paraquedas cuidadosamente num saco de farinha e depois amarrá-lo no peito. Só podia rezar para que os cabos saíssem desembaralhados, caso contrário o paraquedas nem se abriria. Como estava, nesta altitude baixa era possível que ele nem tivesse tempo para se desdobrar e meramente lhe daria uma mortalha para sua sepultura na água.

A corda de liberação estava costurada na ponta de um paraquedas minúsculo, parecido com o que Victor e Conor haviam usado para soltar manequins de madeira das torres do palácio. Na teoria, o arrasto desse paraquedas seria suficiente para puxar o maior. Essa era uma das muitas novas ideias que Conor havia desenhado na lama dos fundos da cela. Na época, havia esperado que suas invenções não precisassem ser testadas em circunstâncias tão ultrajantes.

Ainda que Conor não visse isso acontecer, seu pequeno paraquedas funcionou perfeitamente, saindo do nicho como um bebê marsupial deixando a bolsa da mãe. Ele estremeceu ao vento por um instante, depois se abriu, pegando o ar. Sua queda foi reduzida instantaneamente. A tensão resultante arrastou o paraquedas maior para o ar noturno. A seda farfalhou, passando pelo rosto de Conor, ricocheteando o vento em suas dobras.

Sem linhas emboladas. Sem dobras rasgadas. Por favor, Deus.

Suas preces foram atendidas e a seda branca do paraquedas se abriu perfeitamente até os limites, com um barulho que parecia um tiro de canhão. A severidade da desaceleração fez com que as tiras do arnês batessem com força nas costas de Conor, deixando uma queimadura de corda em forma de X que ele carregaria pelo resto da vida.

Agora Conor estava além de qualquer pensamento racional e só podia se perguntar por que a lua parecia estar seguindo-o. Não só isso, mas ela parecia estar pegando fogo. Furiosas fagulhas laranjas comiam grandes pedaços, de modo que ele via as estrelas através dos buracos.

Não é a lua. É o meu paraquedas.

Então pareceu a Conor que ele ainda estava na cela, nas fases de planejamento, e que sua imaginação lançava problemas possíveis.

Se fagulhas do balão pegarem na seda do paraquedas, isso será de fato um tremendo problema, porque significará que alguém atirou no balão, apesar de eu tê-lo soltado da muralha. Se isso acontecer, só posso esperar que minha velocidade tenha se reduzido o suficiente para tornar possível a sobrevivência à queda na água.

Agora a queda de Conor era suficientemente constante para que ele pudesse distinguir o mar do céu. Abaixo, as ilhas subiam depressa. Podia ver o palácio de Isabella e, claro, a Muralha da Grande Salgada, com suas fileiras de lâmpadas elétricas, que haviam sido descritas pelo *The New York Times* como a *Primeira Maravilha do Mundo Industrial.*

Se eu pudesse guiar o paraquedas, pensou Conor, *as luzes me orientariam.*

Os barcos giravam abaixo dele num turbilhão de luzes. Rapidamente o barco maior preencheu sua visão e ele percebeu que pousaria ali. Não havia como evitar a embarcação, que surgia das profundezas negras como uma água-viva bioelétrica de Darwin.

Conor não sentiu qualquer tristeza em particular, era mais a decepção de um cientista cujo experimento havia fracassado.

Três metros à esquerda e eu poderia ter sobrevivido, pensou. *A ciência é de fato escrava da natureza.*

Mas o acaso tinha mais uma carta louca para jogar nesta noite de extremos improváveis. Um instante depois de seu paraquedas se dissolver em cinzas pretas, Conor se chocou contra o iate real *Victoria and Albert II* a uma velocidade de cerca de 60 quilômetros por hora. Bateu no terceiro barco salva-vidas de estibordo, abrindo um rasgo limpo na lona azul, que demoraria dois dias para ser notado. Abaixo da lona havia um leito de coletes salva-vidas de cortiça, temporariamente armazenados ali até que fossem presos os ganchos para pendurá-los.

Dois dias antes, os coletes recém-adquiridos não estariam a bordo. Três dias depois eles estariam distribuídos pelo iate.

Apesar do paraquedas e da lona, o peso e a velocidade de Conor o impeliram através da cortiça até o convés. O ombro deslocado abriu caminho até as tábuas do piso, onde ele ricocheteou uma vez e parou.

Os cascos devem ser limpíssimos, pensou ele, entorpecido. *Nenhum cheiro além de madeira e tinta.*

E depois: *Acredito que o impacto tenha ajeitado meu ombro. Quais são as chances contra isso? Astronômicas.*

Esse foi seu último pensamento antes que o desmaio o reivindicasse. Conor Broekhart não moveu um músculo pelo resto da noite. Teve sonhos nítidos, mas em apenas duas cores: vermelho e dourado.

PARTE 3

O AVIADOR

CAPÍTULO 12

ANJO OU DEMÔNIO

Pequena Salgada, 1894

Na noite em que conheceu o diabo, Arthur Billtoe aproveitava um dos seus passatempos prediletos. O guarda da prisão estava matando o trabalho num local confortável perto dos penhascos, no lado da ilha voltado para o mar. Billtoe possuía meia dúzia de locais assim por toda a ilha, lugares onde podia repousar a cabeça quando a vida na prisão lhe dava nos nervos.

Cochilar não era uma coisa simples numa ilha cercada por muralhas, com uma fortaleza empoleirada na cunha sudeste e uma dúzia de torres de vigia ao longo da Muralha propriamente dita.

Luzes elétricas idiotas, pensava Billtoe com frequência. *Como é que a gente pode tirar uma soneca?*

Este lugar confortável era o predileto de Billtoe, um buraco raso e pequeno perto da horta de verduras, a quinze passos da base da Muralha. O piso era uma lona velha que os rapazes da balsa haviam jogado fora e o teto era uma das velhas portas dos tempos do Heitor Viajante, com portal e tudo, ainda presa pelas dobradiças. A coisa toda era praticamente invisível do lado de fora, coberta de lama, capim e arbustos que haviam crescido em volta da porta.

Billtoe sentia-se inchar de orgulho a cada vez que se esgueirava para dentro da escuridão pungente e acolhedora. De todos os seus locais para dormir, este era o predileto. Seco como um osso, fizesse chuva ou sol, e ele podia tirar a rolha do buraco de espia e usá-lo como chaminé, o que o impedia de revelar as brasas ao vigia.

Mais um cigarro, pensou Billtoe. *Mais um e volto ao serviço.*

Arthur Billtoe estivera passando cada vez mais tempo nos esconderijos desde que Conor Finn havia desaparecido. Não tinha sentimentos bons pelo garoto soldado, mas temia que o marechal Bonvilain tivesse um plano para o rapaz, e o fato de ele estar morto não fazia parte desse plano.

Na noite do desaparecimento de Finn, Billtoe havia ficado sob a chaminé berrando durante horas. Quando isso se mostrou infrutífero, ele trouxe um garoto *cockney* de doze anos que estava cumprindo cerca de uma dúzia de anos por roubar dândis, e mandou-o subir pelos buracos com a promessa de cortar alguns anos de sua pena. O garoto desceu de mãos vazias depois de meio-dia e Billtoe o mandou de volta, sob a ameaça de arma. Mais quarenta e oito horas no labirinto e o garoto voltou com os joelhos sangrando e nenhuma novidade. Não adiantava. Conor Finn não estava lá em cima. De algum modo, Arthur Billtoe fora enganado.

Então começou a se perguntar sobre o açougueiro que havia se emaranhado num dos balões da coroação.

Poderia ser o Finn? Será que o garoto soldado podia ter subido à superfície, de algum modo?

Billtoe jamais poderia ter certeza e isso o pinicava como uma abelha andando por baixo da pele. Talvez Finn estivesse ressecado nas chaminés, ou talvez estivesse com os pulmões cheios d'água no canal de São Jorge. Morto era morto, e ossos eram ossos. Mas isso não seria o fim. Cedo ou tarde Bonvilain viria procurar seu prisioneiro especial e então o inferno baixaria sobre a cabeça de Arthur Billtoe.

A não ser. A não ser...

A não ser que o marechal fosse enganado. Quando Finn desapareceu, Billtoe havia pensado em levantar âncora e pular num vapor para Nova York; um dos seus possíveis pais estava em Nova York, se ainda fosse vivo. Mesmo que não estivesse, poderia haver alguma forma de herança. Mas isso era o mesmo que comer rato e chamar de peru. Ele não tinha dinheiro para o Atlântico, nem teria, mesmo com um ano de economias. Era frustrante possuir uma fortuna em diamantes roubados que não poderiam ser convertidos em dinheiro vivo.

De qualquer modo, as coisas estavam boas na ilha, no momento atual. Ele era o garoto de Bonvilain, depois que seus balões da coroação fizeram sucesso. Em pouco tempo ele poderia se ver recebendo um aperto de mãos junto com a promoção. Talvez então Arthur Billtoe estivesse em condições de tirar alguns diamantes da ilha, e depois, quem sabe, poderia viajar de primeira classe no tal vapor para Nova York.

Até então teria de rezar para qualquer deus que o amasse, pedindo que o marechal Bonvilain não olhasse muito atentamente para o garoto barbudo que ele havia posto na cela de Conor Finn. O garoto era mais ou menos da mesma idade, com o mesmo corpo e a mesma cor. Depois de algumas pancadas, possuía os mesmos olhos assombrados e a aparência encurvada de lado. Poderia ser o mesmo rapaz, se você não olhasse muito. Billtoe esperava que Conor Finn fosse um refém simples, e não alguém com fatos no crânio, porque se era atrás de informações que o marechal estava, era melhor que procurasse em outro lugar, porque não iria encontrá-las na cela de Conor Finn.

Billtoe teve uma ideia súbita.

Eu poderia cortar a língua do substituto. Dizer que isso aconteceu numa briga com Malarkey. O marechal não poderia me responsabilizar pelo fato, já que fora ele que me ordenara colocar Malarkey em cima do garoto.

Esta, para Billtoe, era uma ideia fantástica, muito melhor do que os canteiros de *Suaeda salsa* ou os balões da coroação. Ou os revólveres de doze tiros, por sinal, que haviam se mostrado uma pilha de ouro de tolo. Um amigo fazedor de armas em Kilmore havia quase perdido um dedo tentando construir aquela arma.

Vou cortar a língua daquele garoto assim que voltar, pensou, batendo na bota para se certificar de que sua faca boa estava aninhada ali, de encontro ao tornozelo.

Tremendamente satisfeito com sua imaginação, Billtoe lançou um último sopro de fumaça pelo buraco de vigia e apagou o cigarro numa concha de marisco que mantinha no esconderijo com esse objetivo. Abriu uma fresta na porta, usando o bico da bota, para deixar sair qualquer fumaça ou cheiro que ainda restasse, depois subiu para a escuridão como um cadáver saindo da sepultura.

Cortar a língua do substituto não somente vai servir a um propósito, com relação ao meu plano, mas vai melhorar meu humor.

A rotina geral de Billtoe era se grudar ao muro até chegar a um poço de escada, depois subir correndo como se simplesmente estivesse tomando ar. Ninguém iria questioná-lo, especialmente desde a coroação. Agora Arthur Billtoe era uma figura importante.

Para você, Pike, é senhor Billtoe.

Ele gostava de dizer isso ultimamente.

A noite estava nublada, praticamente sem nenhuma estrela piscando através das nuvens. Havia uma névoa alaranjada sobre os blocos das ameias da muralha, provocada pelas luzes elétricas. Billtoe usava a linha laranja como orientação, e assim ficava fácil se deslocar. Encoberto pela escuridão, passou rapidamente pelo capim áspero que brotava das pedras — um pouco afiadas, por sinal, já que o salto de sua bota escorregou num trecho de musgo e ele caiu de costas. O ar saiu dos pulmões como poeira de um tapete sendo batido.

Billtoe ficou ali de costas, chiando e ofegando, quando de repente as nuvens se partiram, deixando brilhar uma lua prateada como um guinéu. Quando recuperou o fôlego, os lábios de Billtoe se abriram num sorriso manchado de tabaco, porque finalmente, depois de tantos anos, podia identificar São Jorge na lua, como todo mundo dizia. Devia ser o ângulo, porque antes desse momento ele nunca vira nada além de manchas.

Posso ver agora, pela primeira vez. E vou cortar a língua de um prisioneiro. Dia feliz.

Então, através da abertura nas nuvens, surgiu um tipo de figura. Um homem com asas. Voando.

Esse tipo de acontecimento era tão estranho, tão impossível, que a princípio Billtoe nem ficou surpreso.

Um homem com asas de pássaro. Um anjo de preto.

O anjo deu uma guinada a estibordo para não atravessar por cima da ilha, depois desceu numa curva fechada, espiralando até que Billtoe pôde ouvir o aparato, além de vê-lo. Estalava, ondulava e balançava, e a criatura de aparência humana lutava com aquilo como se estivesse sendo carregada por uma grande águia.

Sei o que está acontecendo aqui, percebeu Billtoe.

Em toda a vida, Arthur Billtoe havia lido dois livros. *Os assassinatos mais abomináveis de Londres*, de Sy Cocilée, que ele achou tremendamente educativo, e *O índio nobre*, do capitão George Toolee, que ele havia *esperado* que tratasse de massacres e escalpelamentos de pioneiros, mas que na verdade era um estudo profundo da cultura dos índios. Billtoe quase jogou o livro no fogo, mas ele lhe havia custado alguns xelins, por isso perseverou. Um capítulo descrevia uma tenda conhecida como cabana do suor, onde os índios ficavam e fumavam até que seu espírito guia aparecesse.

Meu esconderijo é como uma cabana do suor. Agora meu espírito guia apareceu, e é um homem-pássaro.

O homem-pássaro desceu depressa, com as asas estalando enquanto o ar enchia o tecido. Parecia que a criatura iria se arrebentar contra as rochas, como um pardal de encontro à janela — o que Billtoe sempre achava divertido —, quando no último segundo possível a criatura-anjo ergueu o bico do aparato, planando até um pouso suave.

Sua velocidade o fez correr uma dúzia de passos até ele conseguir parar.

Billtoe olhou para cima, aterrorizado porque aquela criatura do outro mundo havia pairado acima dele, com a lua servindo de halo para sua cabeça. Estava suficientemente perto para lhe dar uma facada. Mas de que adiantaria? Seria impossível matar uma criatura assim.

A criatura se vestia de preto, do topo do gorro de couro até a ponta das botas de montaria que iam até os joelhos. O rosto estava escondido por óculos de vidro e um cachecol apertado com força por cima da boca. A respiração era áspera através do cachecol e seu peito arfava.

Algo piscou no peito do anjo. Algum tipo de insígnia. Duas asas douradas, brotando de uma letra "A". Poderia significar anjo?

Arthur Billtoe desejou de todo o coração ficar imóvel e em silêncio. Sentiu-se de novo como o garoto de 7 anos que ele fora num beco de Dublin, escondendo-se num barril de água, sendo caçado por um velho bêbado que queria pegar os seis pences que estavam em seu bolso. Agora sua vida não valia mais do que naquela época. Essa criatura seria capaz de matá-lo com um olhar. Ele ansiava por poder puxar o capim e o mato ao redor como um cobertor e dormir até que aquela temível criatura voadora tivesse partido.

Não choramingue, disse a si mesmo. Choramingar em momentos de perigo sempre fora uma falha sua e lhe rendera ferimentos mais de uma vez no passado.

Segure, Arthur, meu garoto. Prenda esse choro até o último fio de cabelo.

Poderia ter conseguido se a criatura não tirasse um sabre da bainha no cinto e começasse a enfiá-lo no chão, como se procurasse ferir a mãe terra. Cada golpe o trazia mais para perto de onde Billtoe estava tremendo.

Por fim ele não conseguiu absorver mais o medo.

Vou morrer se não falar. Meu pobre coração vai estourar de vez.

— Quem é você? — sussurrou, com a força de suas emoções levantando-o de pé. — O que quer com Arthur Billtoe?

A criatura saltou para trás, depois se firmou. Os olhos de vidro relampejaram em laranja à luz das lâmpadas, em seguida se enegreceram quando pousaram no guarda da prisão.

— Billtoe — rosnou a coisa. — Arthur Billtoe.

Se pudesse, Billtoe teria mudado de nome no ato, tamanho era o ódio na voz da criatura. Aqueles sujeitos de asas deviam ser cheios de ódio, por natureza.

Enquanto Billtoe pensava nisso, o homem voador saltou adiante, com as asas curvas subindo devido ao movimento súbito, levantando no ar o estranho vestido de preto. Ele pousou na terra como uma gárgula gigantesca rosnando, ao alcance de Billtoe, fato que aproveitou apertando a traqueia do guarda com os dedos de aço.

— Billtoe — disse ele outra vez, pousando a parte chata do sabre na garganta pálida de Billtoe.

— O... o senhor é anjo ou diabo? — gaguejou o guarda. — Preciso saber. Vai me levar para cima ou para baixo?

Os círculos de vidro o examinaram por um longo segundo. Billtoe sentiu a lâmina deslizar ao longo de seu pomo de adão, sentiu o gume afiado cantar. Então a lâmina parou seu arco mortal e a criatura falou:

— Posso ser anjo ou demônio, *monsieur*. Mas, no seu caso, serei sempre um demônio.

— Vai me matar agora? — perguntou Billtoe, com a voz parecendo um guincho.

— Não, *monsieur*, agora, não. Mas você está fazendo muito barulho, portanto...

O diabo levantou o sabre bem alto e baixou o punho da arma sobre a testa de Billtoe. O guarda desmoronou como uma marionete largada.

Billtoe não estava totalmente inconsciente, mas achou que seria melhor procurar a escuridão, em vez de abrir os olhos e cair na fúria do homem voador. Manteve os olhos fechados e logo apagou.

Quando Arthur Billtoe acordou, o dia estava nascendo. Parecia ter um ferimento gigantesco na cabeça e o encarregado de passear com o cachorro do diretor, Poole, estava parado junto dele, encorajando o pequeno terrier a usar a bota de Billtoe como local para fazer cocô.

— Sai daí! — rosnou Billtoe, chutando o cachorro, depois se lembrou do demônio francês, que ainda poderia estar nas proximidades.

Rolou para fora da poça em que estivera deitado e ficou de quatro, incapaz de se levantar, ainda mais por causa da dor que martelava o crânio.

— Diabo — ofegou. — Francês. Asas grandes, parecem de borracha. Voando que nem um gavião noturno. Você viu?

A reação de Poole a esta loucura foi fingir que não tinha escutado. Tossiu furiosamente para encobrir a fala de Billtoe, depois brigou com o terrier.

— Que feio, *Sir* Percival, é feio fazer cocô no *senhor* Billtoe assim, e ele saindo de um sonho, cujos detalhes não tenho vontade de ouvir. Eu lhe daria um chute, Percy, se você não fosse um garoto tão bonito.

Em seguida pegou o cão e deu o recado com o qual fora mandado:

— O diretor está procurando *por* você — disse, incapaz de encarar Billtoe. — Diz que está farto de você e dos seus esconderijos. E que você mesmo pode enchê-los ou ele vai enchê-los com você dentro. Foi o que ele me disse, palavra por palavra. Fiquei repetindo para mim mesmo o tempo todo.

Billtoe ainda estava arregalado, o olhar girando ao redor da área rochosa, com um fino fio de baba pendurado nos lábios.

— Ele me achou. Ele me achou. Eu estava no barril com meus seis pences e ele me achou.

Poole decidiu fingir que não entendia. Era mais fácil.

— Sim, senhor. O diretor encontra todo mundo. Ele deve ter olhos nas costas.

Poole se arriscou a fazer uma gracinha enquanto trotava atrás de *Sir* Percival, de volta ao alojamento dos guardas.

— Ou talvez ele tenha asas e voe sobre a ilha à noite, olhando para nós.

Billtoe sentou-se numa pedra, cutucou o galo na testa e começou a chorar.

O céu

Conor Finn estava voando, mas não era a experiência suave que ele havia esperado. O planador era uma fera e dominá-lo significava lutar constantemente com a geringonça enquanto subia no ar. Para dizer a verdade, aquilo não se parecia com subir, e sim uma batalha feroz com os elementos. As asas chacoalhavam, estalavam e se sacudiam bruscamente, ameaçando partir as hastes em forma de costelas a cada sopro de vento. O arnês penetrava em seu peito, restringindo a respiração, e até mesmo uma colisão com uma ave marinha poderia mandá-lo numa espiral até a terra. Mesmo assim Conor não teria aberto mão da experiência.

Sou a lua, pensou. *Sou as estrelas.*

E então.

Cuidado. Uma gaivota.

O planador se sustentava tão bem quanto seria de esperar, mas ele juraria que a terceira costela a estibordo estava se rachando. Mais tarde iria tirá-la da bainha e substituir por uma haste nova. A barra de direção, uma de suas inovações, funcionava perfeitamente, permitindo-lhe mudar o peso e exercer um certo controle sobre a trajetória. Mas era um controle tênue, que poderia ser suplantado com desprezo pela menor corrente em ascensão.

O céu noturno estava pesado de nuvens, refletindo as luzes de Wexford e Kilmore, ali perto. De vez em quando Conor passava por baixo de um buraco nas nuvens e a lua cheia o iluminava com raios de prata. Conor esperava que, de baixo, sua silhueta fosse a de um pássaro grande, mas mesmo assim ficou feliz com a decisão de usar tecido preto para as asas. Tingido de preto, e não pintado. A tinta pesaria demais.

De perto e à luz do dia, seria óbvio que o planador era pouco mais do que uma pipa desenhada com inteligência. Dois ovais de dois metros e quarenta para as asas, ligados por um espaço central circular onde o piloto pendia suspenso em seu arnês de couro. Um leme de cauda composto por uma haste curta, com suportes para as pernas, e um mastro que podia ser inclinado pelos pés. E uma barra de direção trapezoidal que ficava presa diretamente à estrutura principal da asa. Em teoria, se a pessoa pudesse encontrar termais ascendentes, era possível voar para sempre, suspenso num planador daqueles. É claro que, esta era uma teoria muito otimista, que não considerava o desgaste, a má ciência e o fato simples de que as termais eram apenas ligeiramente menos difíceis de ser localizadas do que os unicórnios.

Conor vestia a mais forte roupa para balonismo, gorro de couro preso por uma tira no queixo, óculos e botas apertadas. O uniforme era uma cópia convincente do usado pelos aeronautas do Exército francês, mas todo em preto até os debruns da calça, sem qualquer insígnia além do misterioso "A" alado, que poderia significar *Aeronautique*.

Se por acaso eu cair nas Salgadas, pensou Conor, *vou parecer, para todo mundo, um aviador francês, que não quer ser identificado como tal. Em outras palavras, um espião voador. Isso deve atiçar a desconfiança de Bonvilain contra o Exército francês.*

Era um pequeno consolo, mas cravar um espinho de inquietação no coração de Bonvilain era melhor do que morrer sem deixar nada além de um cadáver.

Esta noite sua sorte havia se mantido. Uma boa decolagem do túnel, com tudo acontecendo como deveria. O ventilador a vapor havia arrancado algumas tábuas do túnel de seus encaixes, mas isso seria facilmente consertado, e não houvera grande perda de força do vento. Seu mecanismo de decolagem havia funcionado mil vezes suspenso de uma trave da torre, mas esta noite funcionara ao ar livre e ele conseguira se inclinar à frente no arnês e enfiar as pernas nos estribos. Esta era uma das suas principais inovações, ainda que houvesse mil outras, pequenas, da moldagem das armações a vapor ao leme de cauda.

O litoral se aproximou, e também o mar negro — com as Ilhas Salgadas luzindo como dois ninhos de vaga-lumes. No momento em que passara pela ponte de São Patrício, a longa barra de xisto que se encurvava a partir do continente para apontar como um dedo cheio de artrite na direção da Pequena Salgada, a termal que ele estivera cavalgando desapareceu e o planador entrou em estol, inclinando o nariz para baixo.

Conor estava preparado para isso, mas não estava pronto. Se o estol durasse mais de alguns instantes, ele mergulharia para a terra e a morte certa.

No caso de estol, mantenha o nariz para baixo e solte as tiras.

Havia três cordas amarradas na barra de direção e as três estavam ligadas ao pulso de Conor. Ele soltou a barra, inclinando-se fortemente para baixo e desamarrando as três cordas.

A corda central era ligada a um painel preso por dobradiça, à frente — o bico —, que puxava o nariz para baixo. As outras duas saíam das lâminas de duas hélices de madeira, que começaram a girar imediatamente devido à energia liberada de duas fortes cordas de borracha.

As hélices impelidas pelas cordas de borracha só funcionariam uma vez a cada voo, e a quantidade de empuxo que proporcionavam era mínima, mas poderiam bastar para tirá-lo de um estol.

Bastaram. O planador saltou à frente apenas um metro, mas endireitou-se de novo e pegou a brisa do mar. Conor sentiu-a correndo pela extensão de seu corpo, sentiu o cheiro de sal a cada sopro.

Diante dele, as luzes da Muralha da Pequena Salgada marcavam seu alvo na escuridão.

Em forma de coração, pensou ele. *Daqui de cima, a ilha parece um coração.*

E então. *Estou voltando à Pequena Salgada. Deus me ajude, estou voltando.*

E não pôde conter um tremor que era mais de medo do que de frio.

Na noite de sua fuga ousada, Conor havia espiralado, chamejando do céu como o Ícaro da lenda, chocando-se contra um bote salva-vidas no iate da rainha Vitória, que estava movimentado com os preparativos da partida.

Conor Finn ficou sem ser descoberto por baixo de uma dúzia de salva-vidas de cortiça durante a viagem noturna, incapaz de se mover, mesmo que a mão áspera da descoberta pousasse em seu ombro. A mão não chegou e Conor pôde dormir até que o iate soprou sua buzina para alertar um esquife que estava no caminho.

A sorte havia sorrido para ele de novo em Londres, onde pudera saltar do navio umas duas léguas antes do porto e nadar até uma rampa à beira do Tâmisa.

Conor roubou um casaco, que felizmente tinha um pouco de pão e queijo no bolso, depois passou o resto do dia andando pelo cais, tentando escutar um sotaque irlandês. Ao pôr do sol havia encontrado um grupo de irlandeses de Londres que tinham dentes de menos e tatuagens demais para ser espiões da alfândega.

Se você conseguir sair desse buraco do inferno, dizia Malarkey com frequência, *encontre meu irmão Zeb nas docas de Londres. Mostre a tatuagem e ele vai cuidar de você.*

Conor enrolou as mangas para que os trabalhadores do cais vissem, revelando sua tatuagem do Aríete, e falou a palavra mágica. *Malarkey.* Dentro de uma hora estava enfiado até o pescoço em água com sabão, com uma caneca de café numa das mãos e um ótimo charuto na outra. Zeb Malarkey era um homem de posses e a maioria dessas *posses* era fruto de seu imposto de importação pessoal.

O próprio Zeb havia chegado à estalagem duas horas depois e, sem uma palavra de cumprimento, examinou a tatuagem e a marca da Pequena Salgada em Conor.

— Como está o Otto? — perguntou ele. — Como está o cabelo dele?

Conor deu ao chefe do crime o máximo de informações que pôde. Cabelo sedoso, saúde boa. Uma bela linha de trambiques sendo feita.

Zeb já ouvira falar de Conor através de um guarda da Pequena Salgada que recebia subornos para passar informações.

— Conor Finn? O garoto soldado. Otto fala muito bem de você. Diz que você pôs ordem nos Aríetes que estão trancafiados. Gostaria de fazer o mesmo aqui?

Era tentador simplesmente abandonar por completo a vida antiga, como um réptil se livrando de uma pele quebradiça. Mas Conor conhecia o próprio coração o suficiente para reconhecer que ser um executor no porto não era para ele. Podia não ser mais Conor Broekhart, mas não estava totalmente divorciado da moral da mãe. Podia ferir outra pessoa para sobreviver, mas não em troca de pagamento.

Era um aviador. Este era seu destino. Precisava se ater ao plano. Ir para a Irlanda, construir os meios para pegar seus diamantes e depois viajar para a América com a verba para equipar seu laboratório.

Assim, agradeceu a Zeb Malarkey, mas disse que não. Tinha negócios na Pequena Salgada. Negócios que poderiam render muito dinheiro para os Aríetes. Será que Zeb teria alguns homens na Irlanda, ou talvez nas Salgadas, que pudessem ajudar?

Os Aríetes têm homens em toda parte. Que tipo de negócios? Vingança?

Não exatamente. No terreno da prisão há coisas que pertencem a mim e ao seu irmão. Eu dei a Otto minha palavra de que iria libertá-lo. Meu agradecimento pela amizade nesses três anos.

Zeb Malarkey jogou-lhe uma bolsa cheia de guinéus.

Então vá, ilhéu. Vá e espalhe o caos.

E foi exatamente isso que aconteceu.

De repente, a Pequena Salgada estava embaixo dele. Em menos de três minutos Conor havia atravessado a faixa de quatro quilômetros de oceano entre a ilha-prisão e o continente. Se ele fizesse parte de um exército, a ilha seria dominada antes que pudessem soar o canhão de alerta.

O corpo de Conor doía com a tensão constante nas juntas e ele ficou aliviado ao puxar a barra para trás e colocar o planador numa curva descendente. Nos testes de voo, conseguira pousar o planador dentro das cercas de um campo menor do que esta ilha. Mas aquele campo tinha cerca viva, em vez de guardas. E as cercas vivas eram povoadas por texugos e esquilos, e era improvável que um deles apontasse um fuzil para uma criatura voadora.

Mesmo à noite, a visão de um pássaro era muito reveladora. Havia três guardas na Muralha, todos na parte norte, ao abrigo de uma torre. Conor podia ver os fornilhos acesos dos cachimbos, balançando próximos uns dos outros. Eles deviam estar igualmente espaçados e em movimento, mas os séculos de calma haviam gerado uma certa preguiça.

Na verdade havia duas muralhas na Pequena Salgada. O círculo exterior principal e um muro interno que cercava o prédio da prisão. Entre os dois ficava a área de trabalho onde os prisioneiros se exercitavam e trabalhavam nos canteiros de *Suaeda salsa*. Era ali que Conor queria pousar. Onde os diamantes estavam enterrados.

De repente uma termal pegou seu planador, fazendo-o errar o ponto preferencial de pouso por cem metros. Conor chutou a barra de cauda para a posição extrema a bombordo e apontou o nariz para baixo. Isso o colocou numa descida em giro fechado, mas a alternativa era pousar no oceano. Seria uma pena morrer afogado esta noite, tendo voado mais longe num planador do que qualquer homem na história.

Victor ficaria orgulhoso.

O pensamento o inquietou. Na prisão havia tentado não pensar na família e nos amigos da vida antiga, mas, desde a fuga, não conseguia pensar em muita coisa a mais.

Eu poderia simplesmente voltar. Explicar. Papai questionaria Bonvilain.

É. E seria assassinado por isso. Mamãe também. Melhor simplesmente trancar e pregar a porta do passado e começar vida nova.

Baixou rapidamente. Rochas e pequenos morros cresceram do que fora apenas um espaço preto parecido com xarope. O planador lutou com ele até embaixo, e Conor lutou de volta, xingando aquele aparato infernal, recusando-se a deixar que ele tivesse o controle.

Assim que estava dentro do abrigo da Muralha, a turbulência desapareceu e o planador ficou dócil e doce, levantando o pescoço graciosamente como um cisne. Os saltos das botas de Conor cravaram na terra macia e ele abriu duas valas paralelas por três metros antes de virar as asas para trás, usando uma manivela no cinto, e parar.

Não havia tempo para se regozijar com o pouso ou de se parabenizar pela eficácia de suas asas dobráveis, mas no momento, tecnicamente, elas estavam apenas erguidas. Para se dobrar totalmente, duas estruturas teriam de ser retiradas.

Trabalhar. Trabalhar.

Os diamantes estavam enterrados trinta centímetros depois do canto mais ao norte de cada canteiro. Sete canteiros, sete sacos de diamantes. O canteiro mais próximo estava praticamente aos seus pés. Se ele trabalhasse depressa e não fosse descoberto, talvez conseguisse recuperar três sacos esta noite.

Conor tirou um sabre do cinto, usando-o para cavar a terra encharcada, procurando diamantes, mas foi distraído pela visão de uma figura escura e perturbada erguendo-se da terra.

Uma armadilha. Fui apanhado numa armadilha.

Mas não era verdade. A figura trêmula falou:

— Quem é você? O que quer com Arthur Billtoe?

Conor sentiu uma raiva intensa a ponto de ser física. Sua testa ardeu e o punho do sabre, enrolado em couro, estalou em sua mão.

— Billtoe — rosnou ele, saltando à frente. — Arthur Billtoe!

A velocidade do movimento pegou o ar e as asas saltaram para o céu. Conor foi elevado brevemente, mas se Billtoe achava que poderia escapar, estava errado. Conor pousou a menos de sessenta centímetros do guarda aterrorizado, enrolando dedos de aço na goela do sujeito.

Como a mesa virou! Quem é que manda agora? A menos de vinte metros de onde você me maltratava e me humilhava.

— Billtoe — disse de novo, encostando a parte lisa do sabre na garganta pálida de Billtoe.

— O... o senhor é anjo ou demônio? — gaguejou o guarda. — Preciso saber. Vai me levar para cima ou para baixo?

Conor pensou em matá-lo. A ânsia era forte. Muito provavelmente esse desgraçado havia assassinado Linus Wynter. Cedeu a esse desejo até fazer um pequeno corte no pescoço do guarda. Mas não conseguiu completar o movimento.

Ainda não é assassino, poderia ter dito Linus.

Atenha-se ao plano. Você é um espião francês.

— Posso ser anjo ou demônio, *monsieur*. Mas, no seu caso, serei sempre um demônio.

— Vai me matar agora? — chorou Billtoe.

— Não, *monsieur*, agora, não. Mas você está fazendo muito barulho, portanto...

Deu uma pancada forte na têmpora de Billtoe com o punho do sabre, adorando o som provocado pelo contato. Engraçado, o guarda não parecia tão ameaçador agora, esticado no capim. Um covarde sem sua arma ou sem o peso da autoridade por trás.

Pegue os diamantes. Pelo menos um saco.

O plano de Conor, de desenterrar três sacos, foi destruído. Billtoe poderia acordar a qualquer momento e, por mais que a ideia parecesse tentadora, ele não podia ficar batendo no crânio do sujeito a noite toda. Nem podia amarrá-lo e amordaçá-lo, já que não tinha corda nem pano. Algo para lembrar na próxima visita, caso sobrevivesse a esta.

Voltou a cavar, levantando torrões da terra com o sabre. Ocorreu-lhe que Malarkey poderia ter mentido e escondido o tesouro em outro lugar, mas Conor achou improvável. Apesar do começo pouco auspicioso, Otto Malarkey havia se tornado seu amigo e os Aríetes tinham um forte sentimento de lealdade. Prefeririam subir a escada do cadafalso a trair outro homem que tivesse a tatuagem.

A confiança de Conor foi recompensada. Logo sua lâmina ressoou contra um amontoado de diamantes. Deixou o sabre de lado e revirou a terra com os dedos enluvados, tirando a bolsa de diamantes.

Uma encontrada. Faltam seis.

Sentiu-se tentado a procurar outra. Com uma segunda bolsa no cinto, seu futuro estaria garantido e ele poderia partir para a América no dia seguinte.

Vá agora. Seja prudente. Billtoe pode acordar a qualquer segundo.

Mais uma. Só mais uma.

Conor correu até o segundo canteiro de salsa, o tempo todo imaginando que Billtoe recuperava os sentidos.

Será que eu deveria tê-lo matado?

Não. Um guarda morto provocaria suspeitas. Haveria uma investigação. Billtoe tendo conversas com um aviador francês, por outro lado, seria visto como as arengas de um bêbado, a não ser que Bonvilain ficasse sabendo.

Agora é tarde demais. Pegue a segunda bolsa.

O canteiro ficava mais ao norte, ao longo da curva do muro. Conor correu perto da base, evitando as correntes em redemoinho, que passavam sobre os pequenos morros da ilha, e também a névoa salgada que pesaria nas asas.

O planador precisa se dobrar mais, disse a si mesmo. *As asas pegam cada sopro de ar.*

A segunda bolsa foi igualmente fácil de encontrar. Otto Malarkey havia seguido bem suas instruções. A bolsa saiu da terra, deixando cair torrões e pedrinhas. Era do tamanho e do peso de um coelho pequeno.

Pesada o bastante. Duas encontradas.

Agora era certamente hora de voar. Tentar mais uma busca era convidar o desastre. Conor teve uma imagem súbita de que passaria o resto da noite em sua antiga cela e um tremor atravessou sua coluna. Precisava ir embora.

Os guardas sem dúvida estavam amontoados na torre norte, enchendo os cachimbos, então ele faria a fuga pelo sul. Retornou à base da muralha e seguiu o nariz até encontrar um *garderobe*, uma latrina cavada na base da muralha com um dreno que chegava ao oceano. Em geral os *garderobes* ficavam perto de uma escada, de modo que o guarda precisasse ficar o mínimo de tempo possível longe do posto.

E, como havia esperado, a escada ficava meros três passos depois do *garderobe*, construída como uma escora em degraus para a muralha principal. Conor subiu de quatro, mantendo as asas atrás do corpo, seguras contra danos, mas abertas a sopros de vento. Por mais de uma vez foi obrigado a firmar as pernas contra o esforço das asas erguidas para levantá-lo dos degraus.

Ainda não. Mais alto.

Não havia sinal visual nem sons de uma sentinela em cima da muralha, mas ele próprio estaria suficientemente visível assim que saísse da escada. Tudo acontecia exatamente como fora planejado, menos o Billtoe. O que, em nome do céu, o sujeito estava fazendo? Dormindo ao ar livre?

Conor deitou com o corpo chapado no topo da escada, espiando ao longo da curva da muralha de cada lado. As pedras, gastas por séculos de patrulhas, brilhavam laranja à luz elétrica. O parapeito com ameias ficava à altura da cabeça, com fileiras de aberturas horizontais para disparar armas. O vento assobiava através de cada uma delas, provocando um fantasmagórico grito de espíritos malignos.

Um vento soprando para o mar. Ainda forte.

Teria sido melhor se o vento tivesse mudado para uma brisa do mar, soprando de volta para o continente. Mas essas eram chances com as quais não se podia contar. Aproveite quando a dama da sorte sorri, mas não planeje esperando por isso. E assim o destino imediato de Conor não era Kilmore, e sim a Grande Salgada, porque era para lá que o vento ia.

Juntou os pés sob o corpo, empurrando o arnês mais para baixo. Segurou a alavanca de elevação das asas numa das mãos e a barra do leme na outra.

De novo no ar.

Levantou-se e correu pela passarela da muralha. Seus passos pareciam absurdamente altos enquanto as botas batiam nas pedras. Sem dúvida os sons marchariam ao longo do muro até a torre dos guardas.

Concentre-se em suas ações. O menor escorregão pode significar sua morte.

Era curioso, mas às vezes a voz na mente de Conor soava como Victor Vigny.

Tenho um anjo da guarda e ele é francês.

Isso o fez rir, e assim, apesar da situação de vida ou morte, foi um Conor Finn sorridente que subiu no parapeito da Pequena Salgada e se lançou no céu da noite.

Estou voando para casa.

Ponte Sebber, Grande Salgada

Geralmente Pike trabalhava no primeiro turno na Pequena Salgada, depois passava horas de sol e dias de lazer na ilha grande, cuidando de sua mãe perneta e consertando a parede do chalé, em que ele já vinha trabalhando havia quinze anos. Quando não estava misturando argamassa para a parede, Pike estava ganhando dinheiro vendendo informações para os Aríetes.

Pike jamais faria parte do círculo interno da quadrilha, mas era um homem útil em qualquer situação porque, apesar da aparente falta de massa cinzenta, tinha uma capacidade incrível de acumular informações. O diretor, um homem político, apreciava isso e dava tempo extra a Pike para lhe repassar qualquer fofoca da corte que ele conseguisse obter, enquanto os Aríetes lhe pagavam bem por qualquer informação sobre a alfândega que ele conseguisse com seus amigos no cais. Dois sacos de moedas por semana e nenhuma parte fazia ideia da outra.

Além de dar informações, Pike cumpria missões para os Aríetes. Nada violento que pudesse levá-lo à forca, e além do mais ele era um covarde inveterado. Seu último serviço era a própria simplicidade, ainda que um pouco estranho. Até aviso em contrário, em qualquer noite em que houvesse uma brisa forte vindo do continente, ele deveria rebocar um esquife até a ponte Sebber e deixá-lo ali. Simples. Encalhar o barco no afloramento de xisto abaixo de Fortaleza do Promontório, depois remar de volta, subindo a costa, até o porto. Sem luzes, sem assobiar nem cantar cantigas de marinheiro, caso contrário os Atiradores das Salgadas poriam uma bala no seu traseiro. Simplesmente encalhar o barco e ir embora. O esquife voltaria ao porto das Salgadas no dia seguinte.

Ordens simples, mas não para o gosto de Pike. Graças a seu pagamento duplo, ele sabia muito bem como as boas informações eram valiosas e tinha certeza de que haveria quem pagasse para saber que tipo de pessoa pegava um esquife na ponte Sebber em plena madrugada. Não era uma pessoa de bem, com toda certeza. Os cidadãos honestos vinham e iam pelo porto sem precisar de artifícios assim.

O truque era como vender a informação sem cair em desgraça com os Aríetes. Mas ele podia pensar nesse problema quando tivesse alguma informação para vender.

Assim Pike decidiu adiar a partida por um tempo, até que o marinheiro misterioso tivesse zarpado. Então saberia que tipo de pepita possuía e quanto ela valia.

Escondeu seu bote sob uns arbustos e se arrastou subindo nas pedras, acomodando-se para esperar.

Depois de umas duas horas, estava se arrependendo de não ter trazido mais tabaco e pensando em encher o cachimbo com algas, quando algo farfalhou no alto, fazendo-o largar o cachimbo totalmente.

Se aquilo era um morcego, era dos grandes. Mais provável que fosse uma gaivota voando baixo, ou um francelho vindo da Irlanda.

Pike teve uma vaga sensação do tamanho da criatura.

Deve haver um bocado de carne num pássaro assim. Pena não ter trazido minha atiradeira. Até uma gaivota tem gosto passável quando é cozida do modo certo.

Espremeu-se para fora de sua fenda bem a tempo de ver um homem com asas girar para pousar na ponte Sebber, com os calcanhares levantando arcos de cascalho de xisto.

Um homem voador, pensou, aparvalhado. *Um homem que consegue voar.*

Soube instantaneamente que essa era a coisa mais valiosa que jamais veria. Tirou um bloco de anotações do bolso, lambendo o toco de lápis que pendia de um barbante preso à capa.

Um bom informante nunca sabe quando uma pepita precisará ser anotada. Mantenha seu lápis perto do coração e nunca vai perder um truque.

Assim, com o coração chacoalhando nas costelas e os dedos tremendo, Pike esboçou o homem com asas agarrando-se à amurada do esquife, para que a brisa não o levasse até a lua.

Desenhou setas apontando para as asas e, acima das setas, escreveu *asas*, como se escrever a palavra tornasse mais crível o que estava diante de seus olhos. Anotou quando o homem voador puxou uma alavanca e suas asas foram dobradas atrás do corpo. Desenhou um diagrama do arnês e de como ele envolvia o cavaleiro do céu dos ombros aos joelhos. Viu como o homem saiu do arnês como uma dama saindo do corpete e desmontou todo o aparato puxando alguns estais, até que as asas ficassem tão bem dobradas quanto uma toalha de piquenique.

Talvez eu devesse pegar aquelas asas, pensou Pike. *Aquele homem voador não parece tão grande. Eu poderia rasgar as costelas dele com minha faca e dar aquelas asas de presente ao diretor. Talvez fosse o melhor a fazer.*

Mas então notou o sabre no cinto do homem e um revólver no quadril do outro lado. Também havia a possibilidade de o homem voador possuir estranhos poderes místicos como mau-olhado ou feitiço mortal.

Melhor deixar apenas os desenhos, por hoje, decidiu. *Na próxima vez estarei preparado e ele estará relaxado. Uma boa machadinha deve bastar.*

O homem voador guardou seu equipamento embaixo do banco de popa, depois enfiou o bico da bota no cascalho de xisto, empurrando. O esquife deslizou facilmente para a água escura com um som tão fraco quanto o das ondas no litoral norte.

Ele se foi, pensou Pike. *Estou seguro.*

Mas talvez tivesse pensado isso muito alto, porque o homem voador se imobilizou e virou os olhos com óculos na direção das pedras. Sua cabeça estava inclinada como um cervo perplexo e ele examinou os níveis mais altos com os dois círculos laranja.

Seus olhos estão pegando fogo, pensou Pike. *Ele consegue ver no escuro.*

Mas então o estranho homem voador se virou, pulando agilmente no esquife e fazendo-o balançar na água, com a proa batendo nas ondas. Em segundos a vela escura se desdobrou e ele virou para estibordo, afastando-se da ilha.

Pike suspirou de alívio.

Talvez uma machadinha não baste, decidiu. *Talvez eu precise de algo com cabo comprido.*

CAPÍTULO 13

O RETORNO DO SOLDADO

Cais de Kilmore

Conor bordejou ao largo, aproveitando ao máximo possível o vento que soprava para o mar, antes de baixar a vela e remar na direção do porto de Kilmore. As nuvens haviam se adensado e algumas gotas de chuva batiam nas tábuas. A maré estava subindo, de modo que ele fez uma boa viagem, apesar do vento nas costas.

Havia imaginado uma empolgação nesse momento; estivera esperando por isso por tempo demais. Havia diamantes em seu cinto e liberdade no futuro. Zeb Malarkey lhe havia mandado novos documentos para que ele marcasse a passagem para Nova York no dia seguinte, se quisesse.

O bastante para iniciar uma vida nova.

Sentia de fato uma certa satisfação, mas era séria e contida. Parecia que as lembranças da vida antiga reivindicavam seu lugar na linha de frente do pensamento, agora que estava fora da prisão.

Conor se perguntou se poderia sentir a verdadeira alegria de novo, sem os entes amados para compartilhar suas realizações. Permitiu-se um breve devaneio. Imaginou-se pousando seu planador não na Pequena Salgada, mas na longa praia de Curracloe na Irlanda, que seguia plana e reta por vários quilômetros. Aquele era o local onde Victor falava incessantemente em testar os aeroplanos dos dois.

Haveria multidões presentes, claro, e jornalistas de todo o mundo. E bandos de cientistas céticos. Mas Conor não dava a mínima para nenhum deles — estava de olho nos pais, e em Victor também. Seu pai iria alcançá-lo primeiro, quando ele chegasse à terra. Talvez Isabella comparecesse.

Seu coração se encolheu. *Isabella.*

Ela acredita que eu ajudei a matar seu pai. Como pode acreditar nisso?

Em vez de planando para as areias douradas de Curracloe, ele estava sozinho num barco, sem ninguém a quem contar vantagem. Ninguém com quem comemorar. O poder do voo não era mais uma realização em si — era um modo de ajudá-lo no roubo.

Voei mais longe do que qualquer homem. Voei sobre a água à noite. Sem ter a quem contar, além das estrelas. A única pessoa que sabe disso é um cruel guarda de prisão. Um bufão que acha que eu sou o diabo. Sou o primeiro ladrão voador do mundo.

Conor balançou a cabeça para desalojar esse devaneio inquietante, depois arqueou as costas, puxando os remos. Remou habilmente, como seu pai havia ensinado. Curve-se à frente, mergulhe as pás, mas não muito fundo. Puxe com as costas e depois com os braços. Desenvolva um ritmo e deixe esse ritmo acalmá-lo. É possível ficar realmente em paz na água, num barco pequeno, mesmo que apenas uma tábua o separe do oceano frio e implacável.

Um ladrão pode ficar em paz? Talvez por algum tempo.

Conor amarrou o esquife ao cais, enfiou o gorro e os óculos num bolso do casaco e depois colocou o casaco sobre o planador dobrado. Pôs o embrulho amorfo nas costas e subiu a escada até o píer. Os diamantes tilintavam como sacos de bolas de gude a cada passo que ele dava pelo muro do cais. Chamou dois garotos que estavam remendando uma rede na rampa e lhes deu dois xelins.

Um para pagar a balsa de volta e o outro para vocês.

Era comum que os visitantes às Ilhas Salgadas tomassem uma cerveja a mais e perdessem a última balsa. Era comum a ponto de não levantar suspeitas. Sempre havia alguns garotos no cais, dispostos a devolver o barco emprestado, em troca de pagamento, naturalmente.

Talvez eu precise desses garotos por mais algumas noites, pensou Conor. *Depois deixarei este lugar para sempre.*

Mas não havia prazer na ideia. À medida que os pensamentos em sua família ficavam mais fortes, o sonho com a América havia empalidecido. Mesmo assim ele iria perseverar, já que ficar ali, suficientemente perto de casa para ver a luz da cozinha acesa, seria intolerável.

Agora sou Conor Finn. Não tenho família.

O povoado de Kilmore estava bastante silencioso devido à hora tardia, mas ainda havia algumas falas exaltadas emanando da porta do Wooden House, o bar local construído quase totalmente a partir do castelo de proa de um navio grego afundado.

Sentiu-se tentado a entrar e sentar-se com uma tigela de cozido, mas a carga às costas e no cinto era valiosa demais para ficar embaixo de uma mesa de taverna, por isso continuou subindo o morro, deixando o povoado para trás.

Seu novo lar ficava a três quilômetros do povoado, perto da antiga estrada costeira. Conor subiu um degrau e seguiu um caminho desgastado, ao longo da beira do penhasco, até um portão do fim da Idade Média, com águias empoleiradas nas colunas cheias de musgo.

Águias, pensou Conor. *A piadinha de Victor.*

O portão de ferro fundido era bastante imponente e poderia deter ladrões se os muros dos dois lados não tivessem sido canibalizados por moradores das redondezas no correr dos anos, para construir suas moradias. A pedra talhada não é tão barata a ponto de poder ser deixada em pilhas numa propriedade abandonada. Agora não restavam mais do que umas poucas espalhadas sobre o capim.

Conor passou por cima do muro quebrado, seguindo por uma alameda que serpenteava entre um bosque de salgueiros. Atrás dessa tela ficava uma torre Martello, um atarracado cilindro de pedra com paredes de espessura prodigiosa, construída pelo Exército inglês para ficar de olho nas Ilhas Salgadas. A única porta ficava a dois metros e meio da base da torre e só podia ser alcançada através de uma escada de mão, e as janelas eram aberturas para armas, do tamanho de caixas de correio, que permitiam à guarnição estacionada lá dentro mirar em qualquer infeliz que tivesse o azar de estar na ofensiva.

Conor tirou uma escada do meio do mato baixo na base da torre, encostando-a na parede, depois, equilibrando no ombro o peso do planador desmontado, subiu devagar.

Seria uma pena sobreviver aos voos noturnos sobre o canal de São Jorge apenas para rachar o crânio caindo de uma escada.

A porta parecia frágil, de madeira seca meio se desfazendo, mantida por rebites e tiras de aço, mas havia muitas coisas enganosas nessa torre. Conor havia passado muitas horas trabalhando na estrutura, quase exclusivamente pelo lado de dentro. Não era necessário anunciar as reformas. Uma porta de aço ficava por trás da de madeira, abrigada numa moldura reforçada. Conor enfiou uma chave na fechadura e entrou.

Suspirou num alívio quase inconsciente enquanto trancava a porta.

Em casa. Vivo.

O interior era muito mais salubre do que o exterior sugeria. No primeiro andar havia um laboratório completamente equipado para o estudo da aeronáutica, com mais máquinas avançadas do que poderiam ser encontradas em muitas faculdades. Havia gráficos presos às paredes. As teorias e diagramas de Da Vinci, Cayley, do marquês de Bacqueville. Modelos de planadores em várias escalas pendiam das traves do teto. Pneus, tubos, asas, motores, tambores de óleo, tábuas, estruturas e rolos de tecido estavam muito bem arrumados ao longo das paredes. Cestos cheios de junco. Rolamentos, ímãs, rebites e parafusos ficavam organizados em tigelas de madeira sobre a bancada comprida. Numa plataforma pendurada no teto, que podia ser baixada com um sarilho a vapor, ficavam fuzis, revólveres, espadas, dois canhões de pequeno calibre e uma pirâmide de balas de canhão.

Victor estava se preparando para uma batalha. Ele sabia que Bonvilain queria matá-lo.

Uma torre corsa em Mortella Point havia suportado o bombardeio desferido por dois navios de guerra britânicos durante quase dois dias, com a perda de apenas três homens.

Os britânicos haviam copiado o projeto e grafado o nome de modo errado, mudando *Mortella* para *Martello*. Se Bonvilain quisesse entrar no laboratório de Victor, teria de pagar caro pelo privilégio.

Não fora difícil localizar a torre sobre a qual Victor lhe havia contado em seu último dia de vida. Havia duas torres Martello nas vizinhanças de Kilmore, e uma fora ocupada nos últimos cinquenta anos. Com isso restava a que tinha o nome sombrio de *Pontal do Desespero*. Originalmente a torre se chamava simplesmente *Vigia das Salgadas*, mas os homens da guarnição que ficava estacionada ali passaram logo a chamar a torre com o nome da ponta de terra onde ela ficava. Um nome mais afinado com os ventos implacáveis e o típico tempo cor de chumbo da região do que o quase animado *Vigia das Salgadas*. Assim ela se tornou *Pontal do Desespero*, e ficou um tanto famosa devido ao cantor folk Tam Riordan e seu "Lamento do Pontal do Desespero", que começava assim: "Vou para o Pontal do Desespero pagar meus pecados". O segundo verso não era mais alegre. "E se houver maré, vou me atirar..."

Diziam que a torre era assombrada pelos fantasmas de trinta e sete homens queimados vivos dentro de suas paredes quando o paiol pegou fogo. Não é de espantar que tivesse caído no abandono.

Isto é, até que Victor concluiu que seria uma oficina ideal e convenceu o rei Nicholas a dar verbas para o projeto. O francês comprou a torre em seu próprio nome, para esconder o envolvimento de Nicholas, depois mandou que uma série de entregas fossem feitas ali, vindas de Londres, Nova York e até mesmo da China.

Os materiais tinham sido levados por sarilho até o terraço e depois carregados para o andar do laboratório, e ali haviam permanecido por dois anos, sem ser incomodados pelo vigia bêbado, até que Conor chegou e encontrou uma chave esperando-o nas garras da águia de pedra do pilar.

Conor não estava preocupado com os fantasmas, na verdade sentia-se grato pela lenda, já que mantinha os supersticiosos longe. De vez em quando um garoto trazia sua namorada até a parede da torre, para poderem tocar as pedras úmidas e depois sair correndo gritando mas, afora essas pequenas intromissões, ele era deixado em paz.

Era educado com as pessoas da aldeia, mas não se abria para amizades. Comprava seus suprimentos, pagava com moedas e ia embora. Os moradores do local não sabiam o que pensar do rapaz pálido e louro que morava no Pontal do Desespero.

Ele anda como um lutador, diziam alguns. *Sempre pronto a desembainhar aquele sabre.*

Bonito mais feroz, concluíram as mulheres.

Uma garota discordou. *Feroz, não*, disse ela. *Assombrado.*

O estalajadeiro riu. *Bom, se ficar assombrado é o que o senhor Bonito-mas-feroz deseja, está no lugar certo.*

Os aposentos de Conor ficavam embaixo do laboratório, no térreo, mas ele não passava muito tempo ali, já que o ambiente escuro o lembrava da cela na Pequena Salgada. Victor havia equipado o lugar luxuosamente, com cama de dossel e uma espreguiçadeira. Havia até mesmo um toalete com encanamento até o oceano, mas quando as luzes se apagavam e as paredes estremeciam a cada choque das ondas, Conor era transportado de volta à Pequena Salgada. A cada manhã era acordado pelo estrondo do canhão disparado na prisão, e numa noite se pegou quase inconscientemente riscando alguns cálculos na parede usando uma pedra afiada. Já era bastante difícil viver tão próximo de casa, decidiu, sem recriar a cela da prisão ali, na Irlanda.

Assim, dormia no terraço, ou melhor, no que fora o terraço, mas agora era um andar extra: a *pièce de resistence* de Victor. As torres Martello eram construídas com tetos completamente planos que podiam suportar o peso de dois canhões e do homem que os operava. Victor havia usado essa força e a condição plana como base para um poderoso túnel de vento acionado por quatro ventiladores a vapor. Durante anos eles haviam sido obrigados a estudar os efeitos do vento nas superfícies das asas usando um dispositivo girado com o braço, mas agora a elevação, o arrasto e a velocidade relativa do ar podiam ser medidos com precisão usando o túnel de vento mais poderoso do mundo. O dispositivo era pouco sofisticado, mas eficaz. Seis metros de comprimento e 2,3 metros quadrados, alimentado por um sistema de injeção a vapor capaz de produzir um fluxo de cerca de cem quilômetros por hora.

Com esse túnel, Conor havia descoberto que muitos de seus projetos feitos na prisão eram falhos, e que muitos outros eram promissores. Quatro de seus planadores passaram do estágio de modelo, e ele estava convencido de que seu aeroplano a motor também poderia voar, quando fosse montado.

Havia outra utilidade para o túnel de vento. Conor o usava para aumentar seu impulso a partir do teto da torre. Subia até lá, abria as asas e se inclinava obliquamente na corrente de vento, para ser impelido ao céu como se fosse disparado de um canhão.

Você está se arriscando, diria Victor, sem dúvida. *Está pulando vários passos no processo científico. E seus registros são vagos e frequentemente em código. Que tipo de cientista você é?*

Não sou mais cientista, teria respondido Conor. *Sou um ladrão voador.*

Naquela manhã sentou-se no terraço, com as costas apoiadas nas tábuas do túnel de vento, enrolado num cobertor de lã e comendo uma lata de carne. O sol nascente lançava um brilho dourado sobre as distantes Ilhas Salgadas, como se fossem um lugar mágico. Ilhas místicas.

Pensou nos pais e em Isabella. Depois, num ataque de irritação, jogou o garfo longe, provocando fagulhas no terraço de pedra, e desceu pisando forte a escada até o nível da torre.

Vou dormir lá embaixo e me lembrar da minha cela. Preciso de força de vontade.

Dois dias depois, Conor havia terminado de consertar as tábuas do túnel de vento e foi até Kilmore. Queria uma refeição quente e ouvir outras pessoas, mesmo que não estivessem falando com ele. Fora uma espécie de choque quando percebeu que sua solidão havia se intensificado desde a fuga da prisão. Era necessário buscar a companhia de pessoas, em nome da própria sanidade.

Era dia de feira em Kilmore, de modo que o cais estava cheio de barracas e para cada barraca havia uma dezena de mendigos. Era grande a empolgação por causa de uma enorme máquina a vapor, pintada de verde e vermelho, que trovejava sobre rodas de metal pela beira do mar, arrotando grandes sopros de fumaça fedorenta. Uma moeda para dar uma volta.

Conor olhou rapidamente o motor, mas logo viu que não havia nada para aprender ali. Essa máquina tinha vinte anos, coisa de parque de diversões, e nem um pouco a maravilha científica que seu dono afirmava.

Entrou no Wooden House, arranjou uma mesa de canto e pediu uma tigela de cozido.

A vida se desenrolava diante de seus olhos. Ele podia vê-la, ouvi-la e sentir seu cheiro. O barulho dos cotovelos nas mesas, os estalos das cadeiras bambas. A luz do sol através da fumaça dos cachimbos. No entanto havia uma distância entre ele e o mundo. Só conseguia sentir uma irritação intensa com relação às pessoas em geral. Tudo o incomodava: o som de mastigação, de cerveja sendo bebida, o ruído nasal da respiração de um bêbado. Não conseguia fazer concessões a nada.

Esqueci como é ser humano. Sou um animal.

Então o humor de Conor ficou mais leve com o som de música entrando pela janela da taverna, um violino suave que se enrolava como um belo tapete, tocado acima, cavalgando o ar rançoso e a fumaça de cachimbo. Parecia cortar a névoa ao redor do coração de Conor, esquentando-o com sua melodia.

Conheço esta música, pensou Conor. *Já ouvi antes em algum lugar. Mas onde?*

O proprietário chegou com seu cozido, uma sopa grossa, de carne de boi e de porco com pedaços de legumes flutuando na superfície.

— Geralmente eu toco os mendigos para fora, rapaz — observou ele. — Mas esse sujeito cego, o modo como ele toca, me lembra da minha infância nos estábulos. Anos maravilhosos. — Ele enxugou uma lágrima com um dedo tatuado. — É a cebola no cozido — balbuciou, e foi andando.

Conor atacou o cozido, saboreando os aromas e as texturas, desfrutando da música estranhamente familiar.

Vou jogar um xelim para o músico quando for embora, decidiu. *Que música é essa?*

Quanto mais Conor ouvia, mas perplexo ficava, e então, subitamente, tudo ficou claro.

Já ouvi essa música e já li essa música. "Esse sujeito cego", disse o senhorio.

Conor largou uma colher cheia a meio caminho da boca, levantou-se da cadeira como se estivesse atordoado e abriu caminho pela multidão da feira. Do lado de fora, a luz súbita do sol o ofuscou depois da escuridão enfumaçada da taverna.

Siga a música.

Correu como um rato fascinado com o flautista de Hamelin. Na lateral do Wooden House, uma pequena multidão havia se reunido, balançando-se ao som de um adágio suave. Uma figura alta, vestida de preto, no centro da multidão, comandava o balanço com a ponta do arco do violino, acalentando os ouvintes.

Conor parou, completamente aparvalhado. Não podia decidir se ria ou chorava, e acabou se decidindo por um híbrido das duas coisas.

O músico, claro, era Linus Wynter.

— Então Billtoe não mentiu. Você foi mesmo solto?

Sentaram-se à mesa de Conor, na taverna, desfrutando de um copo de cerveja preta depois do cozido. Os membros desengonçados de Linus Wynter eram compridos demais para a mobília, e ele foi obrigado a esticar as pernas para que coubessem embaixo da mesa. Os pés cruzados se projetavam do outro lado.

— Fui solto — disse ele, pegando cachimbo e bolsa de fumo. — Mas eu esperava mesmo era ser *libertado*, se é que você me entende. Nicholas havia assinado a ordem antes de morrer, e ela demorou alguns dias até chegar à ilha. E, como o marechal Bonvilain não havia proibido isso expressamente, eu saí. Livre como um pássaro. — Ele riscou um fósforo no topo da mesa e brincou com a chama acima do cachimbo. — Duvido que você tenha saído com a mesma facilidade.

— Não exatamente.

Wynter sorriu com a fumaça vazando entre os dentes.

— Eu estava tocando em Dublin, numa bela cervejaria. Então comecei a ouvir boatos de um padeiro que voou para a lua num balão.

— Era um açougueiro, e ele não chegou nem um pouco perto da lua, acredite.

— Então pensei, Victor só falava em balões e o jovem Conor era aluno dele. Coincidência? Acho que não. Por isso comecei a pegar o trem de Westland Row para Wexford uma vez por semana, esperando que você aparecesse. Estava começando a achar que você não tinha sobrevivido.

— Quase não sobrevivi. É um milagre estar aqui sentado.

Linus bateu em seu violino.

— Você se lembra do *Retorno do soldado*?

— Como iria esquecer? Memorizei grandes trechos.

— Ah, você encontrou minhas anotações.

— Usei o espaço para meus diagramas. Você sabia que o coral era luminoso?

Linus bateu na têmpora.

— Não. Sou cego, não está vendo? O que é bastante inconveniente na área dos corais luminosos e coisa e tal. Eu sentia conforto em acompanhar as notas com os dedos, isso me ajudava a lembrar. Também havia o perigo de eu morrer naquele lugar e minha música se perder para sempre.

— Bom, Linus, suas notas brilhavam. Era algo digno de se ver.

— Minhas notas sempre brilham, garoto. É uma pena que o resto do mundo não veja. — Wynter deu uma longa tragada no cachimbo. — Agora, aos negócios: você tem um plano? Ou gostaria de ouvir o meu?

— Um plano para fazer o quê?

A perplexidade de Wynter apareceu nas rugas entre seus olhos arruinados.

— Ora, tentar arruinar Bonvilain, naturalmente. Ele nos roubou tudo e continua a destruir vidas. Nós temos responsabilidade.

— Eu tenho responsabilidade para comigo mesmo — disse Conor asperamente. — Meu plano é recolher todos os diamantes enterrados na Pequena Salgada e começar vida nova na América.

Wynter empertigou as costas.

— Pelos sinos do inferno, garoto. Bonvilain matou o seu rei. Matou nosso amigo, o incomparável Victor Vigny. Despedaçou a sua família, tirou sua namorada. E sua resposta a isso é fugir?

O rosto de Conor era feito de pedra.

— Sei o que aconteceu, sr. Wynter. Agora também conheço um pouco do mundo real. Só posso ter esperança de sair vivo deste continente, e mesmo isso é improvável. Mas atacar um reino sozinho seria loucura.

— Mas você não está sozinho.

— Claro, o garoto e o cego vão atacar Bonvilain juntos. Isto não é uma opereta, Linus. Gente boa leva tiros e morre. Já vi isso acontecer.

A voz de Conor se elevou e atraiu atenção. Bonvilain não era um nome para ser brandido, mesmo fora das ilhas. Dizia-se que informantes recebiam dinheiro do marechal em todos os países, da Irlanda à China.

— Também já vi isso acontecer — disse Wynter em voz baixa. — Mas ultimamente não tenho visto e preciso imaginar, o que é muito pior.

Conor havia imaginado a morte muitas vezes na prisão, e não somente a sua. Havia imaginado o que Bonvilain faria com sua família se descobrissem a verdade sobre o assassinato de Nicholas.

— Se eu lutar, *ele* vai matar meus pais. *Ele* fará isso num piscar de olhos e não vai lhe custar um segundo de sono.

— Você acha que o seu pai iria lhe agradecer por transformá-lo em marionete do marechal?

— Meu pai acha que *eu* participei do assassinato do rei. Ele me condenou por isso.

— Mais um motivo para lhe contar a verdade.

— Não. Para mim, chega. Eu amo meu pai e o odeio também. Tudo que posso fazer é ir embora.

— E sua mãe? — insistiu Linus Wynter. — E a rainha?

Conor sentiu a melancolia retornar.

— Linus, por favor. Vamos aproveitar nosso reencontro. Sei que só fomos colegas de cela por alguns dias, mas vejo você como meu único amigo no mundo. É bom ter um amigo, então vamos evitar esse assunto por enquanto.

— Você não quer limpar seu nome, Conor? — insistiu Linus. — Como pode deixar que seu pai viva pensando que você assassinou seu rei?

A ideia comeria Declan Broekhart por dentro, Conor sabia, mas não conseguia ver uma solução.

— Claro que quero provar que sou inocente. Claro que quero denunciar Bonvilain, mas como posso fazer essas coisas sem pôr minha família em risco?

— Podemos achar um modo. Dois cérebros juntos.

— Vou pensar a respeito. Por enquanto, isso terá de bastar.

Linus levantou as mãos num gesto de rendição.

— E basta.

Wynter virou o rosto para a janela, sentindo o sol.

— Você está vendo algum relógio, Conor? Não consigo ler o sol daqui de dentro. Preciso voltar a Wexford para o trem.

— Esqueça o trem, Linus Wynter. Você vem para casa comigo.

Wynter se levantou, com o chapéu roçando as traves do teto.

— Eu tinha muitas esperanças de que você dissesse isso. Espero que as camas sejam confortáveis. Fiquei hospedado no Savoy uma vez, você sabe. Já contei?

Conor segurou o cotovelo do homem, guiando-o para a porta.

— É, contou. Ainda sonha com os banheiros?

— Sonho — suspirou Linus. — Teremos privacidade nessa tal casa? Devemos ter privacidade para eu tramar meus planos.

— Toda a privacidade do mundo. Só você, eu e uma pequena companhia de soldados.

— Soldados?

— Bom, os fantasmas deles.

Linus dedilhou as cordas do violino imitando um tema de suspense de *music-hall*.

— Fantasmas, deveras — disse. — Parece, sr. Finn, que de novo estamos destinados a compartilhar acomodações *interessantes*.

CAPÍTULO 14

CABEÇAS JUNTAS

Linus se acomodou rapidamente em sua nova habitação e Conor ficou feliz em tê-lo por perto. Em geral seus pensamentos ficavam dentro da cabeça, então era um alívio deixá-los sair. Os dois sentavam-se juntos no terraço e, enquanto Conor trabalhava com o esqueleto de sua última máquina voadora, Linus trabalhava em suas composições.

— Um alaúde aqui, acho — diria Linus. — Acha que um alaúde seria pastoral demais? Demasiadamente vulgar?

E Conor respondia:

— Tenho dois problemas principais. Peso do motor e eficiência da hélice. Todo o resto funciona; já provei isso. Acho, acho mesmo, que esse novo motor a gasolina que construí vai resolver o problema.

Então Linus assentia e dizia:

— É, está certo. Vulgar demais. Acho que vou colocar um flautim, garoto.

E Conor continuava:

— Meu motor precisa me dar pelo menos dez cavalos de força, sem sacudir o aeroplano a ponto de despedaçá-lo. Preciso construir um suporte que absorva a vibração. Talvez um cesto de vime.

— Então você está dizendo que é um alaúde? Está certo, o flautim simplesmente não causa o mesmo respeito.

— Veja bem — dizia Conor, cinzelando sua última hélice — não há problema que não possamos resolver se juntarmos as cabeças. *Precisamos bater as cabeças*, como dizia Victor.

Foram dias razoavelmente felizes. O espectro do marechal Bonvilain os vigiava, das ilhas, mas o homem e o rapaz tinham um sentimento de camaradagem que não conheciam havia anos.

É evidente que discutiam, principalmente quando Conor pôs os ventiladores para girar na preparação de seu segundo voo. Linus Wynter subiu a escada, saindo de seu quarto, e gritou acima do ruído do motor:

— Pelos sinos do inferno, garoto. Para que você precisa de motores a esta hora da noite?

E assim, Conor contou, fazendo o músico quase desmaiar.

— Você vai se lançar numa tempestade de vento para poder voar *para* uma prisão? Por que não escreve esta frase e depois lê? Então talvez perceba como é insana.

Conor pôs os óculos.

— Preciso fazer isso, Linus. Aquela ilha me deve. Mais cinco bolsas e vou embora, nós vamos embora, para a América.

— Você *precisa* se lançar no espaço pela cobiça? Pela ciência, posso entender, mais ou menos. Era a isso que Nick e Victor dedicavam a vida.

— É mais do que cobiça. É direito.

Linus deu um riso amargo.

— Direito? Seria direito você salvar seus pais e sua rainha do louco que os enganou.

Isso fez Conor parar. Linus estava falando a verdade. Seus entes amados estavam correndo perigo e ele não fazia ideia de como salvá-los sem condenar a todos. E, para ser sincero consigo mesmo, ele morria de medo de ver o puro ódio nos olhos do pai.

— Não há nada que eu possa fazer — disse finalmente. — Nada, além de pegar meus diamantes.

Linus ergueu a cabeça como um pregador.

— Tudo isso. Tudo isso pelos diamantes. Não está à sua altura.

Conor levantou as asas, curvando-se na corrente de ar.

— Nada está à minha altura — disse, mas suas palavras foram arrancadas e ele estava no céu noturno.

Grande Salgada

Billtoe e Pike estavam na taverna da baía Fulmar, gastando a noite com um balde de bebida, como era seu costume.

Pike acompanhou um gole comprido com um arroto que sacudiu seu banco.

— A mistura daqui é boa — comentou, estalando os lábios. — Estou tomando vinho, cerveja, conhaque e um pouco de sabão carbólico, se não me engano. — Pike raramente se enganava quando se tratava de sobras de bebida misturada, porque era só isso que bebia, mesmo que, com o dinheiro dos Aríetes no bolso, pudesse tomar cerveja de verdade, em vez do que quer que escorresse do bar para a bandeja da mistura.

— O que diz, sr. Billtoe? Está bebendo sabão? Ele desce, fácil mas não fica muito tempo, não é?

Billtoe não estava com humor para papo de taverna. Não queria nada além de beber até cair no esquecimento, mas tinha um medo terrível de que, quando *chegasse* ao esquecimento, o demônio francês estivesse esperando-o. Desde aquela noite na Pequena Salgada, uma semana antes, Arthur Billtoe não era a mesma pessoa cruel e cheia de animação. Sentia a presença do demônio voador pairando acima, esperando para baixar a espada. E havia a pequena questão do prisioneiro do marechal Bonvilain, que havia morrido. Billtoe vivia cada momento de vigília lutando contra o pânico. O esforço era tamanho que ele havia desenvolvido um tremor.

— Eu estava pensando em perguntar, sr. Billtoe — disse Pike —, se há algo errado com o senhor. O senhor não tem tomado o cuidado de sempre com os babados das camisas, e elas são seu orgulho. O senhor anda tremendo muito e murmurando muito também. Parece até a peste, ou talvez febre amarela, mas nunca ouvi falar disso tão aqui no norte.

O humor de Billtoe estava mais sombrio por perceber que Pike, esse imbecil careca, era seu único amigo. Ele jamais tivera muito interesse por amigos, até então. Quando alguém tem tantos segredos sombrios como Arthur Billtoe, a última coisa de que precisa é amigos para arrancá-los. Mas esta noite ele estava à beira do desespero completo e precisava de palavras de consolo que saíssem de uma boca de verdade, e não apenas da voz imaginária de seu chinelo favorito, com o qual ele conversava ocasionalmente.

— Pike, posso lhe perguntar uma coisa?

— Claro que pode, sr. Billtoe. Mas eu apreciaria que não fosse nada com números ou direções, porque me deixam tonto.

Billtoe respirou fundo, tremendo.

— Você acredita no demônio?

— O diretor é o demônio, se o senhor me perguntar. Quero dizer, por que os prisioneiros não podem comer uns aos outros? É matar dois coelhos com uma cacetada. Os presos se alimentam e nós não temos de enterrar os mortos.

— Não! — reagiu Billtoe com rispidez. — Não o diretor, e sim o próprio. O velho chifrudo. — Em seguida ele se virou no banco para encarar Pike. Seu rosto estava magro e os olhos arregalados e vermelhos, e os babados da camisa de pirata pareciam amassados. — Eu o vi, Pike. Eu vi. Com as asas e os olhos chamejantes. Ele pousou na ilha semana passada, vindo me procurar. Me chamou de *messiê*. O diabo chamou meu nome, Pike. Chamou o meu nome.

Billtoe enterrou o rosto nos antebraços e logo suas costas se sacudiam com soluços.

Pike lambeu a palma da mão e depois alisou sua única madeixa. Tinha visto o diabo também, só que não era o diabo de verdade, era um homem com asas presas às costas. Pike viu quando ele as tirou e dobrou. Era uma pena ver Arthur todo abalado com sua conversa sobre o diabo, mas uma informação daquelas valia dinheiro, que Pike poderia pegar assim que os Aríetes mandassem seu homem para uma conversa.

Afinal, se alguém sabe como ganhar dinheiro de verdade com uma situação, é Arthur Billtoe. E ele vai simplesmente me amar quando eu levar seu demônio para longe.

Pike tirou do bolso o bloco de anotações, abriu nos desenhos que fizera perto da ponte Sebber e o empurrou por cima do balcão.

— Eu também vi, sr. Billtoe, o seu demônio.

Os olhos remelentos de Billtoe espiaram por cima das mangas da camisa. Por um momento não entendeu o que estava vendo, mas depois reconheceu a figura desenhada por Pike. E se Pike também tinha visto o demônio, Arthur Billtoe não estava enlouquecendo. Seus olhos assumiram a expressão esperta de porco e uma das mãos andou como um caranguejo para pegar o bloco.

— É ele, não é, sr. Billtoe? — perguntou Pike. — Só que não é nenhum demônio. É um homem que nem o senhor e eu, só que mais alto e mais benfeito do que nós. Já que o senhor é baixinho e eu sou... bem, eu. Mas é ele, aposto, não é, sr. Billtoe?

Billtoe se empertigou, afastando o mau humor como um cachorro sacudindo água do pelo.

— Pode me chamar de Arthur, Pike meu amigo.

Pike deu um sorriso meio desdentado. Conhecia aquela expressão dos olhinhos de Billtoe. Era a mesma que ele mostrava antes de revistar um prisioneiro. Billtoe sentia cheiro de guinéus.

Uma brisa soprava constante para o mar e a lua era um xelim de prata atrás de um véu de nuvens. A noite perfeita para um voo clandestino. Conor Finn quase se sentia contente quando baixou o nariz do planador, girando para pousar na ponte Sebber. Seu controle sobre a aeronave estava muito melhor e não houve mais impacto nos calcanhares do que se tivesse pulado de um muro baixo. As borrachas da hélice ainda estavam totalmente enroladas, já que a sorte o deixara longe de algum estol. Também havia o fato animador de que ele recuperara três sacolas de diamantes dos Aríetes nos canteiros de *Suaeda salsa* na Pequena Salgada sem que um guarda da prisão ao menos farejasse. Havia se preocupado com a hipótese de Billtoe ter engolido uma ou duas garrafas de coragem e viesse procurar esse demônio com alguns amigos, mas não houvera nem o cheiro de Arthur Billtoe.

Espantei aquele rato, por enquanto. Mas ele não ficará assustado por muito tempo.

Mais uma viagem. E terei as sete bolsas.

Por que precisa de todas as sete?, era uma pergunta que Linus poderia ter feito e agora Conor fez a si mesmo.

Preciso das sete como compensação pela prisão. É questão de honra.

Esse era o argumento que o havia sustentado na prisão. Ele faria o que Billtoe não podia fazer: tirar diamantes da ilha. Mas agora esse plano parecia falho. Por que se expor ao perigo repetidamente quando já deveria estar no vapor para Nova York? Era verdade que metade dos diamantes fora prometida a Otto, mas mesmo que ele pagasse integralmente ao Malarkey, ainda teria mais do que o suficiente para comprar uma passagem para a América e para começar uma vida nova quando chegasse lá.

Não quero ir embora, percebeu. *Mas preciso.*

Ficar não era benéfico para ele, nem para sua família.

Sete bolsas. Depois a América.

O esquife estava encalhado alto no cascalho, com um único rastro voltando na direção da baía de Fulmar. Zeb Malarkey estava mantendo seu lado da promessa, e por que não faria isso, com metade dos diamantes em seu cofre e mais ainda por chegar?

Conor sentou-se na amurada do bote, soltando o arnês do planador. Não houvera muitos danos no voo desta noite, mas ele verificaria cada costela e cada painel no dia seguinte, para garantir. Até mesmo o menor rasgo no tecido poderia soltar um painel inteiro e fazê-lo cair do céu como um pombo acertado por chumbo.

Uma das bolsas de diamante escorregou do arnês, tilintando no cascalho. Para Conor, o som pareceu mais alto do que um tiro. Ele se agachou à sombra do esquife, depois apertou a sacola contra o peito como se fosse um bebê, examinando a muralha em busca de movimentos. Não houve nenhum, a não ser o brilho líquido de uma lâmpada.

Tome cuidado, aviador. Um erro pode colocá-lo de volta na balsa para a Pequena Salgada.

Enfiou as bolsas sob o banco de popa e colocou o planador desmontado suavemente no fundo. Então aconteceu algo que o fez sorrir.

Levantou-se ereto, erguendo a palma da mão para sentir a brisa.

O vento mudou. Posso velejar diretamente para Kilmore.

Empurrou o esquife pelo cascalho até a água mansa.

Águas calmas e vento bom. Ótimos presságios.

Sentiu a água levantar o esquife e pulou a bordo, com as tábuas estremecendo sob seu peso. Com uma das mãos desamarrou a vela, soltando-a do mastro, com a outra pegou o leme estendido, estabelecendo curso rodeando o litoral oeste da Pequena Salgada.

Estarei em casa em uma hora, pensou. *Talvez Linus toque alguma coisa. A música é um tônico para a alma.*

A vela pegou a brisa, empurrando o pequeno esquife sobre as ondas.

Um bom barco. Desliza fácil.

Velejou para seu novo lar, obrigando-se a não olhar para trás. Sem deixar nada para trás a não ser mágoa.

Do alto das pedras, Arthur Billtoe olhou o estranho homem voador partir. E ainda que uma pedra afiada estivesse comprimida contra a barriga do guarda, ele nem se mexeu até que o homem que ele acreditava ser um demônio tivesse desaparecido completamente ao redor da curva do litoral da Pequena Salgada.

Pike não tinha a concentração necessária para esse tipo de cautela; havia se aliviado e estava jogando pedras nas ondas antes que Billtoe se juntasse a ele no sulco aberto pela quilha do esquife no cascalho.

— Não sei por que eles chamam isso de *ponte* Sebber — murmurou Pike. — Não é uma ponte, é? É só uma língua de pedras que penetra na corrente.

— Antes era uma ponte, há milhares de anos — disse Billtoe, com as palavras saindo num chacoalhar nervoso. — Antes que o mar a levasse para longe. Ia daqui até a Pequena Salgada, e dali até a ponte de São Patrício, na Irlanda.

— Aquele homem voador realmente deixa você meio mole, não é, Arthur? — disse Pike, mudando de assunto.

— Ele encostou uma espada no meu pescoço. Uma espada desgraçada de grande, e não um daqueles alfinetes de esgrima. Aquela coisa seria capaz de cortar o topo de um carvalho.

— Mas ele é um *homem*, Arthur. Você mesmo viu. Aquelas asas são uma espécie de pipa, só isso.

— Só isso! — reagiu Billtoe, incrédulo. — Seu idiota! Você não percebe o que nós acabamos de testemunhar?

— Idiota? Idiota, Arthur? — respondeu Pike, magoado. — Eu afastei o seu demônio, não foi? Você pode dormir de novo por causa do que eu lhe dei. Idiota parece meio grosseiro.

— Não o suficiente — disse Billtoe com rispidez, rapidamente esquecendo o medo. — Aquele homem tem um dispositivo de voo. Você faz ideia do quanto os Arietes pagariam por isso? Eles poderiam descer em qualquer porto que quisessem e dane-se a alfândega. Um dispositivo daqueles mudaria o contrabando para sempre.

Pike pigarreou.

— Por acaso eu conheço umas pessoas que podem ter ligação com os Aríetes. Possivelmente.

Billtoe apertou a boca de Pike com uma das mãos, como se as pessoas em questão pudessem ouvir.

— Não. Não. Não vamos envolver os Aríetes até que aquelas asas estejam trancadas em segurança em algum lugar. Caso contrário aqueles patifes traiçoeiros pegariam as asas eles mesmos e dariam a gente de alimento aos tubarões. O que queremos é ficar numa posição forte de barganha.

Pike tirou a mão de Billtoe, que fedia a suor e coisa pior. Estava claro que eles não eram mais amigos. Para Arthur Billtoe eram negócios, o que significava que Pike estava de volta ao posto de lacaio, para sofrer abusos.

— Como quiser, Arthur.

— Para...

— Já sei, para mim é *senhor* Billtoe.

Ele se virou para o mar, jogando uma das pedras que estavam na sua mão, fazendo-a ricochetear na superfície.

Isso é típico de Arthur Billtoe. Eu tiro o diabo dele e ele esquece com o primeiro faro de ganhar um lucro. Achei que era Pike e Billtoe até o fim. Como estava errado!

Jogar pedras o acalmava, e cada ricochete bem-sucedido o lembrava da infância. Estava levando o braço atrás para um grande lançamento quando Billtoe agarrou seu braço e arrancou a pedra dos seus dedos.

— Onde você arranjou isso? — perguntou, com a empolgação avermelhando as bochechas.

Pike se perguntou se seria uma daquelas perguntas que não eram de fato perguntas, e será que pareceria idiota se respondesse?

— É uma pedra, Arthur... sr. Billtoe. Só peguei.

Billtoe se ajoelhou, revirando o cascalho até encontrar mais meia dúzia de pedras que o satisfizeram. Segurou-as nas mãos em concha, como um mendigo guardando o desjejum de ovos.

— Arthur. Está se sentindo mal? Quer que eu pegue mais umas pedras para você? Vi um belo pedaço de madeira ali adiante.

Billtoe estava feliz demais para se chatear.

— Não são apenas pedras, Pike. São diamantes brutos. Por isso nosso homem voador estava parando na Pequena Salgada. Ele é um contrabandista de diamantes.

Ele esfregou as mãos, fazendo os diamantes tilintarem como ossos de vodu.

— Está tentando dizer o futuro com essas coisas? — brincou Pike, uma vez que a cobiça nua nos olhos de Billtoe o deixava nervoso.

— Eu *conheço* o futuro — disse Billtoe. — Vamos juntar alguns rapazes, emboscar esse homem voador, vender as asas dele e roubar os diamantes.

— E o homem voador? Vamos deixá-lo ir embora, acho.

Billtoe deu-lhe uma cotovelada com bom humor.

— Essa é boa, Pike. Deixá-lo ir embora. Não, vamos matá-lo, cortar em pedacinhos e depois queimar os pedaços. Para o mundo, esse homem voador nunca existiu.

Pike engoliu em seco. Toda aquela conversa de sangue o deixava nervoso. Decidiu ali mesmo que jamais inventaria alguma coisa útil, caso contrário Billtoe poderia orquestrar um fim medonho para ele também.

CAPÍTULO 15

PARA CASA

A paz era quase perfeita enquanto Conor levava o esquife para nordeste entre as rochas Jackeen e Murrock, no estreito das Salgadas. Essas rochas passavam a maior parte da vida submersas, mas algumas vezes o espaço entre duas ondas era mais baixo, expondo seus picos achatados. Quando, Conor, aos cinco anos vira pela primeira vez essas formas oblongas e nodosas numa tarde do barco de patrulha de seu pai, ficou convencido de que eram crocodilos; só se acalmou quando Declan concordou em dar um tiro de alerta. Sem dúvida, o som do tiro deu resultado e os dois crocodilos afundaram sob as águas.

Essa pequena história passou a ser contada diante da lareira e era sempre desempoeirada quando um amigo fazia uma visita para tomar conhaque ou limonada. Sempre levava Conor a fazer uma careta, mas agora o deixou à beira das lágrimas.

Não posso suportar isso. Eles estão perto demais.

O rosto de sua mãe parecia flutuar à frente, chamando-o para casa, e ele não podia mais ignorá-la. Sem dúvida ela sofria tanto quanto ele, talvez mais. Precisava saber.

Se eu ao menos pudesse vê-los. Olhar seus rostos de novo antes de ir embora, ter certeza de que eles suportam.

Empurrou o leme com o joelho e apertou a vela para bordejar a sudoeste. Iria para casa.

A distância, o Porto das Salgadas era bem parecido com o que Conor recordava. Uma grande tiara, com pontas brilhando em prata e laranja. Dentro das pinças dos quebra-mares, estava claro que parte do brilho da tiara havia se desbotado nos últimos anos. A gosma do mar se arrastava pelo granito e o cais estava apinhado de barcos atracados ao acaso, amontoados como copas emaranhadas. O projeto do novo quebra-mar externo fora abandonado e a estrutura semiconstruída enfiava-se no mar como um castelo de areia meio erodido. A planejada torre do farol fora construída só pela metade e estava meio inclinada, uma lembrança em ruína de uma época que havia passado, e não o símbolo orgulhoso de uma nova era. A perda do rei Nicholas estava sendo muito sentida, mesmo aqui à beira d'água.

Conor amarrou o cabo de proa do esquife num barco de coleta de mexilhões e jogou a âncora na meia-maré. Ela chiou, borbulhou e depois afundou rapidamente, levando junto três sacos de diamantes bem amarrados. Conor atravessou a proa de meia dúzia de barcos de pesca que balouçavam, antes de subir às pedras do cais com a ajuda de uma argola de latão para amarrar barcos.

Caminhou casualmente pelo cais, levantando os olhos rapidamente para os guardas da Muralha. Independentemente de qualquer coisa que tivesse ficado frouxa e desocupada, Declan Broekhart não deixaria que seus atiradores baixassem o padrão. Quatro guardas estavam sobre a Muralha, com as capas flutuando ao redor do corpo. Conor viu o brilho de um cano e soube que, ao primeiro sinal de beligerância, um tiro de alerta provocaria fagulhas e arrancaria lascas junto aos seus pés, ao segundo sinal ele estaria morto antes que seu corpo batesse na água. Moveu-se lentamente e com tranquilidade, com as duas mãos à vista.

A passarela do cais envolvia toda a extensão da Muralha externa até uma área de mercado, calçada de pedras, que durante o dia estaria movimentada com barracas. Comerciantes, estalajadeiros e donas de casa convergiam para o mercado a cada manhã para encher os cestos com cavalinha, bacalhau, pescada, mexilhões, lagosta, caranguejo, lagostim e salmão. Barcos chegavam vazios de Kilmore e partiam cheios, ou vice-versa, dependendo de que tripulação tivesse o comando das águas naquele dia.

À noite o ar era carregado de cheiros de peixe e sal. Varredores bombeavam água do porto, usando as mangueiras para jogar o sangue e as tripas no mar. A maioria dos garotos das Salgadas já cumprira um tempo trabalhando na limpeza. Armados com vassouras fortes e com a energia da juventude, limpavam a sujeira das pedras, só para serem sujas de vermelho de novo no dia seguinte.

Conor passou por baixo do arco da Muralha, junto a uma cabine da alfândega.

— Alguma coisa? — perguntou o guarda.

Conor levantou as mãos vazias.

— Só uma sede feroz, senhor, e um encontro com minha namorada.

O guarda sorriu.

— Ah, a cerveja e as senhoritas. Dois bons motivos para visitar as Salgadas. Então não é sua primeira vez dentro das muralhas?

Mais adiante, no morro, as torres do palácio cutucavam a noite, bloqueando retalhos de estrelas.

— Não, senhor. Já estive aqui.

Quando era garoto, Conor não havia passado todos os minutos perdido nos estudos. Tivera sua cota de tempo enfiado até as axilas na lama e nas algas. Havia subido penhascos, construído represas e ocasionalmente roubado ovos dos papagaios-do-mar que bamboleavam pelas pedras chatas como brinquedos de corda.

Algumas vezes essas atividades de menino o faziam perder a hora de chegar em casa, e quando isso acontecia Conor espiava pelas janelas do apartamento dos Broekhart para ver se o pai estava, ou mesmo qual seria o humor dos pais.

Ocupou o mesmo local agora, montando numa calha com gárgula, a três metros do chão do outro lado da praça, de frente para a casa dos Broekhart. A água da maresia escorria da boca da gárgula, pintando riscas brancas em seus lábios tortos de pedra. Simplesmente subir no muro provocava pontadas de saudade de casa.

Meus pés encontram os apoios na pedra. Subo esse muro como se tivesse feito isso ontem mesmo.

O lar dos Broekhart estava silencioso e escuro, a não ser por uma única vela na janela da cozinha. Não havia sinal de seus pais.

É tarde, acho.

Ficou tremendamente desapontado, mas aliviado também. O nó de nervosismo no estômago estava mais apertado agora do que na fuga de balão. Sabia que, se visse os pais num sofrimento abjeto, seria quase impossível não se aventurar lá dentro e revelar a verdade.

Mamãe e papai me odeiam agora, mas é um ódio falso. Fabricado. Por baixo dele ainda haverá amor.

Dentro da residência dos Broekhart, uma sombra deslizou para a cozinha. Conor sentiu a pulsação latejar na testa.

Talvez mamãe não consiga dormir; pesadelos a assombram, como acontece comigo.

Era sua mãe. Catherine Broekhart passou pela janela, o cabelo desgrenhado pelo sono. Seus olhos estavam meio fechados e as duas mãos balançaram no ar, até que seus olhos se adaptaram à luz súbita.

Mamãe. Ah, mamãe.

A simples visão derrubou as barreiras que Conor havia erguido em volta do coração. Era hora de acabar com o teatro cruel de Bonvilain. As consequências estavam na cabeça do marechal, não na de Conor.

Ele ajeitou o peso, para descer da gárgula, e ficou paralisado. Seu pai havia entrado na cozinha e não estava sozinho. Havia uma criança no colo dele, um bebê desgrenhado, com o lábio inferior se projetando com mau humor.

Uma criança. Meu irmão.

Seu pai não era o homem abalado que ele imaginara. Declan Broekhart tinha um sorriso familiar enquanto fazia carinho no menino, enrolando-o na manga de seu roupão. Falou, e pela janela aberta Conor reconheceu o tom, mesmo que não conseguisse identificar as palavras.

Meu pai está feliz.

Catherine serviu uma caneca d'água para o menino e os dois o acariciaram juntos, sentando-se junto à lareira enquanto ele bebia. Aos poucos o humor da criança se suavizou, enquanto a lembrança do pesadelo era substituída pela visão de dois pais amorosos.

Do lado de fora, na gárgula, Conor sentiu-se escalpelado, como se os últimos restos de Conor Broekhart tivessem sido decepados.

Uma criança. Um irmão.

As coisas não eram como ele havia imaginado. Parecia que ele era o único a sofrer. Seus pais haviam redescoberto a felicidade com o filho novo.

O frio da gárgula de pedra se espalhou pelas suas pernas, esgueirando-se até o peito. A maresia baixava como lençóis sobre a Muralha, molhando seu casaco, encharcando até os ombros.

Eles têm uma vida boa, pensou. *São felizes de novo.*

Conor sabia que não poderia se revelar, nem revelar a verdade.

Bonvilain os mataria sem hesitar um segundo. Seria minha culpa.

Afastou o olhar da janela e desceu da gárgula.

Sou Conor Finn, disse a si mesmo, dando passos rápidos e decididos na direção do cais.

O aviador voa mais uma vez. Duas sacolas de diamantes e depois a América.

Pontal do Desespero

Linus Wynter estava ocupado quando Conor chegou à torre. Tinha reorganizado completamente o quarto segundo sua preferência pessoal. Havia chocolate quente no fogão, junto com um pote de bacon com batatas, e ele estava costurando a manga de sua casaca.

— É madrugada — disse Conor, subindo pela porta elevada.

Linus bateu na têmpora.

— Para mim é sempre noite, garoto. Durmo quando estou cansado.

Conor espiou o porão.

— Por que se incomoda em mudar a mobília de lugar? Vamos partir dentro de alguns dias, eu disse.

— Dentro de alguns dias? Sua preciosa máquina voadora não está pronta.

Quando Conor não estava remendando as asas do planador, passava cada minuto construindo o aeroplano que havia projetado na prisão, inclusive com o motor a gasolina e o trem de pouso retrátil.

— Está quase terminado. De qualquer modo, se for necessário, posso mandá-lo de navio para a América.

— Nós não estamos amarrados um ao outro — disse Linus, encostando a agulha no dedo para encontrar a costura rasgada. — Talvez eu fique para trás e salve sua família sozinho.

— Minha família não precisa ser salva. Eles vivem num palácio, com um filho novo.

Isso fez Linus parar. Ouviu a respiração de Conor, depois foi cuidadosamente até ele, procurando seus ombros.

— Você é tão alto — disse surpreso. — Victor disse que seria assim. Ossos longos, era o que o francês sempre dizia. Então você tem um irmãozinho. Notícia maravilhosa. Não gostaria de conhecê-lo antes de ir embora?

Conor sentiu lágrimas nos olhos.

— Eu... claro que é isso que *eu* gostaria, mas o que isso significaria para a criança.... Meu...

— Pode dizer. Ele é seu irmão.

— O que isso significaria para o meu irmão? — disse Conor bruscamente. — Bonvilain iria assassiná-lo. Se meu pai desafiar o marechal, ele matará a todos.

Linus pareceu olhar irritado para Conor, como se pudesse ver através da echarpe de seda amarrada sobre os olhos.

— E Isabella? Ouvi conversas no povoado. Ela já cortou impostos e aboliu as taxas de importação. Está se tornando uma rainha de verdade. Como acha que Bonvilain vai reagir a isso?

Conor enxugou os olhos.

— Ela *é* a rainha. Tem pessoas para protegê-la. Ela me amava, pelo menos disse isso, no entanto acreditou que eu ajudei a matar seu pai.

— Não foi o que ouvi dizer. Fala-se em Conor Broekhart no povoado, também. Dizem que ele foi um herói. Que morreu tentando proteger o rei.

Conor fungou.

— A história oficial. Bonvilain disse que meu *papel* no assassinato seria encoberto para poupar minha família. Esse foi o seu *presente* para os Broekhart.

— E você tem certeza de que Isabella foi incluída nessa mentira.

Esse foi um pensamento espantoso. E se Isabella não soubesse? Imagine se ela acreditasse que seu jovem pretendente havia morrido naquela noite.

Não pense nisso. É doloroso demais e não faz a mínima diferença.

Conor sentou-se diante de sua bancada de trabalho, apertando os dois punhos sobre o rosto.

— Por favor, Linus, pare. Não suporto explorar as possibilidades. Minha ligação com os Broekhart foi rompida. Não posso ser responsabilizado. Bonvilain é grande demais. Eu sou Conor Finn.

— O nome Finn. O presente de Bonvilain para você.

Conor sentiu que sua testa estava desmoronando, esmagando o cérebro.

Amor, família, felicidade. Eram luxos. O prêmio era a vida. Fique vivo e mantenha sua família viva.

— Estou vivo. Vou ficar vivo.

Linus deu um riso curto.

— Ficar vivo? E por isso você se atira diariamente de uma torre.

— Fiz uma promessa a Otto Malarkey.

— Então você seria capaz de se matar por causa de diamantes, mas não pela família ou pela honra. Acho que Victor ficaria muito desapontado com o aluno.

Conor ficou de pé.

— Não me faça sermões, velho. Você não é meu pai.

— Está certíssimo, garoto — disse Linus baixinho, com a raiva sumindo do rosto. — Não sou seu pai.

Conor lhe deu as costas sem dizer mais nenhuma palavra, pegou o planador dobrado sob o braço e subiu a escada para o terraço.

CAPÍTULO 16

COBRAS NO CAPIM

No dia seguinte Conor e Linus mal se falaram, a não ser por alguns cumprimentos resmungados. O americano esbarrou de propósito nos móveis algumas vezes, tentando conseguir que Conor ficasse preocupado, mas sem resultado. Ou Conor não ouvia os grunhidos, ou os ignorava.

Seu coração pode ter endurecido na Pequena Salgada, pensou Wynter, *mas foi petrificado pela visão do irmãozinho.*

A noite chegou com pouca mudança nesse clima, mas quando Conor ligou o motor do túnel de vento, Linus sentiu que precisava falar.

— Você não pode voar esta noite, Conor. O vento não está favorável.

Conor não se virou.

— Você não é meu pai, lembra? E o vento está favorável, só está alguns graus mais ao sul do que eu gostaria, mas posso manobrar em volta.

— E a lua? Deve haver lua cheia esta noite.

Conor abotoou a jaqueta preta, examinando o panorama à frente. Praticamente não havia nenhuma nuvem no céu. Uma luz brilhante se refletia em trechos dançantes da superfície do oceano. Era a noite mais clara que ele já vira.

— Está nublado — disse bruscamente, posicionando-se embaixo do planador pendurado num suporte. — Pode baixar o planador?

Linus, agora familiarizado com o terraço plano, contou os passos até um sarilho preso ao muro.

— Pronto?

Conor levantou os braços, preparado para enfiá-los pelo arnês.

— Pode baixar. Cinco voltas na manivela.

— Eu sei. O mesmo de ontem. Devo me incomodar com o jantar?

— Sim. Desculpe por ontem à noite. Eu não estava com humor para comer.

— Não teremos nada fresco, veja bem. Vou requentar o de ontem.

— O chocolate também? Fiquei arrependido por não ter tomado. O terraço está frio.

Linus sorriu.

— Algumas vezes um chilique custa caro.

O planador se acomodou às suas costas, Conor afivelou o arnês no peito e passou as tiras entre as pernas. Abaixou as mãos, enrolando os dedos em volta da manivela do arnês, como um atirador verificando o cabo da pistola.

— Enrolei a hélice — disse Linus.

Conor beliscou uma das faixas de borracha.

— Está bem apertado. Perfeito.

— Tenho um elevado sentido de tensão — brincou Wyner, travando o sarilho. — Você não pode esperar, Conor? O vento não está favorável. Estou sentindo o cheiro do sal.

Conor abotoou a jaqueta de voo até o queixo, depois ajeitou os óculos. Assim que estava disfarçado, toda a sua postura mudou. Parecia mais alto e sentia-se capaz de mais violência, não era mais um garoto.

— Não posso esperar, Linus. Mais uma noite, não. Terei meus diamantes e vou dizer adeus a esta vida. A América espera. Podemos abrir um negócio juntos. Vou voar com meus planadores e você pode testar a tensão das coisas.

O sorriso de Wynter estava tingido pela tristeza.

— Ainda não estou pronto para voltar para casa, garoto. Nicholas me trouxe aqui para fazer um serviço e eu pretendo terminá-lo. Sem querer parecer melodramático, não vou descansar enquanto Bonvilain prosperar. Ele tirou de mim os melhores homens que já conheci. Esta noite temo que possa tomar outro.

Conor desembainhou o sabre, equilibrando-o no punho para testar o peso.

— Não tema por mim, Linus. Tema por quem ficar no meu caminho esta noite. — Ele embainhou a espada, depois verificou as balas nos dois revólveres. — Ah, e poderia desligar o túnel de vento antes de ir para a cama?

Conor se curvou no túnel de vento e foi lançado na noite. Linus o ouviu partindo num chiado de ar, estalo de madeira e chacoalhar da cauda.

Volte vivo, garoto, pensou. *Você é a única esperança.*

E depois de um segundo, ponderou.

Talvez eu faça um jantar novo. Talvez um pouco da minha famosa canjica. O aviador merece comer direito. E chocolate quente fresco, também.

*

Conor prendeu o fôlego enquanto o sopro do túnel enchia as asas e o impelia na direção das estrelas. Aquele primeiro instante de tumulto e força foi confuso, como sempre. Ele não conseguia dizer o que era céu nem o que era mar, estrelas ou seus reflexos. O ar socava seu tronco com punhos fantasmagóricos até que o planador se alinhou com a direção do vento.

Então veio o momento de puro voo quando o vento o ergueu, o planador estalou e suportou a tensão e ele foi impelido para mais longe da terra.

Um momento de felicidade. Nada a fazer além de ficar em paz.

Conor descobriu que, a cada vez que voava, gostava cada vez mais desse trecho breve. Era a calmaria antes da tempestade, ele sabia, e no entanto, enquanto voava com o vento às costas, podia esquecer os problemas; eles estavam presos à terra, como a maioria dos seres humanos.

As termais ascendentes o levaram até uma altitude maior do que jamais alcançara. A terra se espalhava embaixo como um mapa vivo. Podia ver os topos brancos das ondas se estendendo em meandros preguiçosos por quilômetros ao longo da costa, como linhas de contorno num mapa. Vários barcos pequenos balouçavam gentilmente num mar preto-prateado, pescadores aproveitando a maré da noite e as águas calmas. Conor pensou ter ouvido um coro de olás vindo de um barco. Teria sido visto? Não importava — depois desta noite, o misterioso aviador não voaria mais. Na próxima vez que pegasse o ar seria como um cidadão americano livre, com documentos para provar isso, graças a Zeb Malarkey. Enviaria a máquina voadora em partes para ser montada em Nebraska,

Wyoming, ou talvez na Califórnia. O que ficasse mais longe das Ilhas Salgadas.

Moveu uma das mãos por cima da outra, na barra de direção, virando o planador num arco aberto. Hora de se concentrar no trabalho, caso contrário passaria direto por cima da Pequena Salgada. Mais dois canteiros da horta, mais duas sacolas. Então Otto poderia comprar sua liberdade e restaria o bastante para uma vida segura na América.

Grande Salgada

Billtoe e Pike estavam atrás da crista de morro acima da ponte Sebber, com uma série de lâminas enegrecidas com fuligem arrumadas no capim comprido ao redor.

— Esse cutelo é meu favorito — disse Pike, com carinho. — Serve para qualquer tipo de carne. De peixe, de frango ou humana. E causa uma grande fratura num osso também.

Billtoe preferiu discordar.

— Seu cutelo comum é desajeitado, é preciso levantar o braço demais. Tempo suficiente para eu fazer um furo no pulmão com esta belezinha. — Ele bateu com a unha num furador de gelo, comprido e mortal.

— Eu prefiro meu amado sabre, que eu chamo de Mary Ann — disse uma voz rouca, irlandesa, atrás deles.

— Quieto, imbecil — sussurrou Billtoe. — O homem voador pode chegar a qualquer momento.

— *Você* estava falando — disse o homem, magoado.

— *Eu* estava *sussurrando* — corrigiu Billtoe, e depois disse a Pike: — Por que trouxe esse panaca?

— Eu só podia tirar três homens da guarda da prisão — respondeu Pike. — E você disse que seria preciso meia dúzia para derrubar o homem voador. Por isso peguei Rosy no bar. Ele não tomou mais do que um litro de cerveja.

Billtoe não ficou satisfeito.

— Você *viu* o homem voador. Ele tinha um metro e oitenta, no mínimo, e estava armado até as guelras. Precisamos de olhos afiados e mãos rápidas para pegar o sujeito, e não de irlandeses bêbados de nariz vermelho.

Rosy fungou.

— Você também é irlandês, Arthur. E eu posso matar qualquer homem que você apontar para mim. Vamos encarar os fatos, esse seu homem voador não é mais real do que um fantasma; é só uma dessas balelas, não é?

Billtoe mordeu o lábio inferior, fazendo tremer a barba malfeita.

— Uma balela?

— Você sabe. Está na sua cabeça. Um fantasma, daquela vez que você ficou naquele barril.

— Você contou a ele, Pike — disse Billtoe, reprovando.

— Você mesmo me contou, na taverna — riu Rosy. — Contou a todo mundo que quisesse ouvir, sobre o diabo e o coitadinho do Billtoe no barril. Não existe nenhum homem voador. Só estou aqui por causa dos cinco xelins. Afinal de contas, por que tantas lâminas? Uma bala faria o serviço.

— Precisamos das lâminas, seu cara de beterraba e cérebro de cerveja — fumegou Billtoe —, porque um tiro atrairia os guardas da Muralha para cima da gente que nem moscas no mel. E isso faria a gente perder qualquer coisa que o homem voador esteja carregando.

— Se houver um homem voador.

Billtoe enrolou os dedos em volta do punho da arma.

— Bom, Rosy, se não há nenhum homem voador, por que você não diz àquele sujeito lá no céu que ele é só uma balela que brotou no meu cérebro?

Rosy levantou os olhos, esperando totalmente não ver nada além de estrelas. O que viu o fez tatear o capim em busca de seu sabre amado.

— Deus nos proteja — ofegou ele, fazendo o sinal da cruz com a mão sem a arma. — Um homem com asas.

— Balela é o meu olho — fungou Billtoe, depois não falou mais, já que seus dentes estavam trincados na lâmina de uma adaga.

Conor havia conseguido desenterrar as últimas bolsas, mas elas lhe custaram caro. Os raios da lua iluminavam suas asas como lanternas chinesas.

Um guarda o vira planar por cima da muralha externa da Pequena Salgada e, sendo um dos poucos sujeitos corajosos da ilha, decidira caçar o que achou que era um albatroz. Seguiu sua presa até os canteiros de *Suaeda salsa*, onde percebeu o erro e disparou um tiro que atravessou uma asa do planador no momento em que o estranho homem voador se abaixava para pegar algum tipo de bolsa. Apenas um ligeiro tremor nervoso na mão do guarda poupou Conor de uma bala nos miolos.

O tiro partiu uma pedra aos pés de Conor, levantando uma lasca que riscou um relâmpago na lente esquerda de seus óculos.

Ele reagiu depressa, dobrando o planador com dois puxões nos cintos do arnês e depois girando na direção do atacante, com as pistolas desembainhadas.

— Renda-se ou morra, *monsieur* — gritou, engatilhando os revólveres.

O guarda não conseguiu decidir se queria render-se ou morrer, ou algum meio-termo. Render-se era algo com o qual não se sentia à vontade, mas também não queria uma batalha noturna com um francês voador. Aqueles sujeitos já eram bem perigosos, mesmo sem asas, como seu pai havia descoberto em Waterloo.

Quando havia considerado suas opções e pensado em engatilhar sua arma, o aviador vestido de preto estava em cima dele, saltando de uma pedra para a outra com a velocidade de um gato, juraria o guarda mais tarde. E rosnando também, como um lobo faminto. Um cão-felino francês, girando armas e com espadas tilintando nas coxas.

— *Bonsoir, monsieur* — disse o aviador, depois acertou o surpreso guarda no cocuruto.

Conor estava examinando o planador antes de o guarda cair. A parte superior de bombordo fora perfurada, mas não havia rasgos se irradiando do buraco e o calor da bala havia lacrado bem as bordas. Ela aguentaria até a ponte Sebber, se ele conseguisse se lançar no ar.

Enfiou os braços pelas tiras e depois ajeitou os dois ombros no arnês, apertou-o bem e correu para a escada mais próxima. As pontas das asas raspavam o muro dos dois lados e ele se censurou por não ter feito um acabamento em couro. O poço da escada afunilava o vento vindo de cima, que chacoalhava as asas, empurrando-o para baixo, mas Conor lutou, forçando o caminho até o degrau de cima.

O tiro havia acordado todos os guardas de serviço e eles convergiram para a escada numa formação malfeita, segurando fuzis e as calças, sacudindo sonhos da cabeça. A visão de Conor deixou metade deles convencidos de que ainda estavam dormindo.

Um dos guardas disparou um tiro, que passou alto demais. O resto ficou olhando estupidamente, sem perceber uns aos outros, até se embolarem e caírem num amontoado. Conor aproveitou a confusão para subir no parapeito e saltar no céu, pegando o máximo de ar que podia.

Um vento, rezou. *Uma brisa qualquer.*

Júpiter ouviu suas orações e mandou um presente. Um sopro ascendente que encheu as asas e o lançou para o alto, acima da cabeça dos guardas que olhavam. Eles fizeram careta, gritaram e olharam em silêncio. Dois deles pensaram em apontar as armas, mas o que poderia ter acertado o alvo levou um tiro acidental de outro, que puxou o gatilho cedo demais. Num piscar de olhos, o aviador desapareceu na noite, engolido pelo negrume, como uma pedra afundando no ar noturno.

Por um longo instante ninguém na muralha emitiu sequer uma sílaba. Depois começaram a falar furiosamente, cada um contando sua versão do que tinha visto. Até o ferido ficou arengando com os outros, sem se incomodar com o sangue que empoçava aos pés. Essa era uma história que contariam muitas vezes e precisava ficar sólida agora. Decidir exatamente o que dizer antes que a luz do dia fizesse com que a coisa toda parecesse improvável.

Foi um aviador, decidiram. *O Aviador. Não houvera sussurros sobre algo do tipo na Grande Salgada?*

Nós vimos o Aviador. Dois metros e quinze de altura, com olhos ferozes e circulares.

A história havia começado. A notícia estava se espalhando.

Notícia se espalhando não é algo que um homem deseja quando é contrabandista e ladrão.

Conor aproveitou o vento favorável até a Grande Salgada, com o coração martelando no peito. Seu sangue estava acelerado e ele sabia que isso era perigoso.

Um homem corre riscos quando a febre da batalha o domina, dissera Victor uma vez. *Já vi muitos sujeitos inteligentes morrerem de um jeito idiota.*

Fique calmo. Calmo.

Não havia tempo para calma. O ar ficou subitamente agitado e Conor foi obrigado a lutar com o planador simplesmente para permanecer voando. A Grande Salgada crescia abaixo dele, como se a terra tivesse revolvido para ir ao seu encontro. Conor apontou o nariz para baixo, sustentando-o ali contra o puxão da resistência do ar. O vento pressionava seus óculos e cutucava através do buraco da bala na asa.

Numa noite assim, Conor quase podia acreditar que os homens não eram feitos para voar.

Desceu num ângulo agudo, depressa demais e inclinado demais.

Terei sorte se meus tornozelos sobreviverem a isso, pensou, trincando os dentes por causa do impacto.

Ainda que sua visão estivesse atrapalhada pela rachadura na lente e pelo vento, Conor viu o esquife na ponte Sebber e também viu os homens deitados à sua espera.

Cobras no capim, pensou, sem um fiapo de medo, absolutamente pronto para uma luta. Virou a barra de direção à esquerda, para descer no meio deles.

É melhor ter um pouso macio.

*

Rosy estava tentando correr quando Conor se chocou contra ele, acertando as duas botas nos ombros do sujeito. Ele ouviu algo estalar e o homem rolou pela encosta rochosa, uivando. O resto deu um pulo e formou um círculo irregular em volta dele. Ninguém atacou, avaliando o oponente.

Esses homens não conseguem entender o princípio de meu aparato, pensou Conor. *Portanto sou um fantasma ou uma criatura. Isso não vai durar muito. Logo verão que minhas asas são de tecido e que meu peito está arfando com o esforço. Então vão atirar em mim.*

Ou talvez não. Nenhuma arma de fogo fora sacada, mas havia lâminas suficientes.

Claro, aqui não haverá brincadeira com armas de fogo. Os tiros atrairiam os vigias da Muralha, e esses sujeitos não estão aqui para me prender.

Um dos cinco homens que restavam avançou um passo, brandindo um furador de gelo.

— Imfega os vimants — disse ele, depois tirou a adaga da boca e cuspiu. — Eu disse: entrega os diamantes, Aviador.

Diamantes. A bolsa que caiu! Ele havia deixado uma pista.

— Billtoe — rosnou Conor, com a voz enrouquecida pelo ódio profundo.

O guarda da prisão se encolheu.

— Quem é você? Por que eu, pessoalmente? Eu nunca fiz mal parlevu.

Billtoe será o primeiro a cair, pensou Conor. *Pelo menos isso eu terei.*

Suas mãos saltaram para duas bainhas nos quadris, tirando dois sabres de batalha.

— *En garde* — disse, e estocou adiante. Uma brisa pegou

o planador, alongando seu passo, e Billtoe, que havia se imaginado a uma distância segura, ficou subitamente cara a cara com o Aviador.

Ele tentou um movimento usado numa dúzia de brigas de bar — um ataque maroto com o furador de gelo — e viu a arma ser empurrada de lado.

— Que vergonha, *monsieur* — disse o Aviador. — Trazer uma ferramenta de cozinha para uma luta de espadas.

Conor golpeou para baixo e para fora, com a lâmina se cravando fundo na coxa de Billtoe. O guarda gemeu e segurou o ferimento. Não representava mais uma ameaça. As duas mãos ficariam tentando manter o sangue dentro da perna.

Mesmo agora não sinto vontade de matá-lo, percebeu Conor. *Só há um homem que eu poderia matar.*

Ouviu um som farfalhante atrás enquanto dois homens avançavam.

Eles estão cautelosos demais. O uniforme estranho os amedronta.

Uma brisa fortuita fez as asas estalarem e Conor se somou à força dela, saltando diretamente para o alto. Os dois homens passaram por baixo e o Aviador desceu sobre eles com botas e lâminas. Logo ambos foram despachados. Nenhum morto, mas certamente acalentando uma relutância em participar de emboscadas ao luar.

Restavam dois homens. Um estava balbuciando qualquer coisa e o outro estava circulando cautelosamente, dando tempo, procurando algum ponto fraco. Era Pike, e não parecia inclinado a recuar.

— Vá em frente, meu chapa — disse ele, empurrando o colega na direção de Conor.

O sujeito infeliz mal teve tempo de falar antes que Conor o deixasse sem sentidos com um golpe simples da guarda do sabre.

— É só você e eu, Aviador — disse Pike, com um riso descuidado. Ele examinou Conor, percebeu a postura, os músculos e as armas penduradas nas mãos e no cinto.

— Para o inferno com isso — disse ele, levando a mão à pistola. — Vou me arriscar com os vigias da Muralha.

Conor sacou mais rápido, trocando a espada da mão direita por um revólver.

— Os guardas podem ouvir meu tiro ou não ouvir nenhum, *monsieur.* A escolha é sua.

Pike já estava comprometido com a ação, por isso Conor disparou um tiro perto do ouvido dele, para recuperar sua atenção. O guarda caiu de joelhos, temporariamente ensurdecido, com a arma tombando dos dedos.

— Um tiro de alerta. O próximo vai abrir um buraco em você.

Era inútil falar. Pike não conseguia ouvir e vasculhou o capim com os dedos, até encontrar sua arma.

— Largue essa pistola — disse Conor. — Eu estou em vantagem.

Mas Pike não podia ou não *queria* ouvir, e levantou o cano, com intenção clara.

Conor atirou no ombro. A bala com revestimento de cobre lançou o guarda diagonalmente por cima da crista do morro, gemendo como uma coruja de celeiro.

Tiros e gritos, ainda mais à noite. Ruídos que com certeza atrairiam a atenção dos vigias da Muralha. Conor pulou por cima da crista, agachando-se atrás dela. Na Muralha, acima, três luzes foram apagadas. Esse era o protocolo. Ao primeiro sinal de distúrbio, os guardas mergulhavam na escuridão para evitar se tornar alvos. Em seguida uma dúzia de sinalizadores subiu em arco acima da Muralha, pintando a baía com uma luz vermelha e áspera.

Era hora de partir. Depressa, agora, antes que os sinalizadores baixassem o suficiente para iluminar o esquife. Conor dobrou as asas e correu encurvado até o barquinho. Não havia tempo para dobrar com cuidado o planador, e várias costelas do aparato se partiram enquanto ele o enfiava embaixo do banco.

Não importa. Há uma pilha de costelas de madeira na torre. Minhas costelas são mais difíceis de substituir, se forem partidas por um tiro.

Empurrou com força o barco, raspando a quilha na pedra e na areia até que a água recebeu o peso.

Gritos soaram atrás, agora, enquanto guardas jorravam de um portão fortificado, correndo pelo caminho do litoral. Alguns vinham a cavalo. Os latidos dos cães de caça ecoavam no mar liso.

Cães! A guarda não perdeu tempo em soltar os bichos.

Conor pulou no esquife com ímpeto, empurrando-o para o mar e a segurança. Tirou o mastro do suporte, deitando-o de encontro às tábuas. Seria um perfil menor para ser visto da costa. A água fria espirrava na proa, molhando seu rosto, e ele ficou satisfeito com isso. Podia ouvir o coração batendo nos ouvidos como grandes tambores ocos a distância.

Quero ser um cientista. Causar ferimentos não me dá prazer.

Nem mesmo no Billtoe? Não gostou de fazer aquele corte?

Conor ignorou a pergunta. Em outro dia enfrentaria as acusações de sua mente.

Serei um cientista de novo. Na América. Uma vida nova, novas invenções, um lar, amigos e talvez outra garota que não faça você se lembrar de Isabella.

Voltou a atenção para o ato de remar. Nem podia pensar em garotas sem que a visão de Isabella brotasse na mente.

Então, o mar. Agora Conor sentia que estava em segurança. O barquinho robusto o levou na corrente. O esquife havia lhe servido bem. A Grande Salgada já era pouco mais do que um calombo escuro que recuava.

Billtoe o havia chamado de Aviador. Será um título de vida curta.

O planador estava nas tábuas do barco, as asas dobradas de qualquer jeito como um pássaro quebrado.

Não importa. Agora acabou. O misterioso Aviador não voará mais.

A torre Martello era visível no litoral da Irlanda, havia uma lanterna acesa numa janela de cima. Um farol para guiá-lo até em casa.

Conor sorriu.

Linus me perdoou, pensou.

E depois.

Espero que haja chocolate quente.

CAPÍTULO 17

TEIA EMARANHADA

Duas horas depois, Arthur Billtoe estava sentado numa caixa de frutas no escritório do marechal Bonvilain, tentando unir as abas de seu ferimento. Suas calças estavam encharcadas e pequenos jorros de sangue bombeavam entre seus dedos no mesmo ritmo do coração.

O marechal Bonvilain entrou na sala e os jorros ficaram mais rápido.

— Desculpe quanto à caixa de frutas, Arthur — disse Hugo Bonvilain, sentando-se atrás de sua mesa. — Mas o brocado das minhas cadeiras vale mais do que sua vida, você entende.

— C... claro, marechal — gaguejou Billtoe. — Estou sangrando, senhor. Acho que é sério.

Bonvilain descartou essa informação.

— É, mais tarde falaremos disso. Agora quero conversar sobre essa criatura.

Ele pegou um bloco de anotações na gaveta da mesa e girou-o por cima do tampo, na direção de Billtoe. Era o caderno de Pike, aberto num esboço dinâmico do Aviador.

— Estão chamando-o de Aviador, e parece que ele consegue voar.

Em casos assim, Billtoe havia aprendido que era sempre melhor alegar ignorância.

— A gente tava passeando e ele pulou no meio. Fiquei besta.

— Hmm. Então foi tudo coincidência? Por acaso vocês estavam na ponte Sebber, bancando alvos para a guarda da Muralha, quando esse tal Aviador desceu do céu?

Billtoe assentiu, ansioso.

— Exatamente isso. O senhor foi direto ao cerne da questão, como sempre.

— E o senhor Pike fez esse desenho antes ou depois de levar o tiro? Não vejo como ele possa ter feito isso de um jeito ou de outro. — Bonvilain se inclinou adiante, com o corpo lançando uma sombra sobre Billtoe. — Será possível que você mentiu para mim, Arthur Billtoe?

O sangue pulsou por entre os dedos do guarda.

— Não, senhor, marechal, nunca.

Bonvilain suspirou, obviamente gostando do jogo de gato e rato.

— Você está tecendo uma teia emaranhada para si mesmo. Acho melhor dizer o que imagino que você andou aprontando, e quando eu terminar de falar você pode colorir qualquer detalhe que eu tenha deixado de fora. Que tal, Arthur?

Billtoe assentiu, como se realmente tivesse algo a dizer.

— Bom, em primeiro lugar, *você* andou me dando ideias sobre voo e canteiros de *Suaeda salsa*. Depois houve relatórios de um homem voador cavando coisas nos canteiros da horta. Coisas que Pike me disse que eram diamantes.

— Pike está maluco — questionou Billtoe. — Febre da bala.

Bonvilain levantou um dedo.

— Não é hora de mentiras, Arthur. Você está sangrando, lembra? E eu não terminei de falar.

— Desculpe — murmurou Billtoe.

— Bom, você é ignorante demais e míope demais para ter pensado sozinho nesse esquema dos diamantes...

— Exatamente — disse Billtoe, aliviado. — Ignorante e míope, este sou eu.

— Então deve ter sido manipulado por quem lhe deu essas ideias. Bom, só conheço uma pessoa na Pequena Salgada que tem fascínio por voar. — E aqui os modos tranquilos de Bonvilain foram substituídos por um perigo frio e duro. — Tenha cuidado com o que disser, Billtoe, porque se sua resposta me desagradar, você não viverá o suficiente para morrer desse ferimento na perna... Essas ideias eram de Conor Broekhart?

— Quem? — perguntou Billtoe, com confusão genuína escrita em letras grandes no rosto.

— Finn. Conor Finn.

O pouco sangue que restava no rosto de Billtoe sumiu. Ele sempre soubera que esse momento chegaria. Só restava uma carta a jogar.

— Sim, marechal — disse com rosto envergonhado. — Ele vendeu as ideias em troca de cobertores e coisas assim. Pareceu uma mentira inofensiva.

Bonvilain grunhiu.

— Até que ele escapou naquele balão da coroação. Com sua ideia, garanto.

— Não, senhor — disse Billtoe, apertando o ferimento. — Finn está trancado na ala dos loucos, como o senhor ordenou. Não há escapatória para Conor Finn. — Billtoe fez uma pausa, culpado. — Mas ele pode parecer um pouquinho diferente em relação à última vez em que o senhor viu. Os anos foram duros com o pobre garoto. Com o trabalho no sino e as surras que o senhor ordenou. Eu não ficaria surpreso se o senhor nem reconhecesse o jovem Conor Finn.

Bonvilain cruzou os dedos, apertando-os até que as pontas ficaram brancas, depois passou os nós pela testa. Sabia o que havia acontecido, claro que sabia. A culpa era dele mesmo.

Conor Broekhart deveria ter sido jogado pela janela há anos, e não mantido vivo para o caso de ser necessário para controlar seu pai. Que teias emaranhadas a gente tece...

Bonvilain admitiu a si mesmo que havia gostado da ideia de ter uma testemunha para seu gênio. Como a prisão de Conor Broekhart devia ter sido muito mais agonizante, sabendo que seu pai acreditava que ele era assassino!

O marechal deu um sorriso tenso. Não; fora um plano bom. Circunstâncias incríveis o haviam atrapalhado. Um Aviador, imagine só. Como um homem poderia se preparar para eventualidades que ainda não haviam sido inventadas?

Conor Broekhart podia ser um gênio, mas Hugo Bonvilain era engenhoso. Esta situação era um teste para sua capacidade. Implicaria um pensamento rápido, mas o germe de um novo plano já estava produzindo raízes na mente do marechal. Envolveria assassinato, mas este não era de fato um problema, só que poderia ser um assassinato em alto nível e, quando a gente se envolve em assassinatos assim, deve parecer totalmente livre de culpa. As famílias reais da Europa não aprovavam que plebeus acabassem com seus monarcas. E em geral a reprovação dos reis costumava tomar forma de navios de guerra e anexação. Hugo Bonvilain não pretendia compartilhar *seus* diamantes ou *seu* assento no poder com ninguém, em especial com a amiga íntima de Isabella, a rainha Vitória, do Império Britânico.

Os Bonvilain haviam lutado por muitos séculos para alcançar a posição em que ele estava agora, para que ele fizesse sua mala ao primeiro sinal de uma oposição digna desse nome.

Lembrou-se da noite em que seu pai morreu. Ele estivera delirando por causa da lepra que havia contraído numa peregrinação a Jerusalém e boa parte do que dizia era bobagem, mas havia momentos em que seus olhos estavam claros como antigamente.

— Nós estivemos defendendo — dissera o pai ao jovem Bonvilain. — Sabe o que estou lhe dizendo, Hugo? Durante séculos estivemos defendendo os Trudeau. Eles se reproduzem como coelhos, que Deus mande um raio para eles, mas pusemos a coroa na cabeça certa, mantendo as Ilhas Salgadas independentes. Você deve terminar o serviço. Você é o último na linhagem de serviçais e o primeiro numa linhagem de senhores Bonvilain. Prometa, Hugo. Prometa-me.

E o moribundo havia apertado o braço do filho com as mãos cobertas de bandagens.

— Prometo — respondeu Bonvilain, incapaz de olhar os restos devastados do rosto do pai.

Ocorreu a Bonvilain que ele estivera se balançando na cadeira, com os dedos na testa, durante vários minutos, o que poderia parecer estranho. Inclinou-se para trás, ajeitando a estola branca com a cruz vermelha dos Templários sobre o terno azul-marinho.

— Este é o meu pensamento, Arthur. Alguma objeção?

— Não, marechal. Nenhuma.

— Fico feliz em ouvir. Alguma outra coisa que você queira me contar sobre o nosso Aviador?

Billtoe pescou dentro da cabeça, procurando algo pertinente que o marechal pudesse apreciar.

— Ah... é... ah! Ele fala francês, chama a gente de *messiê*.

Bonvilain bateu com os dois punhos na mesa, fazendo seus papéis saltarem.

Francês. Isso esclarecia tudo. Num momento de erro de cálculo ele havia revelado sua francofobia a Conor Broekhart. Parecia que o garoto tinha senso de humor. Melhor teria sido acabar com ele assim que fosse possível. A última coisa de que precisava era um Aviador vingativo voando, roubando seus diamantes e estragando seus planos.

— Então, Arthur, você continua afirmando que Conor Finn está combalido na cela?

Billtoe engoliu em seco, com o pomo de adão subindo e descendo.

— Afora a parte do *combalido*, porque não tenho certeza do que é, sim. Ele está na cela.

— Bom. Gostaria de falar com ele.

— O quê? Agora?

— É, agora. Isso é problema para você?

— Não, não tem problema. — As feições de Billtoe estavam tensas de dor e desespero. — Só que estou sangrando, marechal, muito. Esse ferimento precisa ser fechado, ou talvez eu não sobreviva à viagem até a prisão.

Bonvilain olhou para a lareira. Chamas estalavam em laranja e azul, e uma imitação de espada larga, usada como atiçador, pendia de um gancho perto do depósito de carvão.

— Está certo, Arthur — disse animado. — É hora de fechar esse ferimento.

Bonvilain entrou na balsa com o capitão Sultan Arif, seu oficial da mais alta confiança. Billtoe se encolhia na popa, de vez em quando cutucando a cicatriz de carne fundida na coxa, parecendo surpreso a cada vez que o contato provocava dor. Desmaiou durante a viagem curta, e a cada vez que acordava balbuciava como um bebê, dizendo a palavra *barril*.

Bonvilain descobriu que não estava nem um pouco ansioso, agora que havia pensado nos acontecimentos da noite. Na verdade sentia-se revigorado pelo desafio de manter sua posição, ou mesmo de melhorá-la. Afinal de contas, Conor Broekhart era um jovem com uma pipa. Hugo Bonvilain era um estrategista militar com um exército a suas costas. Aparentemente o jovem Conor relutava em cometer assassinato, ao passo que Bonvilain considerava o assassinato uma ferramenta política reconhecida pelo tempo e válida.

O marechal se inclinou perto do ouvido de Sultan Arif.

— Talvez haja algum envenenamento mais tarde. Deixe suas poções preparadas.

Sultan assentiu casualmente, brincando com o bigode esplêndido.

— Sim, marechal. Posso perguntar quem nós *talvez* envenenemos?

— Eu mesmo, lamento dizer — respondeu *Sir* Hugo.

Sultan não pareceu surpreso.

— Haverá outros, imagino?

— Ah, sim — confirmou Bonvilain, com o olhar distante. — Haverá outros.

Pequena Salgada

Havia um prisioneiro na cela de Conor Finn, mas não era Conor Finn.

— E quem é este? Diga, por favor — pediu Bonvilain, apontando para o desgraçado cheio de terror encolhido no canto, longe da luz da lanterna.

Billtoe soube que estava acabado.

— Não me mate, Divindade — implorou, caindo de joelhos e agarrando a bainha da estola de Templário de Bonvilain. — Por favor, me poupe. Não sei como o desgraçado escapou. Num minuto ele estava aqui, no outro sumiu. Alguma forma de magia. Talvez ele tenha me "impinotizado".

Bonvilain não o chutou imediatamente, gostando da humilhação.

— O que ainda não sei, Arthur, é se você era cúmplice de Finn. *Você* o ajudou a escapar e *você* era o contato dele para o contrabando.

— Ah, não, senhor marechal. Nunca fui cúmplice de ninguém. Não tenho profundeza de pensamento para isso.

— Não tenho tanta certeza. Esse seu esquema do *substituto* poderia ter funcionado com qualquer outro prisioneiro. Você teve a infelicidade de perder este em particular.

— Foi só isso, senhor. Um tremendo azar, nem uma migalha de cooperação com o prisioneiro.

Bonvilain decidiu que era necessária uma demonstração de raiva. Afinal de contas, Sultan estava olhando.

— Você mentiu para mim, Billtoe — gritou, a voz ecoando na cela minúscula. — Você roubou meus diamantes!

O marechal arrancou sua estola dos dedos de Billtoe e depois deu um chute violento, que fez o guarda tombar por cima da cama e bater na parede. Uma placa de lama rachou e caiu. Billtoe ficou caído como um saco de roupa suja.

— Belo chute, marechal — disse Sultan. — Na ponta do queixo. Ele rolou que nem uma roda de carroça. Devo acabar com ele?

— Não — respondeu Bonvilain. — Algo mais poético, acho. Talvez nosso amigo Arthur precise de um tempo para refletir sobre suas falhas.

Nesse momento foi despertado por um brilho estranho no fundo da cela. A testa de Billtoe havia arrancado um pouco de lama da parede e estranhos rabiscos fantasmagóricos brilhavam ali.

Curioso, Bonvilain chegou mais perto, curvando-se para examinar as marcas.

— Coral, imagino — disse baixinho. — O velho Heitor Viajante adoraria isso.

Mas as marcas eram feitas pelo homem. Diagramas e equações. Alguém havia tentado cobrir as marcas com lama, mas a lama não havia grudado completamente à superfície úmida. Havia um planador claramente visível na parede. Bonvilain bateu nele com um dedo coberto pela luva.

— Olá, Aviador — sussurrou. — Parece que eu lhe forneci um laboratório.

Tirou uma pistola do cinto e bateu na parede com o cabo. Outra placa de lama rachou e caiu, revelando que o planador fora lançado do teto de uma torre.

— E você me deixou sua localização. E não me espantaria se houver segredos mais valiosos.

No chão, Billtoe gemeu.

— Vou ser executado agora, senhor? Esse é o meu destino?

— Não neste momento — respondeu Bonvilain, espreguiçando-se. — Tenho utilidade para você, Arthur Billtoe. Seu destino imediato é limpar a sujeira destas paredes, depois transcrever cada marca que encontrar por baixo.

— Ah, obrigado, senhor — disse Billtoe, com lágrimas de alívio pingando do nariz. — Mandarei um dos presos fazer isso imediatamente. Está no topo da minha lista.

— Você entendeu mal, Arthur. — Bonvilain segurou as lapelas do guarda, arrancando o próprio casaco de suas costas, fazendo Billtoe cair mais para o fundo da cela. — Você não vai supervisionar essa tarefa como guarda de prisão, vai realizá-la como preso.

Bonvilain virou-se para o rapaz que havia ocupado a cela durante quase um ano.

— Qual o seu nome, garoto?

— Claude deVille Montgomery, majestade — respondeu o jovem imediatamente. — Se bem que meu pessoal me chama de Spog.

Bonvilain piscou. A vida jamais deixava de causar surpresas.

— O velho Billtoe, ali, disse para eu responder que meu nome era Conor Finn, se alguém, especialmente o senhor, viesse perguntar, mas isso só se ele não viesse arrancar minha língua, e como o senhor pode ver... — Spog escancarou a boca revelando dois dentes e uma língua cinza.

— Obrigado, hein, Spog. Diga: o sr. Billtoe foi rude com você?

O rosto de Spog se franziu.

— Foi perverso que nem o diabo, esse sujeito maligno. Batendo e cuspindo. Puxando o cabelo também, o que não é nem coisa de cavalheiro, não é?

— Bom, então esta é sua chance de vingança — disse Bonvilain, jogando o casaco do guarda. — Agora você é o guarda da prisão e ele é o prisioneiro. Cuide dele. A vida dele é sua, e a sua é dele.

Spog recebeu esse anúncio com calma completa, como se sua sorte fosse revertida todo dia.

— Sou seu criado, alteza — disse ele, imitando uma saudação. — O que o senhor pensa de torturar quem já foi guarda?

— Sou totalmente a favor — respondeu Bonvilain. — Serve para apurar o caráter.

Spog sorriu, os dentes parecendo pilares de portão na boca.

— Vou deixar o senhor orgulhoso, divindade.

O marechal se encolheu.

— Vamos ficar só no *marechal*, está bem?

— Sim, senhor, divindade.

Os sentidos de Billtoe estavam em redemoinho na cabeça como espíritos num caldeirão de bruxa, mas mesmo assim conseguiu ter uma ideia do que estava acontecendo.

— Eu... eu agora sou prisioneiro? — ofegou, apoiando-se na cama.

Bonvilain deu um tapa no ombro de Spog.

— Cuide do seu prisioneiro, sr. Montgomery. Eu não lido diretamente com criminosos.

Os olhos de Spog luziram de maldade e vingança.

— Sim, senhor... divindade. O prazer é meu. Talvez o senhor queira virar os olhos para o outro lado.

Bonvilain cruzou os braços.

— Talvez. Agora, não.

Billtoe se afastou de seu novo carcereiro, cada vez mais para o fundo da cela, até que seus cotovelos derrubaram lama da parede, revelando blocos de diagramas e cálculos.

O brilho verde do coral revelou o horror que baixava sobre o rosto de Arthur Billtoe. O sofrimento que ele causara a tantos outros agora seria seu.

Bonvilain piscou para Sultan.

— Como eu disse. É poético.

Pontal do Desespero

Devido às atividades da noite — não apenas uma briga, mas duas — Conor não dormiu mais do que uma hora. E esse sono foi cheio de sonhos com guardas de prisão com lâminas no lugar das mãos e diamantes no lugar dos olhos. Mas havia outra coisa, saltando no fundo, buscando atenção. Uma pequena lembrança de Conor e seu pai remando na baía Fulmar quando ele tinha doze anos.

Atenção à pá do remo, dissera Declan Broekhart. Veja como ela corta a água. Você quer apanhar a água, e não deslizar através dela.

Então, no sonho, Declan disse algo que jamais dissera na vida real.

A mesma teoria se aplica às pás de uma hélice. Isso pode tirar seu aeroplano do chão.

Conor sentou-se na cama, instantaneamente acordado. O que era isso? O que ele estivera pensando? O sonho já estava se fragmentando. O remo. Algo a ver com remos. Como um remo poderia ajudar um aeroplano a voar?

Na verdade era óbvio. O remo tinha uma pá, como a hélice.

Veja como ela corta a água...

Claro! O remo não era batido chapado na água, era apresentado em ângulo para reduzir o arrasto e maximizar o empuxo. O mesmo princípio antigo poderia ser aplicado à hélice. Afinal de contas, a hélice era na verdade uma asa rotativa. Quando o aeroplano voasse, a hélice teria de absorver a potência do motor e suplantar o arrasto da máquina voadora. Ela devia ser tratada como uma asa e moldada do mesmo modo.

Hélices planas não servem, pensou Conor, vestindo-se depressa. *Elas devem ficar em ângulo e as pás devem ser moldadas para produzir ascensão.*

Quando Linus havia subido a escada com bacon, pão e café quente, Conor estava cinzelando a segunda pá de sua nova hélice.

— Ah — disse Linus. — Uma hélice nova.

Esse pronunciamento fez Conor parar no meio da ação.

— Você é cego, não é? Como pode saber o que estou fazendo?

Linus pôs a bandeja do café da manhã numa bancada.

— Tenho poderes místicos, garoto. Além disso você esteve falando sozinho durante esta última hora. Ascensão, arrasto, propulsão, todas essas coisas interessantes. Nós, cegos, não somos necessariamente surdos, você sabe.

O cientista que havia em Conor queria continuar trabalhando, mas o rapaz esfomeado o arrastou para longe de sua preciosa hélice, em direção ao desjejum delicioso.

Linus ouviu-o partir para a comida com uma satisfação de cozinheiro.

— Peguei o pão fresco no povoado. As pessoas de lá estão frenéticas com histórias sobre a tal criatura, o Aviador. Parece que ele matou vinte homens na ilha ontem à noite.

— Ouvi dizer que ele tem três metros de altura — disse Conor, mastigando um pedaço de pão.

Linus sentou-se ao lado dele, junto à bancada.

— Isso não é brincadeira, Conor. Agora você corre perigo.

— Não precisa se abalar, Linus. A curta carreira do aviador terminou. Chega de voos para mim. A partir deste dia, apenas voos científicos.

Linus roubou uma tira de bacon.

— Talvez você devesse pensar em arranjar uma garota. Você está na idade, sabe?

Conor não pôde evitar o pensamento em Isabella.

— Um dia houve uma garota, ou poderia ter havido. Vou pensar em mulheres de novo quando chegarmos à América.

— Quando *você* chegar à América. Eu pretendo ficar aqui e conspirar contra Bonvilain. Há outros que pensam como eu.

— Você está falando a sério — percebeu Conor, triste. — Eu esperava que mudasse de ideia.

— Não. Perdi amigos. Nós dois perdemos.

Conor não tinha vontade de revirar as brasas dessa discussão familiar.

— Muito bem — disse, empurrando o prato. — A torre é sua, e haverá verbas abundantes também. Mas eu vou. Na América há aviadores como eu, ansiosos pelo céu.

— Sei. E quando você vai?

— Eu tinha planejado partir hoje, mas agora estou impaciente para testar esta hélice nova. Ela é uma beleza, não acha?

Linus Wynter bateu na máscara de dormir, de veludo, que agora usava sobre os olhos arruinados.

— Vou aceitar sua palavra. Mandei vir esta máscara do Savoy. Já lhe disse que me hospedei lá uma vez?

— Vamos fazer uma troca — disse Conor. — Hoje eu transporto meu aeroplano até a praia de Corracloe. Vou levar dois dias para montar e mais dois para testar. Quando eu retornar, nós despacharemos meu equipamento para Nova York e vamos de balsa e trem até Londres. Vamos viver como reis durante uma semana no Savoy, sem conversas sobre revolução ou ciência, e depois revemos nossa situação.

— É uma oferta tentadora — admitiu Linus. — Algumas suítes têm pianos. Meus dedos coçam só de pensar.

— Então vamos fazer um trato. Uma semana para nós, depois voltamos ao mundo. Separados, talvez, mas rezo para que fiquemos juntos.

— Também rezo.

— Então estamos combinados. Ao Savoy.

Linus estendeu a mão.

— Ao Savoy.

Eles apertaram as mãos.

Bonvilain e Sultan desembarcaram incógnitos, os rostos sombreados por chapéus de abas largas. Seus uniformes das Salgadas não lhes garantiam qualquer autoridade na Irlanda e não era provável que os dois atraíssem atenção vestindo roupas civis. É muito menos provável que os desordeiros incomodassem estranhos de aparência perigosa do que soldados fora de sua jurisdição. Na verdade, alguns rapazes de Kilmore achavam um tremendo esporte provocar os rapazes do Exército das Salgadas que tinham ordens rígidas de não retaliar. Bonvilain e Sultan não eram contidos por esse tipo de ordem. Não faziam gestos abertamente hostis e eram a própria definição de gentileza, mas os rapazes do porto tiveram a impressão de que mexer com aqueles dois levaria a um desconforto imediato e duradouro.

Eles caminharam pelo cais e entraram nas profundezas enfumaçadas do Wooden House.

— Já visitei tavernas em todo o mundo — confessou Hugo Bonvilain, abaixando-se para passar pela porta. — E todas têm uma coisa em comum.

— Bêbados? — perguntou Sultan Arif, derrubando um marinheiro adormecido que estava no seu caminho.

— Isso também. Informação à venda era o fator comum que eu tinha em mente. Aquele desgraçado, por exemplo...

O marechal apontou para um homem solitário, com os cotovelos no balcão, olhando um copo vazio.

— Um candidato de primeira. Ele venderia a alma por uma bebida.

Bonvilain sentou-se ao lado do homem e pediu uma garrafa de uísque ao estalajadeiro.

— Eu conheço você? — pergunto o estalajadeiro.

— Não, não conhece — respondeu Bonvilain, animado. — E recomendo que mantenha a coisa assim. Agora deixe a garrafa e vá se ocupar em outro canto.

A maioria dos bons estalajadeiros desenvolve um instinto com relação aos fregueses e suas capacidades. Aquele proprietário não era exceção. Não faria mais perguntas, mas verificaria a carga de sua espingarda só para o caso de o freguês estranhamente familiar, com chapéu de aba larga, e seu companheiro sorridente provocarem a encrenca de que certamente eram capazes.

Bonvilain abriu a garrafa, virando-se para o homem solitário que olhava o copo.

— Ora, bom senhor, parece que o senhor gostaria de uma bebida. Espero que sim, porque não tenho intenção de tomar nem um gole deste uísque maduro, que, pelo cheiro, já passou pelo estômago de vários gatos.

O homem empurrou o copo sobre o balcão, com um dedo.

— Eu lhe faço o favor de tirar isso das suas mãos.

— Muito nobre da sua parte, amigo — disse Bonvilain, enchendo o copo até a borda.

— Não somos amigos — respondeu o homem, carrancudo apesar da sorte súbita. — Ainda não.

Meia garrafa depois, eram amigos, e Bonvilain guiou a conversa como se o homem tivesse um leme fixo na nuca.

— Lampiões a gás idiotas — disse o homem. — O que há de errado com as velas? Uma vela nunca se rompe nem explode. Ouvi dizer que uma explosão de gás destruiu uma cidade inteira na China, a não ser pelos gatos, que são imunes ao gás.

Bonvilain assentiu, simpático.

— Gás. Coisa pavorosa. E quanto a estrangeiros comprando as construções da gente...

— Estrangeiros idiotas — disse o homem com veemência. — Comprando nossas construções. Com aquelas cabeças grandes e metidas a besta. Sabe que os ingleses são donos de cem por cento das casas grandes daqui? Se é que não têm mais.

— E eles adoram viver em torres, não é, dando uma de senhores para cima de nós.

— Isso mesmo — concordou o homem, agora encharcado de álcool. — Nós temos um maluco completo no Pontal do Desespero. Pegou um músico cego para cozinhar e fazer a faxina.

Bonvilain ficou extremamente interessado naquele maluco.

— Um garoto daquele nem deveria ter uma *torre* — sugeriu.

Mais uísque foi derramado no copo.

— Não! Que desgraça! Não, não deveria. Um garoto daquele. Deveria estar cortando feno como o resto de nós naquela idade. Mas o que ele faz? Compra montes de material. Manda trazer todo tipo de peças mecânicas. O que ele está montando lá? Quem sabe? Que nem um doutor Frankenstein. O que quer que ele esteja fazendo, o barulho que vem daquela torre à noite basta para acordar um porco morto.

O homem engoliu a bebida de uma vez, com a aspereza chocando seu organismo do estômago aos globos oculares.

— E não me diga que as lagostas estão ficando mais inteligentes. No mês passado peguei uma lagosta e juro que ela estava tentando se comunicar. Batendo as pinças e balançando as antenas da cabeça.

O proprietário bateu no balcão com os nós dos dedos.

— Pode calar a boca agora, Ern. Eles foram embora.

— Não faz mal — respondeu Ern, apertando a garrafa protetoramente contra o peito. — Não gosto de sujeitos de chapéu, de qualquer modo. Jamais confie num homem de chapéu.

O proprietário teve o tato de não observar que o próprio Ern usava um boné espalhafatoso.

Bonvilain e Sultan Arif demoraram apenas alguns minutos para encontrar o Pontal do Desespero. O velho marco de pedra do Exército britânico perto da estrada ajudou bastante.

— O nome do lugar foi bem dado — observou Arif, tirando a sacola do ombro e pendurando num toco de árvore. De dentro tirou dois revólveres e uma seleção de facas, que arrumou no cinto.

— Imagino que não vamos pedir ajuda.

— Como acontece ocasionalmente, Sultan, você está correto. Esta é uma torre Martello; poderíamos ter um couraçado no litoral e mesmo assim não entrar. Vamos prosseguir com cautela. Primeiro diplomacia, depois ardil, e finalmente violência, se for necessário.

Passaram pelos restos arruinados do muro e atravessaram o pátio, tendo o cuidado de não enredar as botas nas trepadeiras traiçoeiras que serpenteavam no solo rochoso.

— Não parece grande coisa — disse Sultan, tirando musgo da parede da torre.

Bonvilain assentiu.

— Eu sei. Inteligente, não é?

Uma volta rápida ao redor da torre confirmou que de fato só havia uma entrada, acima da altura da cabeça e com uma porta de madeira.

— Aposto que esta porta não é tão frágil quanto parece — murmurou Bonvilain.

Sultan encostou a bochecha na parede.

— As pedras vibram por causa de um gerador, marechal.

Estou ouvindo música clássica. Parece que há uma orquestra inteira aí dentro.

— Um fonógrafo — disse Bonvilain azedamente. — Que moderno! Conor Broekhart sempre gostou de seus brinquedos.

— Então, como vamos entrar? Jogar pedras na porta?

Esta é a torre do Aviador, pensou Bonvilain. *Ele entra e sai pelo teto.*

— Eu jogo as pedras — disse ao capitão.

— O senhor sempre teve um braço bom para jogar pedras. O que eu posso fazer?

— Pode procurar naquela sua bolsa e ver se trouxe sua besta.

Os olhos de Sultan brilharam.

— Não preciso procurar. Sempre trago minha besta.

Linus Wynter estava desfrutando da *Ode à alegria*, de Beethoven, enquanto cozinhava uma tradicional canjica sulista na panela. Seu ingrediente secreto era pimenta-de-caiena — claro, a limitada cozinha de Conor não tinha nenhuma pimenta, por isso ele foi obrigado a usar um pouco de curry. Podia não estar à altura de seu padrão culinário, mas era improvável que Conor reclamasse, depois de dois anos engolindo a comida da Pequena Salgada. De qualquer modo, Conor havia partido para a praia de Curracloe menos de cinco minutos antes e, quando voltasse, a canjica não seria mais do que uma lembrança distante.

O fonógrafo era uma maravilha científica. Conor havia explicado como uma orquestra podia ser transferida para um cilindro de cera, mas, com toda a honestidade, Linus não havia feito muito esforço para entender. O som era áspero e o cilindro precisava ser trocado a intervalos de alguns minutos, mas era música doce, mesmo assim.

Apesar da música estalada e da canjica chiando, Linus escutou as vozes abafadas lá fora. A princípio presumiu que fossem garotos da localidade, xeretando, mas então escutou a palavra *marechal* e sua leve curiosidade se transformou numa bola de pavor no estômago.

Bonvilain os havia encontrado.

Wynter nunca fora bom atirador, mas mesmo assim sentiu um leve conforto quando seus dedos se fecharam em volta do cabo do fuzil de repetição escondido sob a bancada.

Só deixe Bonvilain abrir a boca e eu farei o máximo para fechá-la para sempre.

Segundos depois uma pedra bateu na porta, seguida rapidamente por mais três. A última ressoou contra uma tira de aço.

— Foi o que pensei — disse uma voz. — Uma porta reforçada.

Linus verificou a brecha com o polegar, depois seguiu com o ombro junto à parede até uma abertura para arma.

Está carregada e pronta. Diga mais alguma coisa, marechal.

Bonvilain disse.

— Conor Broekhart. Por que não desce para que eu possa matá-lo finalmente? É melhor ser direto.

Linus disparou seis tiros na direção da voz.

Talvez Deus favoreça os virtuosos, pensou enquanto os tiros ecoavam ao redor das paredes curvas da torre e a fumaça dos disparos provocava espasmos em sua traqueia.

— Então — gritou Bonvilain. — Conor não está em casa e o empregado cego puxa o gatilho. Só para que saiba, cego, você acabou de ferir seriamente o pilar atrás do qual eu estava abrigado.

Ou talvez o diabo cuide dos seus, concluiu Linus, cobrindo o nariz e a boca com um pano molhado na pia.

Preciso alertar Conor. Ele não pode ser apanhado. Vou disparar os sinalizadores de emergência.

Conor havia se preocupado com a ideia de Linus ficar sozinho na torre, apesar de o americano ter sobrevivido a guerras e à prisão durante cinquenta anos sem sua ajuda, por isso preparou uma série de sinalizadores de emergência no teto. Os pavios desciam até vários locais espalhados pela torre e eram cobertos por mangas de enxofre. Só era necessário puxar a manga para acender o pavio. Os pavios eram conectados, de modo que, se um se acendesse, todos se acendiam.

O pavio mais próximo ficava no que eles chamavam, em tom brincalhão, de sala de estar, uma coleção de cadeiras arrumadas em volta da lareira, que Linus estava usando como destilaria de gim.

Quinze passos da fenda de tiro até a sala. Um degrau abaixo. Um banco perto da parede. Nada pelo qual eu não passe cem vezes por dia.

Linus tossiu o resto da fumaça do fuzil para fora dos pulmões e começou cautelosamente a curta caminhada. Que pena seria se atrapalhar com um tornozelo torcido. Havia tempo suficiente. Bonvilain relutaria em entrar pela porta da frente e poderia haver uma quantidade de armas apontadas para aquele alvo.

Ande devagar, mas com firmeza.

Linus foi lançado num tumulto por uma série de tiros ressoando contra a porta, fazendo o metal tinir como um sino.

Abaixou-se rapidamente e ficou de quatro, perplexo.

Será que o marechal ficou idiota? A porta é reforçada; ele mesmo disse. Por que atirar contra ela?

A resposta era óbvia e ocorreu a Linus quase imediatamente.

Ele não está tentando me matar, está tentando me distrair. O marechal não está sozinho...

Alguma coisa fria, afiada e metálica encostou no seu pescoço.

— Você deixou a porta do terraço aberta, velho — disse uma voz em inglês com sotaque muito forte. Linus soube imediatamente quem era. Sultan Arif, o mortal braço-direito de Bonvilain.

— Você, principalmente, deveria saber — continuou Sultan — que algumas vezes os problemas vêm de cima.

O pavio. Preciso acendê-lo.

Linus tentou saltar na direção da sala, fazendo a lâmina em seu pescoço cortar fundo, mas não havia como escapar de Sultan Arif. O capitão agarrou-o como se ele fosse um boneco tentando lutar e o levantou de pé.

Mantenha-se orientado. Saiba onde você está.

Era uma tarefa difícil, com tantas coisas distraindo os sentidos. Havia dor no pescoço e sangue nas costas. O eco dos tiros ainda não havia sumido e Sultan o girou. Linus ficou absolutamente desorientado.

Concentre-se. Onde você está?

No fim, Sultan facilitou para ele.

— Vamos descer e encontrar nosso senhor, está bem? — disse, empurrando o cego. Linus ouviu as trancas da porta sendo puxadas e o sopro de ar fresco contra o rosto.

Estou na entrada, pensou, com os dedos procurando o portal.

A voz de Sultan ressoou alta em seu ouvido.

— Estou com ele, marechal. O cego está sozinho. Há uma escada de corda aqui, vou desamarrá-la.

— Não seja tão sem graça, Sultan, jogue-o para baixo — disse Bonvilain. — Nada é mais divertido do que ver um cego cair.

Sultan suspirou. Esta era uma tarefa sem honra, mas honra não era uma qualidade muito valorizada pelo marechal.

— Relaxe, velho. Ossos retesados são ossos quebrados.

O couro de seu casaco estalou enquanto ele dobrava o braço para empurrar. Linus esperou o momento certo, e quando Sultan o empurrou, ele gritou. Alto o bastante para encobrir o som de uma manga de enxofre sendo arrancada de um pavio que acompanhava o portal.

Linus gritou enquanto recuperava a consciência, porque quando sua cabeça bateu na terra ele havia visto uma coisa. Um clarão de luz — só por um momento — e agora tudo estava escuro de novo. Sua respiração era restringida pelo peso de uma bota em seu peito.

— Eu me lembro de você — disse Bonvilain. — Você tocou piano para o rei. Muito inteligente, um espião cego. Bom, meu velho, seus dias de tocador de piano acabaram. Os de espionagem também, pensando nisso.

— Dane-se, Hugo Bonvilain — respondeu Linus com valentia. — Há um poço especial no inferno reservado para gente da sua laia.

O marechal riu.

— Não tenho dúvida disso, motivo pelo qual pretendo adiar minha partida deste mundo o máximo possível. Mas a sua partida é iminente, a não ser que você responda às minhas perguntas com presteza.

O riso de Linus foi amargo.

— Só me mate, Bonvilain. Sua prisão não conseguiu me dobrar, nem você consegue.

— Sabe, acho que você está certo. Acredito que você resistiria até o último suspiro. Nunca vou entender vocês, gente de princípios. Sultan tem alguns princípios, mas ele pode ignorar as vozes de censura quando a situação exige. De qualquer modo, não preciso mesmo de você. Broekhart vai voltar e eu estarei esperando, é simples.

— Talvez não seja tão simples — disse Linus.

Nesse momento os pavios ligados haviam lançado uma dúzia de sinalizadores para o céu. Eles explodiram em rosa e vermelho, com a luz se refletindo na barriga das nuvens escuras.

Bonvilain viu a descida lenta das luzes com uma consternação rancorosa.

— Sinalizadores. Como esse seu jovem Broekhart é esperto. Juro: algumas vezes acho que estou tentando enterrá-lo durante toda a vida.

— A ajuda está a caminho — ofegou Linus. — A brigada de incêndio será chamada.

Bonvilain pensou rapidamente, batendo com os nós dos dedos na testa, depois chamou Sultan.

— Pegue uma pena e papel na torre. Vou pregar um convite especial na cabeça deste homem.

— Não estou ansioso para assassinar um cego, marechal — disse Sultan calmamente.

— Já falamos disso, capitão — sibilou Bonvilain, no tom de um pai que não quer que seus filhos ouçam. — Nos seus dias de soldado você não tinha esse tipo de moralismo.

— Aquilo era guerra. Eles eram soldados. Este é um velho cego.

— Pegue a pena — insistiu Bonvilain.

— Eu não desenredei a escada de corda.

— Desenredei? *Desenredei?* Agora você é William Shakespeare? Dispare *outra* seta, então, suba por *outra* corda.

Sultan assentiu na direção do povoado.

— Isso vai demorar vários minutos. Não creio que haja tempo.

Bonvilain fez uma careta petulante.

— Assim é demais, Sultan. Espero com fervor que seja este velho quem lhe enfie uma faca entre as costelas. Vou me inclinar sobre seu cadáver só para falar: eu não disse?

Sultan fez uma reverência para mostrar lealdade.

— Agora é tarde demais para fazer reverências, bom homem. Estou muito desapontado com você.

— Desculpe, marechal.

— Sim, claro, desculpas. Que útil! Pelo menos me faça a gentileza de amarrar este espião à coluna.

— Claro, marechal.

Linus foi posto de pé e encostado com força na coluna do portão. Cordas atravessaram suas pernas e o tronco, apertando a ponto de queimar. Os passos de Sultan circularam ao redor, deixando-o tonto.

Tontura sem visão. É tremendamente injusto.

Mas pelo menos parecia que ele iria viver, se bem que, com Bonvilain envolvido, certamente haveria uma condição.

— Muito bem, cego — disse a voz do marechal à sua esquerda, baixa e em tom de zombaria. — Você ganhou um adiamento da pena. Passe este recado ao Aviador. Diga que darei uma reunião amanhã à noite. Um pequeno jantar para comemorar a vida de Conor Broekhart, o que considero tremendamente irônico. Será o terceiro aniversário da morte dele. Só para a família e amigos. Vinho será servido para um brinde especial, uma safra poderosa. *Muito* poderosa. Parecerá que os rebeldes conseguiram se infiltrar na cozinha. Trágico.

Linus não tinha fôlego para atirar insultos.

— Certifique-se de dizer a Conor que estou tendo todo esse trabalho por causa dele — continuou Bonvilain, com os dedos se cravando no ombro de Linus. — Se ele tivesse permanecido onde eu o deixei, nada disso seria necessário, mas como ele escapou e depois me roubou, o irmão dele fica órfão. Sabe, talvez eu ponha o menino sob minha guarda. Posso criá-lo como se fosse meu. Um marechalzinho.

Bonvilain riu, adorando seu próprio senso de humor.

— Como as pessoas me amariam! O nobre Bonvilain adota o filho de outro homem.

Linus conseguiu dizer uma frase curta:

— Ninguém ama você, Bonvilain.

— Está certo. E você acha que isso me incomodaria, mas não. Parece que obtenho toda a realização de que preciso com a riqueza material.

Sultan moveu-se, com uma reverência, entrando na linha de visão de Bonvilain.

— Marechal, aqueles sinalizadores podem atrair atenção.

Bonvilain ficou decepcionado. Sem dúvida os moradores da aldeia viriam investigar os sinalizadores. Não havia mais tempo para tripudiar. Uma pena — ele gostava demais, e havia muito poucas ocasiões. Ah, bem, envenenar a rainha e os Broekhart era algo para esperar com ansiedade. E com sorte Conor iria se jogar na panela também. E, mesmo que isso não acontecesse, Bonvilain logo seria primeiro-ministro e nada que ninguém dissesse poderia mudar isso.

Hora de uma última palavra ao cego.

— Acho que os irlandeses vão desamarrar você. Mas, mesmo assim, não fuja. Fique aí e dê meu recado, ou seu senhor não terá chance de se matar tentando estragar meus planos.

Bonvilain deu um tapa no rosto de Linus.

— Depois disso, passe o resto da vida imaginando quando eu vou matá-lo. Como sabemos, *você* não me verá chegando.

Linus manteve o lábio rígido e a testa franzida, mas estava respirando fundo pelo nariz e, se as cordas não o segurassem, ele certamente teria caído.

Odeio-me por sentir esse terror. Já vi guerra e peste. Vivi na escuridão com o medo sempre presente da dor. Mas terror? Nunca antes, até agora.

— Dane-se, marechal — soluçou em desafio. — Que o diabo o carregue.

Mas pelo vazio do ar e pelo modo como a voz se espalhava, ele soube que estava sozinho. Bonvilain fora fazer os preparativos para a comemoração.

Eu deveria estar feliz, pensou Conor Finn. *Meu plano deu certo e sou um cientista de novo, com verbas para continuar as experiências até um futuro distante. Deveria ao menos estar contente.*

Mas não conseguia escapar do conhecimento de que esta não era a sua vida. Estava circulando ao redor dela como se estivesse proibido de entrar. E em algum lugar, fora do seu alcance, outra vida de verdade esperava.

Mais longe será melhor. Como posso recomeçar quando a cada vez que levanto os olhos vejo as Salgadas no horizonte?

Estava guiando sua carroça pela estrada litorânea em direção a Wexford, e de lá para a praia de Curracloe, oito quilômetros do outro lado. Já era meio-dia e ele havia demorado um tempo maior do que esperava para descer as asas pela lateral da torre. Teria de dormir na praia durante uma noite a mais, talvez duas, dependendo das condições.

A viagem também demoraria mais do que ele esperava. Tinha percorrido menos de um quilômetro e meio desde Kilmore e o cavalo já estava cansado por causa da carga. Asas, motor, cauda, corpo e, claro, sua nova hélice. Era um fardo pesado para um cavalo velho. Tentaria trocar o animal no cais de Wexford.

Pensou em Linus e riu alto.

Minha mente compara Linus a um cavalo velho. Ele não ficaria feliz em ouvir isso.

Com Linus Wynter na mente, olhou por cima do ombro para verificar se os sinalizadores teriam sido disparados, como já fizera uma dezena de vezes nessa viagem.

Como se Linus precisasse de mim. Como se Linus precisasse...

Os sinalizadores estavam no ar. Pelo jeito, todos. Piruetando em direção à terra, deixando trilhas cor-de-rosa como os raios de um guarda-chuva fantasmagórico.

Linus estava com problemas.

Devia ter algo a ver com o encontro da noite passada. Não podia ser coincidência.

Conor tirou a carroça da estrada, levando-a para o fundo de um bosque denso. O cavalo reclamou, tentando se afastar dos galhos baixos, mas Conor continuou instigando-o, enfiando a carroça apertada entre dois troncos. As árvores se sacudiram, fazendo chover agulhas de pinheiro sobre o homem e o animal.

Em segundos Conor havia desatrelado o cavalo e o instigava de volta pela estrada litorânea. Com esse animal, havia duas opções. Podia fazer com que ele corresse e se exaurisse depressa ou ir devagar por muito tempo. Conor escolheu o depressa, algo lhe dizia que por muito tempo seria tarde demais.

Chegou à torre e encontrou o amigo amarrado ao pilar, com o rosto e o pescoço cheios de contusões. Seu primeiro pensamento foi: *está morto. Eu o perdi de novo.* Mas então o velho tossiu.

— Linus! — disse ele, segurando o peso do americano. — Você está vivo.

O cego pareceu surpreso.

— Conor. Não ouvi nenhum cavalo.

— Ele desmoronou perto do povoado. Acho que foi o coração.

Rapidamente cortou a corda, ajudando o amigo a deslizar pela coluna até o chão.

— Você não vai morrer hoje — disse Conor, fazendo uma rápida verificação em busca de ossos quebrados. — Mas não há um pedaço de pele que não esteja machucado. Você vai adorar saber que seu sangue é azul. Sempre suspeitei de que você fosse nobre.

— Escute, Conor. — A garganta de Linus estava áspera e queimada pelas cordas. — Foi Bonvilain.

Conor caiu literalmente de costas no capim.

— O próprio marechal? Aqui?

— Ele e o cão de caça, Arif. Deixei a porta do terraço aberta, para tirar a fumaça da cozinha. Velho idiota. Eles só foram embora porque acharam que o povo da aldeia viria investigar os sinalizadores. Eu poderia dizer que durante semanas você andou disparando sinalizadores, e sabe Deus o que mais, e os aldeãos estão mortos de tédio de vê-los. Eu poderia ter dito isso, mas não disse.

— O que ele falou? Conte, Linus.

Linus deu um suspiro profundo. Seu rosto estava marcado pela dor e pela tristeza.

— Ele sabe que você é o Aviador, Conor. Planeja assassinar sua família, Isabella também. Provavelmente com veneno, num jantar amanhã à noite. Um jantar em homenagem a Conor Broekhart.

Conor se agachou no capim, aparvalhado com as notícias. Era a pior reviravolta possível nos acontecimentos.

Ele planeja assassinar sua família.

O que posso fazer? O que pode ser feito?

Linus leu sua mente.

— Agora você precisa esquecer a América, Conor. É hora de agir.

— Eu sei. Claro. Mas o que devo fazer?

— É um quebra-cabeça. Bonvilain sabe que você vai. Exatamente quando e onde. Eles estarão vigiando o mar e o céu, esperando o Aviador.

— Eu poderia me entregar — disse Conor bruscamente, com o desespero enorme nas feições. — Então o marechal não teria necessidade de matar ninguém. Os segredos dele estariam em segurança.

Linus discordou com veemência.

— Não! É tarde demais para isso, Conor. Bonvilain não sabe com quem você falou nem que tipo de exército você pode ter reunido com seus diamantes roubados.

— Mas por que ele me contou sobre o jantar? Para me atormentar?

— Para fazer você cair numa cilada — corrigiu Linus. — Todos os inimigos dele morrem numa noite e o Aviador é o assassino. Culpar você por assassinato é um método experimentado e confiável para Hugo Bonvilain.

Conor ficou sentado, imóvel como uma estátua, olhando as pedras como se elas fossem dar a solução para seu dilema terrível. Uma brisa se afunilou por seus dedos e o sol aqueceu sua cabeça, mas o que essas coisas normais poderiam significar? Será que uma vida *normal* poderia ser sua?

— Conor? — disse Wynter engatinhando, com uma das mãos esticadas adiante, tateando o ar. — Conor? Você está bem?

Conor não fez nenhum som, a não ser o da respiração curta, e Linus percebeu que teria de assumir o comando.

— Precisamos deixar a torre — disse tentando parecer rápido e eficiente. — Vamos colocar o que pudermos na carroça e partir esta noite. Mesmo que Bonvilain mande soldados para caçar você, eles podem não pensar em procurar Conor Finn.

Houve um farfalhar de capim e pano enquanto Conor ficava de pé. Se Linus pudesse ver os olhos do jovem amigo, ficaria pasmo com a determinação súbita que ardia ali.

— Conor Finn? — disse o Aviador. — Conor Finn está morto. Meu nome é Conor Broekhart e preciso falar com meu pai.

CAPÍTULO 18

MAIS PESADO QUE O AR

Para Conor, estava claro que só havia um modo de acabar com esse pesadelo. Precisava denunciar o marechal como assassino. Fugir não era mais uma opção, agora que Bonvilain estava ameaçando seus entes amados. Confrontar o marechal ao menos daria aos Broekhart e à monarquia uma chance de lutar e sobreviver.

É assim que o meu pai desejaria. Ele pode me odiar, mas certamente a verdade mudará isso.

Agora Conor sabia que deveria ter se revelado naquela noite na Grande Salgada, quando vira seu irmãozinho, mas os pais haviam parecido tão felizes sem ele! Tão seguros! Recebê-lo como parte da família iria colocá-los em perigo.

Raciocínio falso. Lógica fraca.

Fazer contato agora seria quase impossível. Bonvilain iria esperá-lo e teria cada homem na Muralha com ordens para atirar ao primeiro sinal, assim que possível. Eles sabiam que ele viajava de planador e barco, portanto estariam esperando esses veículos, mas poderia haver uma terceira opção.

Conor comprou um cavalo descansado na aldeia, pagando uma quantia exorbitante, e o fez correr a toda velocidade até onde havia escondido às pressas a carroça carregada. Bem a tempo, porque meia dúzia de garotos da região estavam empoleirados em cima da lona, puxando as cordas como macacos curiosos. Conor pensou em espantar os garotos, mas em vez disso decidiu empregá-los. Foi oferecida a cada garoto a quantia espantosa de um diamante bruto em troca de sua força e seu silêncio. Desnecessário dizer que as ofertas foram aceitas, já que uma única pedra valia um ano de salário de um adulto.

Mesmo com a ajuda dos novos aprendizes, foram necessárias horas suadas de empurrões e grunhidos para tirar a carroça do meio dos troncos, e quase um tempo igual a esse para levá-la de volta à estrada.

— Agora, pessoal — disse Conor às suas tropas, assim que o cavalo estava atrelado e pronto. — Chocolate quente para todo mundo se chegarmos à ponte de São Patrício antes de escurecer.

Os garotos encostaram os ombros na carroça com empenho. Chocolate quente, diamantes e carga misteriosa! Sentiam-se como príncipes numa aventura fantástica.

A ponte de São Patrício era uma longa tira de cascalho e areia, curvando-se da costa da Irlanda em direção às Salgadas. Segundo a lenda, quando são Patrício estava expulsando o diabo da Irlanda, finalmente conseguiu encurralá-lo nas montanhas Galtee. O diabo deu duas mordidas enormes nas encostas para abrir um caminho e partiu para o condado de Wexford com são Patrício em seu encalço, atirando rochas e pedregulhos apanhados nos campos.

O velho chifrudo foi obrigado a entrar na água em Kilmore e nadar com força em direção ao mar aberto, com as pedras batendo na água em volta dele. Essas pedras iriam formar a ponte de São Patrício. Umas duas acertaram o diabo na cachola, derrubando nacos do cume da montanha no oceano. A menor virou a Pequena Salgada, a maior a Grande Salgada.

Conor jamais havia acreditado nessas histórias, pondo a fé na erosão do litoral e nas correntes oceânicas. Mas hoje, olhando para as ilhas escuras e serrilhadas no mar, ficava fácil acreditar que eram obra do diabo.

Conor e sua turma chegaram ao campo acima da ponte de São Patrício quando restava uma hora de luz do sol. Um caminho sinuoso descia da ponte propriamente dita, mas era traiçoeiro demais para ser usado por uma carroça com cavalo. Tudo teria de ser carregado.

Ficou de pé na carroça e deu instruções como um general comandando as tropas.

Levem tudo para baixo. Ponham as peças em cima da ponte, acima da linha d'água. Tudo era frágil e secreto. De modo que cuidado e silêncio eram as ordens do dia.

No momento em que Conor puxou a lona, ficou óbvio o que era a carga secreta. Asas, motor, hélice.

Um garoto, o líder do pequeno bando, se adiantou, meio aterrorizado, meio incrédulo.

— Senhor, o senhor é o Aviador que baixou o pau naqueles guardas da prisão?

Conor notou o brilho nos olhos deles, a luxúria por aventuras extraordinárias.

— Sou mesmo o Aviador e preciso da ajuda de vocês. O que dizem, garotos?

O líder falou em nome do grupo:

— Bom, senhor Aviador, eu tenho um irmão cumprindo prisão perpétua na Pequena Salgada. Ele só roubou uns guinéus e talvez tenha quebrado uns ossos. Por isso eu digo: vamos carregar.

O resto aplaudiu e correu para a carroça, todos ansiosos para ser o primeiro a descer a trilha.

Espero que o entusiasmo dure, pensou Conor. *Há uma longa noite de trabalho pela frente.*

Os garotos são criaturas volúveis e à meia-noite haviam sido distraídos pela fome, pelas brincadeiras ou pelos pais chamando para casa. Mas três ficaram e terminaram de carregar as peças do aeroplano até a ponte de São Patrício. Conor não sabia e não tinha tempo para descobrir se teriam negociado com os pais ou ficado sem permissão.

Mandou um deles com um recado para Linus e algum tempo depois o americano chegou com comida e lampiões a óleo, descendo com cuidado pelo caminho íngreme. Parecia inseguro com as próprias pernas desengonçadas, como um iniciante no uso de pernas de pau.

Os garotos juntaram lenha e acenderam fogueiras ao redor do local de trabalho onde Conor labutava em meio a peças de motor, tubos de graxa, manivelas de partida, molas, pistões, pedaços de musselina não lacrada, rolos de fio, potes de cola, papelão marrom, uma estranha hélice curva. E lentamente o aeroplano foi montado.

O líder dos garotos, que tinha o apelido improvável de *Tio*, demonstrou uma aptidão surpreendente para a mecânica e era valioso quando se tratava de pegar ferramentas e até prever que ferramentas seriam necessárias.

— Preciso de uma chave de porcas, Tio. A média.

— Acho que deve ser a pequena, Aviador.

Claro que Tio estava certo, e acendeu um cigarro para comemorar.

Conor ficava explicando suas inovações para afastar a mente do trabalho e da família.

— Os motores a vapor são muito pesados para os aeroplanos. Para levantar um motor a vapor seria necessário um motor a vapor maior ainda. Assim, Victor, o meu professor, sugeriu um motor de gás comprimido ou então a gasolina, que é melhor mas ainda é pesado demais. Mas então me lembrei do alumínio.

— Isso não é raro? É que nem ouro.

— Era. Há cinquenta anos, o alumínio era tão difícil de produzir que as barras do metal eram expostas em feiras. Mas agora o Processo Bayer pode fazê-lo e, ainda que não seja em grande quantidade, pelo menos é possível obter. Assim o cárter e a camisa de água são feitos totalmente de alumínio. Esse motor é suficientemente leve para erguer a si mesmo e o aeroplano, e vai me dar pelo menos dez cavalos de força no ar.

— Você espera — disse o jovem Tio.

— É. Espero mesmo. E, Tio?

— Sim, Aviador.

— Odeio dizer, mas você fede. Você não toma banho?

Tio apagou o cigarro no salto da bota.

— Não, Aviador. Sigo os egípcios no quesito banho. Faz mal para a alma.

O sol se ergueu num novo dia e encontrou os cinco trabalhadores amontoados em volta de um braseiro, compartilhando um pote de chocolate. Todos estavam exaustos, mas nenhum pensando em desistir. No meio da manhã, o pequeno bando estava de novo em força total, enquanto os garotos que haviam ido embora na noite anterior matavam aula pela chance de ver o Aviador voar.

— Tirem qualquer pedra grande da ponte e joguem para o lado. Preciso de uma pista lisa.

Essa era uma tarefa simples e Tio colocou os garotos mais lentos para fazê-la.

— Não faz sentido pedir que os tapados ajudem com a mecânica — explicou. — Tirar pedras é exatamente o trabalho para eles. Só é preciso olhos abertos e costas fortes. A cada dez minutos, mais ou menos, eu digo a eles que eles são gênios.

Conor assentiu com seriedade exagerada. Tio estava se mostrando valiosíssimo.

Enquanto os outros limpavam a estrada para o céu, Conor aparafusou as asas, construídas com costelas de freixo encurvado a vapor e cobertas por musselina não lacrada.

Agora a forma do veículo estava nítida. Asas simples, dez metros de envergadura. Um corpo comprido e fino, parecendo uma canoa, com o motor de alumínio com cilindro de dez centímetros montado centralmente atrás da nova hélice de Conor.

— Nunca vi uma hélice assim — comentou Tio, que aparentemente era especialista em tudo. — Como ela foi nos testes?

— Que testes? — grunhiu Conor, apertando o último parafuso na hélice.

Linus mantinha a comida e a bebida chegando e, quando os garotos se cansavam, ele tirava um apito fino do bolso, tocando uma musiquinha animada e, sem saber, os garotos aceleravam o ritmo de novo.

O trabalho consumiu a maior parte do dia, mas finalmente

o aeroplano estava pronto, repousando na língua de xisto sobre três rodas, como um grande pássaro adormecido. Era uma maravilha e durante longos minutos o pequeno bando ficou em silêncio, simplesmente olhando o veículo, absorvendo cada curva e cada parte da estrutura.

Também havia medo e nenhum dos trabalhadores punha sequer um dedo no material por temor de acordar o pássaro. Apenas Linus Wynter não estava pasmo. Fez com que Conor o levasse até a hélice do aeroplano e depois fez um exame detalhado do veículo.

— Victor ficaria orgulhoso — disse.

— Espero que sim — respondeu Conor. — A teoria é tanto dele quanto minha, e por essa razão fiz isso...

Conor tirou uma tira de papel do nariz do aeroplano e pôs a mão de Linus no que estava por baixo. O americano sentiu linhas escamosas de tinta seca sob os dedos. A tinta revelava duas palavras.

La Brosse.

Wynter deu um sorriso triste.

— Ele gostaria disso, aquele pavão francês. Declaro que, se meus canais lacrimais estivessem funcionando, eu choraria. — Ele enxugou o nariz e juntou as lapelas de seu terno social. — Eu deveria ter escrito algo especial. Uma ária para acelerar você no caminho.

— Ainda há tempo. Preciso pelo menos de trinta metros para decolar, portanto só posso partir depois da maré baixa.

Tio entreouviu esse comentário, principalmente porque estava junto ao cotovelo de Conor, prestando atenção.

— Diga uma coisa, Aviador. Se você precisa de trinta metros para decolar, de quantos precisa para pousar?

Era uma pergunta pertinente, mas Conor não parecia inclinado a responder. Virou-se e caminhou até as pedras planas, evitando os olhares interrogativos que o acompanhavam.

— É complicado — murmurou. — Técnico. Ainda preciso terminar alguns cálculos. — E em seguida, como se esse fosse o fim do assunto: — De qualquer modo, onde estão aquelas costelas de freixo? Preciso fazer alguns consertos.

Tio acendeu outro cigarro.

— Conheço bastante bem a Grande Salgada. Se o Aviador precisa do mesmo espaço para pousar e para decolar, não vai encontrar naquela ilha. Qualquer coisa plana na Grande Salgada tem uma casa em cima. O único lugar em que poderia pousar seria do lado de fora dos Portões do Palácio, na Praça do Promontório. — Tio riu da loucura dessa ideia. — Praça do Promontório. Imagine. Se o marechal Bonvilain fosse uma aranha, essa seria a teia dele. O que faria do Aviador...

— A mosca — ofegou Linus.

Grande Salgada

O marechal Hugo Bonvilain estava numa empolgação incomum. Afinal de contas, esse seria um dia importantíssimo, não somente para ele, mas para cada Bonvilain que já fora obrigado a bajular um rei idiota. Hoje todos os sacrifícios seriam compensados. Centenas de anos haviam sido necessários para realizar a tarefa, mas finalmente os Bonvilain estavam a ponto de suplantar os Trudeau.

E assim, quando Sultan Arif chegou ao escritório de Bonvilain naquela tarde, encontrou o marechal quase gargalhando de ansiedade. Bonvilain estava junto à janela do escritório, batendo as mãos rapidamente no ritmo da valsa de Strauss tocada por um violinista solitário no canto.

Sultan pigarreou para atrair a atenção.

— Ah, capitão, você veio — disse Bonvilain deliciado. — Que dia, hein? Histórico e coisa e tal. Adoro Strauss, e você? As pessoas acham que eu seria fã de Wagner, mas digo que, só porque às vezes meus deveres são tristes, isso não significa que eu tenha de ser. Não, Strauss é o homem, se você teve um dia exaustivo. Acho que mandarei trazer uma orquestra austríaca para minha posse como primeiro-ministro.

Sultan ficou surpreso com essa falta de discrição e isso apareceu em seu rosto.

— Ah, não se preocupe com ele — disse Bonvilain, apontando um polegar para o músico. — O coitado foi atropelado por um cavalo com carruagem há alguns anos. Ficou surdo e cego. Consegui-o com o Kaiser Guilherme, só chegou hoje de manhã. Eu disse a mim mesmo: é um bom presságio. Como alguma coisa pode dar errada hoje?

Sultan começou a sentir-se nervoso. As coisas sempre davam erradas perto do marechal, geralmente para outras pessoas.

— Se Deus quiser, tudo vai correr bem.

— Como pode não correr? — perguntou Bonvilain, saindo da varanda. — A rainha e seus leais defensores logo estarão mortos. Não há herdeiros, assim eu serei empossado como primeiro-ministro. Esse garoto Broekhart, esse Aviador, sem dúvida tentará alguma forma de resgate, e então o pegaremos também. E mesmo que ele não venha, assim que Isabella se for, ele não passará de um fugitivo ressentido.

O marechal sentou-se à sua mesa, alisando a superfície de feltro com a palma da mão.

— Agora vamos falar de veneno.

Sultan Arif pôs um tinteiro com tampa de cortiça na mesa. Metade do frasco era ocupada por um pó amarelo-claro.

— É acônito dos Alpes — explicou. — Um dedal disso pode ser misturado a um copo de vinho ou espalhado na comida. Vários minutos depois a vítima vai começar a sentir uma estranha coceira nas mãos, seguida por dor no peito, ansiedade extrema, coração acelerado, náusea, vômitos e por fim a morte por parada respiratória.

— Por fim — ronronou Bonvilain. — Gosto disso. — Ele pegou o vidro, segurando-o diante da luz como se suas qualidades mortais fossem ficar mais aparentes. — Agora, Sultan, você sabe como é vital que eu pareça não ter culpa em tudo isso. Devo sofrer com o resto, e apenas minha força me salvará. Não posso ser acusado. O próprio médico da rainha deve confirmar que estou às portas da morte.

— Então só deve tomar metade de sua taça — disse Sultan. — O que representará meio dedal de acônito. Vai sofrer tanto quanto os outros, mas sem a parada respiratória.

Bonvilain serviu um copo de conhaque de uma garrafa de cristal.

— Meio dedal, é o que você diz? Tem certeza? Apostaria minha vida nisso?

— Com relutância — respondeu Sultan.

— Tenho uma ideia — declarou Bonvilain, jogando uma pitada de pó em seu copo. — Por que não testar a dose no músico? — Ele fez uma expressão triste. — Mas você gosta muito de cegos e eu estou ansioso para ouvir mais do repertório dele.

Sultan sentiu uma gota de suor escorrer pelas costas.

— Não é necessário testar, marechal. Nós já usamos esse método antes.

— Mas não em mim. Quero que *você* tome, isso me tranquilizaria.

— Mas vou levar horas para me recuperar — protestou Sultan debilmente. — Sou necessário hoje.

— Você *é* necessário, capitão — disse Bonvilain, entregando o copo. — E é para isto que você é necessário.

— E se o homem voador chegar?

— Se o *garoto* voador chegar, eu cuido dele. Já estive em algumas campanhas, Sultan. Sei usar uma espada. Estou pedindo que beba isso, capitão. Vai recusar minha ordem de novo?

Sultan sentiu-se preso naquela gaiola opulenta. Os retratos dos marechais Bonvilain através dos tempos olhavam-no irritados, desafiando-o a desobedecer.

Eu poderia matá-lo, pensou. *Pelo menos poderia tentar.*

Sultan Arif pensou nos danos que havia causado em nome das Salgadas, nas vidas que havia arruinado. Nos homens que ainda sofriam na prisão.

Estendeu a mão, pegou o copo e jogou o líquido no fundo da garganta.

— Bravo — gritou Bonvilain. — Agora cuidado com o copo. É de cristal.

Sultan largou o copo na mesa e esperou que o veneno fizesse efeito. O entorpecimento das extremidades era o primeiro sintoma do acônito. Quando seus dedos começaram a coçar, olhou-os como se pertencessem a um estranho.

— Estou entorpecido — disse.

— Ótimo! — exclamou Bonvilain. — Está começando.

Sultan tinha plena consciência do sofrimento das próximas horas. Sentiria a dor dos condenados e, se tivesse sorte, viveria para esquecê-la.

— Toque alguma coisa triste — gritou Bonvilain ao violinista, embora o sujeito não pudesse ouvi-lo. — O capitão precisa se animar.

Uma hora depois, quando Sultan estava se contorcendo no tapete, com os pulmões em chamas, cada respiração parecendo um ferimento de adaga, Bonvilain se agachou perto dele, estalando os dedos para chamar atenção.

— Agora, capitão — disse em tom afável. — Na próxima vez em que eu lhe mandar matar um cego, faça isso. Entendeu?

Sultan fez um movimento que poderia ter sido um aceno, ou poderia ter sido um espasmo. De qualquer modo, Bonvilain tinha certeza de que a lição fora aprendida.

A ponte de São Patrício

Havia chegado a hora de voar. Pôr do sol e maré baixa. A ponte de xisto estava o mais lisa possível e o motor, pronto para a decolagem. Não havia nada retendo Conor, a não ser suas próprias ansiedades.

Sentou-se nas rochas planas, olhando o céu em busca de pássaros.

— Você ouve algum morcego? — perguntou a Linus, que estava reclinado junto dele, com as pernas compridas e magras esticadas até a areia.

— Morcegos?

— É. Se este for um local onde os morcegos ficam, eles poderiam atrapalhar a hélice.

Linus ficou em silêncio por um longo instante.

— Não. Nenhum morcego. Mas há algo espreitando na crista. Estou ouvindo pés se arrastando. Um monte deles.

Conor se levantou, esticando o pescoço para trás, tentando ver. Os moradores do povoado se alinhavam na crista como dentes numa boca enorme, com outros chegando a cada segundo para preencher os espaços. Espiavam para tentar enxergar o Aviador.

— Kilmore inteira está aqui — gemeu ele.

— E daí? Você esperava distribuir diamantes, construir uma máquina voadora mais pesada que o ar na praia e manter isso em segredo? Você é o Aviador que veio lutar contra Bonvilain. Ele não é um homem popular.

— Olhe, eles estão acendendo tochas. Trouxeram lampiões.

Linus bateu na têmpora.

— Não posso olhar, garoto. Sou cego, lembra? E, de qualquer modo, não seria bom ter algumas luzes?

— Meu Deus! — exclamou Conor. — Claro. As luzes ajudariam muito.

— Bom, então convide aquelas pessoas a descer. Afinal de contas, dentro de algumas horas nada disso vai importar. A rainha saberá da verdade, Bonvilain será banido e você será de novo *Sir* Conor das Ilhas Salgadas.

— Não necessariamente. Há um final alternativo.

Linus se levantou, espanando o fundilho das calças.

— Esta noite, não, amigo. Os planetas estão alinhados, as runas foram lançadas, e eu achei um trevo de quatro folhas no capim. Esta noite, depois de três anos, Conor Broekhart retornará dos mortos.

— Talvez. Mas por quanto tempo?

Grande Salgada

Sean Broekhart, de dois anos, estava deitado na cama, mas não tinha sono.

— Acho que ele está com febre — disse Catherine, pondo as costas da mão na testa do menino. — Talvez devêssemos ficar em casa.

— Ficar em casa — concordou Sean, sorridente.

Declan ficou parado junto à porta, com os ombros largos no uniforme de gala.

— Sean está bem, querida. Desenvolvendo-se. Se estivesse mais forte, eu o alistaria agora mesmo. Se você não quer ir, é só dizer. Não precisa arrastar o pequeno Sean para os seus planos.

Catherine ajeitou a fileira de medalhas no peito do marido.

— Estive dizendo essas palavras desde que o convite chegou. É tão estranho, não acha? Esse desejo súbito da parte do marechal, de homenagear Conor?

A testa de Declan se franziu. Muita coisa havia mudado nas últimas semanas. Ele se sentia mais seguro do que nos últimos anos — três anos, para ser exato. E, ainda que sentisse gratidão pelo que Hugo Bonvilain havia feito por Conor e pela família, tinha preocupações quanto aos métodos do sujeito, em especial as rédeas curtas com que mantinha a Pequena Salgada. Recentemente seus homens haviam começado a lhe contar histórias de horror sobre a prisão.

— Não é estranho, é natural. Hugo também sente culpa. Afinal de contas, seus homens deveriam estar guardando o rei. Esse sempre foi o problema do Nicholas, ele não queria viver sob guarda. Tinha confiança demais.

— Converse com Isabella, Declan. Ela está esperando.

— Você já falou com a rainha a esse respeito?

Catherine segurou o braço do marido.

— Ela falou comigo. Isabella também tem preocupações. Precisa de um aliado que os homens ouçam. Você é o único que pode desafiar Bonvilain.

Declan não queria esse fardo.

— O marechal é meu oficial superior e tem sido muito bom conosco.

— Não quero magoar você, Declan, mas sua mente esteve em outro lugar nos últimos anos. Você esteve cego às injustiças que se tornaram comuns nas Salgadas. O sonho de Nicholas era criar uma utopia para o povo. Este também se tornou o sonho de Isabella. Não é o de Hugo Bonvilain. Ele deseja ser primeiro-ministro; sempre desejou.

Declan admitiu os fatos como raios de luz através de fendas numa cortina pesada.

— Ouvi histórias. Talvez eu possa investigar.

Catherine apertou seu braço com mais força.

— Mais uma coisa. Talvez esta não seja uma noite para dizer, mas... Victor Vigny, traidor?

— Encontraram cartas no apartamento dele, detalhando as defesas da ilha. Meus homens estavam com Bonvilain quando ele encontrou os corpos.

— Sei tudo sobre as provas, mas eu também conhecia Victor. Ele nos salvou, lembra?

— Ele se salvou — contrapôs Declan, e depois gentilmente: — Victor era espião, Catherine. Eles são uma raça fria. Nós vimos nele o que ele queria que víssemos.

Agora havia lágrimas nos olhos de Catherine.

— Só me prometa que vai defender Isabella, independentemente do que ela decida fazer. Sua primeira lealdade é para com ela.

— Claro, ela é minha rainha.

— Muito bem — disse Catherine, enxugando os olhos. — Agora preciso me preparar de novo. Por que não conta uma história ao seu filho, coloca-o para dormir antes que a babá chegue?

O pequeno Sean captou a palavra.

— História, papai — gritou. — História, história, história.

Declan apertou a mão da mulher antes que ela saísse do quarto.

— Estou aqui agora, Catherine. Vou cuidar de todos nós, inclusive da rainha.

Sentou-se na cama de Sean e, como sempre, não conseguia olhar para um filho sem pensar no outro, mas forçou a expressão de melancolia e sorriu para o menino.

— Bom, Sean Broekhart, está sem sono esta noite?

— Sem sono — respondeu Sean, beligerante, puxando as mangas do pai com dedos pequenos.

Tão pequeno, pensou Declan. *Tão frágil*.

— Acho que uma das minhas histórias pode dar um jeito nisso. De qual você gosta? Do exército do capitão Corvo?

— Corvo, não — disse Sean, fazendo beicinho. — Conor. Conta a história de Conor. O *rimão* de Sean.

Declan ficou pasmo. Sean jamais havia perguntado sobre Conor, e por algum motivo Declan nunca havia previsto este momento.

— História de Conor — insistiu Sean, dando socos na perna do pai.

Declan suspirou.

— Muito bem, pequenino. Uma história do Conor. Há muitas histórias sobre seu irmão, porque ele era uma pessoa especial que fez muitas coisas incríveis na vida. Mas o feito mais famoso, o que lhe rendeu uma medalha de ouro do ministério, foi o resgate da rainha Isabella. Claro, na época ela não era rainha, era só uma princesa.

— Princesa — disse Sean, contente.

— Naquela tarde de verão, Conor e Isabella haviam se divertido até não poder mais, atravessando uma chaminé abandonada até o fim, e decidiram lançar um ataque pirata contra o apartamento do rei...

E assim Declan Broekhart contou a história da torre incendiada, e quando acabou e a princesa estava salva, beijou o filho adormecido e saiu do quarto com um coração que parecia estranhamente mais leve.

Ponte de São Patrício

Isso é loucura, pensou Conor. *Ideia de lunático. Há muitas coisas que podem dar errado.*

O motor poderia ser pesado demais, apesar do alumínio. A hélice nem fora testada num túnel de vento e poderia despedaçar o nariz do aeroplano com tanta facilidade quanto poderia impeli-lo. A musselina sem tratamento era mais leve do que a variedade tratada, mas poderia não desviar as correntes de ar o suficiente para produzir empuxo ascendente. O método de direção era rudimentar, para dizer o mínimo, e não permitiria mais do que uma curva de vinte graus, e até mesmo isso poderia arrancar as asas. As pontas das asas poderiam não dar equilíbrio suficiente para a decolagem.

Tantas coisas!

A ponte de São Patrício havia se tornado uma espécie de catedral. Os aldeãos tinham descido pelo caminho íngreme para assistir ao espetáculo, e a maioria estava apinhada no anfiteatro natural acima do afloramento de xisto. Eles se acomodavam em posições confortáveis, abriam cestos de comida e batiam papo amigavelmente enquanto esperavam. O resto se alinhava nos dois lados da ponte de São Patrício, segurando os lampiões no alto, iluminando um caminho para o Aviador.

Mais expectativas, pensou Conor. *Como se derrubar um líder militar não bastasse, agora preciso divertir um povoado, ainda por cima.*

Fez um último circuito ao redor do *La Brosse*, segurando um lampião a óleo perto da parte inferior de cada asa, procurando rasgos, alisando calombos. Não havia mais necessidade de adiar.

— Esta é a sua quarta inspeção *final*, se meus ouvidos não me enganam — disse Linus, nas sombras. — Vá agora, Conor, ou vai perder a maré.

— É, claro, está certo. Eu teria de partir imediatamente. Isso deve parecer idiotice para todo mundo. Todo esse preparativo para uma viagem tão curta.

Linus entrou na claridade do lampião. A luz pegou-o por baixo, lançando sombras fantasmagóricas no rosto magro.

— Está errado, garoto. Esta é uma viagem importantíssima. Histórica.

Conor abotoou sua jaqueta de aeronauta.

— Acho que histórica, não. Não haverá registros oficiais, nem fotos. Nada é reconhecido sem que haja pelo menos um membro da Sociedade Real. A cada semana aparece um novo maluco dizendo que conseguiu voar.

Linus levantou os braços na direção dos espectadores, como um maestro se dirigindo à plateia.

— Cada homem, mulher e criança que está aqui vai se lembrar, pelo resto da vida, do que está para acontecer nesta praia, não importando o que digam os livros de história. A verdade jamais morrerá.

Conor prendeu os óculos e o chapéu.

— Linus, se algo acontecer, algo ruim, você arranjará um modo seguro de contatar meu pai? Ele deve saber a verdade.

Linus assentiu.

— Encontrarei um modo, garoto. Este velho espião possui alguns truques na manga, mas tenho fé em você.

Conor subiu a pequena escada até o assento do piloto, posicionando-se cuidadosamente no banco.

Algo em sua jaqueta tilintou contra a estrutura. Era o símbolo do "A" com asas.

— Acho que não preciso mais disso — disse Conor, tirando-o. — Bonvilain sabe exatamente quem eu sou. — E jogou-o por cima da cabeça de Linus, para o garoto conhecido como Tio.

— Uma lembrança para você, para que, quando as pessoas disserem que isso jamais aconteceu, pelo menos você saiba que não foi bem assim.

Tio esfregou o "A" com asas na camisa.

— Obrigado, Aviador. Eu esperava os óculos, mas acho que você vai precisar deles.

— Infelizmente, sim. Mas você poderá ficar com estes se eu voltar. Em troca de um último favor.

— Qualquer coisa — gritou o garoto, já imaginando-se caminhando pelo cais de Kilmore, com os óculos num ângulo maroto sobre a cabeça. — Desde que não signifique tomar banho.

— Não. Sem banho. Preciso de dois dos seus garotos mais altos para ficar junto às pontas das asas. Eles precisam ser fortes e ter pés rápidos.

Tio chamou dois de seus garotos mais altos e os posicionou como Conor havia pedido.

— Esses dois são tão tapados que fazem o idiota da aldeia parecer Sherlock Holmes — confessou Tio a Conor. — Vão correr direto até o mar, se você quiser. — E depois aos dois garotos: — Corram depressa, certo, pessoal? Segurem as asas niveladas e eu troco seus diamantes por duas barras de caramelo.

— Combinado, Tio — disse um deles.

— Caramelo — disse o outro, que se parecia um bocado com o primeiro.

— Eles podem parar antes da água — disse Conor, prendendo os óculos. — Preciso que corram ao meu lado e mantenham as asas equilibradas. Assim que eu decolar, eles soltam. Eles conseguem fazer isso?

— Claro que conseguem, eles não são burros — disse Tio. — Desculpe, eles *são* burros. Mas não *tão* burros assim.

Conor assentiu.

— Bom, Tio, se as coisas derem errado para mim esta noite, quero que você fique com o senhor Wynter; ele vai lhe pagar um salário decente.

— Ele vai me obrigar a tomar banho?

— Não, mas vai debater o assunto até que você decida se lavar.

— Ah. É um daqueles. É muito bom para você, Aviador. Mas talvez eu tenha de assassiná-lo enquanto ele dorme.

— É justo.

Estou perdendo tempo conversando com esse garoto. É hora de partir.

Conor firmou os pés contra dois blocos de madeira e se levantou, inclinando-se adiante para segurar a manivela do motor. O motor sempre havia funcionado bastante bem num bloco na torre, mas as coisas eram assim. Os motores funcionavam bem até que fossem necessários.

O motor pegou no segundo giro, tossindo como um cachorro doente e depois soltando um rugido. A multidão aplaudiu e Conor sentiu vontade de fazer o mesmo. A fase um estava completa. Agora, se tivesse feito os cálculos corretamente, as vibrações não despedaçariam o aeroplano, pelo menos por um tempo.

Depois do jorro de entusiasmo inicial, o motor se acomodou a cerca de dez cavalos de força, girando a lente revolucionária de Conor e mandando a fumaça de exaustão por cima de seu ombro. O aeroplano chacoalhava e empinava, ansioso por ir embora, um animal selvagem preso na guia.

Isso nunca vai dar certo. Não tenho controle de velocidade. Essa estrutura não vai durar mais de cinco minutos.

Agora é tarde demais para dúvidas. Tarde demais.

Conor passou as tiras do arnês sobre o peito, depois soltou a alavanca de freio e o aeroplano saltou adiante, ricocheteando na superfície de xisto.

Em sua visão periférica, viu Tio instigando um dos corredores com golpes de chicote. Com uma das mãos afivelou o arnês no peito, enquanto a outra lutava para manter o leme reto.

Você deveria ter afivelado o arnês antes de liberar o freio. Idiota.

O mar se aproximava depressa e ele não tinha velocidade suficiente. Instigou o veículo adiante com movimentos bruscos do tronco e tentou ignorar a fumaça e o óleo que batiam no rosto e nos óculos.

Você deveria ter posto um cano de descarga no motor. O que estava pensando?

Lampiões passavam a toda velocidade, dos dois lados, com trilhas de luz turvando uns nos outros. Ele precisava se esforçar ao máximo para manter o aeroplano entre as linhas. A vibração era terrível, chacoalhando a coluna, matraqueando os dentes, revirando os olhos nas órbitas.

É necessário algum tipo de absorção de vibrações. Almofadas de tecido ou molas.

Não era hora para ideias. O aeroplano, ainda que recém-trazido à vida, já estava morrendo. Rebites saltavam, tecido se rasgava e costelas gemiam. Restavam minutos antes que o motor o despedaçasse como um cachorro sacudindo uma boneca de trapos.

Os pés de Conor encontraram os pedais no piso e ele os empurrou com força, aumentando o ângulo das asas. O aeroplano se alçou um pouquinho, depois baixou à terra. Conor empurrou de novo e desta vez o empuxo foi maior e a vibração diminuiu. Ele não podia mais sentir a batida em cada pedra sendo transmitida pela madeira até seu traseiro, o que era um alívio.

A água surgiu negra diante dele, e depois embaixo. Conor registrou vagamente seu trens de pouso batendo no mar, depois estava no ar, afastando-se.

Estou voando com uma máquina, pensou. *Está me vendo, Victor? Nós conseguimos.*

Grande Salgada

O marechal Bonvilain havia arranjado para que o jantar fosse servido em seu apartamento, o que era muito incomum. Nenhum dos convidados jamais estivera nos aposentos do marechal antes daquela noite, e jamais tinham-no ouvido fazer um convite.

A torre de Bonvilain era separada da parte principal do palácio, mais ao sul ao longo da Muralha, e fora ocupada por sua família desde a construção. Tinha a distinção de ser a estrutura mais alta da Grande Salgada e se erguia cinza e imponente no horizonte como uma lembrança do poder do marechal. Ele podia ser visto frequentemente na varanda no alto, com o telescópio de latão grudado no olho, vigiando tudo, fazendo com que toda a ilha se sentisse culpada.

A sala de jantar era suntuosa, decorada com rolos de seda oriental e biombos de papel pintado. A mesa era circular e baixa, junto ao chão, rodeada por almofadas grossas.

Quando a rainha Isabella e os Broekhart foram levados até lá, foi como se tivessem entrado em outro mundo.

Catherine ficou especialmente pasma.

— É tão... é tão...

— Culto? — disse Hugo Bonvilain, saindo de trás de um biombo. Em lugar de seu terno azul de sempre, de corte sério, com a estola de Templário, ele usava um quimono japonês.

Bonvilain não pôde deixar de notar o rosto surpreso dos convidados.

— Este é um quimono Yukata Tatsu. Tatsu é a palavra japonesa para dragão, corporificando os elementos poderosos e turbulentos da natureza. Passei um ano no Japão em 1869, como guarda-costas pessoal do imperador Meiji, antes que meu pai morresse e eu fosse chamado de volta. O imperador Meiji insistiu em que eu levasse comigo um pouco do lar japonês. Raramente tiro essas coisas do depósito, mas esta é uma ocasião especial e pensei que vocês gostariam de ver um marechal mais relaxado.

Catherine foi a primeira do pequeno grupo a se recuperar da surpresa.

— O senhor está impressionante, marechal.

— Obrigado, Catherine. Espero que ninguém se incomode em se sentar nas almofadas.

Ninguém questionou, ainda que almofadas não fossem os assentos mais confortáveis para quem está com espadas cerimoniais no cinto, quanto mais para as que usavam vestidos elegantes.

— Graças a Deus as anquinhas não estão mais na moda — comentou Catherine com a rainha. — Caso contrário iríamos rolar pelo chão como pinos de boliche.

A refeição se compunha principalmente de peixe e arroz, servidos por um único serviçal idoso.

— Coco também é o cozinheiro — disse Bonvilain. — Eu o atraí de um restaurante em Londres, com a promessa de uma cozinha decente. Ele é português mas pode cozinhar qualquer refeição que vocês queiram. Comida japonesa é uma das suas especialidades.

Uma hora se passou lentamente, apesar de vários sermões culturais da parte do marechal. Por fim a paciência de Catherine chegou ao limite. Soltou uma pequena fungadela e torceu o lenço como se quisesse estrangulá-lo.

Declan se encolheu. Conhecia bem aquele som fungado. Encrenca à frente.

— A comida é adorável, marechal — disse Catherine. — Mas tenho certeza de que não viemos aqui só pela comida e pela conversa. Seu convite foi vago, portanto eu gostaria de saber: como se propõe a celebrar a vida de Conor?

O rosto de Bonvilain era uma máscara de lamento e compreensão.

— Está certa, Catherine. Estive me mantendo longe da *raison d'être* desta noite. Conor. Seu filho. O herói das Ilhas Salgadas. Achei que poderíamos compartilhar as lembranças daquele jovem corajoso, e talvez depois fazer um brinde. Estive guardando uma garrafa de vinho especial. — Era um bom desempenho e o marechal sentiu que, se fosse necessário, conseguiria produzir uma lágrima.

— Mas por que agora? — instigou Catherine. — Admito que estou meio perplexa, marechal.

Ele foi poupado da necessidade de responder pelo som de um clarim soando na Muralha.

Declan saltou imediatamente de pé.

— É um chamado às armas!

O rei Nicholas havia insistido que os corneteiros das Ilhas Salgadas aprendessem os sinais do Exército dos Estados Unidos.

— Não é necessário pânico — disse Bonvilain, correndo à varanda. — Eu fui alertado de que ele poderia aparecer.

— Quem? — perguntou a rainha.

— Um inimigo do Estado, majestade — explicou Bonvilain, encostando os olhos no telescópio. — Este se chama Aviador.

— Aviador — disse Declan. — Ouvi boatos sobre ele. Quer dizer que é uma ameaça de verdade?

— De verdade? Sim — respondeu Bonvilain, forçando a vista ao telescópio. — Uma ameaça? Absolutamente não. É simplesmente um francês com uma pipa. Venham ver. As lentes desta coisa são fabulosas.

Catherine segurou o braço de Declan para parar de tremer. Toda essa conversa sobre voo e francês havia posto Victor Vigny em sua mente.

— Um francês numa pipa? — perguntou ela, com a voz tensa.

— Ah, santo Deus, claro — disse Bonvilain, fingindo choque. — Exatamente como o assassino Vigny. Acredito que este Aviador possa ser um dos acólitos dele. Um curioso híbrido de revolucionário louco e cientista. Não deveria tê-lo mencionado; que insensibilidade da minha parte! Por favor, permaneçam aqui dentro. A guarda da Muralha vai derrubá-lo a tiros.

Declan segurou o braço de Bonvilain, puxando-o de lado.

— Derrubá-lo a tiros, marechal? Mas o senhor disse que ele não representava ameaça.

Bonvilain baixou a cabeça e falou em voz baixa:

— Não uma ameaça realista, mas meus homens encontraram uma oficina de fabricação de granadas.

Declan ficou pálido.

— Granadas! Marechal, sou capitão da guarda da Muralha. Por que não sei de tudo isso?

— Capitão... Declan. Meus informantes na Irlanda me deram a notícia há menos de duas horas. Eu pretendia abordar o assunto depois do jantar, mas, com toda a sinceridade... um francês, num planador, soltando granadas? Pareceu ridículo. Algo saído da cabeça de um louco. De qualquer modo, o vento está soprando *na direção* da Irlanda esta noite, então como esse louco poderia planar até aqui?

Nesse momento um ruído mecânico, chacoalhado, ecoou no canal. Veio trovejando de um registro grave até outro agudo, tossindo de modo assustador.

— Talvez este Aviador não precise do vento — disse Declan, pegando o telescópio no suporte. — Conor sempre disse que um dia o homem construiria um aeroplano movido a motor.

— Movido a motor — disse Bonvilain com os dentes trincados. — Inteligente aquele Conor, hein?

Declan olhou para a Muralha. Os guardas haviam apagado as luzes e se reunidos junto à terceira torre. Vários haviam subido no parapeito e estavam apontando as armas para o alto. Dois seguravam telescópios voltados a trinta graus para o céu a nordeste. Declan levantou o telescópio do marechal e acompanhou a orientação deles. Por um momento não viu nada além de céu noturno e estrelas, mas então algo surgiu em seu campo de visão. Não era um pássaro. Era grande demais para ser um pássaro.

Declan ziguezagueou o telescópio, prendendo o objeto no círculo de visão. O que viu tirou seu fôlego.

Era uma máquina voadora. O sonho de Conor tornado vivo diante de seus olhos.

O aeroplano não poderia ser chamado de gracioso, mas estava voando, saltando pelo ar, deixando uma trilha de fumaça. Ao luar, Declan viu o Aviador sentado atrás do motor, os ombros curvados enquanto lutava com os controles, o rosto obscurecido por óculos e fuligem, dentes trincados, brancos contra o negrume.

— Estou vendo — ofegou. — O Aviador. Ele está voando.

Catherine correu à varanda, inclinando-se sobre o parapeito, olhando para o céu.

— Ah, meu Deus! Se ao menos Conor pudesse ver isso. — E se virou para o marido. — Isto não pode ser coincidência. Você precisa falar com este piloto do céu.

Atrás deles um apito agudo soou duas vezes, e imediatamente os guardas da Muralha tiraram suas capas, girando-as como toureiros. Três equipes de metralhadoras Gatling, com canos giratórios, levantaram suas armas em suportes feitos sob medida, na Muralha. Quem quer que fosse esse Aviador, vinha direto para uma chuva de fogo.

Bonvilain ainda estava com o apito nos lábios.

— A ordem foi dada. Eu não tinha escolha, Catherine. Ele pode estar carregando granadas. Meu primeiro dever é para com a rainha. Declan, certamente você entende, não é?

Catherine se virou para o marido, os olhos chamejando, esperando totalmente seu apoio, que parecia não vir.

— O marechal está correto — admitiu Declan, embora lhe doesse dizer. — Há um veículo não identificado se aproximando da ilha. O piloto pode estar armado. Não há opção senão abrir fogo.

— Ele está voando numa pipa motorizada — disse Catherine, os olhos feridos pela traição de Declan. — As paredes têm um metro e vinte de espessura. Nem com um feixe de canhões nas asas ele poderia penetrar na torre.

Declan não seria afastado de seu dever.

— Este homem dominou os céus, de modo que talvez também possa dominar nossos muros. Ouvi boatos sobre granadas cheias de gás venenoso. Não devemos expor a rainha. — Ele segurou as mãos de Catherine. — A rainha não pode morrer, entende?

Catherine examinou o rosto do marido procurando um significado mais profundo para suas palavras, e encontrou.

A rainha não pode morrer porque, nesse caso, Bonvilain se torna primeiro-ministro.

— Muito bem, Declan. Entendo — disse Catherine obedientemente. — A rainha deve viver, então esse Aviador deve morrer. — Ela baixou a mão do marido e passou pela porta. — Não tenho estômago para presenciar esse assassinato. Desfrute de sua vitória, marechal.

Sem dúvida, pensou Bonvilain, mas disse em voz alta:

— Nós nunca desfrutamos da morte dos outros, senhora. Eu me envolvi em muitas batalhas, mas, por mais justa que fosse a causa, sempre concluí que elas poderiam ter sido evitadas. Desta vez, infelizmente, não há alternativa.

E com um meio sorriso de pesar nos lábios, o marechal levantou o apito e soprou uma última vez.

Embaixo, na Muralha da Grande Salgada, os operadores da metralhadora giraram as manivelas, despejando mil tiros por minuto para o céu, através do sistema de canos giratórios. As balas partiram na direção do Aviador, deixando trilhas de fumaça cinza.

Ninguém pode sobreviver a isso, pensou Declan. *Ninguém.*

Bonvilain estava pensando exatamente a mesma coisa.

Era uma batalha de vetores e gravidade. Os suportes da metralhadora só permitiam uma determinada elevação, e mesmo tendo um alcance de mil e oitocentos metros, o Aviador ainda estava alto demais para ser acertado. Mas a gravidade também era inimiga. O frágil veículo não poderia ficar no alto para sempre, e quando ele baixasse, as balas iriam transformá-lo em confete.

O barulho e a simples concussão das armas eram chocantes. Parecia que a própria ilha tremia. Era fácil imaginar a Muralha sendo transformada em pó sob os coices repetidos. As câmaras arrotavam longos cilindros de fumaça e o vapor subia em nuvens enquanto os garotos encarregados da água resfriavam os canos, molhando-os com baldes.

Declan nunca tinha visto metralhadoras Gatling funcionando num campo de batalha, mas ouvira dizer que um único tiro era capaz de despedaçar um homem. Agora havia chumbo suficiente no ar para derrotar um exército inteiro. O céu estava cheio do zumbido das balas, como um denso enxame de vespas de metal decididas a encontrar o mesmo alvo.

Declan ergueu o telescópio para dar uma última olhada no Aviador. Mesmo a distância, era claro que ele estava com tremendas dificuldades. Óleo quente borbulhava em seu rosto e nos óculos. As duas mãos estavam travadas numa luta com um leme vertical e tiras se soltavam das asas, balançando atrás do aeroplano como fitas de decoração.

Declan baixou o telescópio.

Ele se foi. Nunca saberemos seu verdadeiro propósito.

Segundos depois o Aviador perdeu a batalha pelo controle e pela altitude. Seu motor entrou em espasmos, rosnou e morreu. Parecia ter havido um momento de ecos, enquanto o veículo descia em espiral e os atiradores continham a munição, esperando.

Não foi uma espera longa. Meros segundos. Uma ordem curta foi rosnada da Muralha e as manivelas das Gatling estavam girando de novo. Dezoito canos cuspiam fogo e uma nova tempestade de tiros saltou para o céu noturno. Cartuchos usados tilintavam no parapeito como moedas lançadas para um mendigo. As balas rasgaram as asas e o corpo do aeroplano, quase interrompendo sua descida. O impacto era terrível, tirando lascas do corpo frágil do veículo e rasgando as asas até virarem nada. Tiro após tiro acertou o motor até que ele explodiu num jorro laranja. Fiapos de chamas saltaram pelas costelas e cordas, desenhando os restos do aeroplano no céu noturno.

Eles não ouviram nenhum som na água.

O céu noturno

Conor voava com sua máquina pelo céu acima da Grande Salgada. Um violento vento cruzado passou pela proa, inclinando-o a estibordo, e ele notou uma confluência de luzes perto da terceira torre. Luzes significavam guardas.

As luzes abaixo se apagaram uma a uma e o estômago de Conor revirou de pavor.

Agora sou o alvo.

Por um instante não houve nada além de atividade em meio às sombras na terceira torre, depois pontos de fogo faiscaram e uma chuva de tiros partiu na direção do céu. Um segundo depois Conor ouviu o grito das balas e seu uivo frustrado enquanto passavam abaixo.

O pânico puro borbulhou em seu peito e Conor quase pulou da máquina.

Espere. Espere. Preciso passar pela torre de Bonvilain.

O motor estava gaguejando, falhando como um coração enfartado, perdendo a batalha contra o céu. Agora as duas asas estavam em farrapos, com as garras do vento arrancando tiras de musselina da estrutura. Abaixo dos pés de Conor, o pedal havia se soltado dos suportes e se sacudia inútil.

Estou quase em posição. Mais alguns metros.

Um segundo enxame de balas veio em sua direção e Conor sentiu que as mais altas batiam no trem de pouso, fazendo as rodas girarem. Agora ele estava ao alcance. Hora de dizer adeus a *La Brosse*. Logo todas as provas de seu voo seriam destruídas.

Conor sabia que o marechal jamais permitiria que ele chegasse vivo à Grande Salgada, por isso o truque era convencer Bonvilain de que o Aviador estava finalmente morto. Isso era um desafio. Como um mestre da mentira, Bonvilain não era um homem fácil de enganar.

Mas ele não sabe nada sobre voo. No céu, eu sou o mestre.

Conor usava seu arnês do planador com uma tira extra que o ligava à sua máquina voadora. As outras, como sempre, prendiam-no ao planador dobrado às costas, com as costelas batendo na jaqueta de voo, as ondulações do vento percorrendo o tecido. Linus o havia consertado para ele e agora o planador estava mais forte do que nunca.

Mais um voo, velho amigo.

Era difícil baixar as mãos no meio daquela confusão, era *difícil* deduzir o que era em cima e o que era embaixo, por isso Conor passou a mão pelo corpo, encontrando uma tira na cintura. Puxou-a para cima, soltando a fivela, e o aeroplano balançou frouxo em volta de seu tronco, mas não caiu para longe porque ainda estavam ligados pelo ímpeto e pela gravidade. Agora as balas lascavam a madeira ao redor de suas pernas — se ele não se separasse, a invenção iria se tornar seu caixão.

Com um movimento treinado, Conor pegou a alavanca acionada por mola na lateral do corpo. Um puxão rápido e as asas do planador se abriram. Espalharam-se amplas contra as estrelas como um grande pássaro noturno, agindo como um freio poderoso, levantando-o do aeroplano condenado.

Olhou-o ir embora, mergulhando no cardume de balas brilhantes. Sua invenção histórica fora obliterada completamente. Nada restava além de fragmentos em chamas e um coração de metal esmagado.

O motor explodiu, dividiu-se em pedaços do tamanho de um punho, que giraram para a escuridão.

Foi-se. Não há lugar na história para La Brosse.

Lá embaixo, na Grande Salgada, uma névoa de fumaça das armas encobria a Muralha, e através dela Conor viu o brilho opaco de lâmpadas elétricas.

Eles ligaram as luzes de novo porque acreditam estar em segurança.

Conor pairava no céu, orientando-se. A torre de Bonvilain era marcada pelo brilho retangular de uma porta aberta. Isabella e seus pais estavam naquela torre, correndo perigo mortal. Talvez já fosse tarde demais.

Na cova do leão, pensou Conor, depois baixou o nariz do planador, apontando-o para a luz.

A torre de Bonvilain

O marechal Bonvilain passou pela soleira, entrando na sala de jantar, o rosto como uma imagem exagerada do sofrimento. Atrás dele as últimas chamas de destruição relampejavam no céu. De baixo, na Muralha, vieram sons de congratulações animadas e o silvo de vapor subindo dos canos incandescentes das armas.

— Uma grande pena — disse ele com o queixo abaixado. — Aquele homem tinha muito para ensinar ao mundo.

A reunião havia sido soturna, mas agora o humor se transformara em raivoso. Bonvilain deu uma olhada no clima explícito no rosto dos convidados e percebeu que a crise se aproximava rapidamente.

— Não havia outro modo, senhoras... Declan. Como marechal, eu não poderia permitir um ataque contra a Muralha.

Isabella parou junto à lareira, as bochechas vermelhas contrastando com o vestido cor de marfim, de gola alta.

Bonvilain ficou incomodado com a expressão dela, já que não vira essa aparência antes. Desde a coroação, a confiança de Isabella viera crescendo; agora ela possuía a temeridade de olhá-lo com raiva. E logo depois de ele ter supostamente salvado sua vida.

Sinceramente prefiro a antiga Isabella, pensou. *Confusa e abalada pelo sofrimento — é assim que gosto de um monarca.*

Ninguém estava falando e todos dirigiam a Bonvilain o mesmo olhar enojado.

Eles andaram conferenciando, pensou Bonvilain. *Enquanto eu estava na varanda.*

— Estamos todos perturbados? — perguntou em tom inocente. — Devo fechar a janela?

Ainda assim, ninguém falou. Bonvilain viu que a rainha criava coragem para fazer um sermão.

— Acho que vou me sentar para ouvir isso — disse o marechal calmamente, abaixando-se, de pernas cruzadas, numa almofada. — Ou então minhas pernas podem não aguentar. Tem algo a dizer, majestade?

Isabella deu um passo adiante. Seu vestido quase disfarçava o tremor das pernas.

— A faxina encontrou uma coisa, marechal. No aposento do meu pai. — Eram as primeiras palavras que ela dizia naquela noite.

— Ah, é verdade? — perguntou Bonvilain animado, mas por dentro estava sem jeito. Em sua posição, não existiam surpresas boas.

— Sim, marechal, é verdade. — Isabella pegou na sua bolsa um pequeno caderno com capa de couro e o segurou perto do coração. — Este é o diário do meu pai.

Bonvilain decidiu ser corajoso.

— Ora, que maravilhoso, majestade! Algo para ligá-la ao rei Nicholas.

— Não tão maravilhoso para o senhor, marechal — continuou Isabella, apertando a mão de Catherine em busca de apoio. — Meu pai suspeitava muito das suas atividades. Ele escreveu dizendo que o senhor abusa do poder para juntar uma fortuna pessoal. Que o senhor cultiva uma rede de espiões no continente. Que é suspeito de cumplicidade em dezenas de assassinatos. A lista continua.

— Sei — disse Bonvilain, enquanto tramava dentro da cabeça.

Agora será difícil fazer com que tomem o vinho envenenado. Já não confiam em mim.

As pernas de Isabella não estavam mais tremendo e seu tom era régio.

— Sabe? Acho que não, marechal. Sabia que meu pai planejava prendê-lo? Sabia que ele planejava revisar completamente a estrutura de poder nas Ilhas Salgadas? Fundar um parlamento?

Bonvilain conseguiu manter a expressão calma, mas sabia que a crise estava em cima dele.

Típico, pensou. *Assassine um inimigo e outros três saltam no lugar dele.*

— Posso ler uma coisa para o senhor? — perguntou Isabella.

Bonvilain assentiu.

— Não é meu direito permitir ou proibir, majestade.

— Aceitarei isso como um sim — disse Isabella com um sorriso curto. Em seguida soltou a mão de Catherine para abrir o diário do pai.

— "Hugo Bonvilain é um flagelo" — leu. — "Seu poder é formidável e Bonvilain abusa dele em todas as oportunidades. Quando eu tiver prova de seus crimes, ele passará o resto da vida olhando para as mesmas paredes de celas às quais condenou tantos sofredores. Mas devo ter cuidado: o marechal é capaz de tudo, e acredito que, se ele souber dos meus planos, daria qualquer passo necessário para atrapalhá-los. Não temo pela minha vida, mas Isabella deve ser mantida em segurança. Ela é meu coração."

A voz de Isabella quase embargou no final, mas ela pegou a mão de Catherine e terminou com força.

Bonvilain bateu com as duas mãos nos joelhos.

— Bom, isso é uma coisa desgraçada — disse. — Obviamente esse texto é uma falsificação, infiltrada por um dos nossos inimigos.

Preciso fazer com que eles bebam. Como é possível? Como?

— Eu conheço a letra do meu pai — respondeu Isabella com firmeza.

— Não tenho dúvida, mas um falsário hábil pode enganar olhos mais afiados do que os seus. Insisto. Este caderno é um grave insulto ao trabalho da minha vida e farei com que meu nome seja limpo.

— Não terminei — declarou Isabella. — O senhor está demitido do cargo imediatamente. Declan... O capitão Broekhart ocupará o seu lugar.

Bonvilain manteve a fúria por dentro bem escondida.

— Declan certamente será um ótimo marechal. Aprovo totalmente, mas sem dúvida mereço uma oportunidade de...

— Chega! — ordenou a rainha, num tom que não admitia discussão. — O senhor permanecerá aqui, em prisão domiciliar, até que seus negócios sejam investigados.

Bonvilain xingou-se em silêncio. Havia dado à rainha o fórum perfeito para lançar seu ataque. Tinha alguns homens escondidos num compartimento secreto atrás da parede, mas era difícil enfiar a mão atrás de uma tapeçaria e puxar uma alavanca escondida, sob os olhares dos outros.

Tudo depende do vinho envenenado. Se fosse só a rainha, eu poderia enfiá-lo pela goela da garota, mas Declan Broekhart me atravessaria com aquela desgraça de espada cerimonial e, se o olhar da mulher dele matasse, não haveria mais vida em meu corpo.

Um grande alívio brilhou nos olhos de Isabella e seus ombros baixaram enquanto a tensão saía do corpo. A perspectiva desse confronto a havia aterrorizado desde a descoberta do diário. Ela havia planejado cada palavra do discurso e, finalmente, a vitória era sua, e de seu pai.

— E agora, Hugo Bonvilain — disse ela. — Acho que deveríamos concluir o que viemos fazer aqui. Deveríamos fazer um brinde ao nosso amado Conor Broekhart.

Bonvilain mordeu o lábio.

Ah, obrigado, espíritos da ironia. Os deuses têm senso de humor, afinal de contas.

A expressão de Bonvilain era mal-humorada.

— Não creio... Nas circunstâncias...

Catherine se adiantou, tirando a garrafa especial do balde de gelo.

— Percebo que você nos convidou aqui numa tentativa transparente de bajular Isabella e Declan, mas queremos homenagear nosso filho e você levantará uma taça conosco.

— Isso é ridículo — resmungou Bonvilain. — Mas, claro, não causarei desprazer à minha rainha.

Ele se levantou com os ombros frouxos enquanto Declan abria a garrafa e servia. Bonvilain murmurava baixinho e lançava olhares de ódio. A própria imagem de um valentão espancado, e certamente não de um maquinador à beira de seu maior golpe.

Levantaram os copos bem alto, Bonvilain a meio mastro. Com o sorriso de aprovação de Catherine, Isabella fez o brinde.

— A Conor, meu melhor amigo. Meu príncipe e salvador. Cuide do meu pai.

Lágrimas brilharam nos olhos de Catherine e Declan chegou a gemer. Bonvilain tentou segurar o riso, mas era difícil.

Cuide do meu pai? Você mesma pode cuidar dele, se a coisa acontecer como eu quero.

Bonvilain esperou que os convidados bebessem, mas não beberam. Ele abandonou a expressão carrancuda por um momento, para olhar o rosto deles. Cada um olhava para o copo brilhante com suspeita.

Talvez o vinho esteja envenenado. Talvez por isso Bonvilain tenha nos convidado.

Só havia um modo de Bonvilain acabar com as suspeitas.

Ah, bom, aí vai minha noite. Para mim será o banheiro até de manhã.

— Ao garoto Broekhart, como sinto falta dele! — disse, tomando metade da taça num gole só.

— A Conor, meu filho — disse Declan. — O céu tem sorte de tê-lo. — E levou o copo à boca.

Mas antes que pudesse ao menos molhar os lábios, algo escuro se destacou da noite lá fora e chocou-se contra Hugo Bonvilain. Algo escuro e com asas.

Conor se lançou contra a janela, uma criatura da noite, chocando-se contra Bonvilain, caindo e derrubando-o na mesa baixa. Pratos e talheres voaram e os dois ficaram instantaneamente embolados na vastidão da toalha de mesa bordada em ouro. Apenas as asas de Conor permaneciam expostas e ele devia parecer uma mariposa gigantesca, atraída pelo padrão brilhante do tecido.

Declan reagiu depressa, jogando a taça de lado e envolvendo com os dedos o punho de sua espada cerimonial. Cerimonial, mas mesmo assim afiada como navalha.

É o Aviador, pensou. *Que veio matar a rainha.*

A situação com Bonvilain devia ser posta de lado até que esse inimigo comum fosse controlado. Pegou um punhado da toalha, abaixou-se e usou o peso e a força para girar os dois que lutavam, derrubando-os da mesa. Eles rolaram pelo chão, ainda lutando, mas os golpes de Bonvilain estavam ficando fracos e ineficazes. O Aviador golpeou repetidamente o rosto do inimigo com o punho, até que os olhos de Bonvilain perderam o foco.

Declan estendeu a mão para a gola da jaqueta do intruso, mas foi lento demais. O Aviador girou, falando com urgência:

— Vocês beberam? Fizeram o brinde?

Uma pergunta estranha para um assassino, pensou Declan. *Mas não havia tempo para distrações: derrube-o e depois pense nas perguntas.*

Girou a espada, pretendendo deixar o Aviador inconsciente com a parte chata, mas viu-a ser batida de lado quase casualmente pelo antebraço do inimigo.

— O brinde. Vocês beberam?

Algo na atitude do homem inquietou Declan, como se ele estivesse para cometer um erro terrível. O rosto, ou talvez a voz. Alguma coisa. Conteve o próximo golpe, agora sem certeza quanto à força de sua decisão.

Catherine não teve esse tipo de dúvida. Não via nada do rosto do Aviador. De seu ângulo havia apenas o marido e o homem que o atacava. Levantou a saia e deu um chute forte na lateral do corpo do Aviador, seguindo-o com um golpe espalhafatoso com um vaso de flor que estava à mão.

Conor cambaleou de lado, pingando água e coberto de narcisos.

— Espere — ofegou, tirando o arnês e as asas. — Não...

Mas não teve folga. Isabella pegou uma espada samurai na caixa de exposição e adotou uma postura de esgrima diante dele.

— *En garde, monsieur* — disse, e lançou um ataque rápido. O sabre de Conor mal saiu da bainha a tempo de aparar o primeiro golpe.

— Isabella — ofegou ele, completamente desorientado. — Você precisa parar.

A rainha não estava com humor para parar nada.

— Só vou parar quando você estiver morto, assassino.

Conor conseguiu uma contrarriposta por sorte, o que lhe deu o segundo de que precisava para encontrar o equilíbrio.

Isabella havia melhorado como esgrimista desde as aulas com Victor, mas Conor ainda via a base dos ensinamentos dele.

— Você estudou Marozzo bem — ofegou. — Victor deve estar orgulhoso.

A lâmina de Isabella tremeu e se imobilizou.

O que isso significa? Quem é esse homem para invocar o nome de Victor?

Declan pôs a esposa e a rainha para trás, com a espada erguida para batalha.

— Vai mostrar o rosto, senhor? — exigiu. — Dou-lhe cinco segundos antes que duelemos até a morte. E a morte será sua.

Conor reverteu lentamente a posição da arma, depois cravou a ponta da espada no chão.

— Muito bem. Mas, antes de eu fazer isso, diga se tomaram o vinho do brinde.

— Não houve brinde — reagiu Declan. — Agora tire esses óculos, senhor.

Os ombros de Conor arriaram e ele parecia prestes a desmaiar, mas manteve-se ereto e baixou a gola sob o queixo, depois levantou os óculos para a testa. O rosto estava totalmente preto de fuligem e óleo, mas os olhos continuavam límpidos, e uma madeixa loura havia se soltado do gorro de couro.

Os outros ficaram confusos. O que estavam vendo não era possível.

— Pai, sei que o senhor prometeu me matar se nos encontrássemos de novo — disse Conor lentamente. — Mas há coisas que o senhor não sabe. Victor não matou o rei, nem eu estava envolvido. Foi Bonvilain.

— Conor — ofegou a mãe. — Você está vivo?

Declan tombou de joelhos como se tivesse levado um soco. Sua respiração era dificultosa e lágrimas escorriam pelo rosto.

— Meu filho vive. Como é possível?

E de repente Conor entendeu a escala da mentira de Bonvilain.

Meus pais acreditavam genuinamente que eu estava morto. Bonvilain teceu uma mentira diferente para cada parte.

Isabella foi a primeira a alcançá-lo, abraçando-o com força, beijando sua bochecha, as lágrimas se misturando com as dele.

— Ah, Conor. Conor, onde você esteve?

Conor apertou-a, tonto com a força das emoções dirigidas a ele. Estivera esperando desconfiança e raiva. Não amor.

— Era você, na cela — gemeu Declan. — Eu disse que iria matá-lo. Eu o mandei para o inferno.

Catherine tocou as costas do marido, mas não conseguiu ficar longe do filho. Correu e segurou o rosto dele.

— Ah, Conor. Você é um homem agora. Ficou tão alto quanto seu pai aos 17 anos.

Conor ficou vagamente surpreso ao se lembrar de que *tinha* apenas 17 anos. Conor Finn tinha mais de vinte.

O rosto de Declan Broekhart ficou subitamente temível de fúria.

— Bonvilain fez isso. Tudo isso e, por Deus, vou fazê-lo pagar.

Bonvilain!

No redemoinho de emoções, Conor havia se esquecido de Hugo Bonvilain. Virou-se desajeitado no abraço da mãe e da rainha e encontrou apenas uma poça de sangue onde Bonvilain havia caído. Arrancou o sabre das tábuas do piso e examinou a sala, até encontrar o inimigo deslizando junto à parede, indo silenciosamente para a porta.

— Pai! — gritou Conor, apontando a espada. — Precisamos prender Bonvilain.

Ao descobrir que a fuga fora frustrada, Bonvilain estendeu a mão atrás de uma tapeçaria e puxou uma alavanca escondida. A lareira deslizou de lado sobre um mecanismo de polias, revelando um espaço apinhado de guardas da Santa Cruz.

Bonvilain sorriu, a boca totalmente ensanguentada, com mais de uma falha nos dentes.

— Minha última linha de defesa — disse, cuspindo vermelho. E aos soldados: — Matem as mulheres. Elas são impostoras.

Era uma ordem inteligente, afastando Conor e Declan do caminho para defender Isabella e Catherine. Os soldados saíram atabalhoadamente do espaço confinado, desembainhando adagas e espadas. Nenhuma arma de fogo — elas atrairiam a guarda da Muralha.

Por sorte o espaço secreto estivera apinhado, e assim os homens estavam enrijecidos e ofuscados com a luz, o que deu aos Broekhart um segundo de vantagem.

Eles o usaram bem, empurrando a meia dúzia de guardas da Santa Cruz de volta para o esconderijo.

— Vigie o marechal — gritou Conor para Isabella.

— Ele não é mais marechal — disse a rainha, levantando a espada samurai. — Aprendi a fatiar um homem em três pedaços — disse a Bonvilain. — Dê um passo na nossa direção e eu demonstro esses golpes para você.

Bonvilain apertou o nariz. Normalmente ele derrubaria aquela garota idiota e esmagaria as mãos que seguravam a espada, mas o veneno estava começando a afetá-lo. Seus dedos já pinicavam e um vulcão borbulhava nas entranhas. Precisava sair dali antes dos sintomas mais extremos.

O caminho para a porta estava bloqueado pelos Broekhart. Sua passagem secreta era uma confusão de membros se agitando e lâminas, e a única outra saída era a varanda.

Bonvilain tropeçou nas asas largadas por Conor e chegou à varanda, procurando furiosamente lá embaixo algo que o resgatasse.

Imagine. Hugo Bonvilain precisa de resgate. Que coisa constrangedora!

Abaixo, a guarda da Muralha desmontava as metralhadoras Gatling, aparentemente sem notar a agitação cinco metros acima de suas cabeças. Obviamente não haviam notado a criatura gigantesca em forma de pássaro entrando no apartamento do marechal.

Bonvilain sentiu o estômago revirar enquanto o veneno torcia suas entranhas.

Preciso escapar. Preciso de um modo de descer.

Ali! Atravessando o pátio, embaixo, estava Sultan Arif, com uma sacola de lona na mão e outra pendurada às costas.

Aonde diabos aquele idiota estava indo?

— Sultan! — gritou. — Capitão Arif! Preciso de você, agora!

Sultan hesitou num passo, mas não parou.

— Estou indo para casa, Hugo — gritou sem se virar. — Tenho muitos pecados para pagar.

Pela primeira vez em muitos anos, Bonvilain experimentou a fúria verdadeira.

— Volte aqui! — exigiu, dando um soco no parapeito. — Não tenho tempo para o seu mau humor. Mande uma corda numa seta de besta.

Arif desobedeceu de novo.

— Se você tomou o vinho, o aconselho a ficar calmo, marechal — disse ele, acelerando o passo na direção do portão. — O coração acelerado faz o veneno correr mais depressa nas veias.

— Traidor desgraçado — rugiu Bonvilain. — Não duvide que vamos nos encontrar de novo!

— E eu sei aonde vamos nos encontrar — sussurrou Sultan, dando as costas para Bonvilain de uma vez por todas.

O coração acelerado faz o veneno correr mais depressa.

Bonvilain percebeu a verdade dessas palavras quando um espasmo o acertou e ele vomitou bile na varanda.

Calma, Hugo. Ainda há tempo.

Com uma última sacudida dos punhos na direção de Sultan Arif, Bonvilain voltou para seu apartamento...

... onde Declan e Conor Broekhart lutavam furiosamente com três guardas da Santa Cruz. Três já estavam caídos, inconscientes ou apertando os ferimentos. Nesse momento Declan sofreu um ferimento no ombro, deixando o filho para lutar sozinho.

Catherine puxou o marido para longe e a rainha Isabella manteve a espada apontada para Bonvilain.

Essa garota está ficando mesmo irritante. Por que a deixei viver tanto tempo?

Bonvilain percebeu que havia permitido que suas tramas ficassem elaboradas demais.

Preciso dessas pessoas mortas, mais do que isso, preciso estar num lugar seguro onde possa recuperar as forças. Tenho verbas e correligionários no continente.

Conor impeliu os três guardas da Santa Cruz para trás

com um giro amplo da espada, em seguida pegou uma pistola do cinto, disparando dois tiros para baixo. Dois soldados tombaram com os tornozelos arrebentados.

Tiro!, pensou Bonvilain. *Isso e a palavra "veneno", vinda do pátio, fará a guarda da Muralha vir correndo. Preciso ir embora.*

Agora o veneno estava em suas pernas, cravando agulhas nos dedos, provocando cãibras nos músculos.

Do outro lado da sala, Conor Broekhart lutava com o último guarda, um escocês gigantesco usando uma espada larga encurtada. Era um dos mercenários de Bonvilain e um veterano matador. Por um momento Bonvilain alimentou um brilho de esperança, depois Conor se abaixou sob o giro da espada do escocês e o abateu com a guarda de dedos do sabre.

O Aviador derrubou o último guarda dentro da cavidade, enfiou a mão dentro da tapeçaria e o lacrou lá. Os gemidos podiam ser ouvidos através da grade da lareira.

— Atrás de você, filho — disse Declan com os dentes trincados. — O marechal.

Conor girou para Bonvilain com três anos de ódio brilhando nos olhos. Ele era uma figura saída dos pesadelos das crianças. Um homem de preto, segurando uma arma ensanguentada, lábios repuxados num rosnado.

— Bonvilain — disse ele com uma calma estranha.

Em geral Bonvilain adoraria a oportunidade de algumas observações escolhidas a dedo, seguidas por um combate rápido e mortal com esse pirralho, mas agora seu organismo estava pegando fogo com o acônito. Sua língua estava estranha e inchada na boca, e as pernas se dobravam sob o peso do tronco.

Logo minha capacidade de avaliação vai se acabar. Preciso fugir agora.

Isabella deu um passo adiante.

— Você responderá pelos seus crimes, Hugo Bonvilain. Seu reino está acabado. Não há como fugir.

Bonvilain se abaixou, grunhindo como um javali selvagem. Agarrou o arnês de Conor, arrastando o planador para a varanda.

— Fugir — murmurou, com baba pingando do lábio frouxo. — Voe, Aviador.

Conor o acompanhou, engatilhando a pistola.

— Estou avisando, Bonvilain.

Bonvilain conseguiu dar um riso seco.

— Conor Broekhart. Sempre no meu caminho. Em Paris, quando ordenei que o balão de seu pai fosse derrubado. Quando incendiei a torre do rei. Agora mesmo. Talvez você seja mágico, como as pessoas acreditam.

Era difícil entender o que Hugo Bonvilain dizia, os lábios frouxos borbulhando com cuspe e sangue. O marechal rolou o corpo para cima do parapeito da varanda.

— Fique longe, ou você nunca conhecerá meus segredos.

Conor ansiava por acabar com Bonvilain, mas o toque leve de Isabella o impediu.

— Não, Conor. Preciso saber de tudo que ele fez. Há muita coisa a ser corrigida. — Isabella se virou para o marechal. — Desça daí. Sua rainha ordena.

Bonvilain lutou para ficar de pé, puxando desajeitadamente o arnês sobre os ombros.

— Não tenho rainha, nem deus, nem país — murmurou, apertando o cinturão com dedos que pareciam de borracha.

Isso teria de servir, não tinha destreza para as fivelas que restavam. — Tudo que tenho é esperteza.

E com uma concentração nascida do ódio, Bonvilain enfiou a mão dentro de seu quimono do dragão para pegar uma adaga presa ao cinto, com a intenção de atirá-la. Conor viu o brilho da lâmina saindo de baixo da seda.

Isabella! Mesmo agora ele tenta matar Isabella.

Conor girou a pistola, mas Declan Broekhart foi mais rápido, mesmo com o ombro ferido. Atirou a espada como se fosse uma lança, com tamanha força que ela atravessou a cota de malha de Bonvilain e se alojou em seu coração.

Bonvilain suspirou, como se ficasse desapontado com um livro que estivesse lendo, então deu um passo atrás, para fora do parapeito, caindo na noite. Uma corrente em ascensão encheu as asas do planador, fazendo-o flutuar por cima do pátio, passando pelos olhos incrédulos da guarda da Muralha e das centenas de ilhéus das Salgadas tirados da cama pelas metralhadoras Gatling.

Bonvilain pairou ali por vários instantes, com o sangue pingando e pintando redemoinhos nas pedras do chão, antes que um vento cruzado desviasse o planador, levando-o para o mar.

Conor o viu ir embora, caindo cada vez mais perto do oceano frio, com a espada em silhueta brotando do coração sem vida, e com ele se foi o pesadelo em que sua vida havia se tornado.

Ninguém podia afastar os olhos do cadáver de Bonvilain, atraindo atenção mesmo na morte. Ele se afastou ainda mais da terra, e mais baixo ainda, até que os dedos dos pés roçaram o oceano. Conor queria vê-lo afundar, para ter certeza de que tudo havia acabado, mas não viu. Bonvilain desapareceu de vista antes que o mar o reivindicasse.

Abaixo, havia consternação. Os guardas da Muralha batiam à porta de acesso e pessoas corriam para a base da torre.

Declan Broekhart pegou Isabella pela mão, guiando-a até o parapeito.

— A rainha está em segurança — gritou ele, erguendo a mão. — Longa vida à rainha.

O grito que retornou foi de alívio e sincero.

— Longa vida à rainha!

CAPÍTULO 19

SEPARADOS POR UM TEMPO

Grande Salgada. Um mês depois

A rainha Isabella passara a caminhar pela Muralha todas as manhãs ao nascer do sol. Acreditava que seus súditos se animavam ao vê-la ali. Antes de se passarem muitos dias, ela era capaz de cumprimentar pelo nome todo mundo que via.

Conor costumava se juntar à sua rainha nas caminhadas matinais, e na manhã antes de sua partida planejada para estudar na Universidade de Glasgow os dois se encontraram embaixo do que havia sido a torre de Bonvilain.

Isabella apoiou os cotovelos no parapeito.

— Nunca vão encontrá-lo, você sabe — disse Conor. — A cota de malha de Bonvilain o levou direto ao fundo. Agora ele é comida de peixe.

Isabella assentiu.

— Sem um corpo, ele se torna o bicho-papão. Dizem que foi visto em Paris e em Dublin. Li no *Times* de Londres que Bonvilain sobrevive como assassino de aluguel em Whitechapel.

Os dois ficaram em silêncio por um minuto, convencendo-se de que tinham realmente visto Hugo Bonvilain morrer.

— O que você vai fazer com este lugar? — perguntou Conor finalmente, batendo na parede da torre.

— Um mercado de diamantes, acho. Parece ridículo que os diamantes estejam aqui e ainda sejam negociados em Londres.

— Você está fazendo grandes mudanças.

— Há muitas coisas a mudar. A Pequena Salgada, por exemplo. Você sabia que apenas quatorze prisioneiros são das Ilhas Salgadas? A maioria das outras pobres almas são da Irlanda ou da Grã-Bretanha. Bom, não mais. Vou fechar a prisão e contratar uma firma profissional para fazer a mineração.

Conor olhou para o S gravado em sua mão.

A Pequena Salgada estará sempre comigo. Ela marcou meu corpo e minha mente.

— O que acontecerá com os prisioneiros?

— Cada caso será revisado por um juiz. Suspeito de que a maioria já cumpriu a pena e mais ainda. Terão de ser feitas indenizações.

— Eu agradeceria se você olhasse com gentileza para um tal de Otto Malarkey. Ele não é tão temível quanto parece.

— Claro, *Sir* Conor.

— Você será uma ótima rainha.

— Meu pai era cientista; eu sou uma mulher de negócios. Você pode ser meu cientista real... quando voltar.

— Mamãe lhe disse?

Isabella segurou seu braço enquanto caminhavam pela Muralha.

— Catherine me contou sobre Glasgow. Eu deveria convencê-lo a não ir.

— E como faria isso?

— Eu poderia mandar enforcá-lo.

Conor sorriu.

— Como nos velhos tempos. Algumas vezes queria que os velhos tempos ainda existissem.

Isabella parou num de seus locais prediletos na Muralha. Uma reentrância virada para a Irlanda, onde séculos antes pedreiros haviam construído um banco para namorados. Desse local, em várias horas da manhã, era possível ver o sol iluminando o vitral da torre da igreja. À medida que o sol se movia, parecia que a figura de são Cristóvão na janela se deslocava um pouco também.

Isabella sentou-se no banco de pedra, puxando Conor para perto.

— Também sinto falta dos velhos tempos. Mas não é tarde demais para nós, é, Conor?

— Espero que não.

— Então, vou esperar. — E o lado brincalhão de Isabella veio à superfície. — Você vai voar para me ver, *Sir* Aviador?

— Sou meramente um *Sir*. Isso não é plebeu demais para uma rainha?

— Isso se resolve facilmente. Com uma espetada do meu alfinete de chapéu, você pode virar um príncipe.

— Alfinete de chapéu? Isso é legal?

— Não precisa ser um alfinete de chapéu, desde que haja sangue e você sofra uma dor enorme.

Conor segurou as mãos dela.

— Agora acho que vou sofrer uma dor enorme até voltar.

— Então estude muito, consiga seu diploma e volte logo para casa. Sua rainha precisa de você. Eu preciso de você.

E se beijaram pela primeira vez, com o sol do vitral pintando um arco-íris em seu rosto e o burburinho do comércio matinal subindo da praça embaixo.

Todas as despedidas haviam terminado. Ele havia beijado a mãe e balançado o irmão de cabeça para baixo. Tudo que restava era partir.

Conor caminhou até o porto numa manhã ensolarada, mantendo um dos olhos no garoto com o carrinho de mão que bamboleava morro abaixo com sua bagagem. O mar estava calmo e um pequeno barco de passageiros, a vapor, chacoalhava preso às cordas no cais.

Uma pequena multidão havia se reunido no convés e Conor sorriu ao ver a atração. Linus Wynter estava distraindo os passageiros com uma apresentação improvisada de uma ária de *O retorno do soldado*.

Ele parou de cantar quando ouviu os passos de Conor nas tábuas.

— Estava na hora de você aparecer, garoto. Precisei cantar para impedir que o capitão zarpasse.

— Qualquer desculpa, Linus — disse Conor, jogando um xelim para o garoto do carrinho de mão. — Trancou o laboratório?

— Nossa torre está em boas mãos. Tio se mudou para lá com dois *tapados*, como ele diz.

— Como está o cheiro de Tio?

— Não muito bom. Só podemos esperar que ele caia no mar com uma barra de sabão no bolso.

Conor saltou por cima de um metro de mar, pousando no navio.

— Acha que a Escócia está pronta para o seu gênio?

Linus deu um sorriso largo, ajeitando os óculos escuros que Conor havia feito para ele.

— Os escoceses são famosos por sua apreciação da música. Robert Burns era um poeta do povo, como eu. Glasgow vai me receber em seu seio, tenho certeza. Em seis meses seremos os queridinhos da cidade.

— Agora você enxerga o futuro, velho amigo?

Linus tateou o ar até que sua mão encontrou o ombro de Conor.

— Outros homens olham para cima e para baixo, para a esquerda e a direita. Mas homens como nós são diferentes. Somos visionários.

Este livro foi composto na tipologia ClassGaramond BT, em corpo 11/16, e impresso em papel off-white 80g/m² no Sistema Cameron da Divisão Gráfica da Distribuidora Record.